VERA BUCK

DER

Nur einer weiß,

DUNKLE

was in jener Nacht geschah.

SOMMER

THRILLER

ROWOHLT POLARIS

Originalausgabe
Veröffentlicht im Rowohlt Taschenbuch Verlag,
Kirchenallee 19, 20099 Hamburg, Juni 2025

Covergestaltung semper smile, München
Coverabbildung Barbara Prasnowska / Arcangel Images
Satz aus der Arnhem bei hanseatenSatz-bremen, Bremen
Druck und Bindung CPI books GmbH, Leck
ISBN 978-3-499-01685-1

Kontaktadresse nach EU-Produktsicherheitsverordnung:
produktsicherheit@rowohlt.de

FSC
www.fsc.org
MIX
Papier | Fördert
gute Waldnutzung
FSC® C083411

DER DUNKLE SOMMER

PROLOG

Die Luft flirrt in der Sonne. Das Wasser unter dem Boot ist träge, fast ölig. Ich strecke eine Hand aus, um hineinzugreifen. Es ist, als würde ich meine Finger in warme Suppe tauchen.

Das T-Shirt klebt mir verschwitzt am Rücken. Selbst hier auf dem Meer entkommt man der Hitze nicht. Ich lasse den Blick über das türkisblaue Wasser gleiten. Eine Möwe hebt schwerfällig die Flügel und gleitet lustlos über das Meer hinweg. Ein paar Meter weiter treibt ein zweites Boot in der ansonsten einsamen Bucht. Wie ein schaukelnder Scherenschnitt hebt es sich vor der gleißenden Sonne ab. Und etwas an dem Boot – oder an dem Unbekannten darauf – lässt mich zweimal hinsehen. Ein Zittern geht durch meine Hand, die das Steuer hält.

Einen Moment glaube ich, dass die Hitze mir einen Streich spielt. Dass es eine optische Täuschung ist. Das Flimmern der Sonne über dem Meer. Aber es ist keine Täuschung. Ich erkenne ihn sofort. Die Luft bleibt mir augenblicklich in der Kehle stecken. Meine Finger krampfen sich fester ums Steuer. Die Erinnerungen überschwemmen mich wie eine gigantische Welle. Da sind sie plötzlich wieder, die Schreie, die Verstörung und der Schmerz danach. Die vielen Nächte, in denen ich wach lag und weinte. Aus einem Angstgefühl heraus, das mich nie wieder losgelassen hat. Ebenso wenig wie das Gesicht jenes Mannes. Es hat sich unauslöschlich in mein Gedächtnis eingefressen. Ich würde es überall erkennen. Ich habe es hier und jetzt erkannt. Es ist dasselbe Gesicht, derselbe Mann. Ich bin mir sicher. Nie im Leben war ich mir einer Sache so sicher. Es ist, als würde die Zeit zurückgedreht und mir die Möglichkeit gegeben, es diesmal richtig zu machen. Vergeltung zu üben. Angst und Wut kriechen aus meinem Magen hoch, direkt in meine Kehle. Das sanfte Schaukeln der Wellen bereitet mir plötzlich Übelkeit. Ich will mich übergeben.

Der Mann im anderen Boot dagegen bemerkt mich nicht. Erkennt mich nicht. Kann mich nicht erkennen.

Denn der Mann im anderen Boot ist tot.

ERSTER TEIL

Die Kopfhörer sind mit Klebeband an meinen Ohren festgeklebt, damit ich nichts mehr höre. Nicht die Hunde, die draußen bellen. Und nicht die Hubschrauber, die über dem Loch kreisen, in das sie mich gesteckt haben. Ich soll überhaupt nichts hören, was mir verraten könnte, wo ich bin. Aber eigentlich weiß ich es schon: Das hier ist die Hölle.

Es ist dunkel und kalt. Ich liege zusammengekrümmt in einer Holzkiste. Eine Kiste in einem Bodenloch. Zusätzlich hat man mir einen Sack über den Kopf gestülpt und ein Tuch in den Mund gesteckt. Der Knebel erschwert mir das Atmen, das Schlucken. Warum ist es nötig, mich hier drinnen auch noch blind und taub und stumm zu machen? Meine Sinne sind fast vollständig ausgeknipst. Nur meinen Körper spüre ich noch. Er ist wund und juckt überall.

Und dann die Musik. Sie dudelt in meinen Ohren. Tag und Nacht. Füllt meine Gehörgänge. Meinen Kopf. Setzt sich in mir fest. Die Musik ist vielleicht das Schlimmste von allem.

Manchmal kommt einer der Männer, um mir Essen und Trinken zu bringen oder um die Batterien des Walkmans zu wechseln. Das sind die einzigen Momente, in denen ich aus der Kiste komme und mir die Kopfhörer abgenommen werden. Meine Ohren fiepen dann, als wehrten sie sich gegen die plötzliche Stille.

Die Männer tragen Strumpfmasken, wenn sie mir den Sack vom Kopf ziehen. Sie geben mir Wasser, Brot, manchmal einen Apfel. Als sei ich ein Pferd. Heute gibt es Suppe.

Von dem Knebel sind meine Mundwinkel aufgerissen. Die Suppe brennt in den Wunden, dabei ist sie eigentlich schon kalt. Es muss ein weiter Weg von dem Herd sein, auf dem diese Suppe gekocht wird, bis hierher. Das Loch, die Kiste und ich befinden uns im Nirgendwo. Sicher ist das der Grund, warum sie mich nicht finden. Sie suchen doch nach mir, oder? Ich lausche, doch da ist nichts. Nur das Fiepen in meinen Ohren.

Die Suppe schmeckt nach Blech. Ich wische mir mit dem dreckigen Ärmel durchs Gesicht, schaue den Mann an, der mich durch die Strumpfmaske beobachtet. Wie ein schwarzer Geist. Er sieht unheimlich aus.

Ich weiß, dass ich zurück in mein Gefängnis muss, wenn ich fertig bin. Darum steche ich mit dem Löffel ein Kartoffelstück klein und schiebe es auf dem Boden der Blechbüchse hin und her. Zeit schinden. Die Kiste ist ein Albtraum. Diese Unbeweglichkeit. Doch endlos kann ich den Moment nicht hinauszögern. Endlos ist nur die Zeit in dieser Höhle. Die Dunkelheit. Die Musik. Die Angst.

Zurück in den Sack, zurück in die Kiste. Als würde ein Erdloch, das keiner finden kann, nicht reichen, um mich zu verstecken. Man hat mir ein Gefängnis im Gefängnis im Gefängnis gebaut. Wie bei diesen Holzpuppen, die ineinandergesteckt werden. Ich bin die innerste, die kleinste dieser Puppen. Ein glattes, bemaltes Holzstück, das sich nicht mehr öffnen lässt. Das keinerlei Geheimnis birgt. Keines zumindest, das man lüften könnte, ohne Säge und ein bisschen Gewalt.

Die Suppendose ist leer. Ich kneife die Augen zusammen, als sich der Deckel wieder über mir schließt. Atme hektisch in den Knebel. Ich habe keine Ahnung, warum man mich festhält. Warum man mich ausgewählt hat. Ich habe kein Geheimnis, das die Männer mir entlocken könnten. Nicht mal mit Gewalt.

TILDA

Die Häuser sind Haut und Knochen. Ein Elefantenfriedhof aus verlassenen Gebäuden, auf einer Bergkuppe in der wilden Barbagia, dem Land der Barbaren. Was für eine Ironie, dass ausgerechnet ich hierherkommen und eins dieser Gerippe mit neuem Leben füllen will.

Ich steige über heruntergefallene Dachziegel und Steine, während ich der Maklerin durch die eng gewundenen Gassen folge. Das Haus, vor dem wir stehen bleiben, ist das letzte in der Straße. Es trägt die Nummer fünfzehn, ist zweistöckig und größer als die anderen. Schief steht es zwischen den Nachbarhäusern eingeklemmt, denen ebenfalls die rechten Winkel fehlen. Bis hin zu den schmalen Balkonen vor den Fenstern im zweiten Stock gibt es praktisch keine geraden Linien. Als hätte ein Kleinkind es entworfen.

Die Maklerin, eine energische Frau mit streng zurückgebundenen Haaren, holt einen Schlüsselbund heraus, der aussieht wie der eines Schlosswarts oder Kerkermeisters. Sie geht einen nach dem anderen durch, bis sie den Schlüssel findet, der in das Schloss in der Holztür passt. Die Tür öffnet sich mit einem Knarren.

Im Haus ist es trotz der Jahreszeit kalt. Die Tapeten sind verblasst und an den Rändern aufgerollt. Die rechteckigen Verfärbungen, die sich vom Fußboden bis zur niedrigen Zimmerdecke ziehen, lassen auf Fotorahmen schließen, die hier viele Jahre gehangen haben müssen.

Links von uns befindet sich die Küche mit ihren gemauerten Wänden. Töpfe und Pfannen hängen an dicken Eisenstiften zwischen den Ziegeln. Von dem Herd selbst sind die Fliesen abgefallen und liegen überall auf dem Fußboden. In der ebenfalls gemauerten Spüle stapeln sich weitere Töpfe, überzogen von Rost und Staub.

«Es hat alles seinen eigenen Charme, nicht wahr?», versucht die Maklerin, die Situation zu retten. «Und die Möbel sind selbstverständlich im Preis enthalten.»

Sie muss von dem kleinen Holztisch und den vier Stühlen sprechen. Dreieinhalb Stühle, korrigiere ich mich und steige über den vierten, zerbrochenen hinweg, um durch die Fenstertür in den Hinterhof zu sehen. Er ist verwildert, die Steintreppe völlig mit Pflanzen überwuchert. Die Wildnis der Berge, die man von hier aus sehen kann, hat den kleinen Ort längst an sich gerissen.

Wir setzen unsere Tour fort. Hinter der Küche befindet sich ein kleiner, fensterloser Raum mit einem WC, in dem der Putz von den Wänden bröckelt. Ein blinder Spiegel hängt über einem Waschbecken, das mir nur bis zu den Oberschenkeln reicht. Ich stelle den Wasserhahn an. Er quietscht und rumpelt und gibt sich alle Mühe. Doch es kommt nichts.

Die Maklerin runzelt die Stirn, bevor sie den Hahn ein paarmal energisch schlägt wie einen störrischen Esel. Daraufhin hustet er mehrere Spritzer rostbraunes Wasser aus und beginnt zu laufen.

«*Ecco!*», sagt sie. «Na bitte!»

Zufrieden klemmt sie ihre Mappe vor die Brust und führt mich in den letzten Raum im Erdgeschoss, das Wohnzimmer, dessen Wände von Rissen durchzogen sind wie von alten Narben. Es gibt auch in diesem Raum noch ein paar Möbel, aber alle versteckt unter weißen Tüchern. Ich mache mir nicht einmal die Mühe, die Laken abzuziehen. Mir fallen die dunklen

Flecken auf dem Boden auf. Probeweise reibe ich mit dem Schuh darüber. Sie sind überall. Sind das Wasserflecken? Schwarzer Schimmel? Sie sind ungewöhnlich dunkelbraun. Ich blicke auf und stelle fest, dass auch die Wände voll davon sind. Versprenkelte dunkle Flecken. Und Löcher. Sind das ... Einschusslöcher? Ich drehe mich zur Maklerin um, die mit ihrem Klemmbrett im Eingang steht und mich mit einem gezwungenen Lächeln ansieht.

«Wer hat hier früher gewohnt?», frage ich.

«Eine Familie», sagt sie ziemlich vage.

«Und kennt man den Grund für den Auszug?»

Das Lächeln der Maklerin verrutscht. Ihre manikürten Finger krallen sich fester um das Klemmbrett.

«Derselbe Grund wie bei allen anderen Bewohnern. Der Ort wurde 1982 komplett verlassen. Seitdem steht das Haus leer.»

Ich nicke und lasse das Thema fallen. Mehr werde ich von ihr nicht erfahren. Über eine Holztreppe gelangen wir ins obere Stockwerk. Zwei Schlafzimmer. In einem davon stehen ein großes Bett und ein verlassener Kleiderschrank, in dem anderen ein schmaleres Bett und eine Kommode. Auch hier ist alles mit Laken abgedeckt. Im Badezimmer offenbart sich uns dann geradezu ein Anblick der Verwüstung. Das Fenster ist kaputt. Die Scherben liegen überall auf dem Boden verteilt. Selbst in der alten, halb zertrümmerten Badewanne.

Diesmal bleibt die Maklerin stumm. Sie zeigt mir nicht einmal mehr den Dachboden, woraus ich schließe, dass sie nicht die geringste Hoffnung hat, mir das Haus zu verkaufen. Gut so. Dann können wir das ganze Prozedere abkürzen.

«Möchten Sie sich noch andere Objekte im Ort ansehen?», fragt sie halbherzig. Genug gäbe es, das weiß ich, denn ich habe vorab den Katalog studiert. Das ganze Dorf steht zum Verkauf.

«Nein danke», sage ich. Die Maklerin nickt verständnisvoll.

Wir verlassen das Gebäude und gehen zu den Autos zurück, die wir auf der gepflasterten Straße vor dem Ortseingang abgestellt haben. Botigalli ist nicht für Autos gebaut. Die Straßen haben Eselskarrenbreite. Selbst mit eingeklappten Spiegeln wäre ich nicht bis zu der Gasse gekommen, in der das Haus liegt.

Vor uns breitet sich die bergige Landschaft von Sardinien aus. Fast eine Stunde Autofahrt durch wilde Serpentinen hat es gedauert, um herzukommen. Ich blicke mich noch einmal um, zum Dorf. Wie Bienenwaben ziehen sich die Häuser den Gebirgskamm entlang. Einige sehen aus, als würde der Berg sie verschlucken. Dahinter ragen steile Felsen in den Himmel. Und ganz oben, auf der Spitze des Grats, thront die Kirche. Es ist ein irrer Anblick.

Die Maklerin holt einen Stapel Mappen aus ihrem Kofferraum. «Wissen Sie, wir haben natürlich auch noch Objekte in anderen Dörfern. Bonnanaro beispielsweise, ein paar Kilometer nordwestlich von hier, ist ein ganz entzückender Ort.» Sie deutet in die Ferne, auf die karg bewachsene gebirgige Landschaft. «Oder, mein persönlicher Favorit, Osilo, nahe der Stadt Sassari. Da müssten Sie sich allerdings beeilen, die meisten Häuser sind nämlich schon verkauft. Die Gemeinde erlebt gerade einen richtigen Aufschwung durch die Neuzugezogenen. Da gibt es jetzt sogar Restaurants und Geschäfte. Und ich möchte ganz ehrlich zu Ihnen sein: All das sehe ich in absehbarer Zeit für Botigalli nicht. Nicht bei der Reputation, die diesem Ort anlastet.»

Ich brauche einen Moment, um zu begreifen, von welcher Reputation sie spricht. Ich hatte im Vorfeld kurz darüber gelesen, als ich mich über das Dorf schlaugemacht habe, dem Ganzen dann aber keine weitere Beachtung geschenkt. Die Wahrscheinlichkeit, beim Kauf eines alten Hauses an eine Immobilie zu geraten, in der schon mal jemand gestorben ist, ist immerhin ziemlich hoch und hat mich noch nie abgeschreckt. Wenn ich mich überhaupt vor Geistern fürchten sollte, dann vor denen, die ich selbst hierhin mitbringe.

«Sie wären ohnehin ziemlich alleine hier. Und dann derart abgelegen. Und als Frau.»

Die Dame hat wirklich ihren Job verfehlt.

«Ich nehme es», sage ich, bevor sie es für uns beide noch unangenehmer machen kann.

«Bitte?»

«Ich möchte das Haus gerne kaufen.»

Sie starrt mich kurz an, als erwarte sie, dass ich den Scherz auflöse. Als das nicht passiert, wendet sie sich hastig ab und klopft unnötigerweise ihren Mappenstapel in Form, bevor sie ihn zurück in den Kofferraum legt.

«Entschuldigung, das kommt jetzt wirklich etwas überraschend! Aber dann ... herzlichen Glückwunsch!»

«Danke.» Ich ringe mir ein unverbindliches Lächeln ab.

«Es ist durchaus ein Haus mit Potenzial.»

«Absolut.»

«Und für den Preis von einem Euro – da kann man ja eigentlich gar nichts falsch machen, nicht wahr?»

Ich lächle weiter. Sie sieht noch immer verlegen aus.

«Es muss natürlich eine offizielle Bewerbung stattfinden, aber wie Sie wahrscheinlich schon herausgehört haben, sind Sie derzeit die einzige Interessentin, das sollte also kein Problem sein. Dann gibt es noch die Prüfung Ihrer finanziellen Mittel für die Renovierung. Die amtlichen Mühlen in Italien mahlen da langsam, Sie müssen etwas Geduld haben ...»

«Natürlich.»

«Aber – wenn Ihr Entschluss trotz alldem noch fest steht ...», sie wirft einen Blick zurück auf den Ort, als könne sie es noch immer nicht glauben, «dann habe ich natürlich eine Liste mit Adressen von Handwerkern, die wir empfehlen können. Es ist wirklich nicht einfach, in dieser Region zuverlässige Leute zu finden, darum würde ich stark dafür plädieren, unseren Empfehlungen zu folgen. Wir haben außerdem gute Erfahrungen mit einem Architekten gemacht, der die meisten Häuser in Osilo renoviert hat. Möchten Sie, dass ich Ihnen den Kontakt gebe?»

Ich lächle noch breiter. «Das wäre sehr nett, danke», sage ich. Die Dame hat wirklich keine Ahnung, wer ich bin. Und das ist gut so.

Ein Haus für einen Euro auf Sardinien. Es klang erst wie ein Witz und dann, als ich mich näher damit beschäftigte, wie ein Wink des Schicksals. Dabei bin ich normalerweise nicht der abergläubische Typ. Ich lese keine Horoskope, lege keine Tarotkarten. Ein Yogakurs ist bisher mit Abstand das Spirituellste, was ich ausprobiert habe. Und selbst dort bin ich nach drei Wochen nicht mehr hin. Zu viel Arbeit und zu wenig Geduld.

Aber nach dem Tod meines Vaters schien mir dieser Zeitungsartikel, den ich in seinem Büro fand, wie ein letzter Fingerzeig von ihm. Wie eine ausgestreckte Hand. Der Titel lautete: «Ein weiteres sardisches Geisterdorf verkauft seine Häuser für einen Euro». Und darunter war ein Foto von Botigalli, aus der Luft fotografiert. Ein spektakulärer Gebirgszug, verlassene Häuser, eine pittoreske Kirche. Der Traum für jeden Architekten, der sich für Restauration interessiert. Umso mehr noch für eine Architektin mit italienischen Wurzeln, wie ich es bin. Ich kann nicht anders, als zu glauben, dass mein Vater den Artikel für mich ausgeschnitten hat und einfach nicht mehr dazu gekommen ist, ihn mir zu geben, bevor er starb. Sein Ableben kam so plötzlich, dass es auch ein Jahr später immer noch ein Schock für mich ist.

Natürlich habe ich den Haken gesucht. Irgendwo musste es einen geben. Es verkauft einem doch niemand einfach so ein Haus für einen Euro – ein ganzes Dorf für den Preis einer Familienpizza! Aber sosehr ich auch suchte, ich fand den Tisch nicht, über den man mich hätte ziehen können.

Im Gegenteil – als ich weiterrecherchierte, ergab alles sehr viel Sinn: Mit dem Ein-Euro-Projekt sollen die aussterbenden Geisterdörfer in Italien vor dem Verfall gerettet werden. Der Wiederaufbau schafft Arbeitsplätze für die Region, nicht nur im Baugewerbe, sondern auch in den Restaurants. Man erhofft sich neue Hotels und Pensionen. Und dass das alles funktioniert, zeigt sich überall in Italien. Inzwischen gibt es ehemalige Ein-Euro-Orte, die so beliebt sind, dass ganze Reisebusse von Touristen dorthin fahren. Je tiefer ich in das Thema einstieg, desto deutlicher sah ich, wie der Plan für alle Seiten aufgehen konnte. Sogar für mich.

Alles, was ich als Käuferin tun muss, ist, der Gemeinde einen Finanzierungsplan für die Renovierung vorzulegen. Nach spätestens einem Jahr sollen die Bauarbeiten beginnen und drei Jahre danach abgeschlossen sein – wobei ich schon gehört habe, dass diese Deadline italienischen Regeln folgt und durchaus noch verlängert werden kann. Selbst für jemanden, der nicht wie ich im Baugewerbe arbeitet, ist das durchaus machbar.

Die über vierzig Dörfer, die inzwischen zum Verkauf stehen, kann man online auf einer Karte ansehen. Ich habe mich interessehalber ein wenig durchgeklickt, bin aber immer wieder zu diesem Ort zurückgekehrt, um den es in dem Artikel ging: Botigalli, an der Ostküste Sardiniens. Rund fünfzig Häuser und nur eine Straße, die schneckenhausförmig hinauf zur Kirche führt. Ein winziger Geisterort. Fast schon ein Geisternest. Und – wie ich einem anderen Online-Artikel entnahm – bisher ohne einen einzigen Käufer.

Daran ist vielleicht zum Teil die Geschichte des Ortes schuld. Ganz sicher aber ist es auch die Abgeschiedenheit. Mit einer Stunde Autofahrt zum nächsten Strand oder Supermarkt und keinerlei Restaurants in der Nähe, entspricht Botigalli nicht gerade dem Ideal von Bella Italia. Aber ich will ja auch kein Bella Italia. Ich will einfach nur meine Ruhe.

Es gibt keine Straßenlampen in Botigalli. Nicht einmal Straßennamen. Offiziell ist das kleinste Dorf Sardiniens mit rund siebzig Einwohnern die Ortschaft Baradili. Aber in der Statistik tauchen nur Dörfer auf, in denen noch Leute leben. Botigalli ist tot. Wunderbar tot und einsam. Kein Presserummel. Keine Journalisten. Keine wilden Spekulationen. Ich werde das Leben einer Einsiedlerin führen. Das ist der Gedanke, der mich antreibt, als ich in den Wochen nach der Besichtigung mit der Maklerin alle notwendigen Unterlagen zusammenstelle, Pläne für die Renovierung entwerfe und die symbolische Überweisung von einem Euro tätige. Mein Finger schwebt über der Tastatur, bevor ich die Geldsendung auslöse. Ein lächerlicher Euro. Eine Immobilie zum Preis eines italienischen Espressos. Es ist wirklich verrückt. Dann klicke ich die Entertaste, und das Haus in Italien gehört offiziell mir.

ENZO

Der Nachmittag wirft lange Schatten, die wie dunkle Finger über das Kopfsteinpflaster kriechen. Die Sonne hat auch heute wieder erbarmungslos vom Himmel gebrannt. Alles hier ist verdorrt, wirkt tot und abweisend. Genau wie der Mann, zu dem ich unterwegs bin. Ich stelle das Auto auf dem Parkplatz vor der verfallenen Mauer ab und steige aus.

Den Weg durch die labyrinthischen Gassen kenne ich bereits auswendig. Unzählige Male habe ich ihn zurückgelegt. Jeden Sonntag gegen vier Uhr klopfe ich an die alte hölzerne Tür. Seine Haushaltshilfe öffnet mir, lässt mich grußlos herein und widmet sich dann wieder ihrer Arbeit. Sie wischt den Staub von ein paar alten gerahmten Fotografien im Flur, während ich die schmale Treppe nehme, die sich ins Obergeschoss hinaufwindet. Die Treppe hat eine Stufe, die immer knatscht, und ich mache einen großen Schritt darüber. In einem Haus, in dem so beharrlich geschwiegen wird, ist es mir immer ein bisschen unangenehm, Geräusche zu verursachen. Und seien sie noch leise.

Silvio sitzt auf einem Stuhl am einzigen Fenster im Raum, den Blick starr nach draußen gerichtet. Der Gardinenspalt ist in den letzten Jahren zu seinem Fernseher geworden. Eine einzige lange Kameraeinstellung in eine tote Gasse. Es muss dort etwas geben, das nur er sehen kann. Mir fällt die Zeitung auf, die auf dem Tischchen neben Silvios Sessel liegt. Es ist *L'Unione Sarda*. Auf diese Weise ist Silvio auf mich gekommen.

Über meine Artikel. Vielleicht hat er sogar meine Aufarbeitung des Falls Alessia Bianchi gelesen?

«Guten Morgen, Silvio», grüße ich und ziehe einen Stuhl heran, um mich zu setzen. Der alte Mann reagiert erst überhaupt nicht. Dann dreht er seinen Kopf langsam in meine Richtung.

«Der Journalist», murmelt er mit einer Stimme, die so rau und alt ist wie das ganze Gebäude. «Immer noch auf der Jagd nach Geschichten, die besser unerzählt bleiben?»

«Nur nach Geschichten, die zu schade wären, um sie zu begraben.»

«Zusammen mit mir, meinst du», erwidert er lakonisch. Und so makaber das sein mag, er hat recht damit.

Der alte Mann ist ein Relikt aus einer anderen Zeit. Ein lebendes Archiv, gefüllt mit Geheimnissen, deretwegen ich hier bin. Wegen eines Geheimnisses ganz speziell.

Fast zweiundvierzig Jahre ist es her, seit das kleine sardische Dorf Botigalli quasi über Nacht ausgelöscht wurde. Beinahe sämtliche Bewohner waren erschossen oder erstochen worden. Silvio DiNardo war einer von wenigen Überlebenden. Als die Polizei am Tatort eintraf, fand sie ihn völlig verstört vor, in seiner Hand eine verbogene Gabel. «Ich habe mich verteidigt», murmelte er wieder und wieder, als die Beamten ihn befragten. Er schien von den Ereignissen gebrochen, unfähig, mehr zu erklären. Die Gabel, ein Symbol seiner letzten verzweifelten Verteidigung, wurde später von den Medien begeistert aufgenommen und landesweit verbreitet. Sie wurde zum Sinnbild dieses grotesken Ereignisses. Und Silvio zum Schlüssel einer Wahrheit, die bis heute im Dunkeln verborgen liegt.

Man hat den Fall nie aufgeklärt. Die Übriggebliebenen schwiegen beharrlich, echte Ermittlungen wurden nie eingeleitet, und irgendwann verloren die Medien das Interesse und wandten sich anderen Themen zu. Das Dorf Botigalli geriet in Vergessenheit – bis ich hier auftauchte.

Ich war schon als Jugendlicher besessen von der Geschichte jener Nacht gewesen und fragte meine Mutter nach den Ereignissen aus. Aber sie wollte nichts davon hören, schlug nur ihr obligatorisches Kreuz und mir die Küchentür vor der Nase zu. Erst jetzt, mehr als vierzig Jahre später, könnte ich endlich Licht ins Dunkel bringen. Zumindest wenn Silvio DiNardo hält, was er versprochen hat, und endlich redet. Silvio ist heute der letzte noch lebende Zeuge des Massakers. Er ist das letzte Puzzlestück, das mir noch fehlt, bevor ich endlich mein Buchprojekt beginnen kann. Ein Buch über die Geschichte von Botigalli. Ich gieße mir Wasser aus der Karaffe vom Beistelltisch ein. Es ist abgestanden und so warm wie die Luft im Zimmer.

«Wäre doch zu schade, wenn alles vergessen würde», sage ich.

«Was soll denn daran schade sein? Wenn ich könnte, dann würde ich selbst alles vergessen.»

Das glaube ich ihm nicht. Sonst hätte er sich nicht darauf eingelassen, mir seine Geschichte zu erzählen.

«Und woran würdest du dann den ganzen Tag denken, hier in deinem Zimmer?»

«An gar nichts! Das wäre doch mal was. Mir würde gar nicht auffallen, dass ich mehr und mehr zerfalle. Es ist ein verdammter Scheiß, wenn der Körper dir unter deinem Kopf wegkrepiert und nur das Denken noch funktioniert.»

«Wäre es dir andersherum etwa lieber? Meine Mutter sitzt im Altenheim und hat nicht, wie du, das Glück noch klar im Kopf zu sein.» Letzterer Umstand hat seine Gründe, aber das muss ich Silvio nicht unbedingt unter die Nase reiben.

«Ich will überhaupt nicht alt werden», erwidert er. Und aus dem Mund eines Mannes, der auf die neunzig zugeht, ist der Kommentar beinahe rührend.

Ich würde ihn gerne fragen, was es ist, das er so unbedingt vergessen will. Ob es jene Nacht ist. Die Schreie, die Schüsse, die vielen Toten. Ist es das, was er vor Augen hat, wenn er durch den Gardinenspalt auf die Straße sieht? Oder gibt es da noch etwas anderes, noch Schlimmeres?

«Außerdem, was weißt du schon übers Altern!», setzt er nach. «Du bist jung.»

«Na ja. Ich bin sechsundfünfzig», erwidere ich.

«Sag ich ja. Jung.»

«Erklär das mal meiner Tochter. Die hat mich bei unserem letzten Familientreffen ganz kritisch betrachtet und gemeint, sie könne mir die grauen Haare aus den Augenbrauen zupfen, wenn ich wollte.»

«Warum sollte sich ein Mann Haare aus den Augenbrauen zupfen lassen?»

Ich zucke die Schultern. «Weil man eine erwachsene Tochter mit einer allzeit bereiten Pinzette in der Handtasche hat?»

«Meine Tochter hatte ein allzeit bereites Mundwerk. Das war auch nicht besser.» Er macht eine Pause. Dann: «Du sagst, deine Mutter ist im Heim?»

«Seit mehr als fünf Jahren.»

«Und wieso hockst du dann hier bei mir, statt sie zu besuchen? Sind aus ihr keine Geschichten rauszuholen?»

Das Gefühl der Rührung verfliegt ebenso schnell, wie es mich überkommen hat. Es ist ein böser Kommentar. Einer, der Silvio ähnlich sieht. Der alte Mann ist durch und durch verbittert. Gefangen in diesem Zimmer. In seinem Körper. Aber sosehr ich mir das auch vor Augen halte, er trifft trotzdem einen wunden Punkt. Meine Frau hat schon mehrmals etwas ganz Ähnliches gesagt, und ich habe ein schlechtes Gewissen deswegen. Ich besuche meine Mutter immer noch oft genug, wenn man die Umstände bedenkt, die diese Besuche für uns beide unerträglich machen. Aber auf die Zahl der

Stunden, die ich bereits neben Silvio gehockt habe – neben diesem Fremden, immer in der Erwartung eines weiteren Brockens seiner Geschichte –, komme ich dabei nicht. Und Silvios hämischem Gesichtsausdruck nach zu urteilen, ist mir mein Unbehagen darüber anzusehen.

Ich darf nicht vergessen, wen ich vor mir habe.

«Im Gegenteil, meine Mutter hätte eine sehr interessante Geschichte zu erzählen. Sie ist nur nicht mehr in der Lage dazu.»

«Und dein Vater?»

«Was soll mit dem sein?»

«Na, lebt er noch? Hast du ihn auch ins Altenheim abgeschoben?»

Heute ist er ja wirklich in Höchstform.

«Dann reden wir jetzt über mich?», frage ich, mühsam beherrscht.

«Ist doch nur fair, oder? Du kennst schon mein halbes Leben! Ich habe dir von meiner Frau erzählt, von meiner Kindheit, von meiner Ausbildung, meiner Tochter ... Und jetzt frage ich im Gegenzug einmal nach deiner Familie und erfahre nichts!»

«Mein Vater ist nicht im Heim. Er ist schon vor Jahren gestorben.»

«Woran?»

«An einem Strick.»

Er sieht mich verblüfft an. Die Antwort hat er so rundheraus nicht erwartet. Es passiert nicht häufig, dass es mir gelingt, den Alten zu überrumpeln.

«Ich habe eine ziemlich verkorkste Familie, in der gefühlt jeder versucht hat, den anderen im Ableben zu überholen. Nachdem wir das also geklärt haben: Wollen wir wieder über dich reden? Was hältst du von einem Spiel? Ich habe eins mitgebracht. Es heißt: Wahrheit, Wahrheit, Lüge.»

Ich warte gespannt. Wenn man den alten Griesgram so ansieht, dann ist ein Spiel tatsächlich nicht der erste Vorschlag, der einem in den Sinn kommt. Aber ich weiß inzwischen, dass er solche Spielchen liebt. Katz und Maus. Räuber und Gendarm. Ich weiß selten, woran ich bei ihm bin. Er füttert mich stets gerade genug mit Informationen, dass ich angefixt von seiner Geschichte bin, aber nie genug, als dass ich mit dem Gefühl nach Hause gehen könnte, das große Ganze verstanden zu haben. Ich hätte meine Besuche schon längst aufgegeben, wäre das Rätsel um dieses Dorf, diese Nacht nicht so verdammt brisant.

«Was für ein Spiel soll das sein?», fragt Silvio. Unfreundlich wie immer zwar, aber immerhin. Das ist mehr Interesse, als ich an den meisten Tagen von ihm bekomme.

«Ich nenne dir einen Begriff. Du erzählst mir dann zwei Wahrheiten und eine Lüge dazu. Ich muss raten, was der Wahrheit entspricht. Bereit?»

Seinem missmutig verzogenen Gesicht nach zu urteilen, lautet die Antwort Nein.

«Das ist kein echtes Spiel», mault er. «Bei einem echten Spiel braucht es einen Einsatz.»

«Einen Einsatz? Okay ... was ist der Einsatz?»

«Tausend Euro.»

Ich lache auf. «Ja klar.»

«Abgemacht.»

«Silvio, ich habe keine tausend Euro, die ich dir einfach so geben kann.»

«Du kannst sie nächstes Mal mitbringen.»

Er meint das wirklich ernst.

«Nein. Ich spiele nicht um tausend Euro. Wie wäre es mit Schokolade? Oder einer Flasche Wein?»

Er schnaubt. «So ein Einsatz muss wehtun. Sonst ist es kein echtes Spiel.»

«In Ordnung, dann machen wir es so: Wenn du verlierst, erzählst du mir ein Geheimnis aus deinem Leben, etwas Persönliches, das du noch niemandem anvertraut hast.»

«Und wenn du verlierst?»

«Mache ich dasselbe.»

«Pah! Als würde ich mich für dein langweiliges Leben interessieren.»

Aber das tut er. Das tut er sehr wohl. Immerhin hat er mich gerade danach gefragt.

«Abgemacht?» Ich strecke ihm die Hand hin. Der Alte seufzt. Es klingt widerwillig, als mache er nur deshalb mit, weil er mir einen Gefallen tun will. Aber ich kenne ihn besser. Silvio liegt nichts ferner, als mir einen Gefallen zu tun.

«In Ordnung also.»

«Gut.» Ich suche nach etwas Unverbindlichem, mit dem wir beginnen können und mit dem ich gleichzeitig dort anknüpfen kann, wo wir letztes Mal in unserem Gespräch stehen geblieben sind: «Fußball», sage ich.

Er neigt den Kopf, während er überlegt. Ich warte, bis er sich gesammelt hat. Dann sagt er: «Erstens: Als junger Mann war ich Torwart in der lokalen Fußballmannschaft von Nuoro.»

Er beobachtet meine Reaktion auf diese Information. Mit einer Verschmitztheit in den Augen, die mir verrät, dass ihm das Spiel gefällt.

«Zweitens: Mein Jugendfreund Paolo und ich haben vor einem Schulturnier mal einen Fußballpokal aus der Schule gestohlen. Als Streich.» Wieder macht er eine Pause, in der er mich listig ansieht. «Und drittens: Am Morgen nach der verhängnisvollen Nacht lag in der Nebengasse ein zerschossener Fußball. Er muss einem der Kinder gehört haben. Ich habe ihn im Zentrum des Friedhofs vergraben, als Zeichen des Friedens.»

Ich richte mich auf. Es ist das erste Mal, dass Silvio von sich aus über jene Nacht spricht. Bislang ist er all meinen Fragen in diese Richtung entweder ausgewichen oder hat sie nur widerwillig und einsilbig beantwortet. Natürlich könnte es die Lüge sein, die er mir in diesem Spiel auftischen darf. Aber wenn nicht ... Ich spüre Aufregung in mir aufsteigen und versuche, mir nicht zu große Hoffnungen zu machen. Es kann nicht so einfach sein. Es kann nicht reichen, dem Alten eben mal ein improvisiertes Spiel vor die Füße zu werfen, nachdem ich mir monatelang die Zähne an ihm ausgebissen habe.

Als ich schließlich spreche, pirschen meine Worte sich geradezu an. Als sei das Thema ein Tier, das ich nicht verschrecken will. «Ich denke, Punkt zwei und drei sind die Wahrheit.»

Er grinst. Es ist kein schönes Grinsen. Beinahe zahnlos, und es erreicht seine Augen nicht. Im Gegenteil, sie verengen sich zu Schlitzen. Es lässt ihn eher fies aussehen als freundlich.

«Falsch», sagt er zufrieden. «Es ist alles drei gelogen.» Er kostet meine Verwirrung aus. Sieht zu, wie sie in Ärger umschlägt. Dann schnalzt er mit gespielter Enttäuschung die Zunge: «Ich könnte mich ja schon verletzt fühlen, dass du wirklich glaubst, ich würde einen Fußballpokal aus der Schule stehlen. Ich habe in meinem ganzen Leben noch nichts gestohlen.»

«Das waren nicht die Spielregeln, Silvio», sage ich bemüht beherrscht.

«Du hast verloren», triumphiert er.

«Du hast nicht fair gespielt.»

«Unser Einsatz», erinnert er mich.

«Vergiss es.»

«Ich würde gerne wissen, warum dein Vater sich erhängt hat.»

«Ich sagte: Vergiss es, Silvio. Du hast nicht fair gespielt, also hast du auch nicht das Recht, irgendeinen Einsatz einzufordern.» Ich ärgere mich umso mehr, weil ich wie ein eingeschnappter Zweitklässler klinge.

«Waren es Probleme in der Familie?», fährt Silvio unbeeindruckt fort. «Hat dein Vater deine Mutter nicht ertragen oder dich?»

Abrupt stehe ich auf. Ich weiß schon jetzt, dass ich mir später vorwerfen werde, nicht souveräner reagiert zu haben. Gelassener. Aber Gelassenheit war noch nie meine Stärke. Sie liegt bei uns einfach nicht in der Familie. Erst recht nicht bei diesem Thema.

Ich schlage die Tür hinter mir zu, als ich das Zimmer verlasse. Ich habe mir schon einiges von dem Alten anhören müssen, aber diesmal ist er zu weit gegangen. Ich bin so aufgewühlt, dass ich fast die Pflegerin übersehe, die im Schatten der Tür steht. Sie hält einen Staubwedel in der Hand, mehr zum Schein, als dass es hier irgendetwas zu Staubwedeln gäbe. Anders als der mit Fotos vollgehängte Eingangsbereich ist dieser Flur nackt. Ich bin mir sicher, dass sie nur dagestanden hat, um zu lauschen.

Maria? Agata? Ich habe ihren Namen vergessen. Sie hat etwas Griechisches an sich, vielleicht aber auch etwas Syrisches. Doch ihr Italienisch hat ganz eindeutig den Klang der Barbagia, als sie mir nachruft: «Er wird Ihnen nicht verraten, was Sie von ihm hören wollen!»

Ich lache bitter auf. So beherrscht wie möglich drehe ich mich zu ihr um. «Signora ...»

«Cossu», sagt sie. «Maria Cossu.»

Richtig, so heißt sie.

«Signora Cossu, ich will hier gar nichts hören. Ich bin nur da, um die Geschichte eines Mannes aufzuschreiben, der im Sterben liegt.»

Es ist ihrem Gesicht anzusehen, dass sie mir zu Recht kein Wort glaubt. Wie oft hat sie schon an der Tür gestanden und gelauscht?

«Sie verschwenden trotzdem Ihre Zeit. Er hält Sie hin. Er macht sich über Sie lustig. Sehen Sie das nicht?»

Mir liegt eine böse Antwort auf der Zunge, bevor ich mich daran erinnere, dass ich weniger impulsiv sein wollte. Die Meinung dieser Frau zählt nicht. Sie hat von Anfang an keinen Hehl daraus gemacht, dass sie nicht begeistert von meinen Besuchen ist.

Die Treppenstufe knarrt unter meinem Fuß, als ich mich abwende und weitergehe. Diesmal bemühe ich mich nicht, leise zu sein.

«Ich werde versuchen, es mir zu merken. Bis nächste Woche, Signora», antworte ich. Obwohl mir gerade nichts fernerliegt, als nächste Woche hierher zurückzukehren.

Draußen ist die Luft noch drückender geworden. Als ich durch die leeren Gassen zurück zu meinem Auto stapfe, innerlich und äußerlich gleichermaßen erhitzt, fühlt es sich an, als würde das Dorf mich beobachten, amüsiert über mein ständiges Scheitern, seine Vergangenheit zu entschlüsseln.

Das, was mich am meisten wurmt, ist nicht Silvios Mogelei heute Nachmittag, sondern was sie bedeutet. Denn wenn er mir schon bei einem einfachen Spiel wie Wahrheit, Wahrheit, Lüge nicht eine einzige Wahrheit auftischt – was war dann von all dem, das er mir bereits erzählt hat, noch gelogen?

TILDA

Schimpfend setzt der Fahrer den Lieferwagen vor und zurück, als dieser sich stur gegen den engen Winkel des Ortseingangs wehrt. Es knirscht. Mit der Seite schrammt der Wagen an der Mauer entlang.

«Ich hab's gleich», knurrt der Fahrer, laut genug, dass ich es durchs geöffnete Seitenfenster hören kann. Aber als er erneut versucht, um die Ecke zu kommen, knirscht es nur noch lauter.

Ich wedele mir mit dem Lieferschein Luft gegen die schier unerträgliche Hitze zu und übe mich in Geduld.

Signor Mura ist nicht der Erste, der sich an Botigalli die Zähne ausbeißt. Maurer, Dachdecker, Elektriker, Schreiner, Glaser – sie alle haben sich schon mit einer Lackspur an derselben Stelle verewigt. Aber ich weiß aus Erfahrung, wie wenig es bringt, ihnen als Frau etwas übers Rangieren und Einparken erzählen zu wollen. Daher lasse ich es jeden erst mal versuchen.

Der Mann stößt eine Reihe Flüche aus, die mir inzwischen bestens vertraut sind. Dann gibt er auf. Es ist eine Erleichterung, als er den röhrenden Motor endlich ausstellt und sich wieder Stille über den Ort legt.

Der Gehilfe auf dem Beifahrersitz ist jung, vielleicht achtzehn oder neunzehn Jahre alt. Dem Aussehen nach könnte er der Sohn sein. Er klettert vom Sitz und holt die Sackkarre, um die Fliesen damit den langen, holprigen Weg bis zum Haus zu transportieren. Aber das Kopfsteinpflaster ist ramponiert und nahezu unbezwingbar. Die Sackkarre kippt, die Pakete krachen auf den Boden. Zwei von ihnen platzen auf, und die Fliesen rutschen heraus. Sie verteilen sich auf der Straße wie umgekippte Dominosteine. Signor Mura verpasst seinem Sohn einen Schlag in den Nacken und flucht in einem Dialekt, von dem ich sogar als Halbitalienerin kein einziges Wort verstehe.

Ich gehe zu ihnen, um dabei zu helfen, die Fliesen aufzuheben.

Ich habe traditionelle Keramikfliesen bestellt, die Hälfte davon handbemalt. Leuchtend gelbe und blaue für die Küche. Blaue, rote und weiße für das Bad. Aus reiner Gewohnheit hatte ich zuerst an Marmor gedacht. Doch es hätte nicht zum Charakter des Hauses gepasst. Zum Stil eines Dorfes, in dem ein guter Teil der Gebäude einfach auf nackten Felsboden gesetzt worden ist. Außerdem hatte ich Lust auf Farbe. Und darauf, einmal alles anders zu machen als sonst.

Ein paar der Fliesen sind zerbrochen, was dem armen Sohn einen weiteren Nackenschlag beschert. Ich presse die Lippen zusammen und versuche, mich nicht einzumischen. Männer wie dieser Signor Mura sind mir zuwider. Ich kann nicht behaupten, dass mein eigener Vater immer alles richtig gemacht hätte. Er war chaotisch und konnte laut und aufbrausend werden. Aber geschlagen hätte er mich und meinen Bruder Nino nie. Obwohl der, ehrlich gesagt, hin und wieder mal einen Klaps verdient gehabt hätte.

Nino ist vier Jahre jünger als ich und in so ziemlich jeder Hinsicht das genaue Abbild meines Vaters. Nie wurde mir das deutlicher als in dem Moment, als ich nach Vaters Tod in dessen Büro stand, ein chaotisches Meer aus Papieren, leeren Kaffeetassen und vergessenen Notizen vor mir. Nicht nur Vaters Schreibtisch – der war unter den Stapeln loser Zettel, unbezahlter Rechnungen und jahrealter Werbeprospekte ohnehin kaum zu finden. Ich meine das ganze Büro. In Ninos Zimmer sah es immer schon genauso aus. Und in Ninos Kopf ebenfalls.

Vater hat uns eine Pizzeria vererbt, die wir bei näherem Blick auf die Zahlen eigentlich hätten verkaufen müssen. Er hatte nie Sinn für Papierkram gehabt. Aber dass die Pizzeria schon seit Monaten in den roten Zahlen steckte, hatte ich vor seinem Tod nicht geahnt. Die Ausgaben überstiegen die Einnahmen. Die Preise waren schlecht kalkuliert, Vater hatte sie trotz der Inflation seit Jahren nicht angepasst. Mitarbeiterlöhne standen aus. Er hatte uns ein sinkendes Schiff hinterlassen, ohne je Wort über das Leck zu verlieren. Vielleicht aus Schamgefühl oder zu unserem Schutz. Aber welchen Unterschied macht das schon?

Ich rechnete Nino vor, was es bedeuten würde, die Pizzeria weiterzuführen. Ohne eine massive Umstrukturierung gab ich dem Lokal maximal sechs Monate. Aber Nino, ohne je viel Sinn für Zahlen gehabt zu haben, bestand trotzdem darauf. Er versucht jetzt, das Restaurant am Leben zu halten. Ausgerechnet mein kleiner Bruder, der bislang nicht mehr betrieben hat als einen YouTube-Kanal. Ich schüttele den Kopf, um den Gedanken an zu Hause loszuwerden. Nino ist erwachsen. Es wird Zeit, dass ich mich einmal um mich kümmere. Und um mein neues Haus.

Ich greife mir zwei Fliesenpakete und gehe voran, ohne auf Signor Mura zu achten, der vehement versucht, meine Hilfe abzuwehren.

In Botigalli gibt es im Grunde nur eine einzige kopfsteingepflasterte Straße, die sich den Berg hinaufwindet. Alle Wege, die davon abzweigen, ranken wie wilder Efeu durch die Häuser. Sie enden in irgendeinem Hinterhof oder Hauseingang oder sind Sackgassen, deren Sinn und Zweck sich mir nicht erschließt. Vielleicht sollten es irgendwann mal Zugänge werden, die aufgegeben wurden, oder aber sie dienen einfach der Verwirrung.

Das irritiert und fasziniert mich zugleich. Ich mag das Ungeplante, das diesen Ort umgibt. Die ungeraden Linien. Hier war kein Städteplaner am Werk, der Straßen und Gebäude auf Millimeterpapier gezeichnet hat, alles strategisch, praktisch, platzeffizient. Dieser Ort ist gewachsen wie ein lebendiges, atmendes Wesen. Ich bin froh, es vorm Sterben zu bewahren. Immerhin etwas, das ich vorm Sterben bewahren kann.

Ganz am Ende der Straße gibt es eine lange, steile Treppe, die zur Kirche hinaufführt. Die Treppe ist ein weiterer Beweis dafür, dass sich hier niemand über Nutzungseffizienz Gedanken gemacht hat. Kein vernünftiger Städteplaner der Welt würde ein öffentliches Gebäude, das vor allem die Alten aufsuchen, auf eine Bergspitze setzen und durch derart viele Stufen nahezu unzugänglich machen!

Vor Anstrengung und Hitze schwitzend, biege ich ein Stück weit vor der Treppe links ein, in die Gasse, in der mein Haus liegt. Schmale Balkone hängen über der Straße, gerade breit genug für die gesprungenen Blumentöpfe, aus denen Unkraut und Ranken sprießen und die rostigen Geländer und Hauswände hinabwachsen. Die Fassaden sind dunkel verfärbt, der Putz abgebröckelt. Es müsste viel getan werden, um diesen Ort wieder bewohnbar zu machen.

Ich stelle die Fliesenpakete ächzend neben der kleinen Treppe vor dem Hauseingang ab, stütze die lahmen Arme in die Hüften und gönne mir einen Moment, um zu verschnaufen. Die Mittagshitze ist nicht auszuhalten. Es reichen schon ein paar Meter, bis mir der Schweiß an Armen und Beinen herunterläuft. Aber die körperliche Arbeit tut mir auch gut. Sie beruhigt meinen Kopf. Und es gab vor dem Umbau tatsächlich nicht vieles, das dazu in der Lage war.

Signor Mura folgt mir mit weiteren Fliesen. Er reibt sich den Schweiß von der Stirn und murmelt etwas im Dialekt, das ich nicht verstehe. Aus dem Kontext schließe ich, dass es um die Affenhitze gehen muss, die hier herrscht. Dann runzelt er die Stirn, legt den Kopf in den Nacken und betrachtet jedes einzelne Fenster.

«Das ist das Haus, in das Sie jetzt einziehen?»

«Ja. Warum?»

Er betrachtet es stumm und antwortet mir nicht. Aber ich habe den Tonfall in seiner Frage gehört. Er klang, als würde ihm die Tatsache Unbehagen bereiten.

«Warum?», hake ich noch einmal nach. Doch in diesem Moment taucht der Sohn hinter uns auf. Auch er legt den Kopf in den Nacken.

«Ist es das Haus, Papà?» Er fragt nicht: «Ist das das Haus, vor dem ich die Ware abstellen soll?» Er fragt, ob es das Haus ist, über das sie vorher schon mal gesprochen haben, über das sie irgendein gemeinsames Wissen teilen, das mir ganz klar fehlt. Ich bin ja nur diejenige, die das Haus gekauft hat.

«Was ist denn damit?», frage ich unwirsch.

«Nichts!», sagt Signor Mura, bevor sein Sohn antworten kann, und nimmt diesem hastig die Pakete ab, um sie zu den anderen zu stellen. Dann packt er seinen Sprössling am Ärmel und zieht ihn zurück zum Lieferwagen, um die restlichen Pakete zu holen. Ich muss an die Flecken im Wohnzimmer denken und an die Löcher in den Wänden, die inzwischen geschlossen sind. Außerdem habe ich einen neuen Boden über dem alten verlegt, nachdem sich die dunklen Verfärbungen selbst mit dem hartnäckigsten Reiniger nicht hatten entfernen lassen. Was ist in diesem Haus passiert? Ich schaudere trotz der Hitze und folge dann Vater und Sohn zurück zum Ortseingang.

Wir laufen hin und her, stapeln Fliesenpakete neben der Treppe und sind bald so nass geschwitzt, als kämen wir geradewegs aus der Sauna. Als ich mit den Umbauarbeiten begonnen habe, war es Frühling und die Luft hier in den Bergen stets angenehm. Aber jetzt, Ende Juni, brennt die Sonne nur noch erbarmungslos vom Himmel. Ohne meine Klimaanlage wäre ich auf der Fahrt von Deutschland hierher eingegangen.

«Wer bringt die Fliesen an?», fragt Signor Mura, als er das letzte Paket schwer auf den anderen absetzt. Sein kurzärmliges Hemd hat große Schweißringe unter den Armen.

«Das mache ich selbst.»

«Mit den Mosaiken und allem? Haben Sie denn so was schon mal gemacht?»

«Das ein oder andere Mal.»

«Da sollten Sie lieber einen Profi ranlassen. Ich mache Ihnen einen fairen Preis.»

Ich dachte mir schon, dass er auf einen Auftrag hofft. Und unter anderen Umständen würde ich ihm diesen auch erteilen, schon allein, weil es der Region guttut. Aber ich freue mich darauf, meinen Händen etwas zu tun zu geben. Endlich einziehen zu können und alles Weitere alleine zu Ende zu bringen.

Ich habe aufgehört zu zählen, wie oft ich in den letzten Monaten zwischen Deutschland und Sardinien hin- und hergependelt bin. Mit dem Flieger ist es noch einigermaßen komfortabel. Es gibt eine direkte Flugverbindung, und von Olbia aus konnte ich einen Mietwagen nehmen. Aber gestern bin ich mit dem eigenen Auto gefahren, über Genua auf die Fähre, gut zwanzig Stunden reine Fahrzeit, und ich bin müde. Der Urlaubsverkehr, die Staus, das Leben in Hotels, die sich jetzt in der Hochsaison mit immer mehr Touristen füllen. Der Anblick glücklicher Paare macht mich traurig. Sogar der Anblick sich streitender Paare macht mich traurig – so weit ist es inzwischen schon gekommen. Noch schlimmer, wenn sie Kinder dabeihaben.

Keine einzige Nacht habe ich bislang in Botigalli verbracht. Mein Haus war immer nur «die Baustelle». Ich möchte, dass es endlich auch ein Zuhause wird, in das ich mich zurückziehen kann.

Signor Mura blickt skeptisch auf das Haus, das schief und alles andere als fertig ist, und dann auf meine Wenigkeit. Ich glaube, er würde mir nicht mal zutrauen, einen Nagel gerade in die Wand zu schlagen, geschweige denn, ein ganzes Gebäude wieder auf Vordermann zu bringen. «Was sind Sie noch gleich von Beruf?», fragt er.

«Ich habe ein kleines Unternehmen», sage ich, was vage genug ist, um keine Fragen nach sich zu ziehen, und nah genug an der Wahrheit, um mich beim Lügen nicht schlecht zu fühlen. Ich habe keine Lust, irgendwen mit der Nase auf meine Vergangenheit zu stoßen. Womöglich eine Google-Suche zu riskieren. Auch wenn diese Sorge in einer abgelegenen Region wie der hier beinahe paranoid klingen mag.

Signor Mura zieht die Augenbrauen hoch. Ein eigenes Unternehmen zu führen, hat er mir offenbar auch nicht zugetraut.

Als er und sein Sohn gefahren sind, gehe ich zu meinem Wagen und hole die Koffer und Taschen aus dem Kofferraum. Der Geruch nach Rosmarin und das Gezirpe der Grillen füllen die Luft. Ich bin zum ersten Mal allein in Botigalli. Das Haus ist keine reine Baustelle mehr. Es ist jetzt mein Haus, und ich werde ihm neues Leben einpflanzen, ihm eine neue Haut geben. Das ist es schließlich, woraus meine ganze bisherige Karriere bestand, bei weitaus größeren und schwierigeren Projekten. Was also könnte schon schiefgehen?

Ich atme ein. Die verfallenen, dunkel verfärbten Häuser bauen sich vor mir auf wie eine Gewitterwand. Dann schleppe ich die Taschen und Koffer die gewundene Straße hinauf, um meine erste Nacht in Botigalli zu verbringen.

FRANCA

Wir saßen auf den Steinstufen vor dem Eingang meines Elternhauses und beugten uns zu viert über das Radio: Anna, Carmela, Teresa und ich. Teresa hatte eine aufgeschlagene Sportzeitschrift auf den Knien, die sie aus dem Zimmer ihres Bruders Tommaso stibitzt hatte. In dem Artikel prangte ein Foto von Paolo Rossi, Italiens neuem Fußballgott. Wir warteten alle darauf, dass er ein Tor schoss. Weil in dieser Weltmeisterschaft sowieso nur Rossi die Tore schoss. Drei gegen Brasilien, zwei gegen Polen. Jetzt standen wir im Finale gegen Deutschland. Das ganze Land war in Aufruhr.

Doch inzwischen waren bereits mehr als fünfzig Spielminuten vergangen, und gar nichts war passiert. Die Übertragung war schlecht. Es war heiß. Eine Fliege brummte wieder und wieder an mein Gesicht heran, ohne dass ich sie erwischte. Der Hund der alten Nachbarin bellte in den Gassen. Und aus der Küche hörte man meine Mutter singen. Es war ihr Radio, das ich auf dem Schoß hielt, und ihr fehlte die Musik. Sie brauchte sie für die Zubereitung ihrer Focaccia, so wie sie Mehl, Öl und Wasser dafür brauchte. Das Essen sollte fertig sein, wenn die Männer aus Nuoro zurückkehrten. Ich wünschte, ich hätte mit ihnen gehen können.

«Wollen wir vielleicht ...», setzte Anna an, brach aber erschrocken ab, als der Fußballkommentator plötzlich laut wurde. Wir hörten seine Stimme nur abgehackt. Ich schüttelte verärgert das knisternde Radio, wodurch die Verbindung auch nicht besser wurde. Das Geschrei der Menschen im Stadion brandete auf, der Sprecher brüllte.

«War das ein Tor? War es Rossi?», rief ich. Aber die anderen hatten es auch nicht gehört. Von der Stimmung im Stadion bekamen wir lediglich einen Bruchteil mit. Als würden wir versuchen, bei einer Party mitzufeiern, die wir nur durch ein Schlüsselloch beobachteten.

In der Halbzeit brachte meine Mutter uns *pizzette di sfoglia*. Wir aßen die kleinen Blätterteigpizzen auf den Stufen sitzend, aber richtig Appetit hatte ich nicht. Ich hätte das Spiel so gerne auf einem richtigen Bildschirm mitverfolgt. So wie die Männer.

Es gab in Nuoro einen Elektroladen mit dem einzigen funktionierenden Fernseher weit und breit. Ich sage «funktionierend», weil wir hier in Botigalli auch schon einen Fernseher hatten. Teresas Vater hatte ihn gekauft, im Dorf war er derjenige mit dem meisten Geld. Er hatte es sogar zwischen den Zähnen sitzen, golden und glänzend. Was Teresas Vater nicht bedacht hatte, war, dass es mit dem Fernseher alleine nicht getan war. Man brauchte auch einen Anschluss dafür, den er nicht hatte. Wir dachten alle, dass er ihn daraufhin zurückgebracht habe, aber Teresa hatte uns verraten, dass der Fernseher jetzt unter einer Tischdecke versteckt im Wohnzimmer stand und als Beistelltisch diente. Keine Ahnung, ob es ihm zu peinlich war, ihn zurückzugeben – oder ob Teresas Vater den Fernseher am Ende eigentlich gar nicht wirklich gekauft, sondern irgendwo abgezogen hatte. Botigalli war so ein Ort, an dem manchmal Dinge auftauchten, deren Herkunft sich letztendlich nicht mehr klar benennen ließ.

Aus diesem Grund jedenfalls drängten sich jetzt die Männer aller umliegenden Dörfer vor ebenjenem Schaufenster in Nuoro und verfolgten die Spiele mit. Natürlich waren keine Frauen dabei. Fußball war ein Männersport, für den wir uns nicht zu interessieren hatten. Wir durften nur zu Hause sitzen und Focaccia und Pasta für die Rückkehr unserer fröhlichen Ehemänner und Väter zubereiten.

Was das betraf – und eigentlich auch alles andere –, hätte man meinen können, es wären noch immer die 60er-Jahre – und nicht 1982. Unsere Mütter trugen Kopftücher und Schürzen und wärmten freitags das Badewasser auf dem Herd. Samstags hängten sie weiße Laken zum Trocknen in die Sonne und kochten das Essen für den Sonntag vor. So wie sie überhaupt immer in der Küche standen und irgendetwas kochten. Wahrscheinlich, um nicht vor Langeweile zu sterben.

Am Ende gewann Italien 3:1 gegen Deutschland, so viel immerhin bekamen wir mit. Während überall im Land gefeiert wurde, holte ich eine Klatsche aus der Küche und schlug die nervig brummende Fliege tot. Carmela ging nach Hause, um ihrer Mutter beim Kochen zu helfen. Anna und Teresa drucksten ein bisschen herum, taten dann aber das Gleiche. Danach war es noch stiller im Ort. Bis die Männer aus Nuoro zurückkamen, hatte sogar der blöde Hund sich schlafen gelegt.

Mein Vater hatte getrunken und war bester Laune. Er zog meine Mutter an sich und küsste sie so fest, dass sie lachend mit dem Kochlöffel nach ihm schlug, um sich von ihm zu befreien. Wir trugen die Focaccia und eine Unzahl von Auflaufformen durch die Gasse bergauf bis zum Platz vor der Kirche, wo die anderen Frauen bereits die Lampions angesteckt und einen langen Tisch aufgebaut hatten. Jede steuerte etwas zu dem Festessen bei.

Für den Abend taten wir so, als hätten wir selbst das Spiel gewonnen. Für diesen Abend war ganz Italien eine einzige große Mannschaft und Paolo Rossi einer von uns, ein Mann aus Botigalli. Dabei kam er in Wahrheit aus Prato in der Toskana, was emotional und kulturell ziemlich weit von Sardinien entfernt war. Wie eigentlich alle Regionen, die nicht zu unserer Insel gehörten.

Aber Rossi war rebellisch. Er war in einen Wettbetrugsskandal verwickelt und zwei Jahre zuvor für alle Spiele gesperrt worden. Es schien allen ein Witz, dass man ihn überhaupt bei der WM spielen ließ. Solch ungewöhnliche Helden liebten wir. Rebellen, die sich nicht bezwingen ließen. Seit Grazianeddu hatte niemand mehr einen ähnlichen Popstar-Status auf Sardinien erreicht. Und der war kein Fußballer, sondern Bandit.

Mein Blick fiel auf die leeren Stühle am Ende des Tisches. Im Gegensatz zu unseren Vätern waren die Jungs noch nicht aus Nuoro zurück. Die Vorstellung, dass sie wahrscheinlich irgendwo hingefahren waren, um zu feiern, richtig zu feiern, nicht nur zu essen, wie wir es hier immer taten, versetzte mir einen neidischen Stich.

Plötzlich stand mein Vater hinter mir. Seine Hände legten sich auf meine Schultern, schwer und warm wie die Nacht. «Und was hast du den Tag über gemacht, *figliola?*», fragte er. *Figliola.* Töchterchen. So hatte er mich lange nicht mehr genannt.

Früher hatten wir ein engeres Verhältnis zueinander. Im Gegensatz zu meiner Mutter hatte mein Vater sich nie darüber beschwert, dass ich ein kleines bisschen eigensinnig war und lieber mit den Jungs Ball spielte als Gummitwist mit den Mädchen. Auf den wenigen Fotos, die es von ihm und mir zusammen gab, stand ich ernst neben ihm. Ein dünnes Mädchen mit kurzen schwarzen Locken, das ihm knapp bis zum Bauch reichte, das seine dichten Brauen geerbt hatte und dazu noch einen so finsteren Gesichtsausdruck, als klagte es die Welt für alles Unrecht an, das einem an diesem Ort widerfuhr.

«Meine kleine Wilde», hatte mein Vater immer gesagt und mir liebevoll durch die wirren Haare gewuschelt. «Aus dir wird mal eine richtige Rebellin.» Aber das war lange her. Inzwischen war ich siebzehn. Und falls mein Vater wirklich noch immer denken sollte, dass aus mir mal eine Rebellin werden könnte, dann amüsierte es ihn nicht mehr. Ich glaubte sogar, dass es ihn ängstigte.

«Ich habe das Fußballspiel verfolgt», beantwortete ich seine Frage. Mein Vater lachte, als hätte ich einen Scherz gemacht. Kurz schwebte seine Hand über meinem Kopf, als wolle er mir doch noch einmal durch die Haare wuscheln. Aber dann ließ er es.

«Und wie war es in Nuoro?», fragte ich. «Waren viele Zuschauer da?»

«Die halbe Welt! Und der Besitzer des Geschäfts hat doch tatsächlich versucht, uns Geld abzuknöpfen! Dafür, dass wir vor seinem verdammten Schaufenster stehen! Das muss man sich mal vorstellen. Als würde er ein Kino führen!»

«Ihr habt das Schaufenster ja auch genutzt, als wäre es ein Kino.»

Er war kurz verblüfft, dass ich ihm widersprach. Dann sagte er unwirsch: «Ein Schaufenster ist zum Schauen da! Und außerdem war es nicht klug von ihm, sich so aufzuführen, wenn Leute wie Piga und Capo dabei sind.»

Capo war der Boss in unserem Ort und Piga sowieso immer auf Krawall aus. Man tat besser, was die beiden wollten, oder ging ihnen aus dem Weg.

«Was haben sie gemacht? Haben sie den Laden auseinandergenommen?», fragte ich, doch mein Vater drückte nur noch einmal meine Schulter und sagte: «Lassen wir das Thema. Wir haben ja gewonnen, oder?»

Dann wandte er sich ab, um zu seinem Stuhl zurückzugehen. *Wir haben gewonnen*, dachte ich. *Wir*. Dabei hatte mein Vater sonst nur Verachtung für den Rest von Italien übrig.

Lachen und Gläserklirren hallten über den erleuchteten Platz. Hinter der Kirchenmauer gaben die Grillen ein Sommerkonzert. Und in Botigalli wurde die ganze Nacht gefeiert.

Die Jungs kamen erst in den frühen Morgenstunden zurück. Sie waren nicht zu überhören, als sie mit ihren Mopeds durch die engen Gassen knatterten. Mit ihrem Gejohle und Gefeixe schreckten sie die Hunde im Ort auf, die zu bellen begannen. Das Knattern der laufenden Motoren dauerte an. Und dauerte an. Waren sie etwa direkt unter meinem Fenster stehen geblieben? Ich wälzte mich aus dem Bett, durchquerte das Zimmer und blickte durch den Gardinenspalt nach unten.

Teresas Bruder Tommaso stach mir zuerst ins Auge. Er saß auf seinem laufenden Moped und zündete sich lässig eine Zigarette an, während Antonello und Pasquale hitzig miteinander diskutierten. Luca, den Vierten im Bunde, konnte ich nirgends entdecken. Tommaso hatte sich ein Fußballtrikot gekauft, auf dem in fetten Buchstaben «Rossi» stand. Er war sicher stolz darauf, dass er und Paolo Rossi denselben Nachnamen hatten. Als könnte dadurch auch der Erfolg des Spielers auf ihn abfärben. Aber die drei wirkten nicht in Feierlaune. Eine seltsame Anspannung lag in ihren gedämpften Stimmen.

Dann tauchte Luca in meinem Blickfeld auf. Er musste nah an der Hauswand gestanden haben, darum hatte ich ihn nicht gleich gesehen. Er zischte die anderen an, ihm verdammt noch mal zu helfen, und ich trat noch näher ans Fenster, um zu sehen, wobei. Luca beugte sich zu etwas herunter, das auf dem Boden lag, und zerrte daran. Es musste etwas Schweres sein, aber erkennen konnte ich in der Dunkelheit nichts. Luca stand zu nah an der Hauswand, und als Antonello ihm zu Hilfe eilte, versperrte er mir zusätzlich die Sicht. Ich sah nur etwas Unförmiges, sah die Bemühungen der Jungen, dieses schwere Etwas durch die Gasse zu ziehen. War das ein Sack? In diesem Moment drehte Tommaso sich um und schaute zu mir hoch. Ich erstarrte. Ich hatte kein Licht eingeschaltet, aber trotzdem das Gefühl, dass er mich im Halbdunkeln ebenso gut erkennen konnte wie ich ihn. Unsere Blicke trafen sich, und ich zog mich vom Fenster zurück.

Ich hatte Tommasos Blicke schon in anderen Situationen bemerkt. Gestern erst hatte er rauchend mit den anderen in einer Gruppe zusammengestanden, seine Zigarette fallen lassen und sie langsam, betont langsam, mit der Fußspitze ausgetreten, während er mich unverwandt ansah. Aber dieser Blick war anders, die Intensität verursachte mir eine Gänsehaut. Es lag fast eine Gier darin. Ein Hunger.

Ich kroch zurück unter die Decke und wartete darauf, dass das Motorenknattern endlich erstarb. Aber erst als die alte Giuseppina ihr Fenster öffnete und lautstark schimpfte, tat sich etwas auf der Straße. Die Mopeds knatterten davon. Die Hunde bellten noch ein bisschen weiter, dann gaben auch sie Ruhe. Ich warf mich im Bett herum, konnte keinen Schlaf mehr finden. Was hatten die Jungs dort unten gemacht? Je öfter sich die Szene vor meinem inneren Auge abspielte, desto mehr zwang sich mir der Eindruck auf, dass sie etwas hatten bändigen wollen. Sicher war, ich würde keinen Schlaf finden, ehe ich nicht selbst nachgesehen hatte.

Seufzend schlug ich die Decke zurück, verließ mein Zimmer und schlich die Treppe hinunter zur Haustür. Das Kopfsteinpflaster unter meinen nackten Füßen war kühl, als ich in die Gasse trat. Motoröl hatte sich in der Mulde eines Pflastersteins gesammelt. Sonst sah ich nichts. Ich ging an der Hauswand entlang, den Blick konzentriert auf den Boden gerichtet. Und trotzdem hätte ich es fast übersehen. Ein winziges Stoffknäuel im Schatten der Wand. Ich ging in die Hocke und hob es vorsichtig mit zwei Fingern auf. Es war ein Damenstrumpf.

TILDA

Ich wache auf, als etwas Schweres mein Bein trifft. Ein betäubender Schlag, wie von einem Knüppel. Mein Oberschenkelknochen splittert, und ich schreie auf. Panisch taste ich nach meinem Bein. Doch da ist nur ein unsäglicher Schmerz in meiner Hüfte und darunter – nichts. Meine Finger ertasten Holz, wo eigentlich mein Bein sein sollte. Etwas Schweres liegt quer auf meinem Bett, klemmt mich ein. Kein Knüppel. Es ist ein Balken! Mit böser Vorahnung blicke ich nach oben. Im selben Moment stürzt die ganze Decke mit Krachen und Poltern ein und begräbt mich unter sich.

Schreiend strecke ich die Arme aus. Balken und Betonbrocken prasseln auf mich nieder. Massiv und erbarmungslos. Ich spüre meine gesamte untere Körperhälfte nicht mehr. Dann trifft etwas Hartes meine Schläfe. Zertrümmert meinen Schädel. Vor meinen Augen explodieren Farben, die es in der Dunkelheit eigentlich nicht gibt. Wie eine Ertrinkende schnappe ich nach Luft …

Und wache mit einem Japsen auf. Ich blicke mich um. Versuche, meinen Atem unter Kontrolle zu bringen. Meine Beine – ich spüre sie noch immer nicht. Ich taste danach und zucke zurück, als meine Finger taubes Fleisch berühren. Dann suche ich nach dem Schalter meiner Nachttischlampe, die nicht da ist, weil ich nicht in meiner alten Wohnung bin. Weil ich lediglich die Albträume von dort mitgenommen habe, nicht aber diese Lampe, zu der noch eine zweite gehörte. Eine auf jeder Seite des Ehebetts. Hektisch umhertastend finde ich mein Handy und stelle die Taschenlampenfunktion an. Fahle weiße Möbelgespenster leuchten mir aus der Dunkelheit entgegen, als ich das Licht auf sie richte. Während der Renovierungsarbeiten habe ich die Kommoden und Schränke abgedeckt gelassen und mir gestern Abend nicht mehr die Mühe gemacht, die Laken abzuziehen.

Ich schlage die Decke zurück, leuchte auf meine Beine. Sie liegen nutzlos auf dem weißen Laken und fühlen sich immer noch tot an, als ich sie berühre. Wie fremde Gliedmaße. Ich massiere sie mit der freien Hand, bis ich ein Kribbeln spüre. Schmerzhaft zwar, aber immerhin wieder eine Empfindung. Ein Gefühl.

Mein Arzt meint, es sei nicht unüblich, dass der Körper so auf ein Trauma reagiere. «Ein klassischer Fall von dissoziativer Empfindungsstörung», stellte er fest. Im Klartext heißt das: So wie es mir in vielen Dingen nicht mehr gelingt, Freude zu empfinden, so kann ich auch manchmal meinen Körper nicht mehr wahrnehmen. Eine emotionale und körperliche Taubheit, die seit dem Unfall im Theater mein Leben prägt. Ich glaube, die Klarheit dieser Diagnose hat meinen Arzt sogar ein bisschen gefreut.

Ich habe also längst ein Wort für meine Albträume. Und ich kenne auch ihren Grund. Aber all das Wissen hilft mir nicht, wenn ich es im entscheidenden Moment nicht abrufen kann. Während ich schlafe nämlich und dabei Nacht für Nacht sterbe.

Meine Freundin Astrid, von Beruf Psychologin, drängte mir Therapiesitzungen auf. Meine andere Freundin, Laurene, tat dasselbe, wobei ihre «Therapie» Gin hieß und die «Sitzungen» in einer Bar stattfanden. Wir hatten viele solcher Sitzungen. Viele Gin Tonics. Gebracht haben auch sie nichts.

Habe ich wirklich geglaubt, dass der Umzug hierher alles

ändern könnte? Das Trauma ist mit mir hergekommen und meine Schuldgefühle ebenfalls. Ich knete auch das zweite Bein, kneife in schlaffes Fleisch und schiebe meine nutzlosen Gliedmaßen schließlich über die Bettkante, um ins untere Stockwerk zu humpeln und mir eine Flasche Wasser aus dem Kühlschrank zu holen. Das Nachthemd klebt mir am Körper. Ich bin schweißgebadet. Durch das Fenster dringen warme Nachtluft und das Zirpen der Grillen. Schrill und laut, viel lauter als tagsüber. Oder vielleicht ist es auch nur die Nacht, die alle Geräusche verstärkt.

Ich öffne die Tür zum Garten und trete nach draußen, die kalte Flasche gegen meinen Nacken gedrückt. Der Mond ist eine Sichel am Nachthimmel. Er sieht aus wie eine scharfkantige Sense und spendet kaum Licht. Ich will gerade zurück in die Küche gehen, als ein leises Rascheln mich zusammenfahren lässt. Ich horche in die Dunkelheit. War das ein Tier zwischen den Büschen? Plötzlich habe ich das ungute Gefühl, beobachtet zu werden. Ich bleibe ganz still stehen, doch was immer da geraschelt hat, es ist weder zu sehen noch zu hören. Nur ein leichter Wind kommt auf, streicht über meinen feuchten Nacken wie eine sanfte Hand, und er trägt etwas mit sich. Einen lang gezogenen klagenden Laut. Als würde irgendwo ein Baby weinen. Am ganzen Körper stellen sich mir die Haare auf.

Mit entschiedenen Schritten gehe ich zurück in die Küche und schließe die Glastür hinter mir.

Ich habe kein Problem damit, allein zu sein. Alleinsein ist mein sicherer Hafen. Früher habe ich es genossen, zwischen den vielen Meetings und Veranstaltungen endlich mal die Tür hinter mir schließen zu können – die beruhigende Stille, die damit einhergeht. Den Kopf abschalten, den eigenen Gedanken nachhängen. Ich habe mich darauf gefreut, in einen Ort zu ziehen, in dem ich all das kann. Das Problem ist vielmehr, dass ich gerade das unbestimmte Gefühl habe, *nicht* allein zu sein.

Sicherlich fünf Minuten stehe ich einfach nur vor der Glastür und starre hinaus. Dann gebe ich auf. Was auch immer ich da draußen an Unheimlichem zu spüren gemeint habe – es ist nur hier, weil ich es mitgebracht habe. Vier Uhr früh. Mit Schlafen muss ich es gar nicht erst noch mal probieren. Auch das ist immer gleich. Mein nächtlicher Tod ist mein Wecker. Er bestimmt, wann mein Tag anzufangen hat.

Ich setze Kaffee auf und mache im Kopf eine Liste der Dinge, die ich heute erledigen will. Zu tun gibt es genug, und Arbeit ist die einzige Therapie, die bei mir wirklich anschlägt. Ich beginne damit, das Licht einzuschalten und die Möbelgespenster zu befreien. Wähle aus, was auf den Sperrmüll wandert und was ein zweites Leben bekommt. Die Kommode im kleineren Schlafzimmer lässt sich gut als Wäscheschrank nutzen. Wenn erst mal die gröberen Arbeiten am Haus getan sind, werde ich sie restaurieren, ihr vielleicht einen neuen Anstrich verpassen. Probeweise ziehe ich die oberste Schublade auf und stelle fest, dass sie noch alte Kleidung enthält. Alles durcheinandergewühlt. Weiß Gott, wer hier schon alles nach Wertsachen gesucht hat, bevor das Mobiliar abgedeckt und das Haus zum Verkauf gelistet wurde. Ich ziehe ein türkisfarbenes T-Shirt aus dem Gewühl, ein Kleid. Mädchenunterwäsche finde ich auch. Weiße Socken mit Rüschen. Alles so alt, dass der Stoff in meinen Händen rau und steif ist.

Im ganzen Haus gibt es Spuren der ehemaligen Bewohner. Das ist mir schon während der Renovierungsarbeiten aufgefallen. Die Leute, die hier gewohnt haben, müssen mitten aus dem Leben gerissen worden sein.

Ich ziehe auch die anderen Schubladen auf. In der untersten, versteckt im Chaos von noch mehr Wäsche, entdecke ich ein zerfleddertes Notizbuch, das von einer Schnur zusammengehalten wird. Als ich sie löse, fällt mir der Inhalt in Einzelteilen entgegen. Das Buch muss einmal nass geworden sein, denn die Seiten sind hart und gewellt, viele kleben aneinander. Einige der Eintragungen sind mit Bleistift geschrieben, andere mit schwarzem Filzstift. Beides verwischt und verblasst, kaum mehr lesbar. Ich hebe ein altes Foto auf, das zwischen den Seiten gelegt haben muss. Es zeigt eine Gesellschaft an einem Esstisch, der mitten auf der Straße steht. Vielleicht eine Straße hier in Botigalli. Auf der Leine über den Köpfen weht Wäsche im Wind. Die Männer tragen Unterhemden und Seitenscheitel, die Frauen Röcke und Schürzen, die Kinder Sandalen. Ich nehme an, es muss etwa in den 1970er-Jahren aufgenommen worden sein. Durch die lange Belichtungszeit sind einige der Kinder verschwommen, als sei es schwierig gewesen, sie für das Foto zur Ruhe zu bringen. Nur das Mädchen, das der Kamera am nächsten ist, sitzt ganz still. Ihr Stuhl steht am Kopfende des Tisches, sie dreht sich zum Fotografen. Aber ich kann ihr Gesicht nicht sehen, denn genau an der Stelle ist das Foto kaputt. Gewaltsam durchstochen. Ich drehe das Foto um. Es sieht wirklich aus, als hätte jemand eine Schere durch das Gesicht des armen Mädchens gestochen und ein paarmal ordentlich herumgedreht. Rund um die kaputte Stelle wölben sich die Ränder. Mit einem mulmigen Gefühl blättere ich weiter. Die hinteren Seiten sind voller wütender schwarzer Kritzeleien. Grabsteine zwischen den unleserlichen Sätzen. Ein Herz mit einem Dolch darin. Auf einer Seite steht einfach nur das Wort «Strega», hundertfach niedergeschrieben. *Strega. Strega. Strega.*

Hexe.

Es ist das einzige Wort, das ich im gesamten Buch entziffern kann. Unheimlich. Ich schaudere und schiebe das Foto zurück zwischen die Seiten, bevor ich das Tagebuch zubinde und auf die Kommode lege. Die Kleidung stecke ich in einen

Sack. Dann gehe ich in die anderen Schlafzimmer, um mit den Schränken dort genauso zu verfahren.

Es ist eine Erleichterung, hier auszumisten. Die Gespenster zu vertreiben. Und damit meine ich nicht nur die weißen Laken über den Möbeln. Dieses Haus hat einen Neuanfang ebenso verdient wie ich.

Ich bin so beschäftigt, dass der Gedanke an das, was ich verloren habe, mich den ganzen Morgen nicht überkommt. Selbst dann nicht, als ich die Tür des großen Holzschranks in meiner Zimmerecke öffne und die Männerhemden und -hosen von den Bügeln nehme, um sie zu entsorgen. Er überkommt mich erst am späten Nachmittag, als ich schließlich eine Pause vom Auf- und Ausräumen mache und gedankenlos zu viel Spaghetti ins Kochwasser schütte. Ich stocke, als ich meinen Fehler bemerke. Und als ich zur Küchentheke blicke, stehen da zwei Teller. Habe ich nicht nur einen aus dem Schrank genommen und abgewaschen?

«Schatz, ich finde gar keine Sahne.»

Ich drehe mich um. Sehe Nathan, der sich in den geöffneten Kühlschrank beugt. Nathans Hintern, um genau zu sein. Nur dass da kein Nathan ist. Natürlich nicht. Der Kühlschrank ist geschlossen und brummt leise vor sich hin.

«Wir brauchen auch keine Sahne, Nathan.»

«Bist du sicher?»

«In Spaghetti Carbonara kommt nie Sahne.»

Er richtet sich auf und runzelt die Stirn. Sagt: «Wir reden aber beide von dem gleichen Gericht, oder? Spaghetti mit Schinken und Sahne.»

«Nein, dann reden wir nicht vom selben Gericht. Ich rede von italienischen Spaghetti Carbonara. Du redest von einem kulinarischen Desaster.»

«Entschuldige mal, ich habe die schon hundertmal im Restaurant bestellt, und da war immer Sahne dran.»

«Und welches Restaurant soll das gewesen sein? Die Uni-Mensa?»

Wir waren damals frisch mit dem Studium fertig und haben eine Art Wettstreit daraus gemacht: In jedem italienischen Restaurant, in dem wir waren, hat mindestens einer von uns einmal Spaghetti Carbonara bestellt. Kam sie mit Sahne, musste ich zahlen. In Deutschland ging die Rechnung meistens auf mich.

Ich habe keine Ahnung, warum ich mich jetzt ausgerechnet daran erinnere. Vielleicht weil Nathan und ich gut darin waren, uns in Dinge hineinzusteigern, über die man eigentlich nur lachen konnte. Und über die ich jetzt, im Nachhinein, eigentlich nur noch weinen kann.

Die Nudeln im Topf beginnen zu kochen. Ich starre in das brodelnde Wasser und habe mit einem Mal keinen Appetit mehr.

Den Rest des Tages verbringe ich damit, die Fliesen in der Küche und im Bad auszulegen. Es ist eine schöne Tätigkeit. Als Architektin bestand meine Aufgabe zuletzt nur noch aus Planen und Delegieren. Dabei habe ich schon immer gerne mit den Händen gearbeitet. Richtig zusammengesetzt bilden die Fliesen ein Mosaik, das aussieht wie bunte Fischschuppen. So viel Verspieltheit ist eigentlich untypisch für mich. Charakteristisch für meine Arbeit sind klare Linien, die Verwendung von Naturmaterialien, verbaut in schlichtem Design. Aber das hier ist kein Auftrag. Und es muss auch nicht in mein Portfolio passen. Ich habe Lust, einmal alles anders zu machen.

Es ist bereits Nachmittag, als mich plötzlich das Läuten der Kirchenglocke aus meiner Konzentration reißt. Kein liebliches Geläut, sondern ein durchdringendes, alles erschütterndes Dröhnen, unter dem ich zusammenfahre. Kurz will ich schon über meine eigene Schreckhaftigkeit lachen. Es ist Sonntag, und ich befinde mich in Italien. Dann aber erinnere ich mich plötzlich daran, dass die Glocke nicht von alleine läuten kann. Ich habe die Kirche bei einem meiner Rundgänge durch den Ort besichtigt und das Seil selbst gesehen. Die Glocke kann nur läuten, wenn jemand an diesem Seil zieht. Und wer sollte das tun? Dies ist ein Geisterort.

Ich komme auf die Beine, schlüpfe in meine Sandalen und laufe aus dem Haus. Draußen bläst mir ein heißer Wind ins Gesicht. Ich renne die Straße entlang, dann die lange Treppe zur Kirche hoch. Als ich endlich oben ankomme, bin ich völlig verschwitzt, und die Glocke hat aufgehört zu läuten. Auf dem Platz ist es noch stürmischer als unten in den Gassen. Der Wind wirbelt mir die Haare ins Gesicht und zerrt an meiner Kleidung, als ich über den Kirchenvorplatz zum Eingang laufe. Die schwere Holztür knarrt laut. Im Inneren der Kirche ist es dämmrig. Und weit und breit ist niemand zu sehen.

«Hallo?», rufe ich. In der Luft hängt der Geruch nach Weihrauch, den ich schon bei meinem ersten Besuch hier bemerkt habe. Er muss sich in den Wänden festgesetzt haben. Ich gehe durch den Mittelgang an den Reihen der Gebetsbänke entlang, die in erstaunlich gutem Zustand sind. Die Kirche muss das letzte Gebäude gewesen sein, das die Bewohner noch gepflegt haben, als alles andere bereits im Begriff war zu verfallen.

Bei der Glocke bleibe ich stehen. Ich zucke zusammen, als der Wind die große Flügeltür hinter mir krachend zuschlägt. Er braust noch einmal lauter auf, heult durch die Ritze zwischen den beiden Flügeln, als sei er wütend, dass er sich selbst ausgesperrt hat. Die Glocke dagegen hängt komplett still. Nichts verrät, dass eben noch an dem Seil gezogen worden ist. Ich trete unter den massigen Klangkörper, blicke in den Schlund und werde plötzlich nervös, als mir auffällt, dass mich das Ungetüm zerquetschen würde, wenn es herunterkäme. Die Vision überfällt mich ebenso unerwartet wie heftig. Nach Luft schnappend trete ich einen Schritt zurück, drehe mich um. Zwinge mich, nicht zu rennen, als ich die Kirche verlasse. Aber meine Schritte sind so ausgreifend und schnell, dass ich nicht weit davon entfernt bin. In meiner Vorstellung beginnt das Gebäude hinter mir zu bröckeln. Steine lösen sich, Stützpfeiler donnern zu Boden. Ich zucke zusammen, schaue aber nicht zurück. All das ist nicht real. Die Augen fest auf die Tür gerichtet, sage ich mir diesen Satz wieder und wieder: *All das ist nicht real.* Wenn ich je wieder in meinen Beruf zurückkehren will, dann muss ich diese Panikanfälle in den Griff bekommen. Aber erst draußen schaffe ich es, die Enge loszuwerden, die sich um meine Brust gelegt hat. Ich stütze mich auf den Knien ab, konzentriere mich auf den Boden zwischen meinen Füßen, den Sauerstoff in meinen Lungen. Dann erst drehe ich mich vorsichtig um. Natürlich steht die Kirche noch. Ich habe es nicht anders erwartet.

Mein Gott, Tilda. Schau dich nur an. Eine Architektin, die Angst vor Gebäuden hat.

Meine Augen wandern zu dem kleinen Friedhof, der an die Kirche anschließt. Er ist an den Hang gebaut, so steil, dass die Gräber bereits abrutschen. Der Platz vor der Kirche dagegen ist groß und flach. Ich stelle mir vor, wie hier früher Versammlungen und Dorffeste stattgefunden haben müssen. Lediglich die niedrige Steinmauer des Friedhofs trennte die Toten auf jener Seite von den Lebenden auf dieser.

Bei dem Gedanken kommt mir augenblicklich die Beerdigung in den Sinn. Das schwarz gähnende Loch, der schwarze Sarg, der hinabgelassen wurde. Eine schwarze, traurige Gesellschaft. Und dann die hohlen Worte des Pfarrers, der davon sprach, dass «Gott diesen Mann viel zu früh zu sich geholt» habe, so wie er es wahrscheinlich auf zig anderen Beerdigungen ebenfalls schon formuliert hatte. Als habe Gott irgendetwas damit zu tun, dass das Theater einstürzte. Als stünde die wahre Übeltäterin nicht mitten zwischen den Trauernden. Ich glaube, mir wäre es lieber gewesen, er hätte mit dem Finger auf mich gezeigt und die Wahrheit dort bereits ausgesprochen. Das wäre besser gewesen als die langsame, zerfleischende Exhumierung durch die Presse, die erst dann zu graben begann, als das eigentliche Grab bereits geschlossen war.

Ich will mich gerade abwenden, als ich aus den Augenwinkeln etwas auf dem Friedhof bemerke, das mich abrupt stehen bleiben und ein zweites Mal hinsehen lässt. Ich streiche mir die Haare aus dem Gesicht, die der Wind immer wieder hineinbläst. Doch an dem Bild ändert sich nichts: Da steht ein Mann zwischen den Grabsteinen.

FRANCA

Nachdem es eine Woche lang kein anderes Thema bei uns gab als den WM-Sieg, versumpfte Botigalli langsam wieder im Alltag. Der Hochsommer hielt Einzug. Und mit ihm eine Hitze, die sich nur noch im Meer einigermaßen ertragen ließ.

Ich war bereits verschwitzt, als ich aufwachte und meinen neu gehäkelten Bikini anzog. Gelb mit einem Band, das ich im Nacken zur Schleife binden konnte.

«Hat die Wolle nicht ausgereicht, um die Unterwäsche fertig zu häkeln?», fragte meine Mutter, als sie bei der Anprobe zufällig mit einem Stapel frischer Wäsche ins Zimmer kam.

«Das ist ein Bikini, Mamma.»

«Er ist zu klein.»

«Daran sind dann wohl deine Kochkünste schuld», sagte ich und drehte mich probeweise vor dem Spiegel. Er war überhaupt nicht zu klein. Er war perfekt! Im Chaos des Schranks suchte ich nach meinem Sommerkleid.

Sie schürzte die Lippen. «Du willst schwimmen? Damit? Eine Welle und das winzige Ding ist futsch!»

Ich ignorierte ihren Einwand, zog aber vorsichtshalber die Bänder in meinem Nacken und an den Hüften fester. Ich war es gewohnt, dass die Tatsache, dass wir Jüngeren beim Baden den Bauch zeigten, immer noch für Gesprächsstoff in Botigalli sorgte. Wahrscheinlich würde sich auch in den nächsten hundertfünfzig Jahren nichts daran ändern. So lange zogen die Frauen hier im Ort schon die gleichen unförmigen schwarzen Kleider an. Und am Meer hatte ich meine Mutter noch nie gesehen.

Sie legte den Wäschestapel aufs Bett und stemmte die Hände in die Seiten. «Ich hätte gleich skeptisch werden sollen, als du nach der Häkelnadel gefragt hast! Du hast doch noch nie Handarbeiten gemacht!»

Ich drückte ihr zur Antwort einen Kuss auf die Wange, schlüpfte in das zerknitterte Kleid und lief nach draußen, wo Carmela, Teresa und Anna bereits am Dorfbrunnen warteten. Wir mussten aussehen wie Packesel, als wir versuchten, uns mit den vielen Taschen, Luftmatratzen, Handtüchern und dem tragbaren Radio auf die Mopeds der Jungs zu quetschen, und lachten lauthals über uns selbst. Es war bereits zu spüren, wie heiß der Tag werden würde. Mit jedem Quadratzentimeter Haut konnten wir den Sommer spüren – bis hinunter in die Füße.

«Findet ihr nicht auch, dass man die Freiheit am meisten zwischen den Zehen fühlt?», rief ich, und dann wackelten wir alle probeweise mit den Zehen in unseren Sandalen und kicherten über Teresa, die nur die großen Zehen bewegen konnte. Ich kletterte zu Luca aufs Moped, Teresa saß hinter ihrem Bruder Tommaso. Anna fuhr bei Antonello mit und Carmela bei Pasquale. Es war unsere typische Clique.

Aber heute fühlte sich trotzdem alles anders an.

Die Jungs wirkten abgekapselt. Sie setzten sich nicht wie sonst dazu, als wir die Handtücher im Schatten eines Felsens ausbreiteten. Stattdessen bildeten sie ihre eigene Gruppe und sahen nur immer wieder zu uns rüber, während sie eine Zigarette rumgehen ließen. Plötzlich musste ich wieder an das denken, was ich vor einer Woche in der Gasse unter meinem Fenster beobachtet hatte. Ich spürte Tommasos Blicke auf mir, egal wie ich mich auf meinem Handtuch drehte und wendete, und es ärgerte mich, dass mich das nervös machte. Dass ich mir plötzlich doch Gedanken machte, ob mein Bikini nicht zu knapp war, während ich über einen Witz von Anna lachte. Das Gefühl, unter Beobachtung zu stehen, nahm meinem Lachen ein wenig von seiner Echtheit. Um ehrlich zu sein, wusste ich nicht mal genau, was Anna eigentlich gesagt hatte.

«Was haltet ihr von einem Wasserpicknick?», schlug ich vor, als Carmela die Focaccia auspacken wollte, die ihre Mutter gebacken hatte. Statt ihre Antwort abzuwarten, schnappte ich mir meine aufgeblasene Luftmatratze und lief zum Wasser, wo mich die anderen Mädchen einholten.

Wir schoben die Luftmatratzen mit dem Essen vor uns her, während wir in die geschützte Felsbucht paddelten, in der man im Spätherbst manchmal Seeigel finden konnte. Als wir ankamen, war die Focaccia vom Meer aufgeweicht und salzig. Carmelas Mutter backte sie auf die traditionelle Art, mit Kartoffeln, so wie die Hirten sie bei uns aßen, wenn sie den ganzen Tag unterwegs gewesen waren. Aber hier auf dem Meer schmeckte sie mindestens genauso gut wie dort in den Bergen. Wir rissen dicke, ölige Brotstücke ab, während wir halb auf den Matratzen hingen und mit den Beinen Wasser traten.

Plötzlich bemerkte ich einen Schatten, der von oben auf uns herabfiel. Ich hob das Gesicht und blinzelte gegen die Sonne. Die Jungs waren uns gefolgt, standen nun auf dem Felsen über uns, Tommaso ganz am Rand. Sie machten sich über irgendetwas lustig, und mein erster, dummer Gedanke war, dass es dabei möglicherweise um mich ging. Für einen zweiten Gedanken war es zu spät. Tommaso ließ sich fallen. Vielleicht wurde er auch geschubst, genau konnte ich es nicht sagen. Es ging alles so schnell, dass ich Teresa nicht einmal warnen konnte. Ich gab ihr lediglich einen Stoß, der sie von der Matratze stürzte, und versuchte ebenfalls, aus der Schusslinie zu kommen, aber da traf mich Tommaso schon mit der

Wucht eines Felsbrockens. Der Zusammenprall war hart und versenkte mich und die Matratze augenblicklich. Ein Schmerz im Rücken. Salziges Wasser in meiner Kehle. Als ich endlich wieder auftauchte, hustete ich tief und kehlig und schnappte nach Luft. Augenblicklich drang das aufgebrachte Geschrei der Mädchen an meine Ohren und das Johlen und Jubeln der Jungen auf dem Felsen. Als hätten sie eine Bowlingkugel geworfen und alle Kegel versenkt. Mein Rücken tat so weh, dass ich mich kaum bewegen konnte.

«Idioten!», rief Tommaso seinen Freunden zu, doch er wirkte nicht halb so erzürnt wie Teresa, die herangeschwommen kam und ihren Bruder jetzt mit Fäusten traktierte.

«Wolltest du uns umbringen?!», brüllte sie.

Ich wollte nur noch aus dem Wasser raus. Der Weg zu den Steinen, über die man aus dem Meer klettern konnte, erschien mir endlos, und vor Schmerzen achtete ich zu wenig auf den unebenen Grund, sodass ich mir die Knie und Schienbeine an den spitzen Kanten aufschrammte. Ich musste einen erbärmlichen Anblick abgeben, als ich endlich aus dem Wasser kroch. So erbärmlich, dass selbst Tommaso das Grinsen vergangen war, als er hinter mir an Land kletterte.

«Scheiße, Franca, das tut mir echt leid.»

«*Vaffanculo*, Tommaso, verpiss dich einfach!»

Aber er verzog sich nicht. Stattdessen wollte er mich stützen, als ich mich mühsam auf dem Felsen aufrappelte. Ich wehrte ihn ab. Aber etwas in mir wollte trotzdem gerne glauben, dass er nicht absichtlich gesprungen war. Dass es ihm leidtat. Dass er sich um mich sorgte. Seine Hände auf meiner Haut, seine Finger an meinen Rippen. Ich erschauderte und wusste nicht, ob es ein guter oder ein schlechter Schauder war.

Die anderen erreichten uns nun ebenfalls. Teresa, Carmela und Anna stiegen hinter uns aus dem Wasser, während Antonello, Pasquale und Luca den Felsen heruntergeklettert kamen.

«Ihr seid Idioten, alle miteinander», verkündete Teresa. Sie sah ihren Bruder wütend an. Daraufhin trollte er sich zu den anderen. Die Jungs folgten uns zurück zum Strand, wo sie sich auf die Mauer setzten, die Strand und Promenade voneinander trennte, und Zigaretten drehten. Ich verstand nicht, warum plötzlich alles so anders sein musste zwischen uns.

Ich ging zum Toilettenhäuschen, um den Schaden vor dem Waschbeckenspiegel zu begutachten. Mein unterer Rücken war gerötet, und es zeichnete sich schon jetzt ein großflächiger Bluterguss ab.

Als ich das Häuschen verließ, stand plötzlich Tommaso vor mir. So nah, als habe er direkt vor der Tür auf mich gewartet. Er erschreckte mich fast zu Tode.

«Tommaso! Das ist das *Mädchen*klo!» Wir standen so dicht voreinander, dass ich mich plötzlich nackt fühlte, nur in meinem Bikini. Ich hob die Arme vor die Brust und trat einen Schritt zurück.

«Ich habe mich gefragt, ob ich dich vielleicht auf ein Eis einladen kann? Als Wiedergutmachung?»

Ich schaute über seine Schulter, wo Teresa und die anderen in irgendeine Zeitschrift und die Jungs noch immer in ihr Zigarettendrehen vertieft waren. «Meinetwegen», sagte ich dann, obwohl mir nicht ganz wohl dabei war.

Wir gingen zu der Eisdiele am Ende der Promenade, bestellten je zwei Kugeln und setzten uns auf die bröckelnde Mauer. Tommasos haarige, schmale Beine berührten fast meine, und trotzdem trennte uns eine angespannte Stille. Wir hatten früher schon zusammen Eis gegessen, aber immer in der Gruppe. Dass ich plötzlich mit ihm alleine war, fühlte sich irgendwie falsch an.

«Weißt du, ich werde am Ende dieses Sommers wahrscheinlich Geld haben», sagte Tommaso plötzlich. «Ich meine nicht Geld von meiner Familie. Sondern eigenes. Genug vielleicht, um mir in Botigalli ein Haus bauen zu können. Ich mach jetzt nämlich mein eigenes Ding.»

Er schob sich selbstgefällig einen Löffel Stracciatella-Eis in den Mund und schaute aufs Meer. Das alles gefiel mir nicht. Wenn in Botigalli jemand davon sprach, dass er *sein eigenes Ding* machte, dann meinte er damit normalerweise nie etwas Gutes.

Der gelbe Plastiklöffel steckte zwischen Tommasos Lippen. Er spielte mit der Zunge daran herum, und der Stiel bewegte sich hin und her, während er mich ansah. Dieser Löffel, Tommasos Nähe, seine Locken, die so dicht und schwarz waren wie Teresas – all das verwirrte mich. Er ließ mich ebenso zappeln wie diesen Löffel, bevor er ihn schließlich genüsslich langsam aus dem Mund zog und sagte: «Ein kleines Geschäft. Eine Gelegenheit, die mir über den Weg gelaufen ist und zu der ich nicht Nein sagen konnte.»

Unbehaglich rutschte ich auf der Mauer hin und her. Der Damenstrumpf in der Gasse fiel mir wieder ein, und mir stellten sich die Nackenhaare auf. Was, wenn das die Gelegenheit war, von der er redete? «Okay, wovon genau sprechen wir hier?»

Er beugte sich zu mir. Ich neigte widerwillig den Kopf in seine Richtung. Seine Lippen berührten mein Ohr, als er flüsterte: «Das kann ich dir nicht sagen.»

Abrupt zog ich den Kopf zurück. «Warum fängst du überhaupt davon an, wenn du mir dann nichts erzählen willst?», giftete ich.

Er nickte zu den Jungs hinüber, die zwar ihren Platz nicht verlassen hatten, inzwischen aber ebenfalls in unsere Richtung sahen. «Wir haben abgemacht, es erst mal für uns zu behalten. Bis alles in trockenen Tüchern ist, verstehst du?»

«Ihr steckt da alle mit drin? Eben hast du noch gesagt, es sei dein Geschäft!»

«Nein. Die Sache ist zu groß, um sie alleine durchzuziehen. Aber du kannst mir glauben. Wenn das klappt, dann stehe ich auf eigenen Beinen. Vertraust du mir, Franca?» Er beugte sich noch einmal vor, sah mir direkt in die Augen, und einen irritierenden Moment lang hatte es den Anschein, als wollte er mich küssen.

«Was macht ihr denn hier?»

Ich fuhr zusammen, als ich Teresas Stimme hinter mir hörte, und rutschte augenblicklich von Tommaso weg. Mein Gesicht fühlte sich heiß an, und ich wischte mir über das Ohr. Das rechte, das Tommaso mit den Lippen berührt hatte.

«Nichts, Schwesterchen. Nur ein bisschen plaudern.» Tommaso grinste und steckte sich den letzten Löffel Eis in den Mund.

Teresa verschränkte die Arme vor der Brust. Natürlich glaubte sie ihm kein Wort. «Kommst du wieder zu uns, Franca?»

Ich ließ Tommaso liebend gern hier sitzen. Er nervte mich mit seinem dämlichen Geraune. «Klar.»

Neben mir sprang Tommaso ebenfalls von der Mauer. Doch bevor er sich abwandte, sah er mich noch einmal an und legte einen Finger auf die Lippen. So wenig mir das Ganze auch behagte, wusste ich doch, dass ich tatsächlich den Mund halten würde. Ich war noch nie eine, die petzt und andere auflaufen lässt.

Teresa kniff die Augen zusammen. «Was war das denn?»

«Keine Ahnung.»

«Was hattet ihr zwei denn zu besprechen?»

«Nichts! Er hat sich mit einem Eis entschuldigt.»

«Warum zu zweit? Warum habt ihr nicht gefragt, ob wir auch Eis essen wollen?»

«Ich weiß es nicht, Teresa! Es hat sich so ergeben. Er hat mich gefragt!»

Tommaso hatte seinen Eisbecher auf der Mauer stehen lassen. Genervt warf ich ihn in den Müll und ging über den Strand zurück zu den anderen. Teresa folgte mir auf dem Fuß.

«Er hat dir doch irgendwas erzählt, was du uns nicht sagen sollst! Was war das?», insistierte sie. Carmela und Anna sprangen von ihren Handtüchern auf, als sie uns kommen sahen. Sie warfen sich vielsagende Blicke zu und stießen einander grinsend in die Seite. Was für ein Affentheater. Ich hatte vor, es ihnen zu sagen. Ich wollte ihnen auch von der Szene erzählen, die ich in der Gasse beobachtet hatte, und dass ich nach Tommasos Andeutungen Angst hatte, die Jungs könnten ein krummes Ding drehen. Aber alles, was sie interessierte, war mal wieder, wer mit wem anbandeln könnte.

Ich ging an ihnen vorbei, legte mich bäuchlings aufs sandige Handtuch und griff wieder nach der Zeitung. Ich versuchte, mich daran zu erinnern, warum wir hier waren. Aber die Sonne über dem Meer hatte an Kraft verloren, und in meinem Bikini begann ich langsam zu frieren. Außerdem saß Teresa so beleidigt neben mir, dass mir jede Freude verging. Ich wollte schon aufstehen und verkünden, dass ich gehen würde, als ein Bild in der Zeitung mich innehalten ließ. Es zeigte das verschwommene Foto einer jungen Frau – und ich wusste bereits, was das bedeutete, noch bevor ich den Untertitel dazu las: *Seit dem 11. Juli vermisst: Alessia Bianchi (24).*

Hastig überflog ich die zugehörige Meldung, und mir kroch eine Gänsehaut über den Körper, die nichts mit meinem klammen Bikini zu tun hatte. Der 11. Juli. Das war der Tag des Fußballfinales. Das letzte Mal wurde Alessia in einem kleinen Ort in der Nähe von Nuoro gesehen. Der Damenstrumpf. Tommasos seltsame Andeutungen. Es passte plötzlich alles zusammen. Mir wurde augenblicklich schlecht. Ich wandte meine Aufmerksamkeit von dem Artikel ab und fixierte stattdessen die Jungs. Versuchte abzuwägen, ob ich ihnen so viel Skrupellosigkeit, so viel Dummheit zutraute. Mit den Augen bohrte ich Löcher in Tommasos Rücken. Doch keiner drehte sich zu mir um. Sie hockten auf ihrer Bank, hinter ihnen erhoben sich die Berge. Bedrohliche, abweisende Berge. Ihr Anblick verstärkte das ungute Gefühl in meinem Inneren.

Kaum zu glauben, dass wir heute Morgen noch gemeinsam über die Freiheit unserer Zehen gelacht hatten, wo wir doch ganz genau wussten, was in diesen Bergen vor sich ging.

ENZO

«Was machen Sie hier?» Als ich die Stimme hinter mir höre, lasse ich vor Schreck die Schaufel fallen und fahre herum. Hinter mir steht eine schlanke Frau. Der Wind weht ihr die schwarzen, kurzen Haare um das strenge Gesicht. Sie streicht den Pony weg. Eine kleine Zornesfalte gräbt sich zwischen ihre dichten Brauen.

«Was Sie hier machen, habe ich gefragt.» Ihre Stimme ist bestimmt. Sie verhält sich, als sei ich auf ihr Privatgrundstück eingedrungen. Und bei diesem Gedanken wird mir schlagartig klar, wen ich vor mir haben muss. Ich wische mir die Hand an der Hose ab und strecke sie ihr entgegen.

«Enzo Piras. Ich bin Journalist. Sie müssen die Immobilienkäuferin sein? Meine Güte, ich hätte ja nicht gedacht, dass sich einmal jemand findet, der nach Botigalli ziehen will!»

Sie ergreift meine Hand nicht. «Ein Journalist», sagt sie knapp. «Und was genau führt Sie hierher?»

«Ob Sie es glauben oder nicht, ich suche nach einem vergrabenen Fußball!» Ich lache, um die angespannte Situation aufzulösen. Doch ihre Augen verengen sich nur skeptisch. «Ich habe gehört, Sie kommen aus Deutschland, aber Ihr Italienisch ist ziemlich gut! Haben Sie italienische Wurzeln?»

«Warum wollen Sie das wissen?»

Eine seltsam ausweichende Reaktion. Ich frage mich augenblicklich, woher ihr Misstrauen kommt.

«Ich wollte Ihnen lediglich ein Kompliment für Ihr Italienisch machen», sage ich. Doch auch das ruft keine freundliche Regung bei ihr hervor. Dann geht mir auf, wie die Fußballgeschichte in ihren Ohren klingen muss. Mein Beruf bietet kaum eine Erklärung dafür, warum ich bei dieser Hitze mit einem Spaten in der Hand auf dem Friedhof stehe. Wahrscheinlich glaubt sie mir kein Wort.

«Warum sind Sie wirklich hier?», fragt sie, als hätte sie meine Gedanken gelesen.

«Wie gesagt, ich recherchiere.»

«Indem Sie auf einem alten Friedhof buddeln.»

«Ja, Sie haben recht, das ist ein bisschen verrückt. Und vermutlich auch ziemlich aussichtslos.» Ich hebe den Spaten auf und ramme ihn neben mir in den Boden. «Aber schwierige Interviewpartner erfordern manchmal besondere Methoden. Ich schreibe an einem Buch, wenn Sie es genau wissen wollen.»

Sie verlagert ihr Gewicht von einem Fuß auf den anderen und sieht plötzlich aus, als würde sie sich unwohl fühlen. Es ist nur eine kleine Geste, aber ich bin gut darin, Menschen zu lesen. Mein Beruf macht sie nervös. Ich betrachte sie näher. Sie hat ein sehr symmetrisches Gesicht. Eine hohe Stirn, kluge Augen. Sie wäre äußerst hübsch, fällt mir auf, wäre da nicht die Härte. Der unnahbare Zug um ihren Mund und ihre Augen. Als stünde sie im ständigen Kampf mit etwas. Plötzlich kommt sie mir bekannt vor. Habe ich sie schon mal irgendwo im Zusammenhang mit der Presse gesehen?

«Sie haben mir immer noch nicht Ihren Namen verraten.»

Sie zögert. «Tilda.»

«Tilda …?»

«Tilda reicht schon.» Diesmal streckt sie mir die Hand hin, mit einer Bewegung, als richte sie eine Waffe auf mich.

«Enzo.» Ich schüttele ihr die Hand. «Ist Tilda ein deutscher Name?»

«Du gibst nicht auf, oder?»

Ich möchte ihr sagen, dass meine unverbesserliche Neugierde Teil meines Berufs ist, verkneife es mir aber. Nach der Reaktion vorhin muss ich sie nicht noch einmal mit der Nase darauf stoßen, womit ich mein Geld verdiene. Stattdessen begnüge ich mich mit einem entschuldigenden Lächeln.

«Meine Mutter ist Deutsche, mein Vater stammt aus der Lombardei», sagt sie endlich.

«Aus der Lombardei? Und darf ich fragen, was Sie ... was dich ausgerechnet hierher verschlagen hat?»

Ihrer Miene nach zu urteilen, darf ich das nicht. «Sardinien ist eine schöne Insel», sagt sie mit der gleichen gefühlskalten Art, mit der sie mir eben das Du angeboten hat.

«Sardinien vielleicht», gebe ich zu, obwohl ich es selbst schon lange nicht mehr so empfinde. «Aber Botigalli? Und dann auch noch das Haus Nummer fünfzehn?»

«Woher weißt du, welches Haus ich gekauft habe?»

«Jeder weiß das.»

Wieder verlagert sie das Gewicht, und ihr Blick huscht kurz nach rechts und links.

«Eine interessante Wahl. Ich kenne mich ein bisschen mit der Geschichte des Ortes aus. Und mit den Häusern hier. In die Nummer fünfzehn wären die wenigsten Einheimischen eingezogen.»

«Die Einheimischen glauben an Schauermärchen, an die ich nicht glaube.»

«Wenn du hier oben alleine leben willst, ist das wohl auch besser so. Da braucht es entweder eine Vorliebe für das Makabre oder aber ziemliche Gelassenheit.»

«Vielleicht trifft ja beides auf mich zu.» Sie verschränkt die Arme vor der Brust. «Also, was ist mit dem Haus Nummer fünfzehn? Liegt da irgendein Zauber drauf? Ist es verflucht? Beginnt es nachts zu sprechen?»

Ich ziehe die Augenbrauen hoch. «Hast du denn etwas gehört?»

Zur Antwort schneidet sie eine Grimasse. Bis gerade eben habe ich noch angenommen, dass ihre Ahnungslosigkeit vielleicht nur vorgespielt sein mag. Aber offenbar weiß sie wirklich nichts.

«Kein Zauber», sage ich. «Nur eine ziemlich düstere Geschichte.»

«Toll. Ich mag düstere Geschichten.»

Sie sieht mich abwartend an. Doch ich zögere trotzdem, bevor ich ihr die Details erzähle: «Es gab Anfang der 80er-Jahre ein Massaker in Botigalli, das fast das gesamte Dorf ausgelöscht hat. Die Leichen lagen bis auf die Straße, aber die meisten Opfer wurden in der Nummer fünfzehn gefunden. An dem Abend hat im Dorf eine Hochzeit stattgefunden. Und man weiß, dass es in der gleichen Nacht ein verheerendes Gewitter gab. Eins der stärksten, die die Insel je gesehen hat. Daher wird angenommen, dass die Festgesellschaft sich vom Dorfplatz in dieses Haus geflüchtet hat. Alles andere – die Frage nach dem Wie oder Warum – sind Legenden. Die Polizei hat das nie richtig aufgeklärt.»

Sie zieht eine Augenbraue hoch. «Und wahrscheinlich behaupten die Legenden, dass irgendetwas Übernatürliches sie getötet haben muss, stimmt's? Was gibt es da im Angebot? Ein Geist? Eine Hexe? Ein Werwolf? Eine ganze Armee Untoter?»

«Nein, hier gibt es nur eine Untote, die ihr Unwesen treibt. Man nennt sie die Madre Piangente.» Ich ziehe den Spaten aus dem Boden und deute in Richtung einer kleinen Steinstatue, die vor Jahren mal ein lokaler Künstler angefertigt und hier aufgestellt hat. Eine Mischung aus Marienfigur und moderner Kunst, der ich wenig abgewinnen kann. «Der Geschichte nach hat sie sich selbst das Leben genommen, nachdem sie ihr Kind verloren hat.»

Tildas Blick geht in die angezeigte Richtung. Diesmal sieht sie wirklich entsetzt aus.

«Zwei ziemlich große Geschichten für einen so kleinen Ort», meint sie – ohne die geringste Ahnung, welche Geschichten hier wirklich vor sich gegangen sind. In den Bergen rund um Botigalli, in den Wäldern und Höhlen.

«Das ist genau der Grund, warum ich seit einem halben Jahr hierherkomme. Ich besuche einen alten Mann, der mir seine Geschichte erzählen will, bevor er stirbt. Den letzten Überlebenden jener Nacht, wenn man so will. Den Einzigen, der weiß, was damals wirklich passiert ist.»

Sie sieht mich irritiert an. Die feindselige Haltung fällt nun endgültig von ihr ab. «In Botigalli wohnt noch jemand?», fragt sie fassungslos. «Aber – wieso habe ich davon nichts mitbekommen?»

«Das Haus liegt in einer kleinen Sackgasse, und der Alte, Silvio heißt er, verlässt es nie. Allerdings wirst du sicher mal seiner Pflegerin über den Weg laufen. Sie macht die Einkäufe für ihn und kümmert sich auch sonst um alles. Um ... ihn, vor allem. Er ist Mitte achtzig und größtenteils bettlägerig.»

«Meiner Information nach ist das hier ein Geisterort! Ich habe im Vorfeld sogar die Statistik darüber erhalten, wie sich hier Jahr für Jahr die Einwohnerzahlen dezimiert haben.»

«Dann sind die Statistiken entweder veraltet, oder Silvio Di-Nardo ist beim Einwohnermeldeamt durchgerutscht.»

«Durchgerutscht?», wiederholt sie spöttisch, und ich bereue augenblicklich, etwas gesagt zu haben. Ich kenne diese Frau nicht. Am Ende läuft sie noch los und meldet Silvio den Behörden.

«Ich bin eigentlich auf dem Weg zu ihm», sage ich, um sie abzulenken. «Bin nur ein bisschen früher gekommen, um ...» Ich blicke auf meinen Spaten und beschließe dann, die Sache mit dem Fußball nicht zu erklären. «Jedenfalls ist es gleich drei, unsere übliche Zeit. Wenn du möchtest, kannst du mich begleiten, dann stelle ich euch vor.»

Es ist ein spontaner Einfall und mehr als nur ein freundlicher Versuch, zwei Nachbarn zusammenzubringen. Denn so langsam bin ich am Ende mit meinem Latein, was meine Besuche bei Silvio betrifft. Meine Fragen will er nicht beantworten. Mein Spiel hat er boykottiert. Vielleicht kann es ja nicht schaden, eine junge Frau, eine Fremde dabeizuhaben, der gegenüber sich Silvio möglicherweise ein bisschen zugänglicher zeigt.

Niemand antwortet, als Tilda und ich an Silvios Tür klopfen. Ich klopfe noch einmal, dann drücke ich probeweise dagegen. Sie ist nur angelehnt. Ich bedeute Tilda, mir zu folgen. Ich habe mich schon bei anderen Gelegenheiten selbst ins Haus gelassen. Den Ablauf kenne ich ja. Um ein Uhr bekommt Silvio sein Mittagessen, danach die Medikamente. Anschließend schläft er eine halbe Stunde, und um drei komme ich. Manchmal ist die Pflegerin da, manchmal macht sie um diese Zeit eine Pause. Da wir sie im Flur nirgends sehen, gehen wir schließlich die knarrende Treppe nach oben und betreten das Zimmer. Silvio sitzt wie immer am Fenster. Er hat uns den Rücken zugewandt und dreht sich weder um, als er die Tür hört, noch, als ich ihn begrüße.

Ich gebe Tilda ein Zeichen, an der Schwelle zu warten, und setze mich neben den Alten. Ohne mich anzuschauen, sagt er: «Hast du noch nicht genug gehabt letzte Woche?»

«War das dein Ziel? Mich von hier zu vergraulen? Wenn ich dich daran erinnern darf, wolltest *du* doch vor deinem Ableben noch etwas loswerden, nicht ich.»

«Ah», macht er und wedelt mit der Hand nach mir wie nach einer Fliege.

Ich schlucke alles, was mir dazu auf der Zunge liegt, mit Mühe herunter. «Wie dem auch sei, ich bin zurück. Und ich habe dir sogar jemanden mitgebracht», sage ich stattdessen so munter, wie ich es zustande bringe. Dann winke ich Tilda heran. «Du hast sicher mitbekommen, dass die Regierung Häuser in Botigalli verkauft, um den Ort wiederzubeleben, oder? Es hat sich tatsächlich eine erste Käuferin gefunden. Du hast jetzt eine Nachbarin. Ich dachte, ich stelle euch einander vor. Tilda, das ist Silvio. Silvio, Tilda.»

«Hallo.» Tilda geht neben seinem Stuhl in die Hocke, um ihr Gesicht auf Höhe von seinem zu bringen – und er erstarrt.

«*Non mi seghisti*», murmelt er. Tilda blickt verwirrt.

«Tilda spricht kein Sardisch», sage ich. «Wenn du schon auf die Regierung schimpfst, dann bitte auf Italienisch.» Zumindest hoffe ich, dass Silvio die Regierung meinte und nicht Tilda selbst.

«Sie ist nicht mal von hier?», fährt Silvio auf.

«Ich komme aus Deutschland», sagt Tilda.

«*Cazzu diaulu*, jetzt verkauft man unseren Boden schon an Ausländer!»

«Es wollte ja kein Einheimischer herziehen», sage ich. «Lass uns froh sein, dass überhaupt jemand kommt und die Dörfer wieder aufbaut.»

«Und warum sollte mich das froh machen? Soll dieses Dorf doch krepieren! Zusammen mit mir, eines Tages. Ich bin der Letzte, so sollte es sein! Hier gibt es nichts mehr aufzubauen.»

«Sie hat das Haus Nummer fünfzehn gekauft.»

Ich gebe zu, dass ich diese Information absichtlich auf diese Art fallen lasse. Ich will ihn provozieren. Doch mit der plötzlichen Wildheit in seinem Blick habe ich nicht gerechnet. Er starrt Tilda fassungslos an. «Das Haus Nummer fünfzehn? Wieso?»

«Es ist das schönste», sagt Tilda leichthin.

Ich tippe ihr sanft mit den Fingerspitzen auf die Schulter. Eine Geste, die ihr bedeuten soll, aufzustehen und zurückzutreten. Doch sie bemerkt überhaupt nicht, wie Silvio die Hände auf der Stuhllehne zu Fäusten ballt.

«Nichts ist schön an diesem Haus! Nichts!», brüllt er plötzlich. «Es gehörte einer grässlichen Familie! Was dort geschehen ist, ist grässlich! Die ganze beschissene Bude gehört abgebrannt!»

Tilda stolpert zurück auf die Füße. Ich halte sie fest, als sie rückwärts gegen mich prallt. Silvio stemmt sich ächzend aus dem Stuhl hoch. Ich schiebe mich schützend zwischen ihn und Tilda.

«Raus!», brüllt er. Was auch immer ich erwartet habe, das war es sicher nicht. «Raus! RAUS! RAUS!!!»

Im selben Moment fliegt hinter uns die Tür auf. Signora Cossu kommt herein, drängelt sich an uns vorbei und hin zu Silvio, der jetzt mit dem Zeigefinger Richtung Tilda in die Luft sticht.

«Sie hat hier nichts zu suchen! Der Ort soll verdammt noch mal krepieren!», brüllt er. Signora Cossu greift ihn am Arm, er schüttelt sie unwirsch ab. Sie greift erneut zu, zwingt ihn zurück auf den Stuhl und murmelt beruhigend auf ihn ein. Tilda neben mir ist weiß wie die Wand.

«Gehen Sie!», ruft die Pflegerin uns zu, ohne sich zu uns umzudrehen. Sie versucht, Silvios fuchtelnde Arme zu fassen, und scheint dabei einen Schlag abzubekommen, denn sie zuckt kurz zusammen und hält sich die Schulter. «Gehen Sie einfach!» Wir kommen der Aufforderung umgehend nach, obwohl ich ein schlechtes Gewissen habe, sie mit dem Ärger allein zu lassen.

«Es tut mir leid», sage ich zu Tilda, als wir auf dem Flur sind. «Hätte ich gewusst ...»

«Wer hätte das wissen sollen?», unterbricht sie mich. Aus dem Zimmer dringt das Geschrei von Silvio so laut zu uns, als wäre gar keine Wand dazwischen.

«Ich gehe wohl besser», sagt Tilda. Ich nicke zustimmend und begleite sie hinunter. Als sie die Tür öffnet, drängt ein Schwall heißer Luft ins Haus.

«Er ist sechsundachtzig Jahre alt. Vielleicht braucht er einfach ein bisschen Zeit, sich daran zu gewöhnen, dass er plötzlich wieder eine Nachbarin hat.»

Sie dreht sich zu mir um und verzieht skeptisch das Gesicht, als wolle sie sagen, dass die Zeit, die Silvio dafür brauchen wird, wahrscheinlich sein eigenes Ableben überdauert. Bis hier nach unten können wir Silvio poltern hören. Die Zimmerdecken sind ebenso dünn wie die Wände. Zum ersten Mal geht mir auf, was es für Signora Cossu bedeuten muss, sich Tag für Tag mit dem alten Mann herumzuschlagen. Ihn zu waschen, ihm auf die Toilette zu helfen, seine Launen zu ertragen. Es kann kein einfacher Job sein. Weiß Gott, es wäre keiner für mich.

«Was meinte Silvio damit, das Haus habe grässliche Bewohner gehabt?», reißt Tilda mich aus meinen Gedanken.

«Die Familie Rossi. So wie Silvio die Dinge darstellt, war sie der Ursprung allen Übels, aber so schwarz und weiß sind die Dinge ja selten.»

«Du glaubst, dass seine Geschichte gelogen ist?»

«Ich sage es mal so, man ist sicher nicht ohne Grund der letzte Überlebende in einem Dorf, in dem alle anderen gestorben sind.»

Sie sieht mich prüfend an.

«Du kommst gar nicht her, um seine Memoiren aufzuschreiben», schlussfolgert sie. Ihre schnelle Auffassungsgabe beeindruckt mich. Ich hatte schon immer eine Schwäche für kluge Frauen. Eine von ihnen hat mich sogar geheiratet.

«Nein», bestätige ich, weil Silvio oben so einen Lärm veranstaltet, dass er mich ohnehin nicht hört. Und weil es auch sonst keinen Grund gibt, Tilda die Wahrheit zu verschweigen. «Ich komme nicht nur her, um einen Zeitzeugen zu befragen. Ich möchte Silvio DiNardo als Täter entlarven. Auch darum soll es in meinem Buch gehen.»

Der Wind draußen ist stärker geworden. *Scirocco* heißt er hier. Ein heißer, trockener Wüstenwind. Er zerrt an Tildas Haaren und Kleidung, als sie geht. An Tagen wie diesen fühlt es sich an, als würde einem ein Föhn geradewegs ins Gesicht gehalten. Einzelne Böen fegen um Ecken, durch leere Fenster, durch zerbrochene Haustüren. Sie schlagen die in den Angeln hängenden Fensterläden gegen Mauern, wieder und wieder. Verärgert darüber, dass sie nicht endlich kaputtgehen. Hässliche, brutale Geräusche, passend für diesen Geisterort. In ihrer Wut sind der Wind und der Alte sich gleich. In ihrem Wunsch, dass jetzt endlich mal Schluss sein muss mit diesem Ort. Wozu der Versuch, hier noch etwas wiederbeleben zu wollen? Silvio sollte der Letzte sein, da sind der Saharawind und der Alte sich einig.

Ich beneide Tilda nicht darum, an einem Ort zu leben, der ihr nichts als Hass und Zerstörungswut entgegenbringt.

TILDA

Ein Journalist. Fantastisch. Genau das, was ich brauche – ein schnüffelnder Reporter, der jede Woche herkommt und auf dem Friedhof rumlungert. Dazu noch ein unfreiwilliger Nachbar – und nicht zu vergessen der Umstand, dass ich mir ausgerechnet *das* Haus in Botigalli ausgesucht habe, in dem ein Massaker stattgefunden hat. Mein erster Sonntag hier war ein echter Volltreffer.

Ist es das Haus, Papà? Jetzt weiß ich, was der Sohn des Fliesenlegers gemeint hat.

Ich werfe die Tür hinter mir zu. Sie kracht ins Schloss, was die Glühbirne über meinem Kopf zum Flackern bringt. Dann erlischt sie völlig. Ich seufze. Als ich eine neue Birne aus dem Vorratsschrank in der Küche holen will, muss ich feststellen, dass auch dort das Licht schon wieder ausgefallen ist. Was auch immer mit der Elektrizität hier los ist – ich habe schon während des Umzugs so viele Glühbirnen in dieses Haus gesteckt, wie ich in meinem ganzen bisherigen Leben nicht verbraucht habe. Mit der Taschenlampenfunktion meines Handys suche ich im Vorratsraum die entsprechenden Schachteln aus dem Regal. Dann klettere ich auf einen Stuhl, um die Birne der Hängelampe im Flur zu wechseln. Ich habe die Birne gerade in die Fassung gedreht, als sie mir auch schon mit einem Knall um die Ohren fliegt. Ich stolpere vom Stuhl und blicke fassungslos auf die feinen Scherben überall. Dann auf den Lichtschalter. Ich war mir sicher, ich hatte ihn umgelegt. Oder nicht? Mich überkommt eine Gänsehaut, als ich mir des Zimmers in meinem Rücken bewusst werde, und ich drehe mich mit einem unguten Gefühl um. Die Tür zum Wohnzimmer gähnt mir schwarz entgegen. Ich denke an die dunklen Flecken, die den ganzen Raum übersät haben, als ich hier einzog. An die Einschusslöcher in den Wänden. Egal was ich Enzo gegenüber behauptet habe, vielleicht wäre es mir doch lieber gewesen, ich hätte nicht von dem Massaker erfahren.

Ich habe mir wirklich ein aufsässiges Haus ausgesucht. *Ein Haus mit Charakter*, würde Nathan sagen. Aber was soll man auch anderes erwarten von einem Gebäude, das in einem Geisterort in der Barbagia steht, dem Land der Barbaren? Die Römer haben den Landstrich so genannt, weil sie die stolze, unbeugsame Hirtenbevölkerung im Herzstück der Insel nicht bezwingen konnten. Ebenso wenig konnten es die Mauren, Byzantiner, Genuesen, Piemontesen – und wer die Insel sonst noch alles beherrschen wollte. Ich habe darüber gelesen, aber die Hälfte der Namen wieder vergessen. Jedenfalls hatten die Sarden hier im Inland ihren eigenen Willen. Und den hat auch mein Haus. Seine rebellische Gesinnung beschränkt sich nicht nur auf die Lampen. Die Liste reicht von willkürlich tropfenden Wasserhähnen bis hin zu Türen, die sich normalerweise problemlos öffnen lassen, dann aber ganz plötzlich klemmen, als wollten sie einem den Zutritt verwehren. Und dann wäre da noch der nagelneue Induktionsherd, der sich manchmal entscheidet, nicht anzuspringen, egal wie sehr man ihn bittet oder auf ihn einschlägt. Manchmal weiß ich wirklich nicht, ob ich lieber einen Handwerker rufen sollte oder einen Exorzisten.

Ich hatte eigentlich gehofft, gut genug versorgt zu sein, um das Auto ein paar Tage stehen lassen zu können. Doch die Liste an Dingen, die das Haus von mir einfordert, wird immer länger, und mein Vorrat an Glühbirnen ist fast aufgebraucht. Wenn ich nicht dauerhaft im Licht eines Baustrahlers meine Zähne putzen und duschen möchte, muss ich wohl oder übel eine neue Lampe besorgen. Am Mittwochmorgen belade ich das Auto bis unters Dach mit Abfallsäcken und fahre los.

Schon nach den ersten zehn Kilometern Serpentinen beginnt mein Handy auf dem Beifahrersitz zu vibrieren. Brrrrrr. *Verpasster Anruf in Abwesenheit.* Brrrrrr. *Neue Nachricht.* Brrrrrr. *Neue Nachricht.* Brrrrr. *Verpasster Anruf in Abwesenheit.* Es hört gar nicht mehr auf. Ich werfe einen Blick auf die Liste. Fast alle Anrufe und Nachrichten sind von Astrid:

Hey meine Liebe, du wolltest dich melden. Bist du gut angekommen?

Tilda, wo bist du?

Tilda, ruf mich bitte zurück, wenn du das siehst.

Bist du tot??

Wenn du nicht tot bist und dich nur nicht meldest, bin ich ehrlich sauer!

Okay, vergiss die letzte Nachricht. Ich mach mir wirklich Sorgen. Melde dich, verdammt!!

Es hatte sich eigentlich ganz gut angefühlt, mal eine Zeit lang nicht erreichbar zu sein. Ich habe meine Accounts auf Twitter, Instagram und Facebook gelöscht. Habe eine automatische Out-of-Office-Antwort für meine geschäftliche E-Mail-Adresse eingerichtet, ohne ein Datum für meine Rückkehr zu nennen. Und auf dem Weg hierher habe ich mir eine italienische

SIM-Card gekauft, deren Nummer nur eine Handvoll Personen kennt. Drei Personen, um genau zu sein – nur jene, von denen ich weiß, dass sie mich regelmäßig anrufen und sich ernsthaft Sorgen machen würden, wenn ich plötzlich von der Bildfläche verschwände. Nur drei. Nach all den Jahren des Networkings, in denen es immer darum ging, für die Karriere noch mehr Kontakte zu knüpfen, ist das eine absurd kleine Zahl.

Ich rufe Astrid zurück. Es tutet nur einmal aus der Freisprechanlage, bevor sie am Apparat ist: «Tilda! Na endlich! Ich dachte schon, dir sei was zugestoßen!»

«Nein, ich hab nur kein Netz da oben.»

«Im ganzen Ort nicht?»

«Ich müsste mal versuchen, wie es ist, wenn ich auf den Kirchturm klettere.»

Astrid geht gar nicht auf die Ironie ein. «Es ist also wirklich so abgelegen, wie du gehofft hast.»

«Keine Menschenseele», bestätige ich zufrieden. Den wütenden Silvio habe ich in den letzten zwei Tagen schon fast wieder vergessen, ebenso wie Enzos Gruselgeschichten.

«Und wie geht's dir damit?»

«Gut!» Zum ersten Mal seit Monaten kommt mir die Antwort auf diese Frage leicht über die Lippen. Ich muss nicht einmal darüber nachdenken. Kein Lächeln erzwingen. «Es war die richtige Entscheidung herzukommen.»

«Und deine Albträume?»

Ich zögere. «Sollten wir unsere psychologischen Sitzungen nicht vielleicht besser von unseren normalen Gesprächen trennen, Astrid?»

«Machen wir ja! Ich frage dich nur als Freundin!»

Ja klar.

«Du hast sie also noch», stellt sie fest, als ich nicht antworte.

«Es sind doch nur Träume.»

«Was ist mit deinen Beinen? Kommst du klar, wenn du aufwachst und sie nicht bewegen kannst?»

Meine Güte, das entwickelt sich ja wirklich zu einer unserer Sitzungen. Astrid hat mir ihre Sicht auf die Dinge erklärt. Sie meint, die Sache mit der Empfindungsstörung sei mein unbewusster Wunsch, dass es bei dem Unfall eigentlich mich hätte treffen sollen. Ich hätte dabei ums Leben kommen sollen, nicht er. Das hätten meine Beine gewissermaßen begriffen und würden nun jede Nacht das Sterben üben.

Ich habe Astrid nicht gesagt, dass es mehr als nur ein unbewusster Wunsch ist. Sie hätte mich nie alleine hierherziehen lassen, in diese Einöde. Sie war ohnehin von Anfang an nicht begeistert von der Idee.

«Es ist wirklich keine große Sache. Ich bin ein großes Mädchen, Astrid.»

«Das weiß ich doch. Aber wenn du in dieser Einsamkeit überfallen wirst – wer würde es mitbekommen? Du könntest verblutend auf deinem eigenen Fußboden liegen, und wir würden ...»

«Himmel, Astrid!», unterbreche ich sie.

«Mir ist einfach nicht wohl bei dem Gedanken, dass ich dich nicht erreichen kann!»

Hinter der nächsten Serpentine taucht das Meer auf. Dieses wunderbare, weite Meer. Leer bis auf ein paar Boote, die müde auf den Wellen schaukeln. So leer, dass ich mir vorstellen könnte, ich wäre ganz allein auf der Welt. Mir ist im Augenblick sehr wohl bei dem Gedanken, nicht erreichbar zu sein.

«Es geht mir gut. Besser als seit Monaten», sage ich. Und das ist nicht einmal gelogen.

Nach meiner Besorgungstour in der Stadt mache ich auf dem Rückweg spontan noch einen Schlenker und fahre am Hafen vorbei. Ich habe Lust auf frischen Fisch. Mein Vorratsschrank ist gut gefüllt. Aber lediglich mit Lebensmitteln, die sich lagern lassen. Lebensmittel, die allein mein Verstand ausgewählt hat. Nach der Beerdigung habe ich zwölf Kilo abgenommen. Jetzt habe ich zum ersten Mal seit sehr langer Zeit wirklich wieder Appetit auf etwas. Ich werte das als gutes Zeichen.

Die Nachmittagssonne brennt erbarmungslos vom Himmel. Eine echte Hitzeglocke liegt über der Insel. Von dem Fischmarkt im Hafen sind um diese Uhrzeit nur noch halb abgebaute Stände, nasse Plastikkörbe und ein ziemlicher Gestank übrig geblieben. Ich betrete einen chaotischen Tabacchi-Shop und erkundige mich bei der älteren Dame hinter der Kasse, wo ich Fisch bekommen könne.

«Na, auf dem Fischmarkt.» Sie deutet durchs Schaufenster, durch das man den Marktplatz vor lauter Postern und Zetteln an der Scheibe kaum sehen kann.

«Der ist geschlossen.»

«Eh», macht sie und legt die Fingerspitzen zusammen, als wolle sie sagen: Natürlich ist er das! «Fisch kauft man am Morgen! Um die Uhrzeit wäre er in der Hitze längst verdorben!» Zur Untermalung nimmt sie eine der Zeitschriften und wedelt sich Luft zu. In dem engen, vollgestopften Tabacchi steht die Luft tatsächlich noch mehr als draußen auf der Straße.

«Dann gibt es hier keinen anderen Fischladen?»

«Du kannst schauen, ob du bei Daniele noch was bekommst», sagt die Frau, und dann mustert sie mich plötzlich mit halb zusammengekniffenen Augen. «Du bist die deutsche Unternehmerin, die das Haus in Botigalli gekauft hat, oder?»

Ich blinzele verwirrt. Dann fällt mir ein, dass der Teil mit der Unternehmerin die Geschichte war, die ich dem Fliesenleger erzählt habe, als er mich nach meinem Beruf fragte. Informationen scheinen sich hier in Windeseile zu verbreiten. «Ja ... ich denke, das bin ich wohl.»

Sie bekreuzigt sich. Es ist eine schnelle, unauffällige Geste. Als hoffe sie, dass ich es nicht sehe. Aber natürlich sehe ich es. Die Frau steht schließlich direkt vor mir, wenn auch halb verdeckt durch die Berge an Zeitschriften, Billigbüchern und – irritierenderweise – Holzkisten, in denen sie Feigen und Paprika verkauft.

«Gibt es ein Problem damit?», frage ich und schiebe das Kinn vor.

«Nein, wieso?», erwidert sie, aber als sie sich abwendet, küsst sie, vermeintlich unauffällig, das goldene Kettchen um ihren Hals.

Du liebe Güte.

Ich beschließe, das Thema fallen zu lassen. In kleinen Orten wie diesen sind die Leute eben abergläubisch. Ich greife mir eine Flasche Wasser aus dem Kühlschrank neben dem Eingang und bitte die Frau dann nach kurzem Zögern noch, eine Packung Zigaretten aus dem Regal hinter ihr dazuzulegen. Es ist ewig her, dass ich geraucht habe. Eigentlich seit dem Studium nicht mehr. Mein Vater war zu Hause immer von einer Rauchwolke umgeben gewesen, darum war es für mich ganz natürlich, und ich habe früh damit angefangen. Aber Nathan mochte es nicht, und darum habe ich wieder aufgehört, nachdem wir uns kennengelernt hatten. Nun, dieser Grund ist hinfällig geworden. Wen stört es schon noch, dass ich rauche, jetzt, wo ich alleine bin?

«Wo finde ich diesen Daniele?»

Sie deutet in die Richtung, in der der Laden liegen soll. Keine sehr genaue Wegbeschreibung. Aber in einem kleinen Hafenort wie diesem sollte ich mich schon zurechtfinden.

Erst als ich gehen will, fällt mir auf, dass die alte Dame noch eine Postkarte neben die Zigarettenpackung und die Wasserflasche gelegt hat. Sie zeigt das kitschige Bild einer Heiligen mit ihrem Kind und darunter den verschnörkelten Untertitel: *Santa Maria. Schutzpatronin aller Frauen, Mädchen, Mütter.*

Auch das noch.

«Für Sie», sagt sie, als ich die Karte lediglich anstarre und keine Anstalten mache, sie vom Tresen zu nehmen. Es ist ein Ton, der keine Widerrede duldet. Und nur deshalb nehme die hässliche Karte an mich, bevor ich aus dem stickigen Laden eile.

Draußen reiße ich den Deckel der PET-Flasche ab und trinke den Inhalt in einem Zug aus. Gegen den Durst. Und auch gegen das krampfende Gefühl in meinem Bauch.

Ich finde Danieles Laden in einer Seitengasse neben der Hafenpromenade. Die Auslage draußen ist leer. Aber im Innenraum stehen Eimer sowie Plastik- und Styroporboxen, in denen ich auf Eis gelegte Garnelen, einen Haufen Muscheln und sogar einen kleinen Tintenfisch entdecke.

Während ich darauf warte, dass dieser Daniele sich blicken lässt, sehe ich mich in dem kleinen Geschäft um. Im Gegensatz zu dem überfüllten Tabacchi der alten Dame wirkt der Fischladen spartanisch. Er ist schmal wie ein Schlauch und besteht aus rohen, weiß gestrichenen Mauerwänden, die den Innenraum einigermaßen kühl halten. Eine Tür führt nach vorne zur Straße und eine zu einem Hinterzimmer. An der Decke summt eine unschöne Neonröhre. Lediglich in der Ecke hinter mir hängen ein paar Bilder an den Wänden. Es sind Zeichnungen. Und sie sind ziemlich originell. Was umso überraschender ist, weil sie alle ein eigentlich wenig kreatives Motiv zeigen: Es sind Sardinen in Büchsen.

Zu viert, fünft oder sechst liegen sie nebeneinander in den

halb oder ganz geöffneten Dosen. Es gibt runde Büchsen und rechteckige. Hier und da wurden die Sardinenköpfe durch menschliche Oberkörper ersetzt. In einer Büchse entdecke ich eine Schwimmerin im Badeanzug, die zwischen den Fischen eingeklemmt ist. Die Arme über den Kopf gestreckt, sieht sie aus, als sei sie bereit zum Sprung. Doch ihre Augen sind geschwärzt. Als habe man sie ihr verbunden.

«Hallo?»

Ich fahre herum, als ich die Stimme hinter mir höre. Aus irgendeinem Grund hatte ich einen alten Mann erwartet. Vielleicht, weil Fischer in meiner Vorstellung immer alt und bärtig sind. Doch der Mann vor mir sieht eher aus wie ein junger Musicaldarsteller. Er ist schmal, groß und hat schwarze Locken, die ihm in die Augen fallen. Seine Wimpern sind so dicht und schwarz, dass man fast meinen könnte, er habe sie sich getuscht. Nur deshalb fallen sie mir überhaupt auf. Ich kann mich nicht daran erinnern, dass mir bisher schon einmal die Wimpern irgendeines Mannes aufgefallen wären.

«Bist du – Daniele?»

Er nickt.

«Tilda», sage ich. Es ist mit Sicherheit das erste Mal, dass ich in einen Laden gehe und mich vorstelle. Aber hier scheint es ganz natürlich. Ich erkläre, ich wolle Fisch kaufen, was zugegeben keine sehr geistreiche Aussage in einem Fischladen ist. Daniele streicht sich die Haare aus dem Gesicht und dreht sich zu den Kisten um.

«Viel ist nicht mehr da. Thunfisch hatte ich heute nur sehr kleine, die sind alle weg. Und der Schwertfisch ist auch aus.»

«Das macht nichts, ich nehme was anderes.»

«Oktopus vielleicht?» Er langt nach dem Tier und hebt es hoch. Einer der Oktopusarme zuckt leicht. Hoffentlich nur irgendwelche postmortalen Nervenimpulse. Daniele wirft das Tier zurück in die Kiste. «Oder Garnelen?»

«Garnelen», entscheide ich. Bei allen Talenten, die ich vorweisen kann – Kochen ist keines davon. Wenn ich in Stuttgart mal Lust auf Fisch hatte, lief es meistens auf irgendein Fischfilet aus der Kühltruhe hinaus. Aber Garnelen sind, soweit ich weiß, eine recht einfache Sache.

Während Daniele sie in Papier einwickelt, wende ich mich noch einmal den Zeichnungen zu. «Sind die zu verkaufen?»

Ich kann seine gemurmelte Antwort kaum verstehen. Vielleicht liegt es an seinem Dialekt oder daran, dass ich mit dem Rücken zu ihm stehe. Ich drehe mich um.

«Bitte?»

«Ist nur ein Hobby», wiederholt er.

«Du hast die gezeichnet? Die sind wirklich gut!»

«Ich bin Fischer, kein Künstler.»

«Das hier, wie viel würde das kosten?» Ich deute auf das Bild mit der Frau in der Sardinenbüchse. Daniele kommt mit den Garnelen zu mir herüber und stellt sich neben mich.

«Keine Ahnung, nehmen Sie es einfach mit, wenn Sie es mögen.» Mir fällt auf, dass er mich siezt, während ich ihn längst geduzt habe, und ich fühle mich plötzlich älter, als ich eigentlich bin. Dabei kann der tatsächliche Altersunterschied zwischen uns höchstens ein paar Jahre betragen. Ich schätze ihn auf vielleicht Mitte dreißig. Keinesfalls jünger als mein Bruder Nino.

«Kommt nicht infrage, ich möchte dafür bezahlen!»

«Dann vielleicht ... fünf Euro?» Es ist mehr eine Frage als eine Forderung. Und lächerlich dazu.

Ich gebe ihm ungefragt fünfzig Euro und weigere mich, Rückgeld anzunehmen. Als ich die Zeichnung an mich nehme, fällt die Postkarte aus dem Tabacchi-Geschäft zu Boden. Ich bücke mich danach, doch Daniele ist schneller und hebt sie auf. Kurz betrachtet er das Bild, blickt dann auf meine Zigarettenpackung, die mir plötzlich peinlich ist, dann wieder in mein Gesicht. «Du bist die Deutsche. Die Unternehmerin, die das Haus in Botigalli gekauft hat.»

Wie auch immer er das geschlussfolgert hat – hier muss man wirklich aufpassen, wem man was erzählt. Ich deute auf die Postkarte in seiner Hand und kann einen ironischen Unterton in meiner Stimme nicht verbergen, als ich sage: «Richtig. Und das ist ein Willkommensgeschenk der Dame aus dem Tabacchi.»

«Ja. Die ist zum Schutz», sagt Daniele schlicht, als handele es sich bei der Karte um eine Sonnencreme oder ein Mückenspray.

«Zum Schutz wovor?», hake ich nach, doch er zuckt nur die Schultern und gibt mir die Karte zurück. Himmel, wenn die Leute wollen, dass ich mich oben in Botigalli gegen irgendwas verteidige, warum geben sie mir dann nicht etwas Sinnvolles? Ein Pfefferspray oder einen Elektroschocker zum Beispiel? Ich glaube nicht, dass das alles ist, was Daniele dazu zu sagen hat, bin aber froh, dass er sich immerhin nicht auch bekreuzigt.

Ich bedanke mich für den Fisch und die Zeichnung, der ich einen Ehrenplatz im Haus verspreche, und will mich gerade verabschieden, als Daniele doch noch sagt: «Es ist wegen der Madre Piangente.»

«Was?» Ich bleibe stehen und drehe mich um, bevor mir aufgeht, was Daniele gesagt hat. Die wehklagende Mutter. Und ich dachte, der Journalist hätte mich auf den Arm nehmen wollen.

«Die Madre Piangente», wiederholt Daniele. «Man erzählt, dass sie in den Höhlen von Botigalli haust und um ihr verlorenes Kind trauert. Wenn der Wind aus einer bestimmten Richtung weht, kann man das Jammern der Madre hören, kurz bevor sie das Dorf heimsucht.»

Mein Körper versteift sich. In Danieles Laden ist es plötzlich kalt wie in einer Kühlkammer. Ich denke an die Situation im Garten in meiner ersten Nacht. An die Klagelaute, die der Wind mit sich getragen hat. Die Reihenfolge der Ereignisse passt mir gar nicht. Hätte ich erst die Schauergeschichte gehört und dann die Klagelaute, hätte ich das Ganze leicht als Einbildung abtun können. Aber so? Ich spüre ein kurzes Unbehagen. Dann greife ich die Plastiktüte fester und erinnere mich daran, was für ein Quatsch das alles ist.

«Und lass mich raten», sage ich. «Diejenigen, die der Stimme dieser Klagemutter lauschen, werden nie wiedergesehen?» Ich verdrehe die Augen. «Ich habe bereits vier Nächte dort verbracht und bin noch nicht verschwunden.»

Darauf antwortet er nicht. Aber seiner Miene ist anzusehen, dass er findet, vier Nächte würden noch gar nichts beweisen. Wahrscheinlich sind die alten Legenden hier so sehr in den Köpfen der Menschen verankert, dass sogar die Jüngeren die Bergdörfer meiden. Die Region macht sich selbst kaputt. Die Häuser verfallen. Und das nur wegen ein paar absurder Geistergeschichten.

Ich verabschiede mich freundlich. Doch als ich zurück in die Hitze der Gassen trete, zurück in den Ofen, nach dem sich Italien in diesem Sommer anfühlt, bin ich innerlich aufgewühlter, als ich mir eingestehen mag.

Ich balanciere eine volle Tragetasche mit Einkäufen in den Armen, als ich eine Stunde später zum Haus hochsteige. Darum sehe ich nicht, was auf den Stufen der Treppe vor dem Eingang liegt. Erst als ich auf etwas trete, was unter meinem Fuß nachgibt und mich kurz stolpern lässt, bleibe ich stehen und blinzele um die Einkaufstüte herum. Nur um gleich darauf einen erschrockenen Satz zurückzumachen.

Ich bin auf eine tote Ratte getreten, die mitten auf der Treppenstufe liegt. Vor Schreck lasse ich fast die Tüte fallen. Es ist ein riesiges Exemplar, und ihr Kopf ist abgerissen. Ein widerlicher Anblick. Mit klopfendem Herzen sehe ich mich in der Gasse um, auf der Suche nach der Katze, die mir dieses unerwartete Geschenk gemacht haben könnte. Ich habe hier nie eine Katze gesehen. Aber neulich habe ich eine gehört, als ich im Garten war, und der Gedanke beruhigt mich ein bisschen. Angewidert schiebe ich die Ratte mit dem Schuh von der Stufe hinunter und krame mit einer Hand nach meinem Schlüssel, bevor ich bemerke, dass die Tür nur angelehnt ist. Dabei hätte ich schwören können, ich hätte sie abgeschlossen.

«Hallo?», rufe ich, als ich das Haus betrete. Im Inneren ist es dunkel. Aus reiner Gewohnheit taste ich nach dem Lichtschalter im Flur, bevor mir einfällt, dass die Lampe alle Glühbirnen gekillt hat und ich die neue erst aus dem Wagen holen muss. Ich stelle die Einkäufe auf dem Boden ab, blicke ins Wohnzimmer, in die Küche und kann nirgends etwas Auffälliges entdecken. Nichts, was darauf hindeutet, dass jemand hier gewesen wäre. Zurück im Flur bücke ich mich, um den Stecker des Baustrahlers einzustecken. Er flammt auf und taucht sofort alles in sein grelles, unwohnliches Licht. Und dann, als ich mich umdrehe, um die Tragetasche aufzuheben, fällt es mir auf. Ich erstarre in meiner Bewegung.

FRANCA

Wir hatten alle Fenster weit geöffnet. Doch statt frischer Luft drangen nur Fliegen und Mücken ins Haus. Sie umschwärmten die Küchenlampe und den Herd und damit auch mich. Ich stand nicht freiwillig hier. Im Gegenteil.

Widerwillig rührte ich in einem Topf mit Tomatensauce, in Gedanken ganz bei Alessia, die irgendwo da draußen sein musste. Vielleicht in einer Höhle oder einem Erdloch versteckt. Mein Gott, ich mochte mir gar nicht vorstellen, was sie für eine Angst haben musste. Meine Mutter wuselte unterdessen wie ein Wirbelwind um mich herum und gab Anweisungen. «Franca, sei doch nicht so ungeschickt! Pass auf, dass die Sauce nicht anbrennt!»

Ich verdrehte die Augen. «Warum müssen wir überhaupt schon wieder etwas kochen? Wir haben doch heute Mittag schon gegessen. Können wir nicht einfach Brot und Käse auf den Tisch bringen?»

«Brot und Käse! Meinst du, dein Vater will nach Hause kommen und nur Brot und Käse serviert kriegen?»

«Dann kann er sich ja an den Herd stellen», murmelte ich.

«Was hast du gesagt?»

«Nichts, Mamma.»

Meine Mutter sprach immer davon, dass mein Vater «von der Arbeit» nach Hause kam, obwohl wir es im Grunde nie so genau wussten.

Sie nahm mir den Holzlöffel ab, hielt ihn mir drohend unter die Nase und nutzte ihn dann doch nur, um die Sauce zu probieren. «Da fehlt Salz. Und wo ist das Basilikum? Das hatte ich dir doch extra schon hingelegt!»

Sie machte sich auf die Suche. Verschob Töpfe und Pfannen und murmelte beim Anblick der Unordnung in der Küche etwas von «*casino*» – wie immer, wenn ich irgendwo Chaos gestiftet hatte.

Ich schielte zu dem umgedrehten Topfdeckel, unter dem einige grüne Spitzen des Basilikums hervorlugten. Unauffällig stellte ich mich davor und legte das Küchenhandtuch über den Deckel. «Ich gehe kurz runter und pflücke neues», sagte ich und schnappte mir die Schere. Meine Mutter warf mir einen missbilligenden Blick zu. Sie wusste, dass ich nur widerwillig half und jede Gelegenheit nutzte, um aus der Küche zu entkommen.

Vor der Tür im Erdgeschoss atmete ich erleichtert durch. Gegen die Hitze vor dem Herd war die Luft draußen ein Segen. Das Dorf war still bis auf das gelegentliche Bellen der Hunde und das Gezirpe der Grillen. Doch als ich mich gerade zu den Kräutern bückte, bemerkte ich aus den Augenwinkeln eine Bewegung und wandte den Kopf. Es waren Antonello und Pasquale, die im Schatten der Gasse in Richtung Ortsausgang liefen. Mir fiel die Eile ihrer Schritte auf. Ich richtete mich auf und schaute ihnen nach. Natürlich konnte es alle möglichen Gründe geben, warum sie um diese Zeit den Ort verließen. Aber seit dem Artikel über Alessia Bianchi ging mir der Damenstrumpf nicht mehr aus dem Kopf. Ich hatte seitdem täglich die Zeitung nach Artikeln über sie durchkämmt. Man hatte sie noch immer nicht gefunden.

Ich warf einen raschen Blick zum offenen Küchenfenster über mir, aus dem Licht und Radiomusik und der Gesang meiner Mutter drangen. Sie würde stinkwütend sein, wenn ich jetzt einfach verschwand. Ich biss die Zähne zusammen und schlich den beiden Jungs nach, versteckt im Schatten der umliegenden Häuser.

Auf dem Platz vor dem Ortseingang hatte sich die ganze Gruppe versammelt, Luca, Tommaso, Pasquale und Antonello. Sie standen dicht beisammen, die Köpfe zusammengesteckt. Feixten nicht. Scherzten nicht. Flüsternd wechselten sie Worte, die ich aus der Entfernung nicht verstehen konnte. Dann setzten sie sich in Bewegung. Ich schaute ein letztes Mal zurück, bevor ich ihnen geduckt nachschlich.

Sie nahmen den gewundenen Pfad neben der Straße und bogen dann in Richtung des Waldes hinter unserem Dorf ab. In Richtung der Schlucht. Zwischen den Bäumen war es dunkel und der Pfad unwegsam. Er führte über Geröll und Fels. Schon bei Tag musste man hier höllisch aufpassen, wo man hintrat. Und es war schwer für mich, gleichzeitig den Boden im Blick zu behalten und die Jungs. Sie dagegen hatten Taschenlampen dabei. Mehrmals stolperte ich über Steine und Wurzeln. Als ich mir das Knie an einem der runden Felsen stieß, biss ich mir auf die Hand, um keinen Laut von mir zu geben. Der Schmerz trieb mir die Tränen in die Augen. Ich rieb mir das Knie. Als ich wieder aufblickte, waren die Jungs verschwunden. Ich suchte ihre Taschenlampenlichter, doch es war jetzt vollkommen dunkel.

Mein Herz hämmerte in der Brust, als ich weiterging. Ich hatte keine Richtung mehr, keine Orientierung. Selbst der Weg unter meinen Füßen war nicht länger auszumachen, war sowieso nur ein Trampelpfad, nicht viel breiter als eine Ameisenstraße. War ich vom Weg abgekommen? Ich ging ein paar Schritte zurück, doch ich war mir nicht einmal mehr sicher, woher ich genau gekommen war. Angst kroch meinen Nacken hoch. Ich fürchtete mich nicht vor vielem, aber es gab hier so einiges in den Wäldern rund um Botigalli, dem ich nicht begegnen wollte. Und sich so spät am Abend ohne Taschenlampe in diesem Gebiet zu verirren ... Abermals drehte ich mich um, plötzlich mit dem unbestimmten Gefühl im Nacken, umzingelt zu sein. Alle meine Sinne waren angespannt. Da stand doch jemand zwischen den Bäumen. Ich machte einen Schritt rückwärts. Ein Zweig knackte unter meinem Fuß. Einen angehaltenen Atemzug lang passierte nichts. Dann flammte direkt vor mir eine Taschenlampe auf. So unerwartet, dass ich die Arme hochriss und mich duckte. Das grelle Licht machte mich kurz blind. Weitere Taschenlampen gingen in der Dunkelheit an. Sie bildeten einen Kreis, in dessen Mitte ich stand. Mein Gefühl hatte mich nicht getäuscht. Ich war wirklich umzingelt.

Jemand pfiff durch die Zähne. «Sieh mal an, wer uns da gefolgt ist.» An der Stimme erkannte ich Antonello und war kurz erleichtert, hielt aber weiterhin schützend die Hand vors Gesicht. Nach dem Marsch in der Dunkelheit gewöhnten sich meine Augen nur langsam an das grelle Licht. «Warum schnüffelst du uns nach?»

«Tue ich gar nicht.»

«Ne, klar. Du machst nur einen Spaziergang», höhnte es von rechts. Pasquale.

Ich kannte sie alle so gut, dass ich ihre Stimmen blind erkannte. Von Kindesbeinen an waren wir miteinander befreundet. Ich sollte erleichtert sein, dass sie es waren, die mich entdeckt hatten, und niemand anders. Doch die Erleichterung blieb aus. «Ich muss mich doch nicht dafür rechtfertigen, dass ich hier bin!»

«Nein, das musst du nicht», sagte eine Stimme hinter mir. Ich drehte mich um, erstaunt darüber, dass ausgerechnet Luca mich verteidigte. «Im Gegenteil. Wir sind sehr froh, dass du da bist.» Die Taschenlampe auf mein Gesicht gerichtet, kam Luca auf mich zu. «Wir können dich in der Gruppe gebrauchen. Das gleicht uns ein bisschen aus. Ist es nicht so, Jungs?»

Die anderen brummten ihre Zustimmung. Doch ich stand ganz still und kniff die Augen zusammen, nicht nur wegen des grellen Lichts, sondern auch weil ich dem Ganzen nicht traute. Woher der plötzliche Sinneswandel?

«Ich wollte euch nicht nachspionieren», sagte ich noch einmal und machte einen Schritt zurück, weil Luca jetzt so dicht vor mir stand, dass ich die Wärme seiner Taschenlampe im Gesicht spüren konnte.

«Natürlich wolltest du das nicht. Du hattest einfach Sehnsucht nach uns. Völlig verständlich. Das beruht auf Gegenseitigkeit, Franca.»

Ich hielt die Luft an und trat einen weiteren Schritt zurück.

«Die Sache ist die: Wenn du dazugehören willst, dann musst du uns auch beweisen, dass du alles für die Gruppe tun würdest. Dass du loyal bist, verstehst du?»

«Was soll das, Luca?» Ich schlug nach der Lampe, mit der er mir auf die Pelle rückte. Zu nah. Auch die anderen waren nun näher an mich herangetreten. «Was für eine Gruppe? Ich weiß gar nicht, wovon ihr redet. Und was für ein Beweis soll das sein? Ihr kennt mich doch!» Meine Stimme war panischer, als mir lieb war. Ich hatte ihnen nie einen Grund gegeben, mich nicht für loyal zu halten. Ich war nie die gewesen, die gepetzt oder sich aus irgendetwas rausgezogen hatte. Was die Jungs gemacht hatten, hatte ich dreimal gemacht. Ich war immer dabei.

«Ein Kuss, der die Sache besiegelt», sagte Luca.

Ich schnaubte verächtlich. «Du willst, dass ich dich küsse?!»

«Nicht nur mich. Jeden von uns.»

Ich blickte mich um. Wartete darauf, dass einer von ihnen vortrat und den Scherz auflöste. Mir erklärte, was hier eigentlich los war. Aber es trat keiner vor. Keiner erklärte etwas. In ihrer Mitte stand ich ganz alleine – und zum ersten Mal hatte ich Angst vor ihnen. «Ihr spinnt ja wohl!», sagte ich.

«Nur ein kleiner Kuss. Auf die Freundschaft.» Bevor ich reagieren konnte, war Luca vorgetreten und hatte mich am Arm gepackt. Ich versuchte, mich loszureißen. Aber Luca griff so fest zu, dass es wehtat. Pasquale und Antonello kamen ebenfalls näher.

«Hey», sagte Tommaso. «Hey, das reicht jetzt. Wenn sie nicht will, dann will sie nicht.»

Hatte er wirklich in Erwägung gezogen, dass ich das hier wollen könnte?

Luca ignorierte Tommaso und umklammerte meinen rechten Arm noch fester. Neben mir senkte Pasquale seine Taschenlampe, packte mich am anderen Arm und streckte mir sein Gesicht entgegen, seinen gespitzten Mund. Als wollte er prüfen, ob ich bei ihm weniger widerwillig reagierte als bei Luca. Hitze. Sie ging von den Jungs aus, aber auch von mir. Von einer Mischung aus Wut, Entsetzen und tiefer Furcht. Was war denn in sie alle gefahren? Pasquale griff nach meinem Hinterkopf, und ehe ich reagieren konnte, presste er seine Lippen auf meine.

«Ey!», hörte ich Tommaso wieder rufen.

An mir wurde gezerrt, etwas Nasses schob sich zwischen meine Lippen. Und als ich protestieren wollte, war Pasquales Zunge sofort in meinem Mund. So hektisch und drängend, als hätte er nur auf diesen Zugang gewartet. Ich kniff die Augen vor Ekel und Entsetzen zusammen. Und dann biss ich, ohne nachzudenken, zu. Ich schmeckte Blut. Pasquale schrie auf. Er stolperte zurück, ich stolperte in die entgegengesetzte Richtung, prallte gegen Tommaso. Dabei merkte ich, dass etwas aus der Tasche meines Kleids rutschte und zu Boden fiel. Es brauchte nur einen kurzen Moment, bevor ich begriff, was es war. Die Schere, die ich für das Basilikum mitgenommen hatte. Ich hatte sie ganz vergessen. Ich bückte mich danach, als Luca mich von hinten packte. Schreiend richtete ich mich auf, wirbelte herum und zog ihm die Schere einmal quer durchs Gesicht. Er schrie ebenfalls auf und ließ von mir ab. Seine Hand fuhr zu seinem Gesicht. Auch Pasquale brüllte noch immer vor Schmerz. Sie alle wichen vor mir zurück, sahen zu, wie ich mit vor Wut hochgezogenen Schultern dastand und Blut ins Gras spuckte. Angeekelt wischte ich mir durchs Gesicht. Nur noch eine Taschenlampe war auf mich gerichtet, wahrscheinlich die von Tommaso. In ihrem Licht musste ich aussehen wie ein Racheengel, mit meinem blutverschmierten Mund und der Schere in der Hand.

«Du bist ja krank!», schrie Luca.

Ich wollte etwas erwidern. Wollte ihnen sagen, dass sie selber krank waren. Dass sie es ja nicht wagen sollten, mich noch einmal anzufassen. Aber ich zitterte zu sehr. Ich fand meine Sprache nicht. Stattdessen spuckte ich noch einmal ins Gras, spuckte den Geschmack von Pasquale aus und rannte dann durch die Dunkelheit davon.

TILDA

Mein Blick gleitet die Wand entlang. Vom Boden bis rauf zur Decke hängt der gesamte Flur voller Fotorahmen. Fremde Porträts. Familienfotos. Schnappschüsse. Einige davon sind uralte Schwarz-Weiß-Aufnahmen. Ich richte mich langsam auf. Gänsehaut kriecht mir über die Arme.

«Was zum ...?»

Und dann sehe ich noch etwas. Ich trete näher an das Bild heran, um ganz sicherzugehen, dass es nicht lediglich ein Fleck oder ein Kratzer auf dem Glas ist. Das Foto zeigt eine Frau, die in einer Gruppe von Freunden steht. Und ähnlich wie bei dem Foto, das ich in dem alten Notizbuch gefunden habe, ist ihr Gesicht zerstört, das Loch an den Rändern geschwärzt. Fast als habe man ihr den Kopf weggebrannt. Trotzdem hängt das Foto hier gerahmt zwischen den anderen, als gehöre es dazu. Als sei gar nichts falsch daran. Dabei ist alles falsch daran. Diese ganze Fotowand ist grotesk. Ich weiche zurück.

Mir kommen die hellen Rechtecke in den Sinn, die sich auf der Tapete abgezeichnet hatten, bevor der Flur renoviert wurde und einen neuen Anstrich bekam. Die Spuren alter Fotorahmen zogen sich genau wie diese hier vom Fußboden bis zur Decke. Ob es die gleichen Fotos sind? Die gleiche Anordnung?

Einem Impuls folgend wende ich mich ab, renne die Treppe hoch und stürme ins kleine Schlafzimmer, um nach dem

Notizbuch zu suchen. Ich löse das Band und schüttele es kopfüber, bis alle Fotos und die Hälfte der Seiten auf den Boden flattern. Da ist es, das Foto von der Gesellschaft am Tisch. Ich hebe es auf, laufe zurück ins untere Stockwerk und halte es zum Vergleich neben das Bild an der Wand. Doch die Gesichter sind so gründlich verstümmelt, dass sich keine Ähnlichkeit erkennen lässt. Wer ist diese junge Frau? Und wer hat die Bilder hier aufgehängt? Mein Kopf dröhnt. Zuerst denke ich an Silvio, doch der schafft es kaum aus seinem Stuhl. Der Gedanke, dass jemand für so etwas die langen Serpentinen hinaufgefahren sein könnte, ist absurd. Es muss die Pflegerin gewesen sein. Vielleicht hat sie es im Auftrag des alten Mannes getan oder aus freien Stücken. So oder so, ich verstehe die Botschaft. Die Wand schreit sie mir geradezu entgegen: *Du bist hier nicht willkommen!* Es ist ein Übergriff. Eine Drohung.

Wie betäubt lege ich das Tagebuch zur Seite, hebe die Einkäufe auf und trage sie in die Küche. Dann reiße ich einen Müllsack von der Rolle und gehe zurück in den Flur, um alle Bilder von den Wänden zu nehmen und hineinzustopfen. Mit einer Zange ziehe ich sogar noch die Nägel aus den Wänden.

Das hier ist jetzt mein Haus. Ich entscheide, was an meine Wände kommt. Und ich lasse mir keine Angst machen. Als ich fertig bin, gehe ich zurück in die Küche, finde die Zigarettenpackung, die ich im Tabacchi gekauft habe, und setze mich in den Garten, um in der warmen Abendstimmung meine erste Zigarette seit mehr als zehn Jahren zu rauchen.

Ich schlafe schlecht in dieser Nacht. Noch schlechter als sonst. Immer wieder meine ich, Geräusche im Haus zu hören. Die Bilder an der Wand gehen mir nicht aus dem Kopf. Die tote Ratte vor dem Haus. Jemand will mir Angst einjagen, und ich ärgere mich, dass es ihm gelingt – oder ihr. Denn egal wie ich es drehe und wende – am Ende kommt für mich nur die Pflegerin infrage.

Im Zimmer ist es heiß. Der Wind rappelt an den Fensterläden und lässt das Dach erzittern. Ich muss nicht mal einschlafen, um Flashbacks von dem verdammten Unfall zu bekommen. Welche Windstärken halten diese alten Dachbalken aus? Hätte ich besser die gesamte Konstruktion erneuern lassen sollen?

Nur in Unterwäsche wälze mich hin und her, die Augen fast gewaltsam geschossen, als würde das irgendetwas daran ändern, dass ich nicht zur Ruhe komme. Meine Matratze ist eine Warmhalteplatte. Das dünne Laken eine Heizdecke. Ich strampele es weg. Und dann, inmitten meines Kampfes mit meinen Gedanken, der Hitze und dem Schlaf, der einfach nicht kommen will, höre ich sie wieder. Die Madre Piangente. Oder das, was die Leute für sie halten müssen. Ein langes, dünnes, wehleidiges Klagen. Als betrauere jemand einen Verlust. Einen Toten. Ein Kind. Bei dem Gedanken setze ich mich auf.

Ich halte die Luft an, gehe im Kopf sämtliche natürlichen Erklärungen durch. Der Wind. War es windig, als ich das Geräusch zum ersten Mal im Garten gehört habe? Eine Katze. Ein anderes Tier. Ein Wolf vielleicht? Doch egal welche Erklärung ich heranziehe, sie ändert nichts daran, dass das Geräusch ganz und gar herzzerreißend ist. Beklemmend. Es macht mich augenblicklich traurig. Ich stehe auf und trete ans Fenster. Doch kaum habe ich eine Seite geöffnet, reißt der Wind sie mir auch schon aus der Hand, so schnell, dass ich gar nicht reagieren kann. Ich will noch danach greifen, doch da schlägt sie krachend gegen die Hauswand. Es klirrt, als das Glas zerbirst.

«Shit!», fluche ich und lehne mich vor, um auf die Straße

zu sehen. Weil es im Ort keine Straßenlaternen gibt, herrscht draußen perfekte Schwärze. Ich beuge mich noch weiter vor. Stecke meinen Kopf in den heißen, dunklen Backofen, obwohl ich doch schon früh aus Märchen gelernt habe, dass man das nicht soll. Der Wind fegt durch meine Haare, drängt ins Zimmer. Das Geräusch ist jetzt deutlicher zu hören. Das Heulen und Wehklagen.

«Komm nur», murmele ich der Madre zu, der stürmischen Schwärze dort draußen. «Komm nur, ich kann dir was von meinem eigenen Leid erzählen.»

Es hatte sich angefühlt wie ein Erdbeben. Das ganze Gebäude hatte gezittert, bevor die Decke über uns zusammenbrach. Ein stahlgrauer, schwerer Himmel, der zu dem Novemberwetter passte, das sich über Stuttgart gelegt hatte.

Es war mein bislang größtes Projekt gewesen, unser größtes Projekt, denn Nathan war auch daran beteiligt. Ich als Architektin, er als Bauleiter, darum trug ganz offiziell er die Verantwortung für alles. Aber ich weiß, wie es wirklich war.

Ich habe nichts, was mit diesem Theaterumbau zu tun hatte, aus der Hand gegeben. Keine noch so kleine Entscheidung. Wenn ich etwas wollte oder nicht wollte, dann hatte Nathan keine Chance gegen mich. Ich sage das ohne Arroganz und weiß Gott ohne Stolz, denn es gibt nicht mehr viel, auf das man stolz sein kann, wenn man erst mal ein Menschenleben auf dem Gewissen hat.

Ich hatte meine Karriere geplant und durchgezogen. Mich Schritt für Schritt nach oben gearbeitet und dabei im Großen und Ganzen wenig Rückschläge einstecken müssen. Die Renovierung des alten, ehrwürdigen Theaters schien nur ein nächster Meilenstein. Es passte perfekt in meinen Karriereplan. Im Nachhinein glaube ich, mein Höhenflug hat mich blind für die Gefahr gemacht. Dieses Projekt war eine Nummer zu groß für mich. Und ich habe es nicht sehen wollen.

Menschen, die Unfälle in dieser Größenordnung miterleben, sagen später manchmal, dass sie wenige Momente vor der Katastrophe bereits eine seltsame Vorahnung hatten. Wie ein schwerer Schatten, der sich plötzlich über ihre Gedanken legte. Aber da war kein Schatten. Da war nur das Gebäude, seine aufgerissene, entblößte Struktur, die wir im Begriff waren, wieder zusammenzusetzen. Da war Nathan, der den Kopf in den Nacken legte und zu den Arbeitern auf den Gerüsten hochsah. Und dann waren da das Beben und ein Ruck, als ob die Welt in sich zusammenfiele. Ein ohrenbetäubendes Krachen, mit dem Stein, Holz und Stahl auf uns herabprasselten. Chaos brach aus, Schreie, Panik. Die Trümmer verschlangen alles um mich herum. Meine Bewegungen fühlten sich an, als wären sie in Zeitlupe. Ich spürte einen scharfen Schmerz, dann nichts mehr.

Als der Staub sich legte und Stille einkehrte, war die Kälte das Einzige, was ich noch wahrnahm. Die Rettungskräfte fanden mich unter den Trümmern, aber ich konnte ihre Stimmen nicht mehr verstehen, wollte es vielleicht auch gar nicht. Jemand hatte sein Leben verloren, das erfuhr ich irgendwie aus Bruchstücken, die zu mir durchdrangen. Aber die Gesichter der Helfer verrieten nicht, dass alles noch viel schlimmer war, als ich dachte.

Tagelang konnte ich nicht weinen, nicht schreien. In der Zeitung sah ich die Fotos. Die Trümmer dessen, was einst unser gemeinsames Projekt gewesen war. Im Hintergrund ein grauer, trüber Himmel und davor Polizeikräfte und Aufräumarbeiter in leuchtend gelben Warnwesten. Das war alles so weit von dem entfernt, was ich mir erträumt hatte, dass es mir nicht real erschien. Real wurde es erst, als Nathans Name überall in den Zeitungen erschien. Als ich Blumen in ein Grab warf und anschließend im Gemeindehaus vor aller Augen einen Zusammenbruch hatte, weil ich glaubte, die Decke würde über mir einstürzen. Es war das erste Mal seit dem Unfall, dass ich schrie. Und plötzlich konnte ich gar nicht mehr damit aufhören.

«Tilda, du solltest nicht hier sein.» Nathans sanfte Stimme in meinem Ohr. Ich drehe mich nicht zu ihm um. Ich weiß ja, dass er nicht wirklich da ist. Nur eine Erinnerung, eine von vielen.

«Wir müssen dieses Projekt pünktlich fertigstellen», entgegnete ich scharf.

«Es geht nicht nur um das Theater. Du musst auch auf dich selbst aufpassen.» Er legte eine Hand auf meinen Arm. Doch ich schüttelte ihn ab.

«Das tue ich schon, keine Sorge!»

Vielleicht hatte Nathan sie ja, die berühmte Vorahnung, und ich hätte ihm nur zuhören müssen. Es wäre so vieles anders gekommen, wenn ich es getan hätte. Nicht alles, aber genug, um zwei Leben zu retten.

Am nächsten Tag fahre ich schon früh los und tätige noch aus dem Auto heraus mehrere Anrufe bei Glasern. Ich muss laut sprechen, die Lüftung läuft auf höchster Stufe. Durch die Windschutzscheibe kann ich die Schafe sehen, die sich draußen im einzigen Baumschatten drängen, der weit und breit zu finden ist. Es ist ein mickriger Baum, und die Schafe sehen miserabel aus. Ich beneide sie nicht um ihre Wolle. Ich hatte gehofft, die Sache mit dem Glaser schnell und unbürokratisch am Telefon abhandeln zu können. Doch ironischerweise ist dies zwar ein Land, in dem alle ständig mit ihrem *telefonino* am Ohr herumrennen, man aber trotzdem überall persönlich vorbeikommen muss, wenn man etwas will. Mein Auto zeigt 38 Grad Außentemperatur. Im Radio warnen sie wegen der Kombination aus Hitze und Saharawind vor Feuer. Ich würde meine kleine fahrbare Klimaanlage am liebsten gar nicht verlassen, doch die Parkplatzsituation in der Stadt ist eine Katastrophe, und ich laufe mir die Füße wund. Zudem sind einige der Adressen, die ich auf Google raussuche, nur Briefkastenfirmen oder Privatwohnhäuser.

Als ich endlich aus der Stadt zurückfahre, ist es bereits Nachmittag. Ich bin verschwitzt und fix und fertig. Die Fenster in meinem Haus haben keine Standardgröße. Das Glas muss passend zugeschnitten und das Material vom Festland bestellt werden. Zwei bis drei Wochen wird es sicher dauern. Und wenn hier auf der Insel jemand von zwei bis drei Wochen spricht, dann meint er damit meiner Erfahrung nach mindestens vier.

Hinter den endlosen Serpentinen kommt Botigalli in Sicht. Das Dorf sieht heute noch dramatischer aus als sonst: eine Trutzburg vor einem Sturmhimmel. Die Häuser stehen dicht an dicht, als hätten sie sich zusammengerottet, um dem Wind die Stirn zu bieten.

Und trotz allem, was das Haus mir abfordert, trotz aller Schauermärchen und der Feindseligkeit, die mir entgegenschlägt, hat der Anblick etwas Tröstliches. Es ist ein Dorf, in dem man sich verbarrikadieren kann, wenn man sich auf seine Seite schlägt. Auf die Seite der Madre Piangente. Vielleicht sogar auf die Seite von diesem Silvio, der Botigalli ja eigentlich auch nur verteidigen will. Seinen eigenen Frieden dort.

Ob nun erfunden oder nicht, die Madre Piangente ist nicht bloß eine Bedrohung, sie ist auch ein Schutz. Sie sorgt dafür, dass Botigalli so verlassen bleibt, wie es ist.

Diesmal habe ich vorgesorgt. Beim Anblick von all dem,

was ich im Baumarkt und im Supermarkt aufs Band gelegt habe, müssen die Verkäufer gedacht haben, ich sei irgendeine verrückte Prepperin und bereite mich auf die Apokalypse vor. Und mit all diesen Vorräten sinke ich nun in die Verlassenheit des Ortes, so wie man sich in einen bequemen Sessel sinken lässt, aus dem man vorläufig nicht wieder aufstehen will. Und das tue ich auch nicht. Tagelang verlasse ich mein Haus nicht mehr. Die ganze Woche lang. Ich niste mich richtig in meiner Einsamkeit ein, zufrieden mit meinem neuen, einfachen, langsamen Leben. Das ist es schließlich, weswegen ich hergekommen bin.

Und dann steht mein Bruder vor der Tür.

ENZO

Ich lebe auf einer Trauminsel. Der Statistik nach möglicherweise sogar länger als andere – zumindest wenn ich es etwas geschickter anstelle als der Rest meiner Familie. Denn Sardinien, und insbesondere das schroffe Inland mit seinen Bergen, ist einer der Orte, an denen die meisten Hundertjährigen wohnen.

Die Meinungen dazu, warum das so ist, gehen auseinander. Dass das Klima hier immer mild ist und nicht unter den Gefrierpunkt fällt, ist ein Gerücht. Tatsächlich ist die Insel launisch, was das Wetter betrifft. In den Bergen wird es gerade im Winter empfindlich kalt, und es schneit auch. Ebenso wenig zählt das Argument, es liege an der typischen Mittelmeerdiät, dem vielen Fisch, den man hier angeblich isst. Die Leute in der Barbagia sind Bergmenschen. Ihre Dörfer liegen zwar nur ein paar Kilometer von der Küste entfernt, aber die meisten Alten spucken aus, wenn man sie fragt, wann sie das letzte Mal Fisch gegessen haben. Eine Mahlzeit mit Familie und Freunden beginnt mit getrockneten Würsten oder Schinken. Man isst Hammel und Schwein. Im Winter gibt es Eintopf mit Schaffleisch. Gegen das Meer haben manche eine regelrechte Abneigung. Sardinien ist nicht Italien. Und die Barbagia ist nicht Sardinien.

In den vierzehn Dörfern, die man zu der sogenannten blauen Zone zählt, erreichen einunddreißig von einhunderttausend Einwohnern ein Alter von hundert Jahren. Aber das ist nur eine Seite der Statistiken. Durch meine Arbeit als Journalist kenne ich auch die andere. Die düstere. Ich kenne sie so gut, dass sie meine Sicht auf Sardinien vielleicht für immer versaut hat.

Natürlich spricht kaum jemand darüber. Nach wie vor wird geschwiegen.

«Es war besser, einen anderen Weg zu nehmen, wenn man sie sah», sagen mir die Leute, wenn ich sie interviewe. *Sie*. Die großen Unbekannten. Die Banditen. Die einzige Reaktion auf sie war ein kollektives Augenschließen zum eigenen Schutz, das noch immer andauert. Das ist die *Omertà*, das Schweigegebot. Ich habe mein ganzes Journalistenleben damit verbracht, dieses Gebot zu brechen.

Die bittere Wahrheit ist, dass Sardinien die Wiege einer Entführungskultur war, die sich von hier aus auf ganz Italien ausweitete. Für die Sarden schien es so etwas wie die logische Konsequenz einer Tätigkeit, der sie schon seit Jahrhunderten nachgingen: Sie entführten Nutztiere. Vor der Entdeckung durch den Tourismus war die Insel nahezu bettelarm gewesen. Die Landschaft mit ihren Schluchten, Bergen, Steilklippen und Stränden ist wunderschön anzusehen. Aber im Grunde ist ein großer Teil der Insel karg und unzugänglich. Es gab damals keine Fabriken. Keine Arbeit. Man besaß Schafe, aber selbst die waren geraubt. An die Regierung glaubte niemand, und das ist bei vielen Sarden bis heute so geblieben. Denn die Regierung war nicht in der Lage, Probleme zu lösen, Not zu lindern oder auch nur dafür zu sorgen, dass alle genug zu essen hatten. Heute sagen sie deshalb, dass die Menschen an der Macht den Boden für das Böse bereitet hätten. Das ist einfacher, als sich die eigene Ruchlosigkeit einzugestehen, die es brauchte, um neben Nutztieren auch Menschen zu entführen.

Die Entführungsopfer wurden in Holzkisten, Erdlöcher und Zelte gesperrt. Andere wurden in unterirdische Höhlen abgeseilt. Man fesselte und knebelte sie. Sie wussten nicht, ob man sie vor der Freilassung verstümmeln würde. Ob sie überhaupt je wieder freikommen würden oder in diesen Löchern sterben. Vor Hunger. Durst. An einer Infektion. Aus Angst. Auch das gab es oft genug.

Neuntausend von mir verfasste Artikel. Eine Bildstrecke über die Dörfer der Barbagia. Zahlreiche Interviews. Die erfolgreichsten darunter waren die Gespräche mit Graziano Mesina, der sich in den 1960er- und 70er-Jahren zu einer regelrechten Popfigur unter den Entführern entwickelte. *Grazianeddu* nannten ihn die Leute liebevoll. Bis in die 90er-Jahre hinein wurden diese Interviews abgedruckt, wenn Mesina es mal wieder geschafft hatte, aus dem einen oder anderen Gefängnis zu entkommen. Danach nahm das Interesse der Öffentlichkeit ab. Das der Verlage und Zeitungen ebenfalls. Aber nicht mein Interesse.

Meine Frau sagt, ich sei besessen von diesen alten Verbrechen. Ich solle mich endlich zur Ruhe setzen oder wenigstens ein anderes Thema finden, dem ich nachjagen kann. Die Insel hat heute schließlich mit ganz anderen Problemen zu kämpfen. Mein Ressortleiter ist der gleichen Ansicht. Sie haben beide recht. Aber ich kann es trotzdem nicht.

Es ist dieser eine ungelöste Fall, der mich umtreibt. Silvio DiNardo, der es geschafft hat, immer unter dem Radar zu bleiben, während Graziano alle Aufmerksamkeit auf sich zog. Botigalli, dieser unbekannte Ort. *Terra incognita. Das* ist es, worüber ich schreiben will.

Ich versuche regelmäßig, es Beatrice zu erklären. Versuche, ihr zu erklären, dass Silvio DiNardo in puncto Entführungen ein ähnlich großer Fisch sein könnte, wie Graziano Mesina es war. Und dass doch keiner ernsthaft glauben kann, er und seine Familie hätten einfach so zufällig als Einzige diese Todesnacht vor all den Jahren überlebt. Aber Bea hat keinen Entdeckerdrang für jedwede *terra incognita*, sie spürt nicht dieselbe Berufung für ihren Job.

Meine Frau arbeitet als Anwältin in einer Kanzlei. Zivilrecht, nicht Strafrecht, also der trockene Kram. So wie sie mir Besessenheit vorwirft, könnte ich ihr mangelnde Motivation vorwerfen. Aber ich tue es nicht. Inzwischen finanziert Beas dröger Job uns das Leben auf der zunehmend teurer werdenden Touristeninsel. Von den paar widerwillig aufbereiteten Themen, die ich meinem Ressortleiter monatlich hinwerfe, um nicht endgültig gefeuert zu werden, könnten wir hier schon lange nicht mehr leben.

«Ich habe ständig ungelöste Fälle auf dem Tisch, Enzo!», ruft sie jetzt, ihr Toastbrot gestikulierend in die Luft gehoben. Es ist Sonntagmorgen. Wir sitzen bei halb heruntergelassenen Rollos in der Küche. Auf dem schmalen Balkon unserer Wohnung brennt die Sonne bereits um diese Uhrzeit zu heiß. «Ich würde sogar sagen, aus Sicht meiner Klienten sind die wenigsten Streitigkeiten je gelöst. Es kommt zum Prozess, es wird ein Urteil gefällt, und dann muss man damit abschließen!»

Abschließen, ja. Das hat mir noch nie besonders gelegen. Wann kann man mit seinem Job abschließen? Mit seinen Obsessionen? Mit seiner Vergangenheit? Seinem Leben? Mein Vater hat sich dieselbe Frage gestellt. Und ich habe nicht vor, seinem Beispiel zu folgen.

«Aber in diesem Fall kam es ja nie zum Prozess, Bea! Es gab ja noch nicht einmal eine richtige Ermittlung!»

«Enzo, hak es ab! Ich wäre wirklich sehr froh, wenn wir mal wieder einen Sonntag als Familie verbringen könnten!»

Ich will sie gerade daran erinnern, dass unsere Tochter längst erwachsen und aus dem Haus ist, als mir aufgeht, dass sie uns beide meint. Sich und mich.

Ich hole Luft. «Okay», sage ich dann resigniert.

Bea blickt augenblicklich skeptisch. «Okay?»

«Ich gehe nicht hin.» Ich bestreiche mein Toastbrot mit Butter und Marmelade und sehe zufrieden, wie Bea ungläubig das Gesicht verzieht.

«Was ist passiert?», fragt sie. «Ist er krank?»

«Nein.»

«Gestorben?»

«Bea. Bitte.»

Sie breitet die Arme aus, damit ich es ihr erkläre.

Sie weiß nicht, dass ich ohnehin schon mit dem Gedanken gespielt habe, heute nicht zu Silvio zu fahren. Die letzten zwei Besuche bei ihm waren entmutigend.

«Er hält Sie hin», hat Signora Cossu gesagt. «Er macht sich über Sie lustig.» Die Worte sind mir nähergegangen, als sie sollten, denn vielleicht hat sie recht. Vielleicht nimmt Silvio meine Besuche bei ihm für zu selbstverständlich – und es täte ihm gut zu sehen, dass sie das nicht sind.

«Kann sein, dass ich das Projekt aufgebe», sage ich. Jetzt blickt Bea noch skeptischer. «Also, was willst du machen? Sollen wir aufs Meer rausfahren? In unsere Bucht? Das Boot ist ja wieder repariert. Und wir könnten Panini mitnehmen. Oder willst du lieber was essen gehen? Eine Ausstellung besuchen?»

«Ich weiß nicht», sagt sie, als würde die Fülle an Möglichkeiten, die sich plötzlich auftun, sie geradewegs überfordern.

«Dann lass mich bei dem kleinen Fischrestaurant anrufen, bei dem wir letztens waren», schlage ich vor. «Drüben in Cala Gonone. Weißt du, welches ich meine? Das über dem Hafen? Vielleicht haben die noch einen Tisch für heute Abend.»

«Das gibt es nicht mehr, Enzo. Hat die Türen dichtgemacht.»

«Wirklich? Wann?»

«Vor mehr als einem Jahr.»

Ich will widersprechen. So lange kann «letztens» doch sicher nicht her sein? Aber ich wittere ein Minenfeld, wenn das Gespräch sich in diese Richtung entwickeln sollte. Darum sage ich stattdessen: «Egal. Wir fahren einfach trotzdem nach Cala Gonone und schauen, wo wir landen.»

Wir landen in dem Nachfolger unseres kleinen Restaurants. Ab mittags durchgängig geöffnet, unpersönlich und ohne Frage eine Touristenfalle. Der Mann am Eingang versucht, uns auf drei Sprachen auf die Terrasse zu locken, und das Menü bietet von French Fries bis French Toast alles, was die Insel bislang nicht gesehen hat. Aber der Nachmittag flimmert vor Hitze. Bea und ich schaffen es kaum von Schatten zu Schatten. Und wir haben keine Lust, noch länger nach etwas anderem zu suchen.

In Cala Gonone ist Feriensaison. Das Restaurant und der Strand sind voller Leute. Das Meer voller Motorboote und kreischender Kinder. Es ist laut. Im Sommer ist es neuerdings immer laut in Cala Gonone. Während die Touristen früher vor allem den Norden der Insel befallen haben, sind sie inzwischen überall. Sogar hier, im schwer zugänglichen Osten der Insel. Sie liegen am Strand wie in einer Auslage beim Metzger. Sehr viel verbranntes rotes Fleisch in winzigen Badehosen und Bikinis.

Beatrice nimmt die Eiskarte vom Tisch und wedelt sich Luft zu.

Ich lausche dem Rauschen und Schwappen der Wellen, und mir kommt der Gedanke, dass Botigalli auf mich genauso wirkt wie das Meer, das unablässig gegen die Felsen schlägt. Das die Wellen anzieht und zurückwirft. Anzieht und zurückwirft. Aber diesmal werde ich nicht zurückgehen. Der Gedanke gibt mir ein gutes Gefühl. Ein motivierendes – wie am ersten Tag einer Diät.

«Was schaust du denn so?», fragt Bea.

«Nichts! Ich freue mich, mit dir hier zu sein», sage ich und nehme die Pizzakarte vom Tisch, um sie eingehend zu studieren. Dabei liegt mir nichts ferner, als bei dieser Hitze Pizza zu essen.

Ich blättere mich einmal quer durch die Menükarte und bestelle dann doch nur einen Kaffee. Bea nimmt ein Glas Weißwein. Der Kellner bringt ihn mit Chips, Oliven und zwei traurigen Käseecken, die sich schon auf dem Weg bis zu unserem Tisch auf dem Teller verformen. Selbst das Essen kann die Hitze nicht ertragen. Wann sind die Sommer eigentlich so heiß geworden? Ein richtiges Afrikaklima ist das. Schon am Mittwoch haben wir die 40-Grad-Marke geknackt. Und in den nächsten Tagen soll es sogar noch heißer werden.

Ich entschuldige mich, um zur Toilette zu gehen, und lasse mir kaltes Wasser über die Unterarme laufen. Als ich aufblicke, entdecke ich neben dem Spiegel an der Wand ein gerahmtes Poster, das die Schwarz-Weiß-Aufnahmen einer ganzen Reihe sardischer Banditen zeigt, mit Namen und den Orten, aus denen die Männer kommen. Wir sind doch noch nicht so weit von den 60ern und 70ern entfernt, als die Leute Graziano Mesinas Fahndungsplakate von den Laternen gerissen haben, um sie bei sich zu Hause aufzuhängen. Natürlich ist sein Gesicht auch darunter. Schließlich ist er der Superheld unter den Verbrechern. In Orgosolo, wo er herkommt, gibt es ganze Wandbemalungen ihm zu Ehren. Vollgepferchte Touristenbusse fahren dorthin. Mir ist es unbegreiflich, wie man einen alten Entführer derart vermarkten kann. Als würden wir alle nur in der alten Kulisse eines Spaghettiwesterns leben.

Ich ertappe mich dabei, wie ich auf dem Poster das Gesicht von Silvio suche, doch natürlich finde ich es nicht. Ob er jetzt in seiner Wohnung sitzt und auf mich wartet? Auf die

Uhr sieht? Es ist unsere übliche Zeit. Ich spüre einen Anflug von Schuld, die ich nicht spüren sollte, nicht ihm gegenüber. Wenn überhaupt, dann sollte ich wegen meiner Mutter ein schlechtes Gewissen haben. Ich schüttele das Wasser von den Händen und reiße Papier von der Rolle auf dem Waschbeckenrand, um mir ausgiebig die Hände zu trocknen.

Als ich zurück zum Tisch komme, sieht Bea meinem Gesicht sofort an, dass etwas nicht stimmt.

«Was ist passiert?», fragt sie, und ich will ihr gerade vorschlagen, doch noch unser Boot zu nehmen und aufs Meer rauszufahren, weil ich die Menschen hier, die ganze vermeintliche Idylle, satthabe, da klingelt mein Handy. Ich fahre leicht zusammen. Seit ich nur noch unerfreuliche Anrufe erhalte, hat mein Klingelton für mich den Charme eines morgendlichen Weckers.

Als ich die Nummer auf dem Display sehe, fluche ich leise.

«Was ist?», fragt Bea alarmiert.

«Die Klinik», sage ich. Neben meinem Ressortleiter ist die Klinik ein weiterer Anrufer, dessen Hiobsbotschaften ich nicht brauche. Ich nehme das Gespräch hastig an.

«Signor Piras?», fragt eine Stimme, die mir bestens vertraut ist. «Es tut mir wahnsinnig leid. Aber es geht um Ihre Mutter. Sie ist wieder verschwunden.»

TILDA

Nino.

Es ist nicht übertrieben zu sagen, dass ich bei seinem Anblick sicherlich eine volle Minute lang keinen Ton herausbekomme.

«Hallo, Schwesterherz.»

Schwesterherz? Mein Bruder und ich haben noch nie eine Beziehung geführt, in die das Herz involviert war. Als Kinder waren es höchstens unsere Fingernägel und Fäuste.

Ich blicke ihn fassungslos an, und es versetzt mir einen Stich, wie ähnlich er meinem verstorbenen Vater sieht. Dann fällt mein Blick auf die schmuddelige Reisetasche, die er über seiner Schulter trägt. Auf *die* Taschen im Plural, denn hinter ihm stehen weitere, eine verranzter als die andere. Entsetzen macht sich in mir breit, noch bevor er mich beschämt ansieht und fragt: «Kann ich für 'ne Weile hier bleiben?»

«Verdammt, Nino!», sage ich eine Dreiviertelstunde später, nachdem Nino mir den Grund für seinen unangekündigten Überfall erklärt hat. Inzwischen habe ich zwei Tassen Kaffee intus. Starken Kaffee. Paradoxerweise das Einzige, was meine überspannten Nerven beruhigt, und das ist nach Ninos Bericht dringend nötig. Ninos Pläne, Vaters Pizzeria fortzuführen, sind nicht aufgegangen. Was mich eigentlich nicht überraschen sollte. Ist denn schon jemals einer seiner Pläne aufgegangen? Sechs Monate hatte ich dem Restaurant gegeben. Jetzt hat Nino sogar noch weniger Zeit gebraucht, um den ganzen Karren vor die Wand zu fahren. Seit Wochen hat er nun auf der Couch eines Kumpels gepennt, weil er aus seiner alten Wohnung geflogen ist. Aber sein Kumpel hat ihn offensichtlich auch nicht lange ausgehalten. Sonst stünde Nino jetzt nicht hier. Mit seinen Reisetaschen. Und seiner Bitte, bei mir wohnen zu können.

«Okay, wie schlimm ist es?», frage ich, und zünde mir nach dem Kaffee auch noch eine Zigarette an, deren Qualm ich aus dem offenen Fenster puste. «Die Schulden, wie hoch sind die?»

Nino zuckt die Schultern. Nicht weil er es mir nicht sagen will. Ich fürchte, dass er es wirklich nicht weiß.

Seufzend reibe ich mir die Stirn. Stelle mir die ungeöffneten Briefe, Rechnungen, Mahnungen vor, die unter der nicht abgemeldeten Adresse eintrudeln. Wir müssen die Pizzeria verkaufen. Und ich weiß schon, wer all das organisieren und dafür geradestehen wird.

«Zum Teufel, Nino», fluche ich. Er zuckt noch einmal entschuldigend die Schultern.

«Immerhin habe ich es versucht», sagt er, als ginge es hier lediglich um einen vermasselten Sprung vom Startblock und nicht um Zehntausende von Euro. Dass ich keine Ahnung habe, wie hoch die Schulden de facto sind, macht mich nervös. Solange ich nicht arbeite, muss ich mit meinem Ersparten haushalten.

«Hast du die Briefe wenigstens dabei?»

«Welche Briefe?»

«Die vom Finanzamt gekommen sein müssen!» Ich bin mit meiner Geduld schon jetzt am Ende. Dabei ist Nino noch nicht mal seit einer Stunde da.

Als hätte ich gar nichts gesagt, nimmt er sich eine Zigarette, stellt sich zu mir ans geöffnete Fenster und zieht seelenruhig sein Handy aus der Tasche. Er wirft einen Blick darauf. «Weißt du, warum ich hier nirgends Netz habe?»

«Ja. Weil wir am Arsch der Welt sind!» Ich wittere eine Chance, das Unheil vielleicht doch noch abzuwenden. Nino kann keine fünf Minuten überleben, ohne sein Handy zu checken. Er braucht Internet. Schon allein für seinen You-Tube-Kanal – der, wie ich fairerweise zugeben muss, das Einzige ist, wofür mein Bruder halbwegs ein Talent zu haben scheint.

Die Zigarette zwischen den Lippen, stößt Nino sich vom Fenster ab und wandert durch das Haus, um zu sehen, ob es irgendwo eine bessere Verbindung gibt. Ich verschränke die Arme vor der Brust und warte, weil ich die Antwort bereits kenne. Nein, in dem ganzen verdammten Ort gibt es kein Netz, nicht mal einen einzigen Strich.

Schließlich gibt er auf, steckt das Handy in die Hosentasche zurück und blickt zum ersten Mal umher. «Und das hast du alles für einen Euro bekommen?», fragt er.

«Es ist nur ein symbolischer Kaufwert, Nino. Da kommen natürlich noch die Kosten für die Renovierung und alles drauf.»

Er sieht sich anerkennend um. Ich will ihn gerade bitten, nicht im Haus zu rauchen und zurück ans Fenster zu kommen, als er plötzlich das Handy wieder hervorzieht. Er richtet die Kamera auf mich und beginnt zu filmen. Ich zucke zusammen und weiche aus.

«Nino, was soll das?»

«Leute, das ist meine Schwester. Sie ist Architektin und hat diese Mordsbude für einen Euro gekauft und renoviert! Könnt ihr das glauben?»

«Nino!», sage ich verärgert, doch er wendet sich ab und

filmt weiter das Haus, erst das Wohnzimmer, dann den Flur und schließlich die Küche. Ich eile ihm nach und reiße ihm das Handy aus der Hand.

«Mann!», ruft er.

«Hier wird nicht gefilmt! War das etwa live oder wie?»

«Wie soll das bitte live gewesen sein, ohne Internet?»

Natürlich. Eine dumme Frage. Ich atme durch und halte ihm das Handy unter die Nase. «Das Video löschst du. Mein Haus, meine Regeln.»

«Meine Güte, jetzt chill mal, Tillie. Ich hätte schon nur Positives über dein Haus gesagt.»

«Du sollst überhaupt nichts darüber sagen. Nicht öffentlich jedenfalls!»

«Wer bist du, Jason Bourne?»

Ich schließe die Augen, um nicht zu schreien. Nino nutzt die Gelegenheit und nimmt mir das Handy wieder ab.

«Du übertreibst es echt total, Tillie. Mit deiner Flucht vor den Medien und alldem. Wenn Nathan hier wäre ...»

«Lass Nathan da raus!», unterbreche ich ihn. Meine Kehle fühlt sich plötzlich eng an.

Er zuckt die Schultern und kapituliert. «Es wissen doch sowieso alle.»

«Was wissen alle?»

«Dass du auf der Flucht bist. Du hast nicht vor, Häuser zu renovieren und zu verkaufen. Du willst hierbleiben.»

Ich starre ihn an. Fühle mich ertappt.

«Ich nehme an, wir schlafen oben?», fragt Nino.

Ich klappe den Mund auf und wieder zu. «Die Treppe rauf und rechts», bringe ich schließlich hervor. Er hält mir seine Hand hin, und es dauert einen quälend langen Moment, bis ich begreife, dass ich einschlagen soll. «Wie hast du mich überhaupt gefunden, Nino?»

Er ist bereits auf der Treppe, als er sich zu mir umdreht.

«Du hast bei der Post eine Adressumleitung eingerichtet. Und weil ich dich nicht erreichen konnte, bin ich hergetrampt.»

«Du bist getrampt?», echoe ich und frage mich kurz, ob das in diesem Jahrhundert tatsächlich noch ein Ding ist. «Bis hierher nach Botigalli?»

«Bis nach Genua gibt es einen Flixbus. Und von da aus war es simpel. Auf der Fähre kann man ja mit Leuten quatschen, da sind viele in diese Richtung unterwegs. Nur jemanden zu finden, der diese Serpentinen hochfährt ... Ich hab es erst zu Fuß versucht, bevor ich auf Google Maps gesehen habe, dass es dreizehn Stunden gedauert hätte. Zum Glück kam dann irgendwann so ein Fliesenleger mit seinem Bulli. Ehrlich, Tillie, es wäre alles etwas einfacher gewesen, wenn du erreichbar gewesen wärst!»

Ich hebe die Hände zum Zeichen, dass ich daran nichts ändern kann. Ich bereue es kein bisschen, nicht erreichbar zu sein.

Nino ist nicht nachhaltig verärgert. Er schlendert schon wieder durchs Haus und bleibt beim Kühlschrank stehen. «Hast du eigentlich was zu essen da?»

Ninos Einzug ändert mein Leben in Botigalli grundlegend. Mit der inneren und äußeren Ruhe ist es vorbei. Nino ist einer, den man nicht nicht bemerken kann. Er ist sehr hörbar. Sehr sichtbar. Er breitet sich aus. Seine Sachen fliegen ab Tag eins überall herum. Ich weiß nicht, ob es auf der Welt noch ein zweites Geschwisterpaar gibt, das in allen Dingen so grundverschieden ist wie Nino und ich. Wo ich Verlässlichkeit, Zielstrebigkeit und Durchhaltevermögen schätze, lebt Nino für gewöhnlich einfach in den Tag hinein. Er steht auf (wobei auch das nicht immer ganz sicher ist), sieht nach, was im

Kühlschrank ist, und vertraut darauf, dass die nächsten vierundzwanzig Stunden sich schon irgendwie zu seinen Gunsten entwickeln werden. Ich weiß nicht, wie es in anderen Familien ist. Ob man als Schwester einen Bruder wie ihn einfach vor die Tür setzen könnte. Aber in meiner Familie wäre das undenkbar.

La famiglia è tutto, hat unser Vater uns immer eingebläut. Er ist in Deutschland von einigen seiner italienischen Wertvorstellungen abgerückt, aber nie von dieser. Es gab keine Flucht vor der *famiglia*, so klein sie auch war, keine Möglichkeit, einfach die Tür zu schließen und das Problem draußen zu lassen. Die Familie ist alles. Als meine Mutter ging, war es keine Frage, dass wir bei meinem Vater blieben. Er hat sich nie darüber beschwert, dass er gleichzeitig zwei Kleinkinder und eine Pizzeria zu versorgen hatte. Aber als die Ältere zu Hause war es meine Aufgabe, mich mit um meinen jüngeren Bruder zu kümmern, wo immer das möglich war. Das ist bis heute so geblieben.

Am Anfang versuche ich wirklich, nicht in diese Rolle zurückzufallen. Aber was kann ich schon tun? Wenn ich Ninos Sachen nicht wegräume, nervt mich sein Chaos im Haus. Einkaufen muss ich ohnehin, essen müssen wir beide. Dazu kommt, dass Nino nicht sonderlich anspruchsvoll ist. Er isst, was eben da ist, und hat keine festen Zeiten. Auch nicht fürs Aufstehen. Er nennt das einen «flexiblen Tagesablauf». Ich nenne es die totale Planlosigkeit.

Plötzlich bin ich ständig unterwegs, auf der Suche nach Netz und Internet. Es ist schwer genug, von Sardinien aus das Problem mit der verschuldeten Pizzeria zu lösen. Noch schwerer, wenn man keinen Empfang hat. Nach ein paar Tagen und endlosen Telefonaten hin und her ist mir klar, dass die Situation sogar noch schlimmer ist als angenommen. Die Schulden werden meine gesamten Ersparnisse fressen.

Ich konfrontiere Nino damit, dass er sich eine Arbeit suchen muss, wenn er vorübergehend bei mir bleiben will. Mir ist egal, was. Er kann Italienisch und Deutsch. Meinetwegen soll er in irgendeinem Restaurant einen Kellnerjob annehmen. Er hat Erfahrung damit, immerhin hat er eine Pizzeria geführt. Und in den Sand gesetzt – aber selbst Nino wird wohl hoffentlich clever genug sein, das bei einem Vorstellungsgespräch unter den Tisch fallen zu lassen.

«Ich habe einen Job!», entgegnet Nino. Wahrscheinlich meint er sein Influencer-Dasein. «Ich kann nur ohne Internet nicht viel tun.»

«Das reicht doch nicht, Nino. Du musst was Richtiges machen. Ich rede davon, dass wir Geld brauchen. Ich kann uns nicht auf Dauer beide aushalten und noch die Schulden der Pizzeria begleichen. So viel hab ich nicht!»

«In welcher Welt lebst du, dass ein Kellnerjob für dich richtiger ist als der eines Content Creators? Da gibt es Leute, die jährlich zwanzig Millionen US-Dollar verdienen!»

«Und, verdienst du zwanzig Millionen US-Dollar pro Jahr?»

«Noch nicht, aber ich arbeite daran, okay? Und überhaupt – wie soll ich denn von hier zu irgendeinem Restaurant kommen? Du bist ja ständig mit dem Auto unterwegs.»

«Ich bin mit dem Auto unterwegs, um deine Probleme mit der verschuldeten Pizzeria zu lösen!»

Es ist hoffnungslos. Und in einem Punkt hat Nino ja recht. Wenn ich nicht will, dass er weiter bei mir herumlungert und nichts mit sich anzufangen weiß, dann braucht er ein Fahrzeug. Allerdings weiß ich schon, wer das für ihn bezahlen muss.

Wir einigen uns darauf, eine Vespa zu mieten. Für einen Monat. Das ist günstiger als wochenweise, und irgendwie gibt es mir auch das Gefühl eines zeitlichen Rahmens. Vielleicht wird Nino ja verschwunden sein, wenn der eine Monat rum ist.

FRANCA

Ein einziges Mal hatte mein Vater mich mit dem Gürtel versohlt. Das war zu meiner Erstkommunion, als ich ein dämliches weißes Rüschenkleid tragen sollte, in dem ich aussah wie eine geschmolzene Kerze. Sogar eine Haube hatte meine Mutter gehäkelt. Es war eine große Sache bei uns, diese Erstkommunion. Aber ich mochte nichts daran. Es war die Phase, in der ich nur Hosen trug und mich gegen alles wehrte, was mir zu mädchenhaft war. Der Streit mit meiner Mutter hatte schon Tage vorher begonnen. Ich hatte angedroht, gar nicht zur Kommunion zu erscheinen, bevor ich in diesem Tortenaufzug hinging. Schließlich war ich doch erschienen. Allerdings in Turnschuhen unter dem Rocksaum statt der weißen Lackschühchen, die höllisch unbequem waren und meine Füße einengten.

Es war eine kleine Revolte, die ich dringend brauchte, weil mir Botigalli schon wieder die Luft zum Atmen nahm. Und der Pfarrer verstand es genau so. Als Rebellion.

Er war es, der meine Mutter überzeugte, dass ich dafür gezüchtigt werden müsse. Meine Mutter schrie herum und überzeugte meinen Vater. Und der arme Kerl musste den Henkersknecht spielen, der die Vollstreckung ausführte.

Wir hatten alle keinen Spaß daran. Meine Mutter nicht, mein Vater nicht und am wenigsten ich selbst. Wobei ich mir nichts anmerken ließ. Ich wurde nur mit jedem Gürtelschlag wütender. Auf meinen Vater, meine Mutter, den Pfarrer und Gott.

Zwölfmal schlug mein Vater zu – vielleicht auch das im Sinne des Pfarrers. Sie hatten es in der Kirche ja mit der Zahl zwölf. Anschließend warf er meiner Mutter den Gürtel vor die Füße und sagte, wenn sie das nächste Mal unbedingt eine Bestrafung wollte, könnte sie das selber übernehmen. Dann verschwand er und kehrte erst spät in der Nacht betrunken zurück.

Seitdem beschränkten wir uns zu Hause aufs Schreien und auf zahlreiche Verbote und Arreste, von denen nichts richtig fruchtete. Manchmal taten mir meine Eltern fast leid, dass sie mir gegenüber so hilflos waren.

Natürlich gab es auch diesmal Ärger, als ich lange nach der Abendessenszeit nach Hause kam. Meine Mutter schrie die ganze Nachbarschaft zusammen, als sie erst mal so richtig in Fahrt war. Mein Vater starrte die ganze Zeit nur auf den zerrissenen Träger an meinem Top und fragte dann, ob ich mich mit jemandem getroffen hätte. Ich wusste, dass die Hölle los wäre, wenn ich ihm die Wahrheit sagen würde. Nicht so sehr für mich als vielmehr für die Jungs. Aber ich hielt dicht. Als die Standpauke vorüber war, wurde ich ohne Abendessen auf mein Zimmer geschickt, wo ich mich aufs Bett fallen ließ und darauf wartete, dass auch meine Eltern sich endlich schlafen legten, sodass ich nach unten gehen und mich an den Mandelkeksen bedienen konnte. Mein Magen knurrte. Mein Kopf lief Amok. Immer und immer wieder spielte er die Szene im Wald vor meinem inneren Auge ab.

Ich konnte es immer noch nicht fassen. Die Jungs hatten sich wie Tiere verhalten. War es vorher lediglich ein schrecklicher Verdacht gewesen, dass sie etwas mit Alessias Verschwinden zu tun haben könnten, so war ich mir inzwischen sicher. Und wenn sie mit ihr nun dasselbe anstellten, wie sie es mit mir versucht hatten? Wenn sie ihnen ausgeliefert war? Sie war ein kleines bisschen älter als wir, aber sie hatte keine Chance gegen vier Jungs, die ich eigentlich nur noch aus Gewohnheit so nannte. In Wahrheit waren sie halbstarke Männer, Anfang zwanzig.

Mein Magen krampfte sich zusammen. Ich stand vom Bett auf, schlich nach unten und zog mir einen Küchenstuhl heran, um an die Keksdose zu kommen, in der Mamma das Mandelgebäck aufbewahrte. Dann stand plötzlich mein Vater hinter mir, und ich fiel vor Schreck fast vom Stuhl.

Auch er trug noch seine Kleidung vom Tag. Wahrscheinlich war er im Wohnzimmer gewesen und Mamma die Einzige von uns, die bereits schlief.

Seine Augen wanderten von meinem Gesicht zu der Keksdose in meinem Arm. Es war so offensichtlich, was ich vorhatte, dass ich gar nicht den Versuch unternahm, irgendeine Ausrede zu erfinden.

«Deine Mutter wollte, dass du ohne Abendessen ins Bett gehst.»

«Aber Mamma ist oben und schläft», antwortete ich. Ich steckte mir einen Keks in den Mund und hielt ihm die Dose ebenfalls hin. Er winkte ab, woraufhin ich mir noch weitere Kekse in die Taschen stopfte, die Dose sorgfältig zurückstellte und vom Stuhl stieg. Mein Vater blickte mich ausdruckslos an, er zwinkerte mir nicht zu, wie er es früher getan hatte, wenn wir ein gemeinsames Geheimnis vor Mamma hatten. Aber ich wusste trotzdem, dass er mich nicht verraten würde. Wir hatten schon immer diese besondere Verbindung, er und ich. Heute konnte ich sie wieder spüren. Und nur deshalb öffnete ich den Mund und hörte mich plötzlich fragen: «Weißt du, was mit Alessia Bianchi geschehen ist?»

Er stutzte. Augenblicklich war da eine Spannung im Raum. Sein vorher noch gleichgültiger Blick wurde scharf. «Warum sollte ich das wissen?», gab er zurück.

Ich sah ihm direkt in die Augen. «Vielleicht hast du ja was mitbekommen.»

Doch er brummte nur: «Was gibt es denn da mitzubekommen?»

Ich verschränkte die Arme vor der Brust und hielt seinem Blick stand. Dass ich einen Verdacht hatte, war ebenso offensichtlich wie meine Aktion mit der Keksdose. Ich musste es nicht aussprechen.

«Du weißt, dass wir nicht über solche Dinge reden, Franca», erinnerte er mich. Als ob ich das vergessen haben könnte.

Wir, das war ganz Botigalli. Vor allem aber wir Frauen. Wer wann verschwand und wann wieder auftauchte, waren Entscheidungen, die den Männern vorbehalten waren. Wir wussten alle davon. Aber wir schwiegen brav und backten weiter unsere Focaccia.

«Sie ist nicht viel älter als ich, Papà.»

«Ich sage dir, Franca, das sind Dinge, in die du dich besser nicht einmischst.»

«Hast du etwas damit zu tun?»

«Keiner hier hat was damit zu tun!», sagte mein Vater unwirsch. «Und jetzt geh endlich zurück ins Bett, verdammt.»

Ich blieb noch einen Moment länger stehen. Mag sein, dass er das wirklich glaubte. Aber mir war aufgefallen, dass er nicht gefragt hatte: «Wer ist Alessia Bianchi?» Er war es schließlich, der den Blick zuerst abwandte.

Ich hätte gerne mit ihm über meinen Verdacht geredet. Hätte ihn gerne gefragt, ob er es für möglich hielt, dass die Jungs in eigener Regie gehandelt hatten. Aber das hätte eine Offenheit vorausgesetzt, die es bei aller Verbundenheit zwischen uns nicht gab. Vielleicht war das der Sinn dieses Schweigegebots, mit dem ich schon als Kind aufgewachsen war. Selbst wenn ich mich einmal dazu entschied, mir nicht mehr den Mund verbieten zu lassen, fehlten mir sämtliche Worte.

Als ich enttäuscht an ihm vorbeiging, hielt mein Vater mich plötzlich am Arm zurück.

«In manche Dinge mischt man sich nicht ein, Franca. Das ist gefährlich», zischte er. Dann nahm er den noch immer gerissenen Träger, legte ihn zurück auf meine Schulter und drückte ihn sanft dort fest, als würde es mein Kleid auf magische Weise wieder ganz machen.

Die Jungs mieden mich ein paar Tage wie eine Aussätzige. Es war mir recht. Ich hatte auch erst mal die Schnauze voll von ihnen. Im Ort machte schnell die Runde, dass Pasquale, der arme Tollpatsch, sich unglücklich auf die Zunge gebissen und die Wunde sich entzündet habe. Sogar der Doktor musste kommen. Ich unternahm keinen Versuch, die Geschichte richtigzustellen. Nicht auszudenken, wie ich erklären sollte, dass ich etwas mit Pasquales Zunge zu schaffen hatte, ohne dass es für alle Beteiligten peinlich wurde.

Schließlich aber schlichen sich Tommasos Blicke wieder an. Gefolgt von Tommaso selbst. Er fing mich eines Tages ab, als ich eine Wassermelone nach Hause schleppte, die die Größe eines Medizinballs hatte.

«Franca!»

Ich drehte mich um, Tommaso blieb vor mir stehen und deutete auf die Melone.

«Kann ich dir helfen?»

«Es geht schon», sagte ich kühl. In Wahrheit war das Ding höllisch schwer. Ich verlagerte ihr Gewicht, hielt sie mit beiden Armen vor den Körper gepresst und sah ihn herausfordernd an. «Was gibt's? Falls du dich entschuldigen willst ...»

«Entschuldigen?», fragte er so überrascht, dass es mir kurz die Sprache verschlug. «Nein, ich wollte dir eigentlich nur meine Hilfe anbieten. Und dir sagen ... dass du ganz großartig warst. Letzten Donnerstag. Im Wald, meine ich.»

«Im Ernst?»

Er nickte eifrig. Meine Fassungslosigkeit hatte er entweder falsch gedeutet oder gleich ganz überhört.

«Und meinst du damit den Teil, in dem ich Pasquale fast die Zunge abgebissen habe, oder den, in dem ich Luca mit der Schere durchs Gesicht gefahren bin?»

Die Frage schien ihn zu amüsieren. Dabei war sie ganz und gar nicht als Scherz gemeint.

«Die beiden sind stinksauer», sagte er.

«Gut», erwiderte ich. «Ich bin auch stinksauer!»

«Und dass du es trotzdem nicht deinem Alten erzählt hast, rechnen wir dir alle hoch an, Franca.»

Er redete davon, als sei das Ganze nur eins unserer Spiele gewesen. Irgendeine Verrücktheit, nach der wir alle den Pakt geschlossen hatten, unseren Eltern nichts davon zu erzählen. Was, wenn ich wirklich meinem Vater davon erzählt hätte? Ich konnte mir vorstellen, wie die Jungs gezittert haben mussten.

«Ihr solltet mich gut genug kennen. Ich habe noch nie gepetzt», sagte ich.

«Ich weiß. Das ist echt ein fairer Zug von dir, Franca.»

War es das? Ich hatte das Gefühl, dass es ein Fehler war.

«Was hat denn Luca überhaupt gesagt, wie das mit dem Schnitt an seiner Backe gekommen ist?», fragte ich.

Tommaso zuckte die Schultern. «Was soll er schon gesagt haben? Rauferei unter Jungs.»

Na klar. Jungs. Dass die Einzige, die in der Gruppe wirklich ausgeteilt hatte, ausgerechnet ein Mädchen war, musste ihnen äußerst peinlich sein.

Tommaso deutete auf die Melone und wechselte das Thema: «Hast du vor, ganz Botigalli damit zu füttern?»

«Die ist für mich und die Mädels am Strand später.»

«Da bricht ja mein Motorrad drunter zusammen.»

Ich nahm an, das war eine mehr oder minder geschickt verpackte Einladung, mich mitzunehmen. Ein Friedensangebot.

«Danke. Ich glaube, ich werde lieber den Bus nehmen.» Ich wandte mich ab und setzte mich wieder in Bewegung. Es musste aussehen, als schleppte ich eine Bowlingkugel durch den Ort.

«Franca!» Tommaso sprang mir in den Weg. Trat nah an mich heran. Nur eine Melonenbreite von mir entfernt raunte er: «Und was, wenn ich dich woandershin mitnehme?»

Ich machte einen Schritt zurück. «Spinnst du jetzt völlig, Tommaso? Wohin sollte ich wohl mit dir gehen wollen nach der Sache im Wald?»

«Na genau dorthin», sagte er, und es brauchte einen Moment, bis ich die Bedeutung dieser Worte verstand. Wieder trat er näher. «Scheiß auf die anderen. Ich weihe dich ein. Ich nehme dich mit zu unserem Versteck. Nur du und ich.»

Wie er jetzt dastand, die Hände in den Hosentaschen vergraben, erkannte ich wieder den alten Tommaso in ihm, mit dem ich schon seit Kindesbeinen Dummheiten anstellen konnte. Nicht den harten Macker, der er jetzt so oft vorgab zu sein.

«Also, was sagst du?», fragte er.

Ich zögerte.

«Komm schon, Franca. Ich hole dich um fünf Uhr ab.»

«Das ist aber kein Date, Tommaso. Wenn du irgendwas in die Richtung ...»

«Um Himmels willen, nein! Meinst du, ich hab vergessen, was du mit Luca und dem armen Pasquale gemacht hast?» Er lachte.

«Okay», sagte ich. «Du kannst mich um fünf abholen.»

Sein Gesicht hellte sich auf. Er nickte und trat zur Seite, um mir den Weg freizugeben. Doch als ich an ihm vorbeiging, packte er mich plötzlich doch noch am Arm und sah mich an.

«Ich habe dich verteidigt, Franca. Dort im Wald. Vergiss das nicht.»

Ich machte mich los.

«Soweit ich mich erinnern kann, habe ich mich selbst verteidigt.»

Wir nahmen einen anderen Weg als in jener Nacht, was mich zu dem Schluss führte, dass die Jungs entweder von Anfang an gewusst hatten, dass ich ihnen gefolgt war – oder aber dass sie Alessia inzwischen in ein anderes Versteck gebracht hatten. Mir wurde ganz schlecht bei der Vorstellung, in welchem Zustand sie sein mochte. Bis jetzt hatte ich immer noch ein kleines bisschen Hoffnung gehabt, dass ich mich täuschen könnte. Dass die Jungs zu so etwas nicht in der Lage wären. Doch die Hoffnung schwand mit jedem Schritt, den wir weiter ins Unterholz taten.

Ich wollte Gewissheit. Aus keinem anderen Grund folgte ich Tommaso überhaupt noch einmal bei Dämmerung in den Wald.

Irgendwann drehte er sich um und holte ein Tuch aus der Tasche. «Hier, leg das an.»

«Was ist das?»

«Eine Augenbinde. Nur zur Sicherheit.»

Ich machte einen Schritt zurück. «Spinnst du? Du hast gesagt, du vertraust mir!»

«Ich kann dich nicht ohne Sicherheitsvorkehrung zu unserem Versteck führen, Franca. Die anderen ...»

«Scheiß auf die anderen! Hast du selbst gesagt!»

Tommaso sah mich zerknirscht an. «*Vaffanculo*», fluchte er dann und steckte das Tuch wieder ein. «Ich kenne wirklich niemanden, der so böse schauen kann wie du, Franca.»

«Das nehme ich als Kompliment.»

Wir gingen weiter. Der Pfad war unwegsam. Steine lösten sich unter unseren Füßen und sprangen klackernd in Felsspalten hinab. Wir waren hier ganz in der Nähe der Schlucht.

Vor einer niedrigen Höhle blieb Tommaso stehen und bedeutete mir, ihm zu folgen. Wir krochen hinein. Nach ein paar Metern gelangten wir zu einem Loch im Boden, in das ein Seil hinabhing. Tommaso holte eine Lampe aus der Ecke, zündete sie an und leuchtete hinab.

«Nach dir», sagte er. Ich schluckte, ergriff dann aber das Seil und kletterte über die geknoteten Stellen hinunter. Es war trocken und kühl hier unten. Als Tommaso mir nachkletterte und neben mir auf den Boden sprang, erhellte die schwankende Lampe eine große Kiste aus Holz, bei deren Anblick mir ganz schlecht wurde.

«Also, kein Wort zu niemandem über das hier», versicherte sich Tommaso noch einmal, und dann schob er einen schweren Stein vom Deckel der Kiste, bevor er sie öffnete, hineinleuchtete und mir mit einem Kopfnicken bedeutete, zu ihm zu treten. Die Kiste war so groß, dass ich eben über den Rand sehen konnte. Mit mulmigem Gefühl blickte ich ins Innere – und machte einen entsetzten Satz zurück.

«Das ist nicht Alessia», keuchte ich.

ZWEITER TEIL

Man hat mich im Wasser gefangen und aus dem Meer aufs Boot gezogen. Wie einen Fisch. Es muss so einfach gewesen sein. Ich hatte den Blick und all meine Aufmerksamkeit auf die Wasserwelt unter mir gerichtet. Auf die Fische, das klare Wasser. Nicht auf das Boot, das sich mir näherte. Nicht auf das, was über mir geschah. Ich habe die Gefahr nicht kommen sehen.

Dann wurde ich plötzlich unter die Oberfläche gedrückt. Meerwasser drang in meinen Schnorchel, in meinen Mund. Ich strampelte, um zurück an die Oberfläche zu kommen, dachte erst, versehentlich mit einem anderen Schnorchler zusammengestoßen zu sein. Oder vielleicht mit einem der Schlauchboote, von denen es hier viele gibt. Doch dann spürte ich die Hände, die mich packten. Panisch versuchte ich freizukommen, die Tauchermaske verrutschte. Ich verlor den Schnorchel, schluckte Salzwasser, begann zu schreien. Luftblasen explodierten vor meinem Gesicht. Ich hustete, schluckte mehr Wasser. Nackte, dunkle Furcht packte mich. Ich konnte nur noch strampeln. Zappeln. Um mich schlagen. Dann hörte auch das auf. Meine Arme und Beine wurden schlaff. Wie die Tentakel eines Oktopus trieben sie um mich im Wasser. Ich bekam kaum noch mit, wie ich aus dem Meer gezogen und über die Reling gehievt wurde. Mit dem Kopf voran ins Boot.

So einfach ist es, einen hilflosen Fisch zu fangen.

Aus meinem Mund sickerte Wasser. Aus meinen Lungen. Ich lag mit dem Gesicht auf dem Boden. Nur mit Mühe konnte ich den Kopf drehen, bevor ich mich krampfend übergab. Salziges, brackiges Wasser. Es muss dieser Moment gewesen sein, in dem man mich fesselte, einschnürte wie ein Paket. Doch daran habe ich keine Erinnerung mehr. Nur noch an den Schmerz in den Lungen erinnere ich mich. An nackte Füße vor meinem Gesicht. Auch an Motorengeräusche. An ein wackelndes Boot. Daran, wie mein Kopf aufschlug, wenn es eine größere Welle nahm und auf der anderen Seite hart auf dem Wasser auftraf.

Das nächste Mal, als ich versuchte, die Augen aufzuschlagen, hatte man mich bereits mit einem Sack blind gemacht. In meinem Mund steckte Stoff. Und Kopfhörer in meinen Ohren. Die Stimmen daraus quälen mich Tag und Nacht, Nacht und Tag. Es ist unmöglich wegzuhören. Es ist unmöglich zu schlafen. Was wollen sie von mir? Warum bin ich hier? Ich schüttele den Kopf. Schreie in den Knebel. Wälze mich auf dem sandigen Boden. Ich will, dass es aufhört. Die Stimmen, die von Angst reden. Von Gewalt. Davon, was auch mir noch bevorstehen mag.

TILDA

Die Vespa war eine gute Investition. Vielleicht die beste seit dem Kauf dieses Hauses. Kaum ist sie da, ist es wieder ruhiger in meinem Leben. Nino ist ständig unterwegs, um sich in verschiedenen Restaurants und Pizzerien in den umliegenden Ortschaften vorzustellen. Das zumindest ist unsere Abmachung und meine Hoffnung.

Mein Bruder war schon immer einer von der rastlosen Sorte. Er ist gern mittendrin, umgibt sich mit Freunden. Im Rudel fühlt er sich wohl. Ruhe macht ihn unruhig, so paradox das auch ist. Und er sagt es nicht direkt, aber ich weiß, dass er insgeheim mit der Stille hier in Botigalli kämpft. Es ist eine Einsamkeit, mit der er so nicht gerechnet hat.

Trotz unserer italienischen Wurzeln kennt Nino eigentlich nicht sonderlich viel von Italien. Soweit ich weiß, war sein einziger Aufenthalt in diesem Land der Familienurlaub zusammen mit meinem Vater. Und der ist schon ewig her. Wir waren irgendwo an der Küste von Kampanien und reisten durch Orte, an deren Namen ich mich heute nicht mehr erinnern kann. Aber was mir noch gut im Gedächtnis ist, ist der Lärm überall. Das Knattern der Mopeds in den engen Straßen, das konstante Hupen. Menschen, die bis spät in die Nacht auf der Straße lachten und riefen, während Nino und ich im Bett der günstigsten Pension im Ort lagen und versuchen sollten zu schlafen. Hinter der dünnen Wand plärrte ein Fernseher. Eine Frau zeterte, ein Hund bellte in der Nachbarschaft. Am Morgen weckten uns das Geschrei von Lieferanten und das erneute Knattern von Fahrzeugen. Nino kann damals erst acht oder neun Jahre alt gewesen sein, aber von diesem Urlaub hat er noch lange geredet. Ein aufregender Urlaub, einer ohne Stille.

Im Vergleich dazu ist es in Botigalli wie in einem Schweigekloster. Mich stört das nicht, im Gegenteil. Manchmal möchte ich flüstern, um diese irre Stille nicht zu verletzen. Ich muss ihr nicht entkommen, so wie Nino es tut.

Ich sehe ihm zu, wie er auf die Vespa steigt, und atme erleichtert aus, als das laute Knattern in den Straßen verhallt und sich die Stille wieder über den Ort legt. Wind, Insekten, Vögel, sonst nichts. Ich atme durch und versuche, nicht daran zu denken, dass ich bald nach Deutschland werde fliegen müssen, um die Sache mit der Pizzeria zu regeln. Oder daran, dass ich heute noch einen Telefontermin mit dem Notar habe, für den ich erst irgendwohin fahren muss, wo ich wieder Empfang habe.

Pragmatisch, wie ich bin, habe ich meine ersten Telefonate dieser Art vom nächsten Punkt aus getätigt, an dem mir mein Handy immerhin zwei magere Striche Netz angezeigt hat: aus einer kleinen Haltebucht neben der Serpentinenstraße, etwa zwei Drittel des Wegs zum Hafen hinunter. Doch die Verbindung ist auch dort noch alles andere als zuverlässig. Neben dem Auto bimmeln und blöken Schafe. Und selbst wenn ich es schaffe, einen Hotspot mit dem Handy einzurichten, ist es unbequem, den Laptop zwischen Lenkrad und Knien zu balancieren, um Informationen zu recherchieren oder einfach nur meine E-Mails abzurufen.

Stattdessen fahre ich inzwischen jedes Mal weiter in den Hafen und nutze die Gelegenheit, vor oder nach den administrativen Aufgaben noch frische Lebensmittel zu kaufen. Frischen Fisch, um es konkret zu sagen. Und um noch konkreter zu werden, bin ich wahrscheinlich vor allem wegen Daniele hier.

Dieser Fischer, an dem ein Künstler verloren gegangen ist, fasziniert mich mit jedem Treffen ein bisschen mehr. Ich habe schon viele Menschen kennengelernt, die bescheiden wirken wollen. Die ihren minimalistischen Stil mit wenigen teuren Designer- und Markenobjekten zur Schau stellen. Aber Daniele braucht keine Designer, er beschränkt sich auf das Nötigste. Sein Laden, seine Zeichnungen, seine ganze Art atmen Anspruchslosigkeit. Und wenn ich bei ihm bin und wir über seine Bilder reden, weckt das in mir den lange vergessenen Drang, selbst mal wieder einen Stift in die Hand zu nehmen und mich künstlerisch auszutoben. Nicht für einen Kunden. Keine Bauzeichnung. Sondern einfach etwas, an dem ich Freude hätte. Ich habe früher viel gemalt und gezeichnet, bevor es plötzlich nur noch darum ging, mein ganzes Tun dem Unternehmen zu widmen, das Nathan und ich aufbauen wollten.

Daniele weiß nichts von seinem Talent, dafür aber umso mehr über das Meer. Während meines zweiten Besuchs bei ihm, nur wenige Tage nachdem ich die Garnelen gekauft hatte, hat er mich mit einer Geschichte über Sardiniens jahrhundertealte Tradition der Korallenfischerei geködert. Seit der Antike tauchen sardische Fischer nach den berühmten roten Korallen, die nur in bestimmten Tiefen und unter besonderen Bedingungen wachsen, und viele verloren dabei früher ihr Leben. Die Fischerei von Korallen war ein lukrativer Job, bevor Maßnahmen eingeführt wurden, die sie vor dem Aussterben schützen sollen. Daniele erzählte mir, dass die alten Fischer davon überzeugt waren, die Korallen besäßen eine Seele, und das Meer überließe seine Schätze nur demjenigen, der es ehrt und respektiert. Ich höre ihm gerne zu, wenn er über solche Dinge spricht. Heute erzählt er mir, dass frühmorgens manchmal Delfine neben seinem Fischerboot auftauchen, sogar Wale. Die Touristenboote jagen diese Tiere regelrecht, vor allem in der Hochsaison, aber bei ihm tauchen sie einfach auf und bleiben, weil sie wissen, dass sie sich neben ihm ausruhen können.

Das ist das Gefühl, das Daniele einem vermittelt. Man kann bei ihm auftauchen und verschnaufen. Er strahlt eine Ruhe aus, die ihn viel älter wirken lässt, als er eigentlich ist. Ich wünschte, mein Bruder könnte sich eine Scheibe von dieser Aura abschneiden.

«Und wie geht es dir da oben? Alleine in Botigalli?», fragt er.

«Ich bin nicht mehr alleine», sage ich – und meine ich das nur, oder huscht bei diesen Worten ein bestürzter Ausdruck über sein Gesicht? «Mein Bruder ist da.»

Das scheint ihn zu erleichtern. «Gut! Das ist sicher das Beste. Botigalli ist kein Ort, an dem man allein sein sollte.»

Die Leute wussten noch nie, was das Beste für mich ist. Mit einem Hausgeist wie der Madre, die hin und wieder mal in meinen Rohren klappert, mir das Wasser abstellt oder das Licht durchbrennen lässt, war deutlich einfacher auszukommen als mit einem Quälgeist wie Nino.

«Du glaubst doch nicht wirklich daran, Daniele, oder? An die Madre Piangente?»

Er windet sich unter meiner Frage. «Ich weiß nicht. Menschen sind in der Gegend spurlos verschwunden. Und gestorben.»

Ich kann mir ein Augenrollen nicht verkneifen. «Wer soll da gestorben sein? Wer, Daniele? Kennst du konkret jemanden, oder sind das auch wieder nur Geschichten und Legenden?»

Doch Daniele will nicht darüber reden, und so lasse ich das Thema fallen und schaue mir die neuen Zeichnungen an, die er angefertigt hat. Postkartengroße Skizzen. Schlichte Strichzeichnungen, mit Bleistift geschwärzte Flächen. Die Ehrlichkeit der Bilder passt zu Daniele und seinem Laden.

«Du könntest die mal einer Galerie vorstellen», sage ich. «Allerdings müsstest du dann anfangen, sie zu signieren.»

«*Ajò*!», ruft er abfällig. «Ich zeichne doch nur Sardinen!»

Aber genau darin liegt ja die Besonderheit. Variationen des immer gleichen Motivs zu malen, ohne dass sich das Thema abnutzt, ist eine Kunst für sich. Zudem sind es auch nicht immer nur Sardinen, die er zeichnet. Er erfindet zunehmend auch Körper für sie. Ähnlich der Zeichnung, die ich am ersten Tag bei ihm gekauft habe, tauchen inzwischen immer mehr Menschen zwischen den Sardinen auf. Eingeklemmt zwischen den Konserven werden sie selbst zu Fischen. Einige haben Flossen, andere tragen Badesachen. Ihre Gesichtszüge und Körper sind trotz der wenigen Striche prägnant. Ich suche zwischen den Zeichnungen die Frau mit den verbundenen Augen, die jetzt in meiner Küche hängt. Doch sie taucht nicht wieder auf.

«Sind die eigentlich realen Personen nachempfunden?», frage ich, bevor ich von einer Zeichnung abgelenkt werde, die mein Interesse weckt. Ich pflücke sie von der Wand. «Lustig, der hier sieht genauso aus wie mein Bruder Nino!»

Auf der Zeichnung ist ein Mann zu sehen, der derart eingeengt zwischen den glotzenden Sardinen liegt, dass es beklemmend wirkt. Oder liegt es am Ausdruck der Sardinen selbst? Sie sind nicht so stilisiert wie auf den anderen Zeichnungen. Viel realistischer. Zerstückelt und tot liegen sie in ihrer Dose. Und dazwischen der Mann, der Nino sein könnte.

«Die hier möchte ich auch kaufen.»

Daniele hebt abwehrend die Hände, als ich in mein Portemonnaie greife und ihm erneut fünfzig Euro geben will. «Nimm sie einfach mit. Ich schenke sie dir.»

«Kommt nicht infrage!»

Als er mit noch immer erhobenen Händen zurückweicht, lege ich ihm den Schein auf den Tresen: «Du kannst mich auf eine Carbonara einladen, wenn du unbedingt willst.»

«Na gut. Einverstanden.»

Es war ein spontaner, unüberlegter Vorschlag von mir. Weniger noch, im Grunde war es nicht mal ein echter Vorschlag, sondern ein Insider zwischen Nathan und mir für Situationen wie diese. Ich wünschte augenblicklich, ich könnte die Worte zurücknehmen, als Daniele das Geld nimmt und zur Ladentür geht, um das Pappschild von *aperto* auf *chiuso* umzudrehen.

«Carbonara ist übrigens nicht sehr typisch für unsere Region», sagt er. «Aber ich mache uns eine sardische Variante davon, wenn das in Ordnung ist.»

«Daniele, das war nicht ernst gemeint. Ich möchte wirklich nicht, dass du für mich ...»

«*Dai*, Tilda. Jetzt komm schon. Du bist seit Wochen in Italien und siehst immer noch aus wie eine Sardelle!»

Ich muss unwillkürlich lachen, obwohl mir gerade eigentlich eher zum Heulen ist. Eine «Sardelle» ist die italienische Entsprechung für die deutsche Bohnenstange. Ein Strich in der Landschaft.

«*Chi mangia solo si strozza*», sagt Daniele, und ich übersetze im Kopf: Wer alleine isst, der erstickt.

«Ich habe doch jetzt meinen Bruder», sage ich.

«Und ist der auch so eine Sardelle wie du?»

Ich blicke auf die Zeichnung in meiner Hand und habe plötzlich den Gedanken, dass Daniele die Antwort vielleicht kennt.

Hätte Nathan jemals vorgeschlagen, Spaghetti Carbonara statt mit Schinken mit einer Kombination aus salzigen Sardellen und pikant gewürzter Schweinswurst herzustellen – eine stundenlange Diskussion wäre vorprogrammiert gewesen. Doch tatsächlich ist es genau diese Kombination, die mich etwas mehr als eine Stunde später, in Danieles Wohnung, geradezu vom Stuhl haut.

«Daniele, das schmeckt ja bombastisch!»

Er lächelt verlegen.

«Im Ernst!»

«Es ist nicht das Originalrezept.»

«Es ist besser als das Originalrezept!»

«Im Norden verwenden sie nicht die richtigen Zutaten. Zu wenig frische Zutaten und Aromen, zu viel Butter und Sahne. Und nichts ist richtig gewürzt.»

«Sahne …», setze ich an, kann mich aber gerade noch zurückhalten, weil dieses Stichwort augenblicklich Nathan auf den Plan ruft. So real, als betrete er plötzlich den Raum. Mein Blick geht zur Tür. Natürlich ist da niemand. «Nichts», beende ich den Satz. «Ich bin auch kein Fan davon. Das ist alles, was ich sagen wollte.»

Zwischen uns steht eine Weißweinflasche ohne Etikett. Es ist eine ungewöhnliche Zeit für Pasta und Wein, so mitten am Nachmittag. Andererseits vielleicht auch nur ungewöhnlich für mich. In Italien hat die Uhrzeit noch nie jemanden davon abgehalten, gesellig zu sein oder zu genießen.

Danieles Wohnung liegt direkt hinter dem Fischladen und ist ebenso winzig wie der Verkaufsraum. Ein Studio, bestehend aus nur diesem Zimmer. Neben dem Tisch und der Küche steht direkt das Bett. Etwas zu prominent, wie ich finde. Fast schon eine Einladung. Mein schlechtes Gewissen, hier zu sein, wächst.

«Möchtest du einen Espresso?»

«Gern.»

Daniele steht auf und stellt die Teller auf die winzige Arbeitsfläche der Küche. Mein Blick gleitet an der Wand entlang, an der eine Reihe Fotos hängen. Darunter auch ein sehr altes, das einen jungen Mann zeigt, der lässig mit einer Schrotflinte im Arm und einer Zigarette im Mund posiert. Im Hintergrund Büsche, Bäume und eine Kirche, die mir mehr als bekannt vorkommt.

«Ist das in Botigalli aufgenommen worden?»

Daniele dreht sich halb zu mir um. Sein Blick fällt über seine Schulter auf das Foto, auf das ich deute. «Das ist mein Vater», sagt er und wendet sich wieder dem Herd zu. Er holt die Espressokanne aus dem Schrank.

«Aber ist das Botigalli?», hake ich nach.

«Ich weiß nicht, kann schon sein. Ich habe das Foto aufgehängt, weil es das einzige ist, das ich aus frühen Jahren von ihm habe. Die Leute sagen, dass ich ihm ähnlich sehe.»

Ich beuge mich zu dem Foto und betrachte es genauer. Da muss ich den Leuten recht geben. Es könnte ebenso gut Daniele sein, mit Frisur und Kleidung der 70er-Jahre.

«Was macht dein Vater? Ist er auch Fischer?»

«Er ist abgehauen.»

«Das tut mir leid», sage ich aufrichtig.

«Ist schon Jahre her. Ich war noch klein. Meine Mutter hat mich großgezogen und dann irgendwann neu geheiratet. Es war also mein Stiefvater, nicht mein Vater, der mich ins Fischereihandwerk eingeführt hat. Damals hatte ich schreckliche Angst vor dem Meer, weil ich nicht mal schwimmen konnte.»

«Du hattest Angst vor dem Meer?»

«Ich weiß, das kann man sich jetzt gar nicht mehr vorstellen, oder?» Er zuckt die Schultern, ein Grinsen auf dem Gesicht, das mich wieder daran erinnert, wie ich bei unserem ersten Treffen dachte, er sähe aus wie ein Schauspieler. «Was ist mit deinem Vater?», fragt er dann. «Ist der auch Unternehmer?»

Ich zögere kurz. Ich rede nicht gern darüber, weil die Erinnerungen noch zu frisch sind. Aber Daniele gegenüber fällt es mir nicht allzu schwer. «Er ist gestorben. Letztes Jahr erst.»

«Oh. Das tut mir leid.»

«Lungenembolie. Mein Vater war ein starker Raucher. Sein ganzes Leben schon.»

«Du rauchst auch», sagt Daniele, und ich bin einen kurzen Moment überrascht, bis mir einfällt, dass ich am ersten Tag mit einer Zigarettenpackung in seinen Laden marschiert bin.

«Ich hatte es mir lange abgewöhnt. Aber hier, keine Ahnung, hier hab ich eben wieder angefangen.»

«Warum?»

Es ist eine harmlose Frage, doch die Antwort ist trotzdem keine leichte. Ehrlicherweise müsste ich sagen, dass ich wieder rauche, weil ich alle, die es stören könnte, erfolgreich aus meinem Leben getrieben habe. Aber das ist eine lahme Erklärung. Noch dazu, nachdem ich Daniele vorhin gesagt habe, dass mein Vater an seinem vermeintlichen Freiheitsgefühl erstickt ist. «Keine Ahnung», sage ich darum einfach noch einmal. «Ich hatte einfach wieder Lust darauf.»

«Weißt du, worauf ich Lust hätte?», fragt er und betrachtet mich so eingehend, dass ich beunruhigt ein Stück nach hinten rutsche. Ist er sich der Doppeldeutigkeit seiner Worte bewusst? Mir fällt plötzlich auf, wie klein seine Wohnung ist. Und wie warm. «Was hältst du davon, morgen früh mit mir im Boot rauszufahren? Ich könnte dir zeigen, wie man richtig fischt.»

Ich zögere. «Das ist ein sehr verlockendes Angebot, Daniele. Aber ich fahre eine gute Stunde von Botigalli hierher. Und da ich annehme, dass du mit dem Fischerboot früh rauswillst ...»

«Fünf Uhr», bestätigt er.

«Das ist dann doch ein bisschen früh für mich», lache ich. Ausgerechnet ich, die derzeit jeden Morgen um drei Uhr versucht, ihre Beine wiederzufinden, und dann nicht mehr schlafen kann. Doch ich bin froh, dass er es mir so leicht macht, eine Ausrede zu finden.

Danieles Blick huscht zum Bett. Nur sehr kurz, aber ich sehe es trotzdem. Zum Glück sagt er es nicht. Spricht den Vorschlag nicht aus, der plötzlich im Raum hängt und der nur zu Verlegenheit auf beiden Seiten führen würde. All das hier fühlt sich plötzlich nicht mehr richtig an.

«Ein andermal vielleicht», lenke ich unbehaglich ein und bin froh, als Danieles Handy klingelt und sich die Spannung damit augenblicklich auflöst. Er schaut aufs Display, murmelt ein «Entschuldige mich kurz» und verschwindet vor die Tür. Ich bemerke, dass der Espresso kocht, und will die Herdplatte herunterdrehen. Doch als ich vom Stuhl aufstehe, merke ich den Alkohol so plötzlich, dass ich mich am Tisch abstützen muss, um nicht umzufallen.

Durch das Fenster kann ich Daniele sehen, der sich vor der Tür herumdrückt und hektisch gestikulierend ins Telefon spricht. Es sind laute, bestimmte Gesten. Er ist aufgebracht, und ich kann nicht anders, als Teile des Gesprächs mitzuhören, die durch das schlecht isolierte Fenster ins Haus dringen.

«... mache das nicht mehr!», höre ich. Und: «... soll sich wen anders suchen, ich habe ...»

Den Rest bekomme ich nicht mit. Daniele wendet sich ab und legt auf, bevor er sich wütend durch die Locken fährt. Auf die Straße blickt. Ins Haus zurückkommt und direkt zum Herd eilt, auf dem der Kaffee inzwischen so wild brodelt, dass er aus der Kanne zu schwappen droht.

«Ärger?», frage ich seinen Rücken. Er zuckt die Schultern.

«Nein, war nur ein Kunde, der eine Bestellung für eine Feier aufgegeben hat.»

Ich runzle die Stirn. Das hat sich nicht angehört wie eine gewöhnliche Kundenbestellung. Aber da Daniele offensichtlich nicht darüber reden will, bohre ich nicht weiter nach.

«Ich gehe mal kurz auf die Toilette», sage ich und unternehme einen vorsichtigen Versuch, den Tisch loszulassen. Meine Beine sind wacklig und kribbeln fast so schmerzhaft wie sonst nur in der Nacht. Und vor mir liegen später noch gefühlte achtzigtausend Kurven Serpentinenstraße. Immerhin wird niemand merken, wenn das Auto beim Fahren schlingert.

Als ich Danieles kleine Wohnung schließlich verlasse, fahre ich nicht direkt nach Hause. Nicht nur, weil es in meinem Zustand völlig unverantwortlich wäre. Ich habe mit einem Mal auch keine Lust mehr dazu. Nicht einen einzigen Tag habe ich bislang auf dieser Insel verbracht, ohne am Haus zu arbeiten. Nicht mal im Meer bin ich gewesen! Und was für ein Meer das heute ist. Türkisblau und still wie ein Pool. Der Ort sieht aus wie eine Postkarte.

An einem Stand am Hafen kaufe ich mir den erstbesten Bikini, dazu ein Strandtuch für zehn Euro. Ich parke das Auto an einem halbwegs leeren Strandabschnitt, wate ins warme Wasser und schwimme einfach los, auf den Horizont zu. Draußen ist das Wasser kälter und auch welliger als angenommen. Es ist anstrengend, die Richtung zu halten. Ein Motorboot jagt über den schaukelnden Wasserkronen vorbei. Als der Fahrer mich sieht, drosselt er den Motor irritiert und fährt eine kleine Schleife. Er fragt, ob ich Hilfe brauche.

«Alles in Ordnung!», rufe ich ihm zu, während die Wellen mich auf und ab werfen. Ich bin lange nicht geschwommen.

Aber dass ich eine so schlechte Figur dabei mache, dass jemand annehmen muss, ich wäre am Ertrinken, hätte ich nicht gedacht. Eine Frau taucht an der Reling auf. Wie der Mann ist auch sie braun gebrannt. Die beiden tauschen einen Blick. Ratlos, was sie mit der Verrückten machen sollen, die mehrere Kilometer vom Strand entfernt mitten auf dem offenen Meer herumtreibt.

Die Frau beugt sich über die Reling. Sie hat lange glatte Haare, die der Wind ihr ins Gesicht weht.

«Können wir dich mitnehmen?», fragt sie besorgt. Sie spricht Englisch mit italienischem Akzent. Natürlich halten sie mich für eine Touristin. Wem sonst wären solche Verrücktheiten zuzutrauen?

Ich antworte auf Italienisch: «Nein. Es ist wirklich alles gut, ich wohne hier auf der Insel und kenne mich aus!»

Das ist eine totale Übertreibung. Der einzige Ort, in dem ich mich inzwischen auskenne, ist ein kleines Dorf in den Bergen, und hier bin ich auf offenem Meer. Die beiden tauschen noch einen weiteren Blick. Doch was sollen sie schon tun? Mich in ihr Boot zerren? Die Küstenwache rufen? Sie fahren schließlich ebenso ratlos wieder ab, wie sie gekommen sind, und ich bin erleichtert darüber, schwimme noch ein bisschen weiter. Bis ich mich umdrehe und den Strand nicht mehr sehe, nichts mehr sehe als das Meer um mich herum. Das Gefühl, allein zu sein – nicht nur allein, sondern wirklich kilometerweit von jedem anderen Menschen entfernt, überwältigt mich. Es ähnelt dem Gefühl, das ich am ersten Tag in Botigalli hatte. Eine Mischung aus Frieden und leiser Furcht, die wohl irgendwo in unseren Genen begründet liegt. Astrid sagt immer, dass es nicht normal für Menschen ist, so allein zu sein. Wir brauchen einander, um zu überleben. Zum Beispiel wenn jemand so verrückt ist, betrunken aufs Meer rauszuschwimmen, und nicht aus eigenen Kräften wieder zurückkommt. Aber wer braucht mich schon? Zu wessen Überleben habe ich denn schon beitragen können? Das genaue Gegenteil ist der Fall.

Ich blicke mich noch einmal um, in die Richtung, in der der Strand liegen muss. Es wäre so verlockend, einfach weiterzuschwimmen. Nicht zurückzukehren. Wie lange würde es dauern, bis jemand rekonstruiert, was passiert ist? Vielleicht würde Nino irgendwann auffallen, dass ich nicht mehr da bin. Mein Auto würde am Strand gefunden. Das Pärchen könnte sich vielleicht daran erinnern, mich gesehen zu haben, und vielleicht könnte auch der Verkäufer aus dem Hafen noch bestätigen, dass ich einen Bikini und ein Handtuch bei ihm gekauft habe. Möglicherweise würden sie aber auch erst meine Leiche finden, irgendwo angespült am Strand, an einem Felsen, und dann rekonstruieren, wer diese Frau ist. Diese Fremde, die keiner als vermisst gemeldet hat. Weil niemand sie vermisst. Weil sie selbst dafür gesorgt hat, dass keiner da ist, der sie wirklich brauchen oder vermissen könnte.

Ich lausche. Das Meer schwappt, die Möwen kreischen. Kein Nathan, der mir widerspricht. Nicht mal in meinem Ohr. Ich bin zu weit draußen, selbst für ihn. Oder vielleicht sind wir auch, in diesem einen Punkt, endlich mal einer Meinung.

Und gerade in dem Moment, als ich losschwimmen will, einfach mit dem Meer verschmelzen, berührt mich etwas am Bein. Ich fahre zusammen und gerate augenblicklich in Panik.

Es ist diese Panik, die mich aus meinem Selbstmitleid zurück ins Hier und Jetzt katapultiert. Die plötzlich alles in mir wachruft. Die Erkenntnis, wie weit draußen auf dem Meer ich bin. Dass ich betrunken bin. Die Angst vor dem Gedanken, den ich gerade hatte. Ich japse vor Entsetzen und schwimme hektisch los. Weg vom Horizont, von der sengenden Sonne. Dorthin, wo ich den Strand vermute. Die Wahrheit ist: Ich will hier nicht sterben. Ich habe Angst, weil ich an meinem Leben hänge.

Die Wellen schwappen rechts und links. Das Meer greift nach mir. Ich bin noch nie so weit rausgeschwommen, und mein Körper ist nicht in Form. All die Monate des Hungerns, der Trauer, der Selbstbestrafung machen sich jetzt bemerkbar. Mir geht die Kraft aus. Ich schlucke Salzwasser, bewege mich im Schneckentempo vorwärts. Vielleicht bewege ich mich auch gar nicht. Es gibt nichts, worauf ich meine Augen fokussieren könnte. Überall nur Gischt und Wasser und die laut kreischenden Möwen. Sie kreisen über meinem Kopf und haben jede Romantik verloren. Möwen sind opportunistische Aasfresser.

FRANCA

«Wer zum Teufel ist das?», rief ich.

«Jemand, der uns viel Geld einbringen wird», grinste Tommaso. Ich starrte ihn fassungslos an. Wie konnte er da noch grinsen? Das verschnürte Bündel in der Kiste begann zu wimmern. Es war ein herzzerreißender Laut. Unheimlich in dieser Höhle. Tommasos Blick flackerte wie das Licht der Lampe zwischen mir und der Kiste hin und her. Dann wurde er finster. Die ganze Höhle erschien mir plötzlich finsterer.

«Ich möchte es nicht bereuen müssen, dass ich dich eingeweiht habe, Franca.»

«Was du bereuen solltest, ist, dass ihr ihn überhaupt mitgenommen habt! Wie alt ist er?»

Er zuckte die Schultern.

«Wie alt?!»

«Zwölf?» Es klang mehr wie eine Frage.

«Ihr habt ein *Kind* entführt?!»

«Pssschhh», machte er erschrocken und trat vor. Ich wehrte seine Hände ab, als er mir den Mund zuhalten wollte. Als würde uns hier in diesem Erdloch jemand hören.

«Ich sagte, er ist zwölf, nicht fünf.»

«Und was ist ein Zwölfjähriger anderes als ein Kind? Tommaso, der stirbt hier drinnen doch vor Angst!»

Aus der Kiste wurde das Wimmern lauter. Ich wandte mich ihr entschieden zu und machte Anstalten, dem Jungen herauszuhelfen. Doch Tommaso trat mir in den Weg.

«Was machst du da, Franca?!»

«Was *ich* mache? Was machst *du*? Schau dich doch an! Tommaso, du hast einen Jungen entführt! Wenn der das nicht überlebt ...»

«Das überlebt er schon! Wir füttern ihn schließlich und schauen abwechselnd nach ihm. Wir sind ja nicht blöd!»

«Blöd genug! Hast du schon jemals von irgendwem auf der Insel gehört, der ein Kind entführt hätte? Das macht man doch einfach nicht!»

«Ich hab's dir nicht anvertraut, um mir von dir Vorwürfe anzuhören!»

«Nein? Warum hast du es mir dann anvertraut?»

«Ich dachte, du wärst anders.»

«Anders? Was meinst du mit anders? Wie sollte ich wohl anders auf so was reagieren?»

«Vergiss es. Es war ein Fehler. Ich hätte es dir nicht sagen sollen.»

«Tommaso, ihr müsst den Jungen gehen lassen!»

«Das werden wir ja auch. Keine Sorge, okay? Wir lassen sie doch immer alle wieder gehen.» Er versetzte der Kiste einen genervten Tritt, woraufhin das Wimmern verstummte.

Wir lassen sie doch immer alle wieder gehen.

Wir. Als hätte er das schon unzählige Male gemacht. Dabei konnte ich sehen, dass dem nicht so war. Tommaso war nervös und unsicher und überspielte es schlecht. Im Grunde hatte er keine Ahnung, was er da tat. Er sagte «Wir», weil er sich bereits mit unseren Vätern identifizierte. Mit den anderen Männern im Dorf. Als stünde es völlig außer Frage, dass unsere Generation die Fehler fortführen musste, die unsere Väter und Urgroßväter – und deren Väter davor – begangen hatten. Die sie noch immer begingen. Die Endlosigkeit des Ganzen wurde mir schlagartig bewusst. Und mir wurde schlecht.

Wir lassen sie doch immer alle wieder gehen.

«Was glaubst du eigentlich, woher das Geld in Botigalli kommt, Franca?», setzte Tommaso nach. «Glaubst du, das liegt auf der Straße herum? Glaubst du vielleicht, ich hätte tausend Möglichkeiten, was ich mit meiner Zukunft machen könnte?»

«Und was ist mit *seiner* Zukunft?» Ich deutete auf die Kiste. «Hast du dir da schon mal Gedanken drüber gemacht?»

«Sein Vater ist Unternehmer. Kinder von Vätern mit Geld haben nie irgendwelche Probleme.»

«Ah ja? Dieser Junge hier liegt seit einem Monat gefesselt und geknebelt in einer Kiste, weil sein Vater Geld hat! Das sehe ich schon als Problem an!»

«Er müsste ja nur zahlen. Sein Vater meine ich. Dann würden wir ihn wieder freilassen.»

«Er hat nicht gezahlt? Einen Monat lang? Für sein eigenes Kind?»

Tommaso mahlte zerknirscht mit dem Kiefer. Und mir kam ein unguter Verdacht.

«Was wollt ihr denn überhaupt für ihn?»

«Fünf Milliarden Lire.»

Mir blieb der Mund offen stehen. «Fünf Milliarden? Seid ihr vollkommen verrückt?»

«Was weißt du denn schon davon?», fuhr er mich an. «Hast du irgendeine Ahnung, wie viel Geld reiche Leute besitzen?»

«Und hast *du* eine Ahnung?!»

Zur Antwort verzog er den Mund. Natürlich hatte er das nicht. Es gab keine reichen Leute in unserem Ort. Weswegen es auch wenig wahrscheinlich war, dass schon jemals einer fünf Milliarden Lire für ein Entführungsopfer einkassiert hatte.

«Wer weiß noch Bescheid?»

«Na, die Jungs.»

«Was ist mit Capo? Mit deinem Vater? Mit meinem? Wissen die davon?»

«Was glaubst du wohl?»

Ich hatte keine Antwort. Niemand hatte mich je wirklich in diese Dinge eingeweiht. Alles, was ich wusste, war, dass Capo, mein Vater und der Vater von Tommaso eine Art Dreigespann bildeten, ohne deren Wissen und Zustimmung nichts im Ort geschah. Ganz besonders vor Capo buckelten sie alle.

«Ihr seid echt Schafsköpfe!» Ich wollte an Tommaso vorbei zum Seil, um wieder nach oben zu klettern. Doch er packte mich am Arm, und ich musste mich gewaltsam losreißen.

«Was hast du vor, Franca?»

«Wonach sieht es aus? Ich gehe! Oder willst du mich vielleicht auch fesseln und knebeln und hier unten einsperren?»

Einen erschreckenden Moment lang sah es aus, als hielte er das für keine allzu schlechte Idee. Ich reckte das Kinn vor und erwiderte seinen finsteren Blick. Er würde es nicht wagen.

«Ich habe gedacht, du wärst anders», wiederholte er düster. Er knurrte es geradezu.

«Das habe ich von dir auch gedacht.»

«Ich dachte, du wärst eine von uns. Und würdest nicht rumheulen oder uns verpetzen.»

«Siehst du mich vielleicht heulen?» Ich gab ihm einen Stoß gegen die Schulter, der ihn einen Schritt zurücktaumeln ließ. «Und eine von euch bin ich gewesen, bevor ihr euch in einen Haufen Vollidioten verwandelt habt!»

Ich ließ ihn stehen und war froh, dass er nicht noch einmal versuchte, mich aufzuhalten, als ich am Seil zurück nach oben kletterte, ans Licht und in die Hitze des Sommers.

ENZO

Wir suchen meine Mutter zuerst an den Orten, an denen ich sie bei ihren letzten Ausbrüchen aus der Klinik aufgesammelt hatte. Im Park. Am Bahnhof. In sämtlichen Bars der Stadt. Schließlich finden wir sie auf der Piazza San Giovanni, einem Lärm folgend, bei dem sich mir bereits der Magen umdreht. Ich kämpfe mich durch den Kreis Schaulustiger, der sich um meine Mutter gebildet hat. Sie dreht sich in der Mitte wie eine Verrückte und keift und schreit die Passanten an. Tritt nach einem Mann, der sie wütend am Arm packt. Hinter dem Mann steht eine aufgelöste Frau, die Hände um den Körper geschlungen. Entsetzte Passanten kümmern sich um sie.

«*Cazzo*! Lass mich los!», kreischt meine Mutter.

«Mamma», rufe ich. Sie dreht sich zu mir, doch ihr Arm steckt noch immer im Griff des Fremden. Sie schreit erneut auf. Laut und theatralisch. Ich hebe beschwichtigend die Hände und tue, als hätte ich die Situation unter Kontrolle. Dabei habe ich nichts unter Kontrolle. Schon seit Jahren nicht mehr.

«Enzo, sag den Wichsern, sie sollen mich in Ruhe lassen! Das gesamte Pack! Das sind doch alles Arschlöcher, Idioten und Hurensöhne!»

«Mamma, wir haben dich gesucht.»

«Wieso denn das? Ich war hier!»

Offensichtlich. Und in irgendeiner Bar – oder in mehreren. Sie ist hoffnungslos betrunken.

«Würden Sie meine Mutter bitte loslassen?», sage ich zu dem Mann, dessen Wut sich augenblicklich gegen mich richtet.

«Sie ist auf meine Frau losgegangen!»

«Das tut mir leid. Sie ist krank. Sie lebt in einer Pflegeeinrichtung. Dorthin bringe ich sie jetzt wieder zurück.»

«Einen Scheiß wirst du!», keift meine Mutter.

«Mamma, es geht dir nicht gut.»

«Ich gehe nicht ins Heim zurück!»

Ich lege meine Hand auf die zum Schraubstockgriff des Mannes und bedeute ihm mit einem Kopfnicken, dass ich von hier übernehme. Sein Gesicht ist so vorwurfsvoll, als sei ich verantwortlich für das, was passiert ist. Als sei meine Mutter ein ungezogener Hund, den ich von der Leine gelassen hätte.

«Sie hat meine Frau angegriffen!», beschwert er sich noch einmal.

«Das tut mir aufrichtig leid.» Da seine Frau noch lebt und auf beiden Beinen steht, hoffe ich, die Sache damit geklärt zu haben. Zögernd lässt er los. Ich schiebe meine keifende Mutter vor mir her. Die Menge teilt sich vor uns. Bildet einen Gang, an dessen Ende Bea steht. Das hat sie ganz sicher nicht gemeint, als sie sagte, sie wolle mal wieder einen Sonntagnachmittag als Familie verbringen.

«Tut mir leid», sage ich auch zu Bea. Sie schüttelt den Kopf, will ihre Schwiegermutter unterhaken, sie gemeinsam mit mir zum Auto führen. Da spuckt meine Mutter ihr ins Gesicht.

Ich bin geschockt. Meine Geduld ist am Ende.

«So. Das reicht jetzt!»

«Fass mich nicht an!»

«Du kommst zurück in die Klinik, ob es dir passt oder nicht.»

«Ich gehe nirgendwohin! Du kannst mich nicht zwingen!»

Aber das kann ich. So wenig es mir auch gefällt, meine

Mutter ins Auto zu zerren, während sie kreischt, um sich tritt und mich beschimpft.

«Ich hasse dich!», keift sie. «Du bist genauso ein *stronzo* wie alle anderen!»

Ich weiß, dass sie es nicht so meint. Hoffe es zumindest. Ich bin weiß Gott nicht ihr Lieblingssohn. Den Platz wird für immer mein Bruder einnehmen. Aber außer mir gibt es niemanden mehr, der sich um sie kümmern kann. Morgen, wenn sie ausgenüchtert ist, wird alles ganz anders aussehen, rede ich mir ein, während ich sie mit sanfter Gewalt auf die Rückbank bugsiere und die Tür schließe. Sie wird weinerlich sein und sich wahrscheinlich nicht mal mehr daran erinnern, was sie mir an den Kopf geworfen hat. Ums Vergessen geht es ihr ja.

Sie rappelt am Griff der Tür und schlägt wütend gegen die Scheibe. Die Kindersicherung am Auto ist nur ihretwegen aktiv. Es ist eine Muttersicherung daraus geworden. Ich wünschte, es wäre anders.

Am nächsten Tag sieht meine Mutter schlecht aus. Schlechter noch als sonst – und das will was heißen. Ich rede hier nicht von dem normalen Verfall, den das Altern nun mal immer mit sich bringt. Sondern von den Dingen, die sie sich selbst zufügt und die ihr Körper ihr nicht mehr verzeiht. Der Körper ist ein wahres Wunderwerk, wenn es darum geht, sich immer wieder zu regenerieren und zu erneuern. Aber was meine Mutter ihm seit Jahren abverlangt, könnte kein Körper lange mitmachen. Erst recht keiner, der bereits zweiundachtzig Jahre alt ist.

Sie bettelt um einen Drink. Ich ignoriere es. Sie beschimpft mich. Ich ignoriere es. Sie weint, und mir krampft sich das Herz zusammen.

Wenn ich nicht gerade wütend auf meine Mutter bin, nicht besorgt oder genervt, dann tut sie mir leid. Das ist das Gefühlsspektrum, in dem wir uns bewegen.

«Du kommst mich gar nicht mehr besuchen», jammert sie.

«Ich komme dich ständig besuchen, Mamma. Wir haben uns erst gestern gesehen, erinnerst du dich?»

Sie blinzelt. Versucht mühsam, Sinn in den Nebel in ihrem Kopf zu bringen. Dann weiß sie es wieder.

«Das war kein richtiger Besuch. Du hast mich verraten.»

«Mamma, ich kann dich nicht zu Hause pflegen. Nicht in diesem Zustand. Du brauchst Hilfe.»

Sie presst die Lippen zusammen und wendet sich unwirsch ab.

Meine Mutter ist seit Jahren so. Eigentlich schon seit dem Verlust meines Bruders. Spätestens aber seit dem Tod meines Vaters. Er hat vielleicht geglaubt, sich mit seinem Suizid still und heimlich davonschleichen zu können. Geglaubt, dass es nur ihn selbst betrifft. Aber tatsächlich hätte der Kollateralschaden, den sein Selbstmord verursachte, kaum größer sein können, wenn er nach Hause gekommen wäre und mit einer Waffe um sich geschossen hätte.

Ich hatte damals so sehr mit meinen eigenen Schuldgefühlen zu kämpfen, dass ich es nicht so gesehen habe. Aber heute, da ich selber Vater bin, weiß ich, dass es feige und egoistisch von ihm war, sich auf diese Art aus der Verantwortung zu ziehen. Der Verlust meines kleinen Bruders betraf die ganze Familie, nicht nur ihn. Er hätte für uns da sein sollen. Oder wenn schon nicht für mich, dann wenigstens für meine Mutter.

Inzwischen haben wir alle Kliniken und Heime im Umkreis durch. Wenn es darum geht, aus ihrem Zimmer abzuhauen, legt meine Mutter ein ähnlich großes Geschick an den Tag wie Graziano Mesina.

«Wie hast du es diesmal wieder angestellt, hm?», frage ich, doch sie hält das Gesicht abgewandt, sodass ich nur die dünner werdenden weißen Haare sehe und ihren faltigen Nacken. Es scheint neuerdings mein Schicksal zu sein, mich von alten Leuten anschweigen oder beleidigen zu lassen.

Bei dem Gedanken kommt mir wieder Silvio in den Sinn, der gestern vergeblich auf mich gewartet hat. Ich weiß, ich kann nicht bei allen gleichzeitig sein, bei ihm, meiner Mutter und Bea. Aber ein schlechtes Gewissen habe ich trotzdem. Es ist das alte Thema. Mein Gefühl, für alle verantwortlich zu sein. Weil sonst die Dinge außer Kontrolle geraten. Weil sonst alles den Bach runtergeht. Es ist keine irreale Angst.

Ich lege die Hand auf die Schulter meiner Mutter und streichele sie leicht. «Ich komme nächste Woche wieder her, Mamma. Versuch, dich bis dahin einfach nicht umzubringen, okay?»

Sie sieht mich nicht an.

Als ich die Klinik verlasse, flimmert die Luft draußen wie über einer Glut. Der Asphalt brennt. Ich kann es bis durch die Sohlen meiner Schuhe spüren. Die Insel gleicht einem Schmelzofen. Es ist Montag, der 25. Juli, und die Medien melden 48,2 Grad. Damit bricht Sardinien den Hitzerekord auf regionaler und europäischer Ebene. Die Themen mögen sich geändert haben, doch ich erkenne ein Motiv dahinter. Nach wie vor weiß die Insel Negativschlagzeilen von sich zu machen.

TILDA

Ich weiß nicht, wie ich es letztendlich schaffe. Halb bewusstlos muss ich sein, als ich angespült werde, denn ich erinnere mich nicht daran, seit wann ich wieder den Streifen Land vor mir sehe. Mühsam hebe ich das Gesicht aus dem Wasser. Mein Ohr fiept. Ich zittere.

In der Nähe springen Menschen von ihren Badetüchern auf und starren mich erschrocken an. Ich muss ihnen vorkommen wie eine Schiffbrüchige. Helfende Hände ziehen mich aus dem Meer. Reichen mir kleine PET-Flaschen mit Trinkwasser. Zum ersten Mal seit Langem bin ich wieder froh, andere Menschen zu sehen. Nicht alleine zu sein.

Später, viel später am Tag, als ich endlich wieder gehen kann und mein Auto gefunden habe, krame ich mit zitternden Fingern das Handy aus meiner Tasche im Kofferraum. Ich rufe Astrid an, um ihr zu erzählen, was ich getan habe. Und schon als sie abnimmt, beginne ich, hemmungslos zu schluchzen.

Seit der Beerdigung habe ich nicht mehr geweint. Aber jetzt komme ich aus dem Heulkrampf nicht mehr heraus. Astrid wird kaum etwas von dem verstehen können, was ich schluchze. Doch sie hört mir zu, unterbricht mich nicht ein einziges Mal. Und als ich fertig bin, schweigt sie noch einen Moment länger. Ich bin mir sicher, sie wird mir nun sagen, dass sie das alles von Anfang an für eine schlechte Idee gehalten hat. Sie habe gleich gewusst, dass das Haus nur ein Vorwand dafür sei, mich überhaupt wieder um etwas kümmern zu können. Ein schlechter Ersatz für einen Menschen. Denn das Haus braucht mich nicht wirklich. Wenn ich nicht mehr da bin, ist es dem Haus egal. Es wird teilnahmslos wieder verfallen. Ich bin es, die eine Seele in dieses Haus dichtet. Und ich bin mir sicher, Astrid wird sagen, dass ich umgehend ein Flugticket kaufen und zurückkommen soll.

Stattdessen sagt sie: «Ich habe eigentlich die ganze Woche Patienten, aber ich werde versuchen, etwas zu verschieben, und dann komme ich vorbei, Tilda. Hältst du so lange durch?»

Vor Überraschung bekomme ich keinen Ton heraus.

«Tilda?»

«Du willst ... herkommen?»

«So schnell es eben geht.»

Die Aussicht darauf, meine beste Freundin dazuhaben, löst ein Flattern in meinem Bauch aus. «Ich soll gar nicht zurück nach Hause fliegen?»

«Möchtest du das denn?»

Darauf weiß ich keine Antwort.

«Du bist zu Hause willkommen, Tilda. Die Option hast du. Immer. Wir hätten dich alle lieber hier als dort.»

Ich schlucke. Mir ist nicht entgangen, wie sie «alle» gesagt hat. «Hast du gar keine Angst, dass ich noch mal versuche, mir was anzutun?»

«Hast du denn Angst davor?» Ich zögere. Astrid seufzt. «Du tust dir schon seit Monaten etwas an, Tilda. Deine kleinen Selbstbestrafungen. Dein Gehungere. Deine Versuche, dir alles zu verbieten, was dir mal gutgetan hat. Ich war dagegen, dass du fliehst, statt dich der Realität zu stellen. Aber so, wie es sich anhört, bist du erst jetzt, auf dieser Insel, bereit zu heilen.»

Ich schüttelte vehement den Kopf. Wie kann sie nach dem, was ich heute getan habe, von Heilung sprechen? Ich bin am

Tiefpunkt angelangt! «Ich bin betrunken aufs Meer rausgeschwommen und wäre fast ertrunken!», erinnere ich sie.

«Aber du bist es nicht. Du hast gekämpft, Tilda. Das habe ich lange an dir vermisst.» Wieder muss ich heulen. Die Tränen kommen einfach. So wie sie vorher einfach ausgeblieben sind. «Versprich mir nur, dass du dich, bis ich da bin, einmal am Tag meldest, okay? Zum Teufel noch mal, kauf dir ein verdammtes Satellitentelefon, wenn es sein muss! Dein Ghosting geht mir langsam auf die Nerven!»

Ich muss lachen. Heraus kommt ein verschlucktes Glucksen. Mein Gott, bin ich ein emotionales Wrack. «Versprochen», sage ich zu Astrid. «Ich melde mich.»

«Tu es wirklich.»

«Ja. Übrigens ist Nino da – ich bin also nicht völlig allein.»

«Dein Bruder? Und *das* soll mich beruhigen?»

Wieder muss ich glucksen.

«Nein, im Ernst, Tilda. Es ist gut, dass jemand da ist. Selbst wenn Nino die unzuverlässigste Person ist, die ich kenne. Wie du weißt, war ich von Anfang an skeptisch, dass du dich von allem und jedem isolieren wolltest.» Sie hält kurz inne und fährt dann fort: «Wobei mir einfällt – mit wem hast du dich eigentlich betrunken?»

Astrid hatte schon immer ein Gespür für Zwischenmenschliches. Schon in der Schule war sie diejenige, die sämtliche Mitschüler verkuppelte. Sie hat ernst auf dem Pausenhof gestanden und entschieden, wer zu wem passt, so wie andere die optimale Kombination von Kleidungsstücken aus dem Schrank auswählen. Ich hatte früher immer gedacht, sie würde später mal Heiratsvermittlerin werden. Stattdessen hat sie sich nach dem Schulabschluss schnurstracks für Psychologie eingeschrieben. Es hat niemanden überrascht. Wenigstens eine von uns, die den richtigen Beruf ergriffen hat.

Als ich später Nathan kennenlernte, war Astrids Meinung die einzige, die für mich zählte. Wir verbrachten einen Abend im *Schlampazius* zusammen, das war eine Bar für Kunstschaffende und Studenten, in die wir damals gerne gingen. Ich sagte Nathan nicht, dass es sozusagen seine Feuerprobe war, und das brauchte ich auch gar nicht. Er war offen, lustig und höflich wie immer.

Nach dem Treffen nahm Astrid mich beiseite. «Ich mag ihn, Tilda. Endlich mal einer, der auf deiner Welle mitschwimmen kann und dabei nicht komplett beziehungsgestört ist.»

«Dann hab ich dein Okay, ja?»

«Mehr als mein Okay. Ich beauftrage dich hiermit, es nicht zu versauen. Denn das könnte zum ersten Mal wirklich Zukunft haben.»

Zukunft. Was für eine Ironie.

Ich habe ein schlechtes Gewissen gegenüber Nathan, aber auch gegenüber mir selbst. Astrid hat recht, ich versuche schon viel zu lange, mir selbst zu schaden, und das muss aufhören. Ich war mal jemand, der sein Leben im Griff hatte, der auf eigenen Beinen stand. Ich will diesen Beinen wieder trauen – im körperlichen wie im übertragenen Sinne.

Kurz entschlossen halte ich beim Supermarkt und kaufe alle Lebensmittel, die ich früher einmal gern mochte. Knuspriges Brot, handgemachte Pasta, Vorspeisen von der Frischetheke, Käse, Obst und Gemüse. Sogar Rindsburger für Nino. Ich werde Abendessen auf den Tisch bringen, für Nino und mich. *Chi mangia solo si strozza* – wer alleine isst, der erstickt. Man kann sich seine Familie nicht aussuchen. Aber ich sollte froh sein, dass Nino da ist. Ein Bruder und eine Schwester. Wir haben nur noch uns.

Es ist dämmrig, als ich in Botigalli ankomme, und ich bin fix und fertig. Mit müden Armen und Beinen schleppe ich die Einkäufe ins Haus und rufe: «Bin wieder da!» Doch Nino antwortet nicht. Das Haus kommt mir seltsam verlassen vor. Dabei steht Ninos Vespa in der Gasse vor dem Haus. Ich stelle die schweren Einkaufstüten auf der Arbeitsfläche in der Küche ab und gehe zur Treppe. Oben brennt Licht. «Nino? Ich bin wieder da!»

Nichts. Keine Antwort. Ich zögere, gehe dann die Treppe hoch, klopfe an seine Tür und trete ein. Sein Schlafzimmer ist leer. Das Bett ist nicht gemacht. Seine Reisetaschen und Klamotten liegen überall verteilt. Er hat sich nicht die Mühe gemacht, die Kommode einzuräumen. Es sieht aus wie früher, in seinem Jugendzimmer. Eine Phase, die Nino im Grunde genommen niemals wirklich überwunden hat.

Das *Dong* ertönt so plötzlich und laut, dass ich zusammenfahre. Die Kirchenglocke! Schon wieder! Ich haste zum Fenster. *Dong-Dong-Dong*, macht es. Nicht so monoton wie beim letzten Mal. Eher unkontrolliert. Ich blinzele. Es ist Montagabend. Warum läuten jetzt die Glocken? Und dann auch noch mit dieser Wildheit, die mir Angst macht?

Diesmal bin ich schneller aus dem Haus. Diesmal möchte ich wissen, wer in der Kirche ist. Ich bin völlig außer Atem, als ich den Fuß der breiten Treppe erreiche und hinaufhaste. Die Glocken schlagen noch immer. Unmelodisch. Laut. Die Kirchentür steht offen. Mein Herz trommelt in der Brust. Ich habe die Kirche seit meiner letzten Panikattacke nicht mehr betreten. Seit ich das Gefühl hatte, die Decke würde über mir zusammenbrechen. Ich zögere. Das offene Portal ist wie ein Schlund. Ich hole Luft und tauche ins Dunkle. Um diese späte Stunde fällt kein Licht mehr durch die Fenster. Lediglich unter dem Glockenturm kann ich einen kleinen weißen Schein ausmachen. Und eine Gestalt. Ist das ein Mann, der da steht und am Glockenseil zieht? *Dong-Dong-Dong*.

«Enzo?», rufe ich. Doch es ist zu laut in der Kirche, als dass der Mann mich auf die Entfernung hören könnte, und als ich mich vorsichtig nähere, sehe ich, dass es gar nicht Enzo ist. «Nino! Was ... was machst du hier?!»

Er dreht sich über die Schulter zu mir um, reißt ein letztes Mal an dem Seil. Hängt sich mit vollem Körpereinsatz daran. «Tilda, das hier ist der Hammer!», ruft er mir über das Geläut hinweg zu. Dann lässt er endlich von der Glocke ab, geht zu dem Licht hinüber, das, wie ich jetzt erkenne, zu einem kleinen Stativ gehört. Die Glocke schwingt noch nach, wie das Pendel einer Abrissbirne, die, einmal angestoßen, nicht mehr aufzuhalten ist. Nino löst das Handy vom Stativ und kommt zu mir.

«Hast du dich etwa gefilmt?», bringe ich hervor.

Er grinst breit, sein Smartphone noch in der Hand. «Das hier wird viral gehen, Tilda! Ich hab noch nie so viele Klicks und Likes bekommen wie für die Videos aus Botigalli. Ein verlassenes Geisterdorf, diese Glocke, die ganzen abgefuckten Häuser hier – die Leute lieben so was!»

«Aber das ist völlig unangebracht! Das ist eine Kirche!»

«Und?»

«Und?!», echoe ich, fassungslos, dass er das noch fragen muss.

«Komm, Tillie. Seit wann legst du denn Wert auf Religion? Außerdem ist es ja nicht so, als hätte ich irgendeine Kultstätte verwüstet oder so was.»

«Eine Kirche ist eine Kultstätte, Nino.»

«Ich habe doch kein Grab geschändet! Ich habe nur eine verdammte Glocke geläutet!»

Als wäre es abgesprochen, verklingt der letzte Glockenschlag in diesem Moment. Die wieder einkehrende Stille ist geradezu gespenstisch.

«Es geht nicht nur um dich, Nino. Du bringst Unruhe in dieses Dorf. Anderen Leuten sind ihre Kirchen heilig! Da läutet man nicht einfach die Glocken, schon aus Respekt vor den Traditionen.»

«Tillie, wir sind in einem Geis-ter-ort!», betont er jede einzelne Silbe, für den Fall, dass mir das entgangen sein könnte. «Wir können hier tun und lassen, was wir wollen!»

Nino breitet die Arme aus und strahlt. Und ich erkenne, dass ich mit meiner Annahme, er würde dieses Ortes bald überdrüssig werden, völlig falschlag. Mein Bruder liebt Botigalli. Es ist ein einziger großer Abenteuerspielplatz für ihn.

«Ich hatte gehofft, du würdest dir einen Job suchen! Wie wir es abgesprochen haben. Etwas Ernsthaftes.»

«Du verstehst es nicht, Tillie! Ich kann viel, viel mehr über Social Media verdienen als mit einem Kellnerjob. Lass es mich doch wenigstens versuchen!»

Nicht diese alte Leier schon wieder. Ich verschränke die Arme. «Den gleichen Satz habe ich gehört, als es um Papas Pizzeria ging. Warst du überhaupt mit der Vespa unterwegs, um dir einen Job zu suchen, oder hast du nur Internet gebraucht, um deine Videos hochzuladen?»

Er schweigt kurz. Ich nehme das als Antwort, stöhne erschöpft auf und will mich abwenden. Doch Nino greift nach meinem Arm. «Diese Videos können unser Leben verändern.»

«Dein Leben, meinst du.»

«Mein Leben? Glaubst du, ich tauche bei dir auf, verdiene einen Haufen Geld und haue dann ab, um dich mit den Schulden der Pizzeria alleinzulassen?»

«Ja, so ungefähr hatte ich mir das vorgestellt. Ohne den Teil mit dem Haufen Geld.»

Er lässt meinen Arm los. «Für so jemanden hältst du mich?»

Seine Betroffenheit darüber wirkt so echt, dass es mich kurz irritiert. Er sieht wirklich verletzt aus.

Ich will gerade etwas erwidern, da unterbricht ein Knall die Stille der Kirche, der uns beide zusammenfahren lässt. Erschrocken blicken wir in die Richtung, aus der der Lärm gekommen ist.

«Die Kirchentür», sagt Nino, lässt mich stehen und eilt durch den Mittelgang darauf zu.

Ich ahne es schon, bevor er die Tür erreicht hat. Ich habe auch das andere Geräusch gehört, das nach dem Knall kam. Metall in Metall. Ein Schlüssel, der hastig im Schloss gedreht wird. Ich schließe die Augen, höre Nino an der Tür rappeln.

«Sie ist zu!», ruft er. Und dann lauter, fassungsloser: «Jemand hat uns eingesperrt!»

FRANCA

In einem kleinen Ort wie Botigalli blieb nie lange etwas geheim. Es gab nur offene Geheimnisse, über die man schwieg, und solche, über die man redete.

Dieses Geheimnis entwickelte sich von einem zum anderen. Ich merkte es zuerst an der Nervosität, die plötzlich im Dorf herrschte. Die Jungs schlichen umher wie Falschgeld. Mein Vater war missmutig. Am Abend kamen Capo, Piga und Vittorio Rossi, Tommasos Vater, vorbei, und meine Mutter und ich verschwanden aus der Küche. Ich versuchte, von der Treppe aus zu lauschen, bekam aber wenig mit. Die Männer sprachen leise. Das Einzige, was ich immer wieder hörte, waren die aufgebrachten Worte: «*Stronzi*», Idioten, und: «Keine Frauen. Keine Kinder.»

So wie es offene Geheimnisse gab, gab es auch ungeschriebene Gesetze bei uns. Dies war eins davon. Bei all den «Verschwundenen» auf der ganzen Insel war noch nie ein Kind entführt worden. Tommaso und die anderen hatten damit gebrochen. Sie hatten eine Grenze überschritten. Nach dem gewonnenen Fußballspiel waren sie betrunken gewesen und übermütig. Aber das war keine Entschuldigung. Vor allem nicht dafür, dass sie den Jungen bereits seit einem Monat festhielten.

Vielleicht waren es letztendlich sogar die Jungs selbst, die es hatten durchsickern lassen. Es ist eine Sache, einen Zwölfjährigen zu kidnappen, wenn man um einiges älter und in der Überzahl ist. Eine ganz andere Sache ist es, die Lösegeldverhandlung zu führen, das Geld einzukassieren und die Geisel wieder freizugeben. Insbesondere dann, wenn einem die Presse im Nacken sitzt.

Das Verschwinden des Jungen – Matteo – stand mittlerweile in allen Zeitungen. Nicht nur in den lokalen – ganz Italien berichtete darüber und, wie ich jetzt mitbekommen hatte, sogar das Ausland. Ich hatte den ganzen Wirbel lediglich übersehen, weil ich zu sehr auf Alessia fixiert gewesen war – die allerdings in diesen Tagen aus der Berichterstattung verschwand. Ebenso spurlos, wie sie zuvor auf dem Heimweg verschwunden war. Ich schloss daraus, dass irgendwo stillschweigend ein Lösegeld für sie gezahlt worden war und sie in ihre Familie hatte zurückkehren können. So lief es meistens ab.

Doch in Matteos Fall würde es so einfach nicht mehr werden.

Ich war daher umso erleichterter, als sich unsere Väter einschalteten. Aber die Tage zogen sich hin, und in den Zeitungen berichteten sie immer noch von Matteos Verschwinden. Kein Wort davon, dass er gesund und heil wieder aufgetaucht sei. Und in Botigalli wurden alle immer nur schweigsamer. Bedeutungsvolle Blicke wurden getauscht. Im ganzen Dorf herrschte eine Spannung, die schwer zu ertragen war. Wie eine drückende Hitze, die sich über alles legte. Wir standen kurz vor einem Gewitter.

Am Sonntag war es mir kaum noch möglich, mich auf die Messe zu konzentrieren. Die Glocken läuteten, und das ganze Dorf versammelte sich. Nach der Messe stand der Pfarrer vor dem Kirchenportal und wechselte ein paar Worte mit jedem Gemeindemitglied. Ich hörte kaum zu. Meine Augen wanderten zu meinem Vater, der sich nicht wie sonst zu uns gesellte, um mit Mamma und mir nach Hause zu gehen. Stattdessen stand er neben der Kirchentreppe und unterhielt sich leise mit Capo und den anderen Männern. Sie wechselten ernste Blicke, bevor sie sich schweigend in Bewegung setzten. Ich beobachtete sie, während ich mit Mamma etwas abseits stand. Die Männer verschwanden hinter der Kirche. Es war nicht schwer zu bemerken, dass etwas im Gange war.

«Kommst du, Franca?», fragte meine Mutter. Ich brummte widerwillig, ging ein paar Schritte mit ihr und verkündete dann, dass ich etwas in der Kirche vergessen hätte. Sie sah mich unwirsch an.

«Was denn?» Das war eine gute Frage, denn das Einzige, was ich dabeihatte, war mein Liederbuch, und ich hatte keine Chance, es zu verstecken.

«Ich komme gleich nach!», sagte ich statt einer Antwort, drehte mich um und lief zurück. Ich sah gerade noch, wie sie die Augen verdrehte. Vermutlich nahm sie an, dass ich keine Lust hatte, ihr bei der Vorbereitung des Mittagessens zu helfen, und mich stattdessen mit Teresa traf. Als ich bei der Kirche ankam, warf ich einen Blick zurück. Sie wartete nicht auf mich. Das war gut so. Unauffällig drückte ich mich an der Mauer vorbei und schaute um die Ecke. Mein Vater und die anderen Männer standen im Schatten des Olivenbaums, der sich über den Friedhof wölbte. Ich hatte keine Chance, etwas von dem Gespräch zu verstehen, solange noch die Kirchenglocken zum Abschluss der Messe läuteten. Aber als das Dröhnen verebbte, hörte ich die Männer laut und bestimmt miteinander sprechen. Sie hatten sich in Rage geredet und vielleicht nicht mal mitbekommen, dass der schützende Lärm um sie herum verklungen war. Unauffällig hockte ich mich neben die Gießkannen und drückte den Rücken an die kalte Kirchenmauer, um zuzuhören.

«Wir müssen das beenden, bevor es außer Kontrolle gerät.»

«Es ist längst außer Kontrolle geraten.»

«Die Frage ist, wie viel der Junge weiß.»

«Pasquale behauptet, er weiß nichts. Sie hätten dem Jungen die ganze Zeit die Augen verbunden und Strumpfmasken getragen.»

Der Damenstrumpf in der Gasse. Ich schloss kurz die Augen, als ich das hörte und mir mein Irrtum bewusst wurde.

«Und wie sicher können wir uns da sein?», fragte eine Männerstimme, die ich nicht gleich erkannte. Ich spähte um die Gießkannen herum. Es war Annas Vater. «Was, wenn wir ihn freilassen und er irgendetwas mitbekommen hat, das uns verrät?»

Capo, der die Arme verschränkt hatte und die ganze Zeit über noch nichts gesagt hatte, nickte zustimmend. «Wenn der Junge redet, fliegen wir alle auf. Das ist es nicht wert. Wir müssen unsere Familien schützen.»

Mein Herz zog sich zusammen. Ich war nicht naiv. Ich wusste, was das bedeutete. Keine Rede davon, Matteo freizulassen. Es ging jetzt nur noch darum, das Problem aus dem Weg zu schaffen, ohne dass jemand etwas merkte. Die Situation unter Kontrolle zu behalten. Zu verhindern, dass ihre Rolle in dieser schmutzigen Geschichte ans Licht kam. Fieberhaft suchte ich nach meinem Vater, der die ganze Zeit noch überhaupt nichts gesagt hatte. Von ihm wenigstens erwartete ich, dass er Einspruch erhob. Dass er für Matteo Partei ergriff! Ich musste mich weiter vorbeugen, bevor ich ihn entdeckte, und dabei stieß ich gegen eine der Gießkannen. Sie fiel scheppernd um. Vor Schreck presste ich mir eine Hand auf den Mund. Die Männer erstarrten. Ihre Köpfe schnellten in meine Richtung.

«Wer ist da?» Capos Stimme schnitt wie ein Messer durch die Luft.

Ich blieb reglos sitzen. Den Rücken gegen die Mauer gepresst, die Hand auf den Mund, als würde das noch irgendetwas bringen. Als hätten sie nicht längst die umgefallene

Gießkanne entdeckt. Dann näherten sich wütende Schritte. Ich schloss kurz die Augen, um mich zu sammeln, und stand auf. Es war ohnehin unvermeidbar, dass sie mich entdeckten. Dann sollten sie es wenigstens nicht tun, während ich auf dem Boden kauerte wie ein kleines Kind.

«Franca?» Vaters Stimme war mit einer Mischung aus Besorgnis und Zorn getränkt, als er mich sah. Jetzt endlich machte er den Mund auf, jetzt! Mein Herz raste. Vater griff nach mir. «Was tust du hier?», fauchte er, seine Finger gruben sich schmerzhaft in meinen Arm.

«Das ist doch offensichtlich. Sie hat uns belauscht», sagte Tommasos Vater hinter ihm. Capo sagte gar nichts, sein Gesicht war hart.

«Du gehst jetzt augenblicklich nach Hause!» Vater gab mir einen Schubs, der mich in Richtung Friedhofsausgang beförderte. Doch seiner Stimme war anzuhören, dass auch er nicht daran glaubte, es könnte so einfach sein. Wir wussten es beide. Papàs Stimme brach vor Zorn und Angst.

«Moment», bellte Capo hinter ihm. Mit zwei Fingern winkte er mich heran. Ich bewegte mich keinen Zentimeter. Bestimmt dachten sie, ich sei starr vor Angst. Aber tatsächlich war ich eher unwillig. Ich ließ mich nicht heranpfeifen wie ein Hund. Nicht nach dem, was ich gehört hatte.

«Sie erzählt niemandem davon», sagte mein Vater. «Sie weiß, wie man den Mund hält. Stimmt's, Franca?»

Ich öffnete den Mund und schloss ihn wieder. Dann kochte die Wut in mir hoch. Nein, ich würde nicht einfach schweigen. Und ich verachtete ihn dafür, dass er es tat. Ich hatte mehr von ihm erwartet. Wenn schon nicht von den anderen, dann wenigstens von ihm!

«Sonst was?», zischte ich, so leise, dass nur er mich hören konnte.

Mein Vater zuckte zusammen, als hätte ich ihm einen Schlag

ins Gesicht versetzt. Wieder packte er mich am Arm, wollte mich von den anderen fortdrängen. «Franca, red keinen Unsinn! Du weißt, was auf dem Spiel steht.»

«Ja, das weiß ich! Ein Menschenleben steht auf dem Spiel!» Unwirsch machte ich mich los. Ich war so aufgebracht, dass ich nicht mal mehr die Stimme senkte. «Der Junge ist erst zwölf, Papà!»

Meine Worte blieben auf dem Friedhof hängen. Zwischen den Gräbern. Zwischen den Männern. Mein Vater schloss vor Entsetzen die Augen und ballte die rechte Hand zur Faust.

«Herkommen», befahl Capo. Jemand zog mich in den Kreis der Männer. Capo legte den Kopf in den Nacken und betrachtete mich aus schmalen, fiesen Augen. «Woher weißt du von dem Jungen?»

«Sie weiß nichts», versicherte mein Vater. Doch Capo hob die Hand, woraufhin er schwieg. So lief das hier also? Capo schnippte mit dem Finger, Capo bellte seine Befehle – und alle tanzten nach seiner Pfeife? Ich hob trotzig das Kinn.

«Jeder weiß davon. Es steht in allen Zeitungen», sagte ich. Auch ohne mich umzudrehen, konnte ich meinen Vater fluchen hören.

«Und wie kommst du auf die Idee, dass Botigalli etwas mit der Sache zu tun hat?» Capos Stimme war bedrohlicher als vorher.

Ich warf einen hastigen Blick in Vittorio Rossis Richtung, beschloss dann aber, Tommaso aus der Sache rauszuhalten.

«Botigalli ist ein kleines Dorf», sagte ich. «Und wir sind ja nicht blöd.»

«Wir?», echote Capo und kniff die Augen zusammen. Er war ein gutes Stück kleiner als ich. Das war mir vorher noch nie aufgefallen. Ich hob das Kinn noch weiter.

«Wir Frauen», sagte ich. «Wir wissen schon, woher das Geld in Botigalli kommt.»

«Mit wem du gesprochen hast, will ich wissen!», donnerte Capo, und jetzt zuckte ich doch zurück.

«Mit niemandem!»

«Sie und Teresa sind enge Freundinnen», rief Piga. «Sie haben bestimmt darüber gesprochen.»

«Aber am Ende ist das doch egal, oder?», lenkte Teresas Vater Vittorio ein. «Ob sie und Teresa nun darüber geredet haben oder nicht, Franca sagt ja selbst, alle wissen davon.»

Capo betrachtete mich finster. Es war ihm nicht anzusehen, was in seinem Kopf vorging, bis er plötzlich eine Waffe aus dem Gürtel zog und wir alle zusammenzuckten. Ich versuchte wegzusehen, doch er packte mich am Handgelenk und hielt mir den Lauf der Pistole an die Schläfe. Panik überkam mich.

«Capo!», hörte ich meinen Vater rufen, traute mich aber nicht, den Kopf zu drehen. Ich war starr vor Angst. «Capo, lass sie los!»

Capo näherte seinen Mund meinem Ohr: «Ich dulde kein aufwieglerisches Verhalten im Ort. Du wirst kein weiteres Wort über dieses Thema verlieren. Und du wirst nichts tun, was noch mehr Aufmerksamkeit auf uns lenkt. Haben wir uns verstanden?» Spucketröpfchen flogen in mein Ohr. Der Lauf der Pistole drückte so hart gegen meine Schläfe, dass es schmerzte. Ich presste die Lippen zusammen und antwortete nicht.

«Capo!», rief nun auch Vittorio Rossi. «Was soll das? Lass sie los.»

Und genauso impulsiv, wie Capo mich an sich gerissen hatte, stieß er mich von sich fort. Ich stolperte, prallte gegen meinen Vater und wehrte seine Hilfe ab. Ich konnte alleine stehen!

«Du hast eine hübsche Tochter, Silvio. Aber sie ist zu neugierig. Und sie redet zu viel», sagte Capo. «Das steht Frauen nicht. Wenn man ihnen hin und wieder eins aufs Maul gibt, lernen sie besser, es zu halten.»

Ich wollte etwas erwidern, doch mein Vater krallte seine Finger so fest in meinen Arm, dass ein überraschter Schmerzenslaut daraus wurde.

«Wie alt bist du überhaupt?», fragte Capo.

Ich machte mich aus Vaters Griff los. «Siebzehn.»

«Wieso bist du noch nicht verheiratet?»

«Weil ich noch nicht will», erwiderte ich. Capo nickte meinem Vater zu.

«Das meine ich. Sie ist zu vorlaut. Sieh zu, dass du sie unter die Haube bringst! Eine Ehe und Kinder bringen sie auf andere Gedanken. Frauen werden anstrengend, wenn sie keine Aufgaben haben.»

«Schon gut, Capo», sagte mein Vater zerknirscht. Vor lauter Empörung bekam ich keine Luft. War das alles, was er dazu zu sagen hatte?

«Und du», Capo fuchtelte noch einmal mit seiner Waffe in meine Richtung, «du gehst jetzt nach Hause zu deiner Mutter, wo du hingehörst. Vergiss, was du gehört hast.»

«Sonst was?», platzte ich heraus, meine Stimme schrill und unkontrolliert. «Bin ich sonst ein weiteres lästiges Problem, das aus der Welt geschafft werden muss?»

Eisiges Schweigen legte sich über den Friedhof.

«Franca», bellte mein Vater, als er die Sprache wiedergefunden hatte. Doch ich konnte nicht aufhören.

«Ihr müsst ihn freilassen!», rief ich. «Er ist nur ein Kind, ein unschuldiger Junge, und das wisst ihr!»

«Franca, das ist nicht deine Angelegenheit!», bellte mein Vater,

«Nicht meine Angelegenheit?» Ich wirbelte zu ihm herum. Meine Augen brannten vor Zorn. Ich überschritt eine Grenze, das wusste ich. Aber es war mir egal. Es gab kein Zurück mehr. «Es ist meine Angelegenheit, weil ich in diesem Dorf lebe!»

Ebenso unerwartet, wie Capo vorher mit der Waffe auf

mich losgegangen war, schlug mein Vater mir ins Gesicht. Mein Kopf flog zur Seite. Es war ein harter Schlag mit der flachen Hand, aber auch ein hilfloser. Wahrscheinlich konnte er vor den anderen Männern nicht anders. Ich hatte es provoziert. Aber es fühlte sich trotzdem schlimmer an als der Angriff von Capo vorhin. Demütigend. Einen Moment lang hielt ich seinem Blick stand. In seinen Augen lagen ebenso viel Schmerz und Zorn, wie auch ich empfand. Hier stand er, der Mann, den ich immer als den Inbegriff von Gerechtigkeit und Ehrlichkeit bewundert hatte, und züchtigte mich für meinen Gerechtigkeitssinn.

«Du wirst die Klappe halten. Wir haben keine andere Wahl», zischte er, und ich spürte die Angst, die in seiner Stimme mitschwang. Es war die Angst eines Mannes, der wusste, dass er die Kontrolle verlor. Sie wahrscheinlich längst verloren hatte.

Ich hielt seinem Blick stand, obwohl mein Herz raste. Die Enttäuschung und der Schmerz waren überwältigend.

«Man hat immer eine Wahl», erwiderte ich leise und hoffte, dass er den Vorwurf erkannte, der in diesen Worten lag. Er sah mich lange an. Er wusste, dass ich mich nicht einschüchtern ließ. Dass ich es ernst meinte.

Dann ließ er meinen Arm los. Die Enttäuschung in seinen Augen brannte sich in mein Gedächtnis. «Dann musst du die Konsequenzen tragen», sagte er leise.

ENZO

Bea steckt den Kopf in das kleine Zimmer, das gleichzeitig unser Gästezimmer und mein Büro ist. Es ist ein uninspirierender Raum in einem billig errichteten Neubau. Und bei diesen Temperaturen zu warm. Ein Ventilator bläst auf voller Stufe in der Ecke. Ich muss meine Notizen mit Briefbeschwerern belegen, damit sie nicht wegflattern.

«Kommst du voran?», fragt Bea. Ich brumme unwillig und reibe mir die Schläfen. Bea lehnt sich in den Türrahmen und lässt den Blick über die Stapel an Papieren schweifen, die sich über die Jahre zu Graziano Mesina angesammelt haben. Ich war einmal so besessen von dem Star-Banditen, wie ich es jetzt von Silvio DiNardo bin. Das war, als ich noch annahm, dass Graziano etwas mit dem Verbrechen aus dem Sommer 1982 zu tun haben könnte.

Die Bitte meines Ressortleiters, mal wieder etwas über ihn zu schreiben, sollte daher eigentlich ein Heimspiel sein. Aber in Wahrheit tue ich mich schwer damit. In diesem Leben herumzuwühlen, das schon bis aufs Letzte ausgequetscht ist, fühlt sich an, wie in toter Erde zu graben. Weiß Gott, warum Graziano immer noch so ein Verkaufsschlager ist.

Die meisten Artikel sind nach Jahrzehnten sortiert. Ein ganzer Stapel widmet sich allein seinen Entführungen. Graziano stellt sich selbst gern als Gentleman unter den Entführern dar, weil er nicht so gewalttätig vorging wie andere. Und weil er – das ist ein Zitat – «immer aufgepasst habe, dass die

Opfer keine Angst hatten». Als er mir das in einem unserer Gespräche im Gefängnis stecken wollte, konnte ich nicht anders, als ihn auszulachen.

Ich habe Tonaufnahmen von Opfern, die etwas anderes verraten.

Entführung. Freiheitsentzug. In einer Kiste oder einem Erdloch gefangen gehalten werden. Gefesselt. Geknebelt. Oft in völliger Dunkelheit. Was an der Definition von Angst hatte Graziano nicht verstanden?

Er war nicht lange nach diesem Besuch aus dem Gefängnis getürmt. Womit zu rechnen war. Aus jedem erdenklichen Gefängnis und jeder Zuchtanstalt, in denen er über die Jahre eingesperrt war, hat Graziano mindestens einen Ausbruchsversuch unternommen. Sogar von einem fahrenden Zug ist er gesprungen, der ihn zu einer Gerichtsverhandlung bringen sollte. 1966 kletterte er gemeinsam mit einem Knastbruder über eine sieben Meter hohe Mauer und startete anschließend eine Entführungsserie. 1968 wurde er wieder verhaftet, wobei sich unglaublicherweise eine Gruppe Schulmädchen vor der Polizeistation versammelte und Pappschilder mit der Aufschrift «Ich liebe dich» hochhielt. Die *New York Times* betitelte ihn damals als «Italiens meistgesuchten Banditen».

Ich glaube, das ist es, wofür er hier in der Gegend bewundert wird. Ein Sarde, der sich nicht bezwingen lässt. Das ist nach unserem Geschmack.

Bea tritt näher und bückt sich nach einem Artikel, der unter einem provisorischen Briefbeschwerer liegt und auf dem ein Heftzettel mit der Jahreszahl 2020 klebt. Sie liest laut:

«Es war eine kalte Dezembernacht, als Graziano Mesina von zwei Schüssen an der Tür geweckt wurde. Die Explosionen sprengten das Schloss um 2:30 Uhr. Keine Minute später

war Grazianos Bett von schwarz gekleideten Männern umringt, die ihre Waffen auf ihn richteten.

An der Wand hingen ein Kruzifix und ein Bild vom heiligen Sant'Efisio. Als hätte Gott jemals etwas mit diesem Mann zu schaffen gehabt. Auf dem Nachttisch lagen Schachteln mit Medikamenten, weitere Medikamente hatte er im gepackten Rucksack. Darin befanden sich auch sechstausend Euro in bar. Schwere Decken und Plastiktüten lagen auf dem Bett. Graziano hatte sich gegen die Kälte und für eine Flucht gewappnet. Er trug sogar noch im Bett Jeans und Pullover. Trotzdem traf ihn das gewaltsame Eindringen dieser Männer unvorbereitet. Schlaf. Eine verdammte Gewohnheit, die sich einschleicht. Wenn man zwei Jahre lang jede Nacht mit etwas rechnet, das nie eintritt, wird der Schlaf ganz ungewollt wieder tief und gründlich ...»

Ich sehe ihr zu, während sie dasteht und den Text vorträgt, als verlese sie eine Anklageschrift. Ich kenne den Artikel gut. Ich habe ihn selbst verfasst. Wie so viele andere, die sich hier stapeln. Nach all den Jahren, in denen ich Graziano in den verschiedensten Gefängnissen besucht und interviewt habe, ist er ein offenes Buch für mich. Als 2020 alle darüber spekulierten, ob er sich nach seiner x-ten Flucht nach Korsika oder Tunesien abgesetzt haben könnte, habe ich nicht daran geglaubt. Und ich hatte recht. Graziano ist durch und durch Sarde. Es sah ihm ähnlich, dass er sich in einem Haus mitten im Herzen von Sardinien versteckt hielt. In Desulo, in der Barbagia, und nur eine Stunde Autofahrt von seinem Heimatort Orgosolo entfernt.

Seitdem ist es still um den alten Ganoven geworden. Wir warten alle auf seinen nächsten Ausbruch. Auf seinen nächsten Schurkenstreich. Wobei mir dieser Ausdruck zuwider ist und klingt, als habe Graziano nicht mehr gestohlen als ein paar Schnürsenkel. Zuletzt wurde er im Juli 2022 von seiner Zelle im Hochsicherheitstrakt des Gefängnisses Badu 'e Carros in das Gefängnis Milano Opera verlegt. Nach Mailand. Es ist das größte in Italien und eines der am besten überwachten in Europa, und Graziano ist inzwischen über achtzig Jahre alt. Aber das hält die Sarden nicht davon ab, fest daran zu glauben, dass ihr «Grazianeddu» trotzdem entkommen wird. Er ist ein Ausbrecherkönig. Und er gehört nicht in die Lombardei. Man erwartet seine Rückkehr auf die Insel wie die Wiederkehr eines Messias.

«Das ist doch alles Brachland», sage ich unwirsch, als Bea mit dem Lesen fertig ist und den Artikel sinken lässt. «Ich habe alles über Graziano gesagt. Warum interessiert dieser Mistkerl die Leser überhaupt noch?»

«Die Leute mögen eben Schurkengeschichten», sagt Bea achselzuckend. «Noch dazu, wenn die Schurken gut aussehen.»

«Du findest, dass er gut aussieht?» Ich halte ein Foto hoch, auf dem Graziano nach seiner letzten Verhaftung zu sehen ist.

«Früher, meinte ich. Auf den alten Fotos aus den 60ern.» Sie geht zu einem anderen Stapel und durchsucht die Artikel, bis sie ein passendes altes Bild gefunden hat. Es zeigt Graziano Mesina, wie er mit 60er-Jahre-Tolle auf dem Kopf und einer Schrotflinte im Arm für die Presse posiert. «Er sieht schon ein bisschen aus wie ein Charakter aus einem Film.»

«Ja, wie Jabba aus *Star Wars*», sage ich, noch immer das Foto betrachtend, das ich in den Händen halte. Darüber muss Bea lachen.

«Du hast so viele Artikel! Fass die doch einfach zusammen und schreib ein bisschen was drum rum. Vielleicht findest du noch eine Opferperspektive oder irgendwo einen Verwandten, den du befragen kannst – und schon bist du mit der Sache durch.»

«Opfer und Verwandte habe ich auch bearbeitet.» Ich deute

auf den entsprechenden Stapel. «Wurde alles schon mal abgedruckt.»

«Na, umso besser! Was willst du denn noch?»

«Deinen Pragmatismus. Den will ich.» Ich stütze den Kopf in die Hände. Bea legt mir eine Hand auf die Schulter.

«Was ist mit Silvio? Was sagt er dazu, dass du plötzlich nicht mehr nach Botigalli kommst?»

«Was soll er schon sagen? Er hat mir in den letzten Wochen nicht gerade das Gefühl gegeben, als würde er sehr an mir hängen!»

«Er ist einsam.»

«Kann man gar nicht verstehen. Wo er doch so ein netter Kerl ist.»

«Und er ist alt.»

«Das gibt ihm nicht das Recht, sich wie ein Kotzbrocken zu verhalten.»

«Erinnerst du dich noch daran, was man uns im Altenheim deiner Mutter gesagt hat, als sie dort das erste Mal so ausfällig geworden ist? Widerwärtigkeiten sind Pillen, die man schlucken muss, nicht kauen.»

«Seit wann nimmst du Silvio in Schutz?»

«Seit es dir schlecht damit geht, diesen Schweinepriester nicht mehr zu sehen.» Ich blicke überrascht auf und bringe angesichts ihrer Wortwahl ein Lächeln zustande.

«Er hat mir seine verbogene Gabel gezeigt», sage ich. «Du weißt schon, die, die er in jener Massakernacht in Botigalli zu seiner Verteidigung genutzt haben will. Er bewahrt sie in seinem Schrank auf wie eine Trophäe. Während alle anderen um ihn herum mit Schusswaffen geballert haben, hat ihn eine Gabel gerettet. Ist das nicht absurd?»

Sie drückt aufmunternd meine Schulter. «Vielleicht solltest du diese ganze Geschichte für eine Weile vergessen. Fahr doch mal wieder mit dem Boot raus, das hast du schon so lange nicht mehr gemacht. Oder noch besser: Wir planen einen Urlaub. Nur du und ich. Damit du auf andere Gedanken kommst.»

Sie wartet. Und als ich nicht antworte, verlässt sie leise das Zimmer, um sich ihrerseits wieder der Arbeit zu widmen. Irgendein Rechtsstreit über eine Vertragsverletzung wegen Lieferschwierigkeiten eines Privatunternehmens.

Ich hebe meinen Kopf und blicke zu dem Ordner mit der Aufschrift «DiNardo», in den ich nun alles abgeheftet habe und der mittlerweile im Regal steht.

Ich zähle die Sonntage, die ich bereits nicht mehr nach Botigalli gegangen bin, wie ein Alkoholiker die Tage, die er schon trocken ist. Ich weiß, es wird mit der Zeit leichter werden. Wie mit jeder schlechten Angewohnheit, die man aufgibt. Sonntags werde ich noch nervös, wenn die Zeit kommt, zu der ich normalerweise ins Auto steige und losfahre. Aber auch das wird sich irgendwann legen.

Du bist besessen von diesem Ort, hat Bea mir mehr als einmal gesagt. Und ich habe immer meine journalistische Tätigkeit dagegengehalten. Meine Passion für den Job. Alles Selbstbetrug.

Würde ich wirklich so für meinen Job brennen, dann hätte ich es nicht dazu kommen lassen, dass mein Ressortleiter mich vor dieses Ultimatum stellt: Ich werde die längste Zeit Journalist bei der *L'Unione Sarda* gewesen sein, wenn ich nicht endlich wieder mal etwas von Qualität abliefere. Überhaupt etwas abliefere.

Natürlich würde er sich am ehesten noch mal so etwas wie meinen Artikel über den Fall von Alessia Bianchi wünschen, den ich erst vor Kurzem, fast vierzig Jahre nach ihrer Entführung, mit zwei Männern namens Adriano Piga und Gavino Carta in Verbindung bringen konnte. Beide hatten in Botigalli gelebt, Letzterer allerdings unter dem Namen «il Capo». Es ist der Artikel, von dem ich annehme, dass Silvio ihn in der Zeitung gelesen hat und darum auf mich aufmerksam geworden ist.

Ich trommele mit den Fingern auf dem Tisch herum. Auf meinem Computerbildschirm blinkt abwartend der Cursor. Mein Blick aber hängt noch immer am Regal. Neben den Ordner von Silvio habe ich einen blauen Schnellhefter geschoben. Er enthält die Notizen und Gedanken für mein Buchprojekt, das die Ereignisse des Sommers 1982 nachzeichnen soll. *Der dunkle Sommer* lautet der Arbeitstitel. Inzwischen ist der Schnellhefter so prall gefüllt, dass die Metallbügel sich kaum noch biegen lassen. Und trotzdem übersehe ich etwas. Etwas Wichtiges, ohne das ich mein Projekt nicht beginnen kann.

Das Trommeln meiner eigenen Finger macht mich zusätzlich hibbelig. Der blinkende Cursor, die Hitze im Raum, das Geräusch des Ventilators. Das alles ist plötzlich unerträglich. Ich will mich nicht mit Brachland beschäftigen. Ich bin nicht Journalist geworden, um alte Geschichten wieder aufzuwärmen. Das hier ist meine Lebensaufgabe. Mein ganzes Leben! Abrupt schlage ich die Hand auf den Tisch. Stoppe das Trommeln, die Nervosität. Ich stehe auf, ziehe den Schnellhefter aus dem Regal und setze mich damit zurück an den Schreibtisch. Nur die Hitze und das Ventilatorengeräusch bleiben, als ich mich wieder meinem Bildschirm zuwende und beinahe gewaltsam zu tippen beginne.

TILDA

Nino wirft sich gegen die Tür, rüttelt daran. Doch sie ist aus massiver Eiche. Mit einem Schloss aus Eisen. Und Messingbeschlägen. Sie hält mühelos stand. Ich versuche, mich nicht von der Panik überschwemmen zu lassen, die der geschlossene Raum und das schwere Kirchendach über mir auslösen.

Vor lauter Wut tritt Nino gegen die Tür und brüllt. Seine Stimme hallt laut in dem verlassenen Kirchenschiff wider. Es ist gut, dass er mich aus dem Konzept bringt. Denn mein gegenwärtiges Konzept führt mich einen steilen Abhang hinunter, in ein Loch, aus dem es schwer ist, wieder rauszukommen.

«Wer kann denn das gewesen sein, verdammt?!»

«Wahrscheinlich jemand, dem es nicht gepasst hat, dass du die Kirchenglocken geläutet hast.»

«Aber wen soll das denn stören? Das ist ein verdammter Geisterort!» Wie das Wort so von den Wänden der zugesperrten Kirche zurückgeworfen wird, hat es plötzlich eine ganz andere, düstere Bedeutung.

«Da wäre noch der alte Mann», erinnere ich ihn.

«Dieser Typ, der nie aus seinem Haus rauskommt, meinst du?»

«Er ist alles andere als froh, dass der ganze Ort hier verkauft werden soll. Vielleicht hat er seine Pflegerin geschickt. Oder sie ist aus eigenen Stücken hergekommen. Was weiß ich, wie religiös die Leute hier sind, Nino!»

«So religiös, dass sie uns in ihrer geheiligten Kirche einsperren?» Er schnaubt. Dann tritt er erneut gegen die Tür. Sie zittert nicht mal. Ich wende mich ab. «Was hast du jetzt vor?», ruft Nino hinter mir.

«Ich suche nach einem anderen Ausgang. Was sonst?»

Nino übernimmt die rechte Seite der Kirche, ich die linke. Wir rütteln an allen Türen, doch sie sind verschlossen und die Fenster so schmal, dass sie eher an Schießscharten erinnern.

Schließlich umrundet Nino den Altar. Dann bückt er sich und klopft gegen etwas. «Was ist das hier?», fragt er.

Ich trete zu ihm. Eine kleine Bodenklappe ist vor dem Altar eingelassen. Nino gräbt seine Finger in die Ritze zwischen Klappe und Steinfußboden und zerrt an der Kante. Als er die Falltür endlich aufbekommt, blicken wir in ein schwarzes Loch hinunter. Eine steile Treppe aus Holz führt in die Dunkelheit.

«Römisch-katholische Kirchen haben manchmal eine Krypta unter dem Altar», sage ich. «Aber diese Kirche hier ist eigentlich viel zu klein dafür.»

«Was ist eine Krypta?»

«Je nachdem. Manche werden als Kapelle genutzt, aber dieses Loch hier sicher nicht. Könnte ein Aufbewahrungsort für Reliquien sein. Oder eine Begräbnisstätte für einen Heiligen.»

«Ein Grab?» Ninos Gesichtsausdruck ist für mich schwer zu deuten. Ist das Ekel? Faszination? Dann steht er auf und betritt die knarzende, steile Treppe.

«Nino!» Ich halte ihn am Arm zurück. Er lächelt beruhigend. Fast nachsichtig. Ein Ausdruck, den ich von meinem kleinen Bruder noch gar nicht kenne.

«Tillie, die Toten können uns nichts tun. Ich schaue nur nach, ob wir da einen Ausweg finden. Bleib du ruhig hier.»

Er schiebt meine Hand von seinem Arm. Ich will ihm sagen, dass es weniger die Toten sind, die ich fürchte, als die marode Substanz solcher Schächte. Aber was ist unsere Alternative?

Wir sind hier eingesperrt, ohne Handyempfang. Wir können uns nicht einfach hinhocken und warten, dass zufällig jemand vorbeikommt und uns hört.

«Ich gehe nach unten!», bestimme ich. «Bleib du hier.»

«Quatsch.»

«Nino, das ist mein Ernst.» Das ist es wirklich. Nino kann manchmal ein Quälgeist sein. Aber ich will nicht, dass ihm etwas zustößt. Er macht mir erstaunt Platz, als ich ihn beiseiteschiebe und an ihm vorbei in das Loch steige.

Der Raum unten ist feucht. Der muffige Geruch nach altem Holz und Stein schlägt mir entgegen. Ich schalte die Taschenlampe meines Handys ein. Sie erhellt einen kleinen, fensterlosen Kellerraum, dessen Steindecke so niedrig ist, dass ich gerade eben aufrecht darin stehen kann. Nur eine Handbreit Platz zwischen meinem Scheitel und dem tonnenschweren Fußboden der Kirche. Mir wird schlecht bei der Vorstellung.

Die Kellertreppe hinter mir knarrt. Ich fahre herum.

«Ich habe gesagt, oben bleiben», zische ich und weiß eigentlich gar nicht, warum ich die Stimme senke.

Doch Nino lässt sich nicht beirren. Er hat ebenfalls seine Taschenlampenfunktion eingeschaltet. Der Schein fällt auf eine große Kiste.

«Hat nicht die Form eines Sargs», sage ich. Aber es könnte sehr wohl ein Aufbewahrungsort für Reliquien sein.

Nino öffnet die Kiste vorsichtig und leuchtet hinein. «Alte Decken», sagt er, rümpft die Nase und lässt den Deckel wieder zuknallen. «Und wie die stinken!»

Er hat recht. Bis hierher kann ich den Gestank riechen, den die Kiste verströmt.

«Was ist das hier nur?», murmelt Nino, mehr zu sich selbst als zu mir, und leuchtet mit dem Handy herum. Neben der großen Kiste stehen eine morsche Kirchenbank und ein alter Beichtstuhl. Darauf eine Schachtel mit weißen Kerzen und das in Plastik eingepackte Gewand irgendeines Ordensträgers.

«Wurde wahrscheinlich nur als Kellerraum benutzt», sage ich. «Einen Ausgang sehe ich jedenfalls nicht.»

«Warte.» Nino hat ein Gitter in der Ecke entdeckt, das zu einer Art Lüftungsschacht gehören könnte. «Vielleicht können wir das nutzen.»

Wir gehen näher heran und untersuchen das Gitter. Es ist alt und rostig. Winzig. Aber groß genug, um meinen heruntergehungerten Körper hindurchzuquetschen. Ich rüttele an dem Gitter. Es ist verschraubt.

Nino zieht ein Taschenmesser aus seiner Tasche. Mit vorsichtigen Bewegungen beginnt er, die Schrauben zu lösen. Ich versuche, nicht darüber nachzudenken, warum es aussieht, als mache er das nicht zum ersten Mal. Die Minuten ziehen sich endlos hin, während ich angespannt hinter ihm warte und immer wieder einen Blick zur Decke werfe.

«Ich hab's!», ruft Nino. Er hält das Gitter in den Händen und sieht mich triumphierend an. Wir leuchten mit unseren Handys in den alten Schacht, in dem nichts zu sehen ist als Spinnweben. Kein Licht dringt von der anderen Seite zu uns durch. Es ist ein kleines, rechteckiges, beängstigend schwarzes Loch.

«Der Schacht könnte eingestürzt sein. Oder auf der anderen Seite dicht gemacht.»

«Gibt nur eine Möglichkeit, das herauszufinden», meint Nino. Er versucht es zuerst. Doch so schmal seine Statur insgesamt auch sein mag, er hat breite Schultern, die er in keinem noch so unbequemen Winkel durch den Eingang zwängen kann. Ich habe mir nichts anderes gedacht.

«Das wird so nicht gehen, Nino. Lass mich es versuchen.»

«Bist du sicher?»

Schon bei der Vorstellung schnürt sich mir die Brust zu.

Aber ich beiße die Zähne zusammen, schiebe ihn beiseite, wedele die Spinnweben weg und klettere in den Schacht.

Es ist eng und dunkel, aber ich zwinge mich weiterzukriechen. Hinter mir höre ich Nino, der sich immer wieder rufend erkundigt, ob alles okay sei. Ob ich schon etwas sehen könne. Wieder muss ich daran denken, dass ich meinen kleinen Bruder so gar nicht kenne. Dass er um mich besorgt ist, macht ihn irgendwie erwachsener. Der Schacht führt langsam nach oben und macht dann einen Knick wie ein krummes Schornsteinrohr. Das ist der Grund, warum wir kein Licht gesehen haben. Jetzt aber kann ich einen Luftzug spüren. Die Abendluft dringt durch ein Gitter über mir. Ich richte mich auf und rüttele probeweise daran. Es ist nicht verschraubt. Ächzend schiebe ich es auf, klettere hinaus – und befinde mich auf dem Friedhof hinter der Kirche. Ebenso fassungslos wie erleichtert atme ich die frische Luft ein.

«Nino! Ich bin draußen!», rufe ich in den Schacht, erhalte aber keine Antwort. Vielleicht kann Nino mich von hier nicht hören. Ich laufe um die Kirche herum zum Eingang, rüttele an der Tür. Doch wie ich schon fast erwartet hatte, ist der Schlüssel von außen abgezogen. Ich könnte mein Werkzeug holen und sie aufbrechen. Immerhin habe ich Erfahrung darin, alte Gebäude einzureißen, oder nicht? Aber dann entscheide ich mich anders. «Nino? Ich bin bald zurück und hole dich raus!», rufe ich durch die geschlossene Tür und lausche. Wieder keine Antwort. Sollte Nino noch in diesem Kellerloch sein, dann hat er mich sicher auch von hier nicht gehört.

Ich drehe mich um und haste die Stufen hinunter, zum Haus von Silvio DiNardo.

Es ist die Pflegerin, die mir öffnet. Sie blinzelt skeptisch durch den Türspalt. Inzwischen ist es bereits 22 Uhr durch, und ich bin mir ziemlich sicher, dass sie nicht mehr mit Besuch gerechnet hat. Umso sicherer, weil sie den einzig möglichen Besuch ja vorhin selber ausgesperrt hat. Wer soll es sonst gewesen sein?

«Den Schlüssel», sage ich.

Sie blinzelt erneut, öffnet die Tür aber noch ein Stück weiter. «Bitte?»

«Den Schlüssel für die Kirche!» Ich strecke auffordernd meine Hand aus.

«Ich habe keinen ...»

«Also bitte!» Mir platzt der Kragen. So viel geheuchelte Unschuld. «Jemand hat uns in der Kirche eingesperrt. Wollen Sie mir sagen, das waren nicht Sie?»

«In der Kirche?»

Ich halte noch immer meine Hand ausgestreckt, doch jetzt werde ich unsicher. Wenn die Frau ihre Verwirrung wirklich spielt, dann spielt sie sie gut. «Wer außer Ihnen soll es sonst gewesen sein?», frage ich. «Mein Bruder und ich waren in der Kirche, dann wurde hinter uns die Tür zugeworfen und abgeschlossen!»

Sie schüttelt den Kopf, als wisse sie immer noch nicht, wovon ich rede. Dann sehen wir uns an, und unsere Blicke wandern zur Zimmerdecke.

Ich bin an ihr vorbei, ehe sie mich aufhalten kann. Verärgert stürme ich die Treppen hoch.

«Entschuldigung, das geht so nicht!», ruft sie mir nach.

Aber ich bin über den Punkt hinaus, an dem ich mir sagen lasse, was geht und was nicht. Ich klopfe zweimal kurz und hart gegen die Zimmertür des Alten und drücke sie schon auf, ohne auf sein «Herein» zu warten. Er liegt im Bett, die Hände über der Decke auf dem Bauch verschränkt und sieht mich überrascht an. Überrascht, ja, aber nicht halb so verwirrt wie seine Pflegerin gerade eben.

«Waren Sie das?», fahre ich ihn an. Meine Stimme ist laut. «In der Kirche?»

Die Pflegerin ist bereits hinter mir, sie fasst mich am Arm, doch ich entwinde ihn ihr.

«Haben Sie uns in der Kirche eingesperrt?»

Sein Gesicht bleibt ausdruckslos.

«Signora, er ist ein bettlägeriger Mann», erinnert die Pflegerin mich und greift wieder nach meinem Arm. «Und ich kann nicht zulassen ...»

Ich schüttele sie erneut ab. Auf der Suche nach dem Schlüssel hebe ich die Zeitung vom Nachttisch hoch, bücke mich und schaue unters Bett.

«Signora ...»

Ich taste am unteren Rand der durchgelegenen Matratze entlang, zwischen Matratze und Bettgestell. Dann kurzerhand auch unter der Bettdecke, wo er ganz still liegt, die Hände noch immer wie zum Gebet verschränkt. Seine Ruhe macht mich umso skeptischer. Aber dann finde ich ihn. Einen riesigen Schlüssel aus Eisen. Ich richte mich auf.

«Ist das Ihr Ernst?» Ich halte ihm das Beweisstück ins Gesicht.

Die Pflegerin stößt einen kleinen Schrei aus. Um den Mund des Alten aber kündigt sich ein Lächeln an. Sehr subtil. Er ist ein altes Kind, dem ein Streich geglückt ist. Mein Gott. Manche Männer werden auch mit fast achtzig noch nicht erwachsen.

Wütend drehe ich mich um. Die Pflegerin hat sich fassungslos eine Hand vor den Mund geschlagen.

«Sieht so aus, als würde er Sie gar nicht so sehr brauchen, wie er vorgibt», sage ich zu ihr. «Jedenfalls scheint er noch sehr gut in der Lage, Bilder in meinem Flur aufzuhängen und Kirchentreppen hinaufzusteigen. Er hält uns alle zum Narren.»

Ich sehe, wie sie ansetzt, etwas zu sagen. Ihrem verständnislosen Blick nach scheint sie auch nicht von den Bildern gewusst zu haben. Soll der Alte es ihr erklären. Ich drehe mich abrupt um und verlasse das Haus, um meinen Bruder aus der Kirche zu lassen.

Vielleicht mussten wir erst zusammen eingesperrt werden, um den jeweils anderen richtig zu sehen. Die Flucht aus der Kirche hat jedenfalls etwas verändert. Nino und ich sitzen nebeneinander im wild wuchernden Garten, mit Blick über die bewaldeten Berge. Die Nacht ist warm. Wir rauchen gemeinsam Zigaretten, und auch das vereint uns heute. Ein Laster, das wir uns beide von unserem Vater abgeschaut haben. *La famiglia è tutto.* Wir haben uns so lange gegen den Zusammenhalt gewehrt, den Vater uns gepredigt hat, dass mir kleine Gemeinsamkeiten wie diese nie aufgefallen sind.

Paradoxerweise war Nathan, bei dem zu Hause dieses italienische Credo nie gepredigt wurde, immer schon viel mehr Familienmensch als ich. Er war es auch, der das Thema Kinder zum ersten Mal ansprach. Kurz vor unserem dreißigsten Geburtstag war das. Das typische Alter für solche Gedanken, nehme ich an. Nur waren es bis dahin nie meine Gedanken gewesen. Mein ganzer Kopf war allein auf den nächsten Schritt zum Aufbau unseres Unternehmens gepolt. Auf das nächste erfolgreiche Projekt. Dafür hatte ich schließlich Architektur studiert. Übers Muttersein dagegen wusste ich so gut wie nichts.

Ninos und meine Mutter hatte uns verlassen, kurz nachdem Nino geboren worden war. Sie war eine Musikstudentin aus Berlin, die meinen Vater bei ihrem Auslandssemester in Mailand kennenlernte. Es war eine wilde Liebe, eine überstürzte Hochzeit. Mein Vater folgte ihr nach Deutschland, wo er eine Pizzeria eröffnete und sie plötzlich feststellte, dass die verheulten Gesichter zweier plärrender Kinder in der Halsbeuge kein guter Ersatz für das Gefühl der Violine waren, die genau dort einmal gesessen hatte. Ein Instrument, das ihr im Gegensatz zu uns so viel Ruhe und Freude brachte. Sie wollte zurück an die Uni, weiterstudieren, wo sie aufgehört hatte, um sich später nicht ewig vorwerfen zu müssen, etwas verpasst zu haben. Ich war sechs Jahre alt, als sie ging. Und das ist alles, was in Sachen Muttersein bei mir hängen blieb.

Als Nathan eines Tages bei einem gemeinsamen Mittagessen im Park plötzlich sagte: «So wird unser Kind sicher auch mal werden», wusste ich nicht mal, was er meinte. Ich folgte seinem Blick. Er hatte einen Jungen entdeckt, der in einem Sandkasten in der Nähe der Picknicktische saß. Vor ihm ein Turm aus Sand, in dem oben ein schiefer Strohhalm steckte. Das Kind war hoch konzentriert bei der Sache, verzierte den Turm mit Steinen, die ständig wieder herunterrutschten und den Turm dabei nicht schöner machten. Ich hielt das Kind für kein großes Architekturgenie, war aber taktvoll genug, das nicht auszusprechen. Tatsächlich sagte ich überhaupt nichts. Ich war viel zu überrumpelt.

Ein paar Wochen später dann Nathans zweiter Versuch, sehr viel weniger subtil diesmal. «Was denkst du eigentlich über Kinder?», fragte er schlicht. Wieder waren wir beim Essen, diesmal im Restaurant.

«Sie sind ... laut?», äußerte ich das Erste, was mir in den Kopf kam. Zu meiner Verteidigung muss ich sagen, dass Nino nicht der Babybruder gewesen war, nach dem man sich ein eigenes Kind wünschen würde.

Ich hoffte, dem Thema damit entgangen zu sein, doch zwischen zwei Bissen fuhr Nathan ganz ungeniert fort: «Im Ernst, Tilda. Wir werden nicht jünger, und ich dachte, vielleicht sollten wir es zumindest besprechen. Wann wäre ein guter Zeitpunkt? Und wünschst du dir überhaupt Kinder? Ich weiß so gut wie alles über dich, aber darüber haben wir nie geredet.»

Ich legte meine Gabel auf den Teller. «Nathan, ich habe nie wirklich darüber nachgedacht. Ich meine, mit all dem, was wir im Moment noch so an Plänen haben ... Ich kann mir gerade gar kein Kind in unserem Set-up vorstellen!»

«Okay, dann frage ich anders: Was würde es für dich brauchen, damit du es dir vorstellen könntest? In der Zukunft, meine ich?»

Ich überlegte. «Eine dritte Person in unserer Ehe?»

Nathan lachte so laut auf, dass die Gäste rechts von uns sich zu uns umdrehten. «Interessanter Vorschlag. Aber ich glaube, wir würden das auch alleine hinkriegen. Wir sind doch gut darin, Projekte gemeinsam zu stemmen.»

Doch dieses Projekt ließ sich nicht stemmen. Es ließ sich nicht einmal an Land ziehen, sosehr wir es in den kommenden Jahren auch versuchten. Im Nachhinein glaube ich, dass damit unsere Probleme überhaupt erst anfingen. Nathan und ich waren viel zu sehr daran gewöhnt, dass alles klappte, was wir wollten. Wir waren beide keine Überflieger in irgendeinem Fach. Aber wir waren ehrgeizig und glaubten daran, dass sich mit kontinuierlicher Arbeit alle Wünsche erfüllen ließen.

Nur nicht dieser Wunsch. Es ist für keine noch so intakte Beziehung gesund, wenn aus dem «Wir lassen es mal darauf ankommen» plötzlich ein Versuchen wird. Und aus dem Versuchen ein Wollen. Aus dem Wollen ein Planen. Ein Behandeln. Der Gang zu Ärzten. Die unterschwelligen Fragen, die wir nicht auszusprechen wagten: Liegt es an dir oder an mir? Oder sind wir einfach die Falschen füreinander? Wir galten überall als Vorzeigepaar. Astrid hatte uns ihren Segen gegeben. Wie konnte es sein, dass die Natur ausgerechnet uns nicht für kompatibel hielt?

Am Ende, nachdem wir die Hoffnung schon fünfmal aufgegeben und dann wieder neu geschöpft hatten, lag es wirklich an mir. Nicht an meinem Körper, sondern an meinem Kopf. An meinem Charakter. Meinem verdammten Ehrgeiz.

«Vermisst du ihn eigentlich?», fragt Nino und reißt mich damit aus meinen Gedanken. Kurz habe ich Angst, dass er Nathan meinen könnte. Denn darüber kann ich beim besten Willen noch nicht reden. Aber Nino wirft mir einen Seitenblick zu und sagt: «Papa, meine ich.»

«Ich vermisse seine Pizza», sage ich, halb im Spaß. «Ich hätte nicht gedacht, dass ich das irgendwann mal sagen würde. Als wir klein waren, hing mir Pizza wirklich zum Hals raus. Ich meine, ich verstehe heute schon, dass es so am einfachsten war. Als alleinerziehender Vater, der nun mal gleichzeitig eine Pizzeria schmeißen musste.» Ich zucke die Schultern.

Nino lächelt leicht. «Ja, die Pizza war wirklich gut.» Er nimmt einen tiefen Zug von seiner Zigarette, bevor er weiterspricht. «Weißt du, was ich vermisse? Seine Geschichten über Italien. Er hat immer so lebendig davon erzählt. Die Olivenhaine, das Essen, die Gastfreundschaft der Leute. Weißt du noch, wie er manchmal diese alten Lieder angemacht und mit uns in der Pizzeria getanzt hat, mitten zwischen den hochgestellten Stühlen?»

Ich nicke, überrascht von der Nostalgie seiner Worte. «Ja, ich erinnere mich. Er wollte immer, dass wir wissen, wo wir herkommen.»

«Die Sache ist, dass ich das irgendwie trotzdem nicht richtig weiß.» Nino schnippt seine Zigarette weg. Sie verglimmt in der Dunkelheit wie ein Glühwürmchen. «Ich meine, wenn Papa Italien so geliebt hat, warum waren wir dann nicht öfter da? Und wenn Papa von Gastfreundschaft geredet hat, meinte er dann etwa das hier?» Er deutet unwirsch hinter sich in Richtung Kirche. Silvio DiNardo hat uns heute deutlich genug spüren lassen, dass wir hier nicht willkommen sind.

«Solche alten Griesgrame gibt es überall», sage ich.

«Wie reagieren wir da jetzt drauf?»

«Was meinst du?»

«Na, wir können das doch nicht einfach so auf uns sitzen lassen!»

«Was willst du denn im Gegenzug tun? Ihm seine Windeln wegnehmen?»

«Ist er so alt, dass er Windeln braucht?»

«Ich habe keine Ahnung, Nino. Er hat eine Pflegerin, die ihm mit allem hilft.»

«Na, die Treppen zur Kirche ist er ja schon alleine rauf- und runtergekommen.»

«Darüber habe ich auch schon nachgedacht.»

Für einen Moment herrscht Stille zwischen uns, durchbrochen nur vom Zirpen der Grillen. Es ist neu für mich, dass Nino mal nicht auf sein Handy, sondern ganz entspannt in die Weite blickt. Sich zurücklehnt. Er nimmt sich eine neue Zigarette und hält mir die Schachtel hin. Doch als ich mich gerade bedienen will, runzelt er plötzlich die Stirn. Er beugt sich vor und zieht etwas aus meinen Haaren, das irgendein Insekt sein könnte oder Spinnweben aus dem Schacht. Nino wischt sich die Hand an der Hose ab, und da liegt etwas so Natürliches und gleichzeitig auch Liebevolles in dieser Geste, dass es mich rührt. Und wieder frage ich mich, wie gut ich meinen Bruder eigentlich kenne. Ob wir uns vielleicht mehr Chancen hätten einräumen sollen, nachdem wir einmal erwachsen geworden sind – statt einfach den kindischen Zwist weiterzuleben, an den wir uns beide gewöhnt haben.

«Verrätst du mir, wo der Alte wohnt?», fragt Nino. «Ich werde ihm mal einen Besuch abstatten.»

«Bitte tu das nicht, Nino», sage ich müde.

«Ich lasse mich nicht einfach so einsperren, Tillie. Das soll der Kerl ruhig wissen.»

Es klingt wie eine Kriegserklärung. Und ich bekomme das ungute Gefühl, dass es mit der Ruhe hier endgültig vorbei ist.

FRANCA

In meinem Zimmer angekommen, schloss ich die Tür hinter mir und lehnte mich dagegen, die Hände fest gegen mein Gesicht gepresst. Die Realität dessen, was gerade geschehen war, traf mich wie ein Schlag. Ich brach in leise, verzweifelte Schluchzer aus, während ich mich gleichzeitig zu überzeugen versuchte, dass ich das Richtige getan hatte. Dass ich nicht schweigen konnte, auch wenn es bedeutete, dass ich mich gegen meinen Vater und die anderen Männer im Dorf stellte.

Meine Mutter rief verärgert nach mir. Sie wollte wissen, was los war. Wo ich gewesen war. Warum ich verheult und mit roter Wange durch die Haustür gestürmt war. Ich antwortete nicht. Im Grunde wollte sie es ja nicht mal wissen. Sie war eine von jenen Frauen, die brav Nudelteig auswalzten und dabei den Mund hielten. Frauen brauchten Ehe und Kinder, sie brauchten eine Aufgabe, sonst würden sie aufmüpfig, hatte Capo das nicht so ähnlich gesagt?

Ich hockte mich aufs Bett, zog die Knie an und wartete darauf, dass mein Vater zurückkam. Wartete auf die «Konsequenzen», von denen er gesprochen hatte. Ich stellte mir das Schlimmste vor. Doch als die Haustür eine halbe Stunde später zuknallte, machte mein Vater keine Anstalten, in mein Zimmer zu kommen. Ich lauschte darauf, wie er sich durchs Haus bewegte, mit meiner Mutter sprach, in die Küche ging. Noch eine weitere Stunde wartete ich, während meine Gedanken abwechselnd um mein Vorhaben kreisten, Matteo zu befreien, und darum, was mein Vater mit *mir* vorhaben mochte. Doch mein Vater kam nicht. Im Haus herrschte eine trügerische Ruhe. Eine weitere halbe Stunde verging. Dann verließ ich mein Zimmer, schlich mich nach draußen und ging zum Haus der Familie Rossi.

Es war Teresa, die mir die Haustür öffnete. Sie lehnte sich mit verschränkten Armen in den Türrahmen und sah mich so vorwurfsvoll an, dass ich schon dachte, ihr Vater hätte mit ihr über den Streit auf dem Friedhof gesprochen. Doch dann sagte sie: «Lässt du dich auch mal wieder blicken», und ich war so überrascht von der schneidenden Begrüßung, dass ich sogar kurz meine eigene Wut vergaß. Ihr spöttischer Ton, ihre Kälte und Distanziertheit verwirrten mich. Ich kramte in meinem Gedächtnis, aber alles, was mir einfiel, war der kleine Streit, als ich ihr und den anderen Mädchen den Strandtag abgesagt hatte. Der Tag, an dem ich mit Tommaso zu den Höhlen gegangen war. Ich hatte das schon fast wieder vergessen. Teresa offensichtlich nicht. Erst jetzt fiel mir auf, dass wir uns seitdem überhaupt nicht mehr gesprochen hatten.

Als ich nichts sagte, hob sie eine Augenbraue und verschränkte die Arme noch fester vor der Brust. «Willst du zu mir oder zu Tommaso?»

«Zu dir natürlich!», antwortete ich, nun noch verwirrter. «Was sollte ich wohl bei Tommaso?»

«Na, ich weiß nicht. Ich werde ja ohnehin nicht ins Bild gesetzt, was euch betrifft.»

«Was uns betrifft? Von welchem *uns* sprichst du?»

«Ach, hör auf, Franca. Es ist nicht so, als hätten wir anderen es nicht längst schon bemerkt.»

Ich wollte protestieren, aber sie drehte sich einfach um und verschwand im Haus. Immerhin schlug sie mir nicht die Tür vor der Nase zu. Also folgte ich ihr die Treppe hoch in ihr

Zimmer, dessen Wände mit Postern und Bildern tapeziert waren. Kleider lagen auf dem Boden herum. Sie setzte sich im Schneidersitz aufs Bett, und ich blieb verunsichert stehen. Das vertraute warme Zimmer, in dem wir so viele Nachmittage gemeinsam verbracht hatten, fühlte sich plötzlich eng und fremd an.

«Es tut mir wirklich leid, Teresa. Wenn es um die Verabredung geht, die ich abgesagt habe ...»

«Warum konntest du mir nicht einfach offen und ehrlich sagen, dass du dich mit meinem Bruder getroffen hast?»

Ihre Worte waren wie ein Schlag in die Magengrube. Ich hatte angenommen, das sei eine Sache, die Tommaso geheim halten wollte – sicher nicht ich! Im Traum wäre ich nicht auf die Idee gekommen, dass er seiner Schwester davon erzählen würde.

«Ich dachte ...», begann ich, doch Teresa schnitt mir das Wort ab.

«Du dachtest, ich sei blind und dämlich. In deinen Augen sind wir das ja alle, Franca, oder?»

«Nein!»

Sie zog eine Grimasse, dann deutete sie unwirsch auf das Bett. «Jetzt setz dich endlich. Es macht mich nervös, wenn du da rumstehst.»

Ich kam ihrer Aufforderung nach, noch immer verwirrt. «Ich wollte dir eigentlich von etwas Wichtigem erzählen.»

«Natürlich wolltest du das. Deine Angelegenheiten sind immer von höchster Priorität.»

Ich spürte, wie sich erneut die Wut in mir aufbaute. «Hör auf, mich so zu behandeln», sagte ich. «Ich bin hier, weil du der einzige Mensch bist, mit dem ich reden kann. Weil du meine Freundin bist!»

Teresa senkte den Blick, und für einen Moment glaubte ich, die Distanz zwischen uns überwunden zu haben. Doch dann hob sie den Kopf, und ihr Blick war noch immer hart. «Das bin ich auch, Franca. Aber manchmal ... manchmal bist du so sehr mit dir selbst beschäftigt, dass du nur dich und deine Probleme siehst. Hast du ein Mal gefragt, wie es *mir* geht? Was in letzter Zeit in *meinem* Leben passiert ist?»

«Was meinst du damit?»

Sie schüttelte den Kopf, als könnte sie meine Unwissenheit nicht fassen. «Ich heirate, Franca.»

Die Worte trafen mich wie ein Blitz aus heiterem Himmel. «Was?»

«Ich heirate», wiederholte sie, und ihre Stimme klang stolz, fast trotzig. «In wenigen Wochen.»

Mir wurde schwindelig. Wie konnte das sein? «Aber ... ich wusste nicht einmal, dass du ...»

«Natürlich nicht», schnitt sie mir scharf das Wort ab. «Wie solltest du auch? Du fragst ja nicht. Solche Dinge sind eh nicht von Interesse für dich.»

«Wie könnte das denn nicht von Interesse für mich sein? Du bist meine beste Freundin. Wer ... wer ist es überhaupt?», fragte ich und kam mir höchst dämlich dabei vor. «Wen heiratest du?»

«Pasquale.»

Das Blut gefror in meinen Adern. Pasquale? Teresa wollte Pasquale heiraten? Der noch vor Kurzem versucht hatte, mich im Wald zu küssen?

«Das ist nicht dein Ernst», flüsterte ich. «Teresa, du kannst ihn nicht heiraten.»

Sie sah mich spöttisch an. «Warum nicht?»

«Weil ... weil er nicht ...» Panik kroch in meiner Brust empor. «Er ist gefährlich, Teresa. Er und die anderen Jungs haben mir kürzlich im Wald aufgelauert, und ... Pasquale wollte mich zwingen, ihn zu küssen!»

«Hör auf!» Teresa wurde laut, ihre Augen funkelten wütend.

«Ich habe genug von deinen Lügen, Franca! Warum sagst du so was? Merkst du eigentlich, dass es schon wieder nur um dich geht?»

«Das stimmt doch gar nicht, Teresa, ich ...»

«Ach nein?» Ihre Stimme triefte vor Sarkasmus. «Du bist immer diejenige, die im Mittelpunkt der Aufmerksamkeit steht. Diejenige, hinter der alle Jungs her sind. Sogar jetzt, wo ich dir sage, dass ich heiraten werde, versuchst du, mir zu sagen, dass Pasquale dich küssen wollte?»

«Aber es ist so! Ich will dich doch nur warnen!»

«Danke, ich brauche deine Warnung nicht.»

«Was meinst du, woher Pasquale seine Verletzung an der Zunge hat?»

«Er hat sich beim Essen draufgebissen.»

«Das war ich, Teresa! Ich habe ihn gebissen!»

Jetzt war es raus. Für einen Moment schien es, als würde die Zeit stillstehen. Teresas Gesichtsausdruck erstarrte, und ich sah, wie das Entsetzen in ihre Augen trat. «Das glaube ich dir nicht», sagte sie leise. «Das erfindest du nur, weil du eifersüchtig bist.»

«Eifersüchtig?», wiederholte ich fassungslos.

«Auf Pasquale und mich.»

«Teresa, ich habe mich gewehrt!»

«Weißt du, dafür, dass du meine beste Freundin sein willst, ist es erstaunlich, dass du die Einzige bist, die sich nicht für mich freuen kann. Du kannst es einfach nicht ertragen, dass jemand anderes glücklich ist, oder?»

Ich starrte sie wortlos an.

Glücklich? Es würde sicher kein Glück werden, mit Pasquale verheiratet zu sein. Aber das sah Teresa nicht. Und ich war zu fassungslos, um auch nur einen weiteren Ton herauszubekommen.

«Ich werde Pasquale heiraten, ob es dir passt oder nicht.

Und du kannst froh sein, wenn du überhaupt eingeladen wirst», setzte sie nach.

Die Worte schnitten tief, tiefer als alles, was sie jemals zu mir gesagt hatte. Ich war starr vor Entsetzen.

Als ich mich schließlich vom Bett erhob und ging, tat ich es, ohne ihr von Matteo zu erzählen. Ohne ihr von dem Gespräch auf dem Friedhof zu erzählen oder davon, wie Capo mir die Pistole an den Kopf gehalten und mein Vater gesagt hatte, das alles würde noch Konsequenzen haben. Obwohl es doch vor allem für Matteo Konsequenzen haben würde, der irgendwo in einer Kiste hockte, in einem Loch. Teresa würde annehmen, ich hätte auch das erfunden, nur um mich wichtigzumachen.

Statt einer Standpauke oder einer Tracht Prügel, wie ich sie erwartet hatte, verlegte sich mein Vater darauf, mich herumzukommandieren. Vielleicht hatte er sich den Ratschlag von Capo, einer Frau müsse man Aufgaben geben, sonst käme sie auf dumme Gedanken, ein bisschen zu sehr zu Herzen genommen.

Mamma schien ebenfalls instruiert worden zu sein. Ich musste ihr helfen, das Haus zu putzen, die Wäsche zu waschen, und dann schickte sie mich in den Garten, um Unkraut zu jäten. Danach mussten der Boden geschrubbt, das Abendessen vorbereitet und der Tisch gedeckt werden. Und als ich dachte, der Tag neige sich endlich dem Ende zu, kam mein Vater nach Hause, setzte sich ins gemachte Nest und beobachtete mich mit kritischem Blick. Vielleicht hatten die anderen ihm aufgetragen, meine Fähigkeiten als Hausfrau zu prüfen, um mich ruhigen Gewissens verheiraten zu können. Sollte er das ruhig mal versuchen.

Wir aßen schweigend. Alles, was ich hätte sagen können, würde ihn nur weiter verärgern. Erst nach dem Essen lehnte mein Vater sich zurück, wischte sich den Mund mit einem Taschentuch ab und sagte: «Franca, wenn du hier fertig bist, geh bitte nach unten und wasch die Töpfe aus.»

Ich unterdrückte ein Seufzen. «Kann ich das nicht morgen früh machen? Es ist schon spät.»

«Wir haben uns doch darauf geeinigt, dass du keine Widerworte mehr gibst.»

Darauf hatten wir uns ganz sicher nicht geeinigt, denn eine Einigung hätte meinen Zuspruch gebraucht. Aber ich biss mir trotzdem auf die Lippe und nickte, während ich mich umdrehte und die Töpfe stapelte. Vaters Unnachgiebigkeit würde sich bestimmt legen, wenn ein paar Tage verstrichen waren. Er musste nur erst noch abkühlen – nicht dass das bei diesen Temperaturen möglich wäre.

Ich trug die Töpfe nach draußen. Wir hatten spät gegessen, die Sonne war längst untergegangen und der Mond hinter Wolken verborgen. Nur das Licht aus den Fenstern erhellte die Straße.

Als ich den ersten Topf unter den Wasserhahn hielt, hörte ich Schritte hinter mir. Ich drehte mich um, doch da war niemand. Trotzdem hatte ich plötzlich das Gefühl, beobachtet zu werden.

Ich zwang mich weiterzumachen, doch die Anspannung in meinem Nacken wuchs. Als ich den zweiten Topf in die Hände nahm, hörte ich das Geräusch erneut, diesmal näher. Ich hielt inne, lauschte, doch da war nichts weiter. Die Stille in der Straße kam mir plötzlich erdrückend vor.

Erneut wendete ich mich den Töpfen zu, als mich plötzlich jemand von hinten packte. Bevor ich schreien konnte, presste sich eine starke Hand auf meinen Mund. Ich versuchte, mich zu wehren, trat wild um mich, doch jetzt waren da auch Arme um meine Taille, die mich fortzerrten. Panik erfasste mich, mein Herz raste. Ich biss dem Angreifer in die Hand, woraufhin dieser mit einem Schmerzensschrei losließ. Doch ehe ich mich umdrehen konnte, hatte ich plötzlich einen Knebel im Mund, und mir wurde ein Sack über den Kopf gezogen. Ich konnte nichts mehr sehen. Mein Atem ging heftig, wurde durch den Stoff erstickt.

In der Hoffnung, dass meine Eltern mich hörten, dass irgendjemand mich hörte und mir half, schrie ich in den Knebel hinein. Doch stattdessen spürte ich, wie noch mehr Hände mich packten, grob und ohne Rücksicht auf den Schmerz, den sie mir zufügten.

Ich wurde weggezogen, stolperte, verlor das Gleichgewicht, aber sie zerrten mich weiter. Alles in mir schrie nach Flucht, nach Widerstand, doch ich war umzingelt und blind. Wie ein Stück Vieh schleiften die Angreifer mich mit.

Die Panik drohte mich zu überwältigen. Ich strampelte und wand mich, doch sie waren zu stark. Zu viele. Als sie mich das nächste Mal absetzten, hatte der Boden unter meinen Füßen sich verändert. Er war glatter. Wir waren nicht länger draußen, und es war kalt. Meine Gedanken rasten. Jede Überlegung endete in einem Chaos aus Panik. Wer waren diese Männer? Warum hatten sie mich entführt? Das Geräusch von Schritten und gedämpftem Murmeln hallte in meinen Ohren wider, doch ich konnte nichts verstehen. Dafür hörte ich jetzt das Knarren einer Tür. Wieder wurde ich hochgehoben. Mein Kopf stieß gegen Holz. Ich hatte keine Ahnung, wo ich war. Zeit und Raum hatten sich in einem Strom von Angst aufgelöst. Ich wurde eine Holzstiege hinabgeschoben. Der Boden unter mir war kalt, hart, und ich stürzte auf die Knie, als sie mich losließen, nur um dann gleich wieder zuzugreifen und mich hochzuheben. Hände bogen meine Gelenke, als wollten sie mich falten. Jemand berührte meine Brust, zu lange, als dass es Zufall hätte sein können. Ich wurde in eine Kiste gesteckt. Ein Deckel knallte über mir zu. Das Geräusch hallte in der Dunkelheit wider. Meine Atemzüge waren hektisch, kurz, ich konnte kaum Luft holen. Der Stoff des Sacks drückte sich eng um mein Gesicht, die Fesseln schnitten in meine Handgelenke. Die Enge und die Dunkelheit hier drin erstickten mich. Ich versuchte, die Fesseln an meinen Handgelenken zu lockern, doch es war sinnlos. Der Knoten saß fest, und bei jedem Versuch, mich zu befreien, schnitten mir die Seile nur fester in die Haut.

Ich wand mich und schrie in den Knebel hinein. Die Angst, die mich erfasste, war überwältigend. Durch das Holz hörte ich gedämpfte Stimmen, dann entfernten sich die Schritte. Ein zweites Krachen, eine Tür, die zuschlug. Dann hörte ich nichts mehr. Ich war allein. Völlig allein in dieser bedrückenden Dunkelheit.

TILDA

Am Morgen auf dem Meer werde ich zu einem anderen Menschen. Das Wasser schimmert grau und blassrosa. Und die Luft fühlt sich endlich einmal nicht mehr an wie eine Umklammerung. Mehr wie eine sanfte Umarmung. Sie ist warm und riecht nach Fisch und Meer. Sie riecht nach Danieles Boot. Ich bin barfuß, Salzhaare wehen mir strähnig ins Gesicht. Ich mache keine Anstalten, sie zu bändigen, während ich die Nase in den Fahrtwind recke und die Augen schließe.

Danieles Außenbootmotor knattert. Die Möwen kreischen. Wellen schwappen gegen die Reling. Auf Danieles Fischerboot ist alles noch echte Handarbeit. An Deck liegen Plastikeimer und Wannen, Bänder und Netze, die Daniele auswirft und wieder einzieht. Er ist konzentriert. Läuft von vorne nach hinten, seine Hände sind überall. Ich ziehe die Füße ein und versuche, nicht allzu sehr im Weg zu sein. Das ist die einzige Art von Hilfe, die er akzeptiert. Die Sonne geht auf. Was so lange ein schöner Anblick ist, bis sie nur eine halbe Stunde später erbarmungslos vom Himmel brennt. Ich suche Schatten neben der kleinen Kabine, bis auch das vergeblich ist. Dann ziehe ich meine Shorts und das Top aus und springe ins Meer.

Es ist eine Erleichterung unterzutauchen. In der Nähe der Buchten und Strände hat das Wasser Badewannentemperatur, aber hier draußen ist es noch einigermaßen kühl, vor allem in der Tiefe. Ich tauche ein paarmal ab, bevor ich in die Nähe des Boots zurückschwimme. Daniele ist noch immer sehr konzentriert bei der Sache. Vielleicht ein bisschen erzwungen konzentriert. Er versucht geradezu, mich keines Blickes zu würdigen. Mit einem Mal wird mir bewusst, wie es für ihn aussehen muss, dass ich mich wie eine Touristin im Meer vergnüge, während er neben mir zu fischen versucht.

«Vertreibe ich dir den Fang?», rufe ich aus dem Wasser zu ihm hoch.

«Nein. Du lockst die wirklich großen Fische an.»

«Welche großen Fische?»

«Die Haie.» Er lacht nicht, aber ich bin mir ziemlich sicher, dass er mich auf den Arm nimmt. Trotzdem fühle ich mich plötzlich unwohl. Ich schwimme zum Boot zurück, und Daniele gibt mir eine Hand, um mich über den Rand zu ziehen, als sei ich selbst ein nasser Fisch.

«Ahhh, das war gut.» Ich seufze erleichtert und wringe mir die Haare aus. «Tut mir leid, aber das musste sein. Es ist wirklich so brutal heiß, ich weiß gar nicht, wie ihr das hier im Sommer aushaltet.»

«Das ist kein normaler Sommer», sagt Daniele und blickt zum Horizont, als würde sich dort ein dunkles Gewitter zusammenbrauen, das nur er sehen kann. «Einen Sommer wie diesen habe ich noch nie erlebt.»

Meine Haut fühlt sich salzig und verbrannt an, als wir zurück in den Hafen kommen. Danieles Ausbeute ist mager. Die Meere sind hier wie eigentlich fast überall im Mittelmeer überfischt, und die steigende Wassertemperatur ist viel zu warm. Ich sitze auf dem Bootsrand, die Hände in die Seilschlaufen geschlungen, und blicke dem Getümmel entgegen, das im Hafen herrscht. Daniele steuert durch die anderen Boote, und kurz bevor wir anlegen, zieht er mit der freien Hand etwas aus der Tasche, das ich im ersten Moment für einen Angelhaken halte. Erst bei genauerem Hinsehen erkenne ich, dass es eine kleine Koralle ist, an die er eine durchsichtige Angelschnur geknotet hat.

«Die hat sich im Netz verfangen», sagt er. Die Koralle schaukelt bei jeder Welle zwischen uns hin und her. «Ich weiß, du hast gesagt, du willst keine weiteren Schutzzauber, aber ...»

«Ist das eine Kette?» Ich strecke die Hand aus, nehme sie entgegen und drehe die kleine Koralle zwischen den Fingern.

«In Sardinien trägt man Korallen oft als Ketten oder Armbänder.»

Ich bin gerührt und knote mir die Kette um den Hals, beuge das Kinn, um den Anhänger zu betrachten. Meine Haut darunter ist fast genauso rot wie die Koralle selbst. Schade, dass sie mich statt vor bösen Geistern nicht vor einem Sonnenbrand schützt. «Die ist wunderschön, Daniele. Danke!»

Ich nehme Daniele im Gegenzug zu dem Ausflug das Versprechen ab, dass er demnächst eine Kunstgalerie mit mir besucht. Ich würde ihn gerne in die Kunstszene einführen, und wir müssen uns nicht länger vormachen, dass ich nur des Fisches wegen zu ihm komme. So oft kann ein Mensch gar keinen Appetit auf Meeresfrüchte haben, und am wenigsten ich, die ja nicht mal weiß, wie man sie richtig zubereitet. Meistens werfe ich einfach alles mit einer Fertigmarinade auf den Grill. Selbst Nino hat schon mitbekommen, dass ich ein bisschen zu oft mit meinen Plastiktüten voller Fisch nach Hause komme, eine lange Tropfspur auf dem Boden zur Küche hinterlassend, weil das Eis darin schon halb geschmolzen ist.

«Warst du wieder bei deinem Fischer?», fragt er, als ich die Tüten ächzend in die Spüle stelle und mir den Schweiß von der Stirn reibe. Bei diesen Temperaturen wünsche ich mir selbst, in Eis verpackt zu werden, so unerträglich ist der Weg vom Auto bis hierher.

«Er ist nicht mein Fischer», widerspreche ich, obwohl ich eigentlich kein schlechtes Gewissen haben muss. Auch die

Besuche bei Daniele sind Teil des Heilungsprozesses. Ich kann nicht ewig trauern und mich in Selbstmitleid verkriechen. Mein Blick fällt auf die letzte Sardinenzeichnung, die ich Daniele abgekauft habe und die jetzt zwischen Tür und Kühlschrank an der Wand hängt. Die Ähnlichkeit zwischen der gezeichneten Figur und meinem Bruder verblüfft mich immer noch.

«Hast du ihn eigentlich mal kennengelernt? Daniele, meine ich?»

«Wenn es der Typ ist, der diese Frittierbude unten im Hafen mit Fisch versorgt, dann ja. Wir sind uns zufällig über den Weg gelaufen, als ich dort nach einem Kellnerjob gefragt habe. Und er hat versprochen, die Ohren offen zu halten, falls irgendwo jemand eine Aushilfe braucht. Hab aber nie wieder was von ihm gehört.» Nino zuckt die Schultern. Er sieht nicht so aus, als würde ihn das sonderlich stören. «Ich habe übrigens ein paar alte Brettspiele oben auf dem Dachboden gefunden. Lust, nach dem Essen eine Runde zu spielen?»

Ich glaube, es hilft, dass wir keine elektronischen Geräte um uns haben, die uns voneinander ablenken könnten. Keinen Internetanschluss, keinen Fernseher. Nino ist noch immer häufig an seinem Handy, um die Videos zu schneiden, die er gemacht hat. Aber er hat keine Möglichkeit, sich von hier aus in die sozialen Medien zu flüchten. Er hat gar keine Wahl, als mit mir zu kommunizieren. Wir sind wie zwei Gestrandete auf einer einsamen Insel, die plötzlich gezwungen sind, miteinander auszukommen. Und wenn man bedenkt, dass wir uns früher überhaupt nichts zu sagen hatten, funktioniert das erstaunlich gut.

Oft sprechen wir über Deutschland. Über unsere Kindheit. Über unseren Vater. Ich erfahre von Langzeitbeziehungen, von denen ich nicht wusste, dass mein kleiner Bruder sie überhaupt hatte. So wie ich überhaupt sehr viel über ihn erfahre, das ich vorher nicht wusste. Ich arbeite noch daran, nicht jedes Mal überrascht auszusehen, wenn er mal etwas Kluges oder Tiefgründiges sagt. Er merkt das, und es nervt ihn völlig zu Recht.

Manchmal schweigen wir auch einfach nur und setzen unsere Figuren. Auch das ist inzwischen nicht mehr unangenehm.

Heute sind wir in ein altes Monopoly-Brettspiel vertieft, bei dem Nino erstaunlicherweise mehr Geschick beweist als bei seinen Investitionen im wahren Leben. Die Nacht ist warm. Glühwürmchen tanzen in der Dämmerung, und die Kerzen auf dem Tisch werfen flackernde Schatten. Die friedliche Stille wird nur vom gelegentlichen Rascheln der Blätter im leichten Wind unterbrochen.

Doch dann hebt Nino plötzlich den Kopf und blickt in Richtung Berge. «Hast du jemals das Gefühl, dass hier etwas nicht stimmt?»

Die Frage trifft mich unerwartet. «Was meinst du?»

«Ich weiß auch nicht. Ich habe nur manchmal das Gefühl, dass wir beobachtet werden.»

Ich lache nervös und versuche, die Gänsehaut zu vertreiben, die mich bei diesen Worten augenblicklich überkommt. «Wir sind hier mitten im Nirgendwo. Wer sollte uns beobachten?»

Er zuckt die Schultern. «Vielleicht hast du recht. Es ist nur, dass ich manchmal Dinge höre. Geräusche, die ich mir nicht erklären kann.»

«Was für Geräusche?»

«Keine Ahnung. Schwer zu beschreiben. Ich dachte erst, es wäre eine Katze. Aber es klingt eher wie ... ein langes Heulen oder so.»

Ich setze mich alarmiert auf. Nino hat es also auch gehört. Das Geräusch, das ich für Einbildung gehalten habe. Das ich einem Hausgeist zugeordnet habe, an den ich nicht wirklich glaube. Die Madre Piangente.

«Und nachts knarrt etwas.»

«Das Dach.»

«Nicht vom Dach her. Ich glaube, es kommt von unten. Von der Tür oder der Treppe.»

Ich blicke unbehaglich zur Küchentür. Wir haben drinnen das Licht gelöscht, um keine Mücken anzulocken. Es sieht dunkel und wenig einladend aus.

«Alte Häuser haben eben ihre Eigenheiten», sage ich, selbst nicht sonderlich überzeugt, und beschließe dann, das Thema zu wechseln. «Erzähl mir mehr von deinen Videos.»

Seine Augen leuchten auf. «Ich will das Ganze im Stil von ‹Exploring with Josh› aufziehen. Kennst du den? Das ist ein Typ aus den USA, der verlassene Orte aufsucht und so ein bisschen gruselig aufzieht. Der hat über viereinhalb Millionen Subscriber. Die Leute lieben so was! Das Video, das ich im Keller von der Kirche gemacht hab ...»

«Warte mal. Du hast da ein Video gedreht? Als wir eingesperrt waren?»

«Als du durch den Schacht geklettert bist und ich alleine war, ja.» Er strahlt, als wäre das sein bestes Erlebnis seit Langem gewesen. Ich habe es ein bisschen weniger positiv in Erinnerung, verkneife mir aber einen Kommentar. Ich kann meinem kleinen Bruder schlecht vorwerfen, keine Todesängste ausgestanden zu haben, während ich nach dem Schlüssel gesucht habe.

Wir reden noch eine Weile weiter, bis die Dunkelheit tiefer wird und nur noch die Geräusche der Nacht und das Flackern der Anti-Mücken-Kerzen uns umgeben. Und dann, einfach weil es zur Stimmung passt und ich es mir nicht besser überlegt habe, sage ich: «Dieses Haus hat eine ziemlich düstere Geschichte, weißt du.»

Ich sehe, wie Nino sich auf der anderen Seite des Tischs aufrichtet. «Welche Geschichte meinst du?»

«Hier soll vor etwa vierzig Jahren ein schreckliches Massaker stattgefunden haben. Ein Hochzeitsfest, bei dem alle Gäste ermordet wurden.»

Er starrt mich über die Flammen hinweg an. Nicht entsetzt, sondern fasziniert. «Und das erzählst du mir erst jetzt?»

«Es ist nur eine alte Geschichte, Nino. Und ich weiß nicht mal, ob sie wahr ist.»

«Und willst du gar nicht wissen, ob sie wahr ist?»

«Nein. Macht keinen Unterschied für mich.»

«Das glaube ich dir nicht, Tillie! Du läufst hier barfuß auf Boden herum, auf dem möglicherweise Massen toter Menschen lagen. Du steigst praktisch täglich über Leichen hinweg ...»

«Nino, das reicht.»

«Siehst du, ganz kalt lässt es dich doch nicht!»

Ich sehe von ihm weg in die Dunkelheit. Das Zirpen der Grillen ist unerträglich laut. Plötzlich überkommt mich wieder das unbehagliche Gefühl, das ich hatte, als der Journalist, Enzo, auf die Statue der Madre Piangente deutete, die auf dem Friedhof steht.

«Die Leute erzählen so viel Unfug über diesen Ort.»

«Ich will alles wissen. Was erzählen sie noch?»

«Keine Ahnung.»

«Komm schon, Tillie. Das ist perfekt für mein Projekt! Ich kann diese Geschichte in meinen Videos verarbeiten. Stell dir vor, wie viele Zuschauer das anziehen würde!»

Aber ich will nicht, dass dieser Ort Zuschauer anzieht. Ich will überhaupt nicht, dass er irgendjemanden anzieht.

Ich räume die Teller zusammen, die wir nach dem Essen beiseitegeschoben haben, und stehe auf.

«Ich bringe das rein und hole mir Eis. Möchtest du auch?

Und spielen wir eigentlich noch weiter, oder soll ich das zusammenpacken?»

Doch Nino ist schon in Gedanken versunken, seine Augen glänzen vor Aufregung. «Ich muss mehr herausfinden», murmelt er. «Das ist die Geschichte, die ich gesucht habe.»

Als ich in die Küche gehe, meine ich, das leise Klagen einer Frau zu hören, das der Wind heranträgt. Und obwohl ich weiß, dass es nur meine Einbildung ist, bleibe ich kurz stehen, um mich umzudrehen. Da ist nichts. Die Nacht ist warm und lau. Friedlich. Aber etwas ist falsch. Mit diesem Ort, mit diesem Haus. Mit den grausamen Ereignissen, die hier geschehen sind und die sich über das Dorf gelegt haben wie ein Leichentuch. Ich habe es mir bislang nicht eingestehen wollen. Vielleicht weil es meiner rationalen Art widerspricht. Vielleicht weil ich mit aller Macht einen Neuanfang wollte. Aber jetzt kann ich das mulmige Gefühl nicht abschütteln, dass es ein Fehler gewesen ist, Nino von dem Massaker zu erzählen.

Anfang August kommt Astrid wie versprochen für ein verlängertes Wochenende. Es ist herrlich, Zeit mit ihr verbringen zu können, ohne dass wir es Therapie nennen müssen. Ich weiß eigentlich gar nicht, wann wir das letzte Mal an diesem unbeschwerten Punkt waren. Seit der Beerdigung war es immer nur darum gegangen, mich wieder aufzubauen. Mich von dem Selbstzerstörungstrip abzubringen, auf dem ich mich befand. Neue Wege zu finden, wo mir völlig der Boden unter den Füßen fehlte. Jetzt geht es mir besser. Und nachdem Astrid sich davon überzeugt hat, ist endlich mal wieder sie es, die sich was von der Seele reden kann: die Sorgen und Alltagsprobleme einer Vollzeit arbeitenden Mutter zweier

Kinder. Die schwierigen Kunden. Den Stress, gleichzeitig für ihre Patienten und ihre Familie da sein zu wollen. Die Kinderkrankheiten. Den Anspruch, die Bedürfnisse der Kinder und die eigenen Termine unter einen Hut zu bekommen, ganz zu schweigen von den eigenen Bedürfnissen – oder auch nur dem Wunsch nach Zweisamkeit in der Beziehung.

Es hat sich einiges angestaut. Ich verstehe schon, warum sie nie darüber gesprochen hat. Ich hätte mich an ihrer Stelle wahrscheinlich auch nicht getraut, über familiäre Probleme und fehlende Privatsphäre zu klagen, wenn mein Gegenüber gerade mit dem Gegenteil kämpft: mit Verlust und Einsamkeit und damit, die Aussicht auf eine eigene Familie für immer zerstört zu haben. Aber ich wünschte, ich hätte sie trotzdem gefragt, wie es ihr eigentlich ging.

Da Astrid nur von Donnerstag bis Sonntag da ist, haben wir uns entschieden, lediglich den Norden der Insel zu erkunden, von dem ich selbst noch nichts außer dem Flughafen kenne. Nicht mal die berühmte Smaragdküste, wegen der so viele Touristen nach Sardinien kommen. Hier gibt es die endlos langen Sandstrände, die auf allen Postkarten zu sehen sind. Karibikfeeling in Italien. Mir persönlich gefällt der wilde, zerklüftete Osten besser, aber zusammen mit Astrid ist es genau der richtige Ort, um in Urlaubsstimmung zu kommen. Wir machen einen Roadtrip an der Küste, übernachten in Hotels, sitzen mit kühlen Weißweinflaschen zwischen uns im Schatten eines Cafés mit Blick auf das Meer und laufen abends am Strand entlang, während wir stundenlang quatschen. Es ist erstaunlich, wie schnell man auf diese Weise die Zeit herumbringt und nichts anderes wahrnimmt.

Von der Katastrophe erfahren wir erst am Sonntagnachmittag, als ich Astrid mit dem Auto zum Flughafen bringe und sie das Radio anstellt.

«... Feuer, die sich durch die heißen Winde des Scirocco rasch im Zentrum und im Osten der Insel ausbreiten. Besonders betroffen ist derzeit die Provinz Nuoro, wo Feuerwehr und Zivil ...»

«Stopp! Dreh das mal lauter!», sage ich zu Astrid, die auf der Suche nach Musik schon weiterschalten will. Sie sieht mich erstaunt an, dreht dann aber am Lautstärkeregler.

«... an ihre Grenzen stoßen. Inzwischen wurde auch ein Campingplatz nahe Cagliari evakuiert, wo mehrere Gasflaschen explodiert sind. Besorgniserregend ist, dass die Flammen immer näher an Wohngebiete heranreichen. Die Behörden rufen Anwohner und Touristen dazu auf, gefährdete Gebiete sofort zu verlassen und speziell dafür eingerichtete Notunterkünfte aufzusuchen ...»

Die Erkenntnis, dass Botigalli mitten in der evakuierten Region liegen muss, trifft mich wie ein Schlag.

«Was ist los?», fragt Astrid, die nur mein aschfahles Gesicht sieht, ohne den italienischen Sprecher zu verstehen.

«Nino», keuche ich und halte sofort am Straßenrand, um meinen Bruder anzurufen.

Ich verstehe jetzt besser, warum es Astrid so wahnsinnig gemacht hat, mich nicht zu erreichen, als sie sich die größten Sorgen um mich machte. Mit Nino geht es mir genauso. Ich übersetze Astrid, was ich im Radio über die Brände erfahren habe, während ich wieder und wieder versuche, Nino anzurufen. Ohne Erfolg.

«Vergiss nicht, dass ihr da oben kein Netz habt!», erinnert

Astrid mich. «Es könnte sein, dass er bei euch zu Hause ist und einfach nichts von den Bränden mitbekommen hat.»

«Aber die Dörfer wurden evakuiert! Er sollte gar nicht mehr da oben sein!»

«Willst du, dass ich hierbleibe?»

Mit zitternden Händen stecke ich das Handy weg und greife das Lenkrad, fahre jedoch nicht los. Durch die Windschutzscheibe sehe ich, wie ein Pärchen an einem Restauranttisch neben der Straße Platz nimmt. Ein Kellner kommt und reicht ihnen die Speisekarte. Kaum zu fassen, dass hier im Norden noch Essen serviert und Wein ausgeschenkt wird, während im Zentrum der Insel die Hölle los ist. Und dass auch Astrid und ich heute Morgen noch nichts ahnend in unserem Hotel gefrühstückt haben und danach gemütlich zusammen durch die Straßen flaniert sind. Wie in einer Parallelwelt.

Astrid reißt mich aus meinen Gedanken: «Tilda? Mein Flieger geht gleich. Willst du, dass ich bleibe?»

«Unsinn», sage ich, obwohl mir nichts lieber wäre als das. «Du kannst doch hier auch nicht helfen. Und du hast recht, wahrscheinlich sitzt Nino heute Abend friedlich rauchend bei uns im Garten, und er hatte einfach nur kein Netz.»

Ich werfe einen raschen Blick auf die Uhr und starte endlich den Wagen. Doch die Straßen sind überfüllt, und als wir am Flughafen ankommen, muss Astrid rennen, um den Flieger nicht zu verpassen.

«Schreib mir bitte, okay?», ruft sie hastig durch die geöffnete Beifahrertür, den Koffer bereits neben sich. «Oder ruf mich an. Bis ich gelandet bin, bist du vielleicht schon zurück in Botigalli, und alles ist gut.»

Mein verkrampfter Magen sagt mir etwas anderes. Trotzdem versichere ich: «Klar, mach dir keine Sorgen. Ich melde mich, Astrid. Und jetzt mach, dass du loskommst, um Himmels willen! Guten Flug!»

Als die Beifahrertür ins Schloss fällt und ich Astrid nachsehe, wie sie mit dem holpernden Rollkoffer in Richtung Flughafengebäude rennt, packt mich ein Anflug von Wehmut. Am liebsten würde ich mich hier und jetzt einfach abschnallen, Astrid nachlaufen und zusammen mit ihr in den Flieger steigen, um dieser Hitzehölle zu entkommen.

Die Straßen nach Botigalli sind gesperrt. Ich erfahre von einer Notunterkunft in der Nähe des Hafens, die ich ansteuere. Doch als ich dort ankomme, ist sie bereits überfüllt mit Menschen, die verzweifelt nach Informationen suchen. Ich quetsche mich durch die Menge zu einem Holztisch, der zu einem provisorischen Informationsschalter umfunktioniert wurde. «Entschuldigen Sie, ich suche meinen Bruder. Er ist zu Besuch bei mir, in einem kleinen Dorf namens Botigalli. Ich selbst war bis eben unterwegs, und jetzt kann ich ihn nicht erreichen», sage ich hastig.

Die Frau hinter dem Schalter sieht überfordert aus. Sie hat stapelweise Zettel und Listen vor sich auf dem Tisch, die mir wenig Hoffnung darauf machen, dass hier jemand den Überblick hat. «Wir haben viele Evakuierte hier. Geben Sie mir seinen Namen, und ich sehe, was ich tun kann.»

Ich zögere, als sie mir einen weiteren losen Zettel reicht, schreibe dann aber Ninos Namen, meine Telefonnummer und den Ort Botigalli darauf, bevor ich ihn ihr reiche. Sie verschwindet in einem Büro, und ich warte ungeduldig. Die Sekunden ziehen sich wie Kaugummi. Die Menschen um mich herum murmeln nervös, ihre Gesichter sind von Sorge und Angst gezeichnet.

Schließlich kehrt die Frau zurück und schüttelt den Kopf. «Es tut mir leid, wir haben keine Informationen über ihn. Es könnte natürlich sein, dass er in einer anderen Notunterkunft ist.»

«Aber Sie können mir nicht sagen, wo?»

Die Frau blickt mich unglücklich an und schüttelt den Kopf. «Tut mir leid.»

«Es muss doch irgendeinen Plan geben, wie bei den Evakuierungen vorgegangen wird!», insistiere ich. «Wer wohin kommt. Das muss doch irgendwo stehen! Haben Sie eine Liste mit den anderen Notunterkünften, die ich abtelefonieren kann? Oder können Sie jemanden fragen, ob die Bewohner in Botigalli informiert wurden? Ob es da Evakuierungen gab?»

Die Frau sieht immer unglücklicher aus. «Im Augenblick habe ich nicht mehr Informationen als Sie», sagt sie, und ich blicke fassungslos auf das Namensschild an ihrem Top, das sie als Betreuerin des Infostands ausgibt und damit eigentlich das Gegenteil ihrer Behauptung suggeriert. «Aber ich würde Ihnen empfehlen, in der Nähe zu bleiben, wir bekommen ständig neue Ankünfte.»

Ich danke ihr und trete nach draußen, wo die Hitze nach wie vor erdrückend ist. Mein Herz rast, und die Panik wächst. Ich rufe wieder und wieder Nino an, lande jedoch jedes Mal auf seiner Mailbox. Es ist wenig wahrscheinlich, dass er sich in irgendeiner Notunterkunft befindet. Er wäre erreichbar, wenn er Botigalli je verlassen hätte.

Ich gehe zurück zum Auto und setze mich hinein, lege den Kopf auf das Lenkrad, atme tief durch. Ich muss einen klaren Kopf bewahren. Plötzlich klingelt mein Handy. Es ist Astrid. «Tilda, wo bist du? Du hast dich nicht gemeldet. Ist alles okay? Hast du Infos von Nino?»

«Nein. Ich kann ihn nicht erreichen, und niemand weiß etwas über ihn», meine Stimme zittert.

«Bleib ruhig. Es wird sich alles klären. Wo bist du? Wieder zu Hause?»

«Nein, bei einer Notunterkunft in Posada. Die Straßen sind gesperrt, weiter komme ich nicht.»

«Ich bin auch gerade erst gelandet. Wir haben fast zwei Stunden auf dem Rollfeld gestanden, bevor wir überhaupt losgeflogen sind! Du kannst dir nicht vorstellen, wie die Insel von oben aussieht, Tilda. Man sieht den Rauch und die Qualmwolken noch aus der Luft!»

«Ich bin mir nicht sicher, ob ich das hören möchte, Astrid.»

«Tut mir leid, du hast recht. Was machst du jetzt? Bleibst du im Notfallzentrum?»

«Ich denke, ich werde erst mal versuchen, hier in der Nähe ein Hotel oder eine Pension zu finden», sage ich.

Doch natürlich ist in der Nähe alles ausgebucht. Zahllose Touristen mussten ihre Unterkünfte verlassen und sich Zimmer abseits der gefährdeten Gebiete suchen. Ich beschließe letztendlich, im Auto zu schlafen. Es ist stickig und unbequem, und von Schlaf kann nicht wirklich die Rede sein. Aber die Vorstellung, nach dem Tag und den vielen Staus nochmals stundenlang fahren zu müssen, um spätnachts in irgendeinem Hotel einzuchecken, ist auch wenig reizvoll.

Am nächsten Tag versuche ich es wieder am Informationsschalter, doch es gibt keine Neuigkeiten. Die Stunden vergehen quälend langsam. Der starke Wind facht die Flammen immer wieder an. Am Mittag bricht ein neuer Brandherd aus. Im Radio entzünden sich Spekulationen darüber, ob die Feuer menschengemacht sein könnten. Uns erreichen widersprüchliche Informationen. Inzwischen habe ich bestimmt schon zweihundertmal versucht, Nino anzurufen, und mein Magen ist ein einziger harter Klumpen. Weil ich nicht weiß, wohin mit mir, sitze ich zwischen den anderen im Notfallzentrum und warte darauf, dass die Straßen wieder geöffnet werden und wir zurückkehren können. Es dauert bis zum späten Abend, bevor für die ersten Gebiete endlich eine vorsichtige Entwarnung ausgesprochen wird. Darunter auch für Botigalli.

Die Serpentinenstraße kam mir noch nie so lang vor wie heute. Dabei bin ich sie noch nie zuvor in diesem Tempo hochgerast. Ich weiß nicht, was mich erwartet. Der Ort könnte komplett niedergebrannt sein. Doch als ich den Wagen endlich auf den Platz vor dem Dorfeingang schleudere und den restlichen Weg zu Fuß hinaufhaste, sieht alles aus wie immer. Keine Spuren eines Feuers, mein Haus steht noch. Vor Erleichterung entfährt mir ein Lachen. Ich reiße die Tür auf, stürme die Treppe hoch. Ich stelle mir einen überraschten, vielleicht sogar verschlafenen Nino vor, der nichts von dem Ausnahmezustand auf der Insel mitbekommen hat, während ich mir wer weiß was ausgemalt habe. Doch Ninos Zimmer ist leer. Das ganze Haus ist leer.

Wie erschlagen stehe ich einen Moment da.

Ich renne zurück auf die Straße und haste in Richtung von Silvios Haus, wo ich hektisch an die Tür klopfe. Dagegen hämmere. Nichts. Das ist ein gutes Zeichen, oder? Sie müssen das Dorf alle verlassen haben. Es erklärt nicht, warum Nino, der außerhalb dieses Funklochs normalerweise mit seinem Handy verschmolzen ist, nicht erreichbar ist. Aber vielleicht hat er in der Aufregung einfach nicht an sein Aufladekabel gedacht und ... Die Tür geht auf. Ich halte vor Schreck die Luft an. Obwohl ich nach wie vor wie blöde geklopft habe, habe ich nicht mehr damit gerechnet. Die Pflegerin trägt ein langes Nachthemd und blickt misstrauisch durch den Türspalt. Offenbar war sie bereits im Bett.

«Wurden Sie nicht informiert?», platze ich heraus.

Sie blinzelt verwirrt. «Informiert?»

«Über die Feuer! Die letzten zwei Tage haben auf der Insel Brände gewütet! Ich bin davon ausgegangen, hier wurden alle evakuiert!»

Sie schüttelt den Kopf.

«Und mein Bruder? Haben Sie den zufällig gesehen? Er ist nicht zu Hause, und ich erreiche ihn nicht!»

Sie blinzelt noch einmal, als wüsste sie nicht, von wem ich spreche.

«Mein Bruder! Ich hatte ihn schon erwähnt, als ihr *Patient* dort oben sich einen Spaß daraus gemacht hat, uns in der Kirche einzusperren!» Ich mache keine Anstalten, den sarkastischen Unterton in meiner Stimme zu verbergen. Wenn überhaupt, dann verstärkt meine Aufregung ihn noch.

«Ich habe keine Ahnung», sagt die Pflegerin im gleichen unschuldigen Ton wie nach dem Drama in der Kirche. Vielleicht ist sie einfach eine gute Schauspielerin. Es kann ja gar nicht sein, dass sie nie etwas von Nino mitbekommen hat. Dass sie nichts von dem Feuer mitbekommen hat! Selbst wenn sie so gut wie nie das Haus verlässt. Dies ist ein kleiner Ort, und mein Bruder hat sich nicht gerade unauffällig verhalten mit seinem knatternden Moped und seinem Gefilme.

Wütend drehe ich mich um und stapfe davon. Zurück zum Auto. Ich werde wieder in die Stadt fahren und bei der Polizei melden müssen, dass mein Bruder wie vom Erdboden verschwunden ist.

Auf der Polizeistation herrscht trotz der späten Uhrzeit Hochbetrieb, um nicht zu sagen: heilloses Chaos. Die Ereignisse der letzten zwei Tage halten die Beamten auf Trab. Menschen fluchen und schreien herum. Mit halbem Ohr bekomme ich mit, dass es während der Evakuierungen massiv Einbrüche in die leer stehenden Häuser gab. Es ist kein guter Moment, um einen vermissten Bruder zu melden. Tatsächlich fühle ich mich von dem Mann am Schalter wenig ernst genommen.

Sein Interesse, wenn überhaupt jemals existent, nimmt schon ab, als ich Ninos Alter und Herkunft nenne.

«Ist es denn ungewöhnlich für Ihren Bruder, dass er wegfährt, ohne sich abzumelden?», fragt der Beamte. Und natürlich ist es das nicht. Es ist, im Gegenteil, sogar ziemlich typisch für Nino.

«Der taucht schon von alleine wieder auf», meint der Beamte. «Ich würde mir da an Ihrer Stelle nicht allzu viele Sorgen machen.»

Zu schade nur, dass wir nicht die Rollen tauschen können, der Polizist und ich. Dann würde ich an seiner Stelle nämlich auch so einiges anders machen.

So aber muss ich die Polizeistation unverrichteter Dinge wieder verlassen. Ich soll wiederkommen, wenn Nino in ein paar Tagen noch immer nichts von sich hören lässt. Vielleicht in einer Woche. Ob wirklich jemals irgendjemand eine Woche lang still sitzt und Däumchen dreht, wenn ein Familienangehöriger vermisst wird?

Ich bin aufgekratzt. Doch auf der Fahrt zurück übermannt mich irgendwann doch die Müdigkeit. Die dunklen Straßen sind anstrengend, und die gestrige Nacht im Auto macht sich bemerkbar. Ich stelle das Fernlicht an und merke trotzdem, wie mir immer wieder die Lider zufallen. Nur die Vorstellung, eine weitere Nacht im Auto zu verbringen, hält mich davon ab, irgendwo rechts ranzufahren und einfach die Augen zu schließen.

Und dann, kurz vor der Stelle, an der ich wieder aus jedem Handynetz verschwinden würde, klingelt mein Telefon tatsächlich. Es klingelt und brummt in meiner Handtasche auf dem Rücksitz, und mit einem Mal bin ich wieder hellwach. Nino. Ich mache eine Vollbremsung, halte mitten auf der Straße und krame in der Tasche. Das Handy hört auf zu klingeln, bevor ich es gefunden habe, und ich fluche. Doch dann fängt es wieder an, und ich fingere es endlich unter Taschentüchern, Portemonnaie und meinem Ausweis hervor. Nino! Meine Finger sind fahrig. Ich lasse mich zurück in den Sitz plumpsen. Das Handy blinkt, vibriert und klingelt. Aber dann sehe ich die Nummer auf dem Display und erstarre. Das ist nicht Nino, der mich anruft. Mir sinkt das Herz. Fassungslos blicke ich auf das leuchtende Display.

Bzzzzz macht das Telefon in meiner Hand.

Ich kenne diese Nummer.

Bzzzzz.

Ich kenne sie sogar auswendig.

Bzzzzz.

Es ist die Nummer von Nathan.

DRITTER TEIL

Die Bilder in meinem Kopf sind das Einzige, was mich in der Finsternis über die Runden bringt. Bilder von Sommertagen. Von in der Sonne flirrender Luft, von Staub, der über den schmalen, holprigen Straßen schwebt. Meine Füße, die barfuß über den warmen Stein laufen, und wie ich und meine Freunde lachen, wie wir uns gegenseitig jagen, während die Häuser um uns wie ausgestorben sind. Nur das entfernte Bellen eines Hundes begleitet uns.

Bilder von Zitroneneis, das wir an einem kleinen Stand in der Nähe der Piazza kaufen. Mein Bruder, der mir einen bunten Becher in die Hand drückt. Der süßsaure Geschmack auf meiner Zunge. Bei der Erinnerung daran läuft mir das Wasser im Mund zusammen. Es sickert in meinen Knebel.

Die Bilder von der Nacht, in der sie mich mitnahmen, sind verschwommener. Wie ein Störbild flackern sie durch den Film, an dem ich so gerne festhalten will.

Den ganzen Tag über schon war da eine Aufregung in mir gewesen. Seit einer Woche hatten alle über das Spiel gesprochen – das große Finale, Italien gegen Deutschland. Es hatte ein Abenteuer werden sollen. Die Hitze, die wogende Menge beim Public Viewing, die Fahnen, die über unseren Köpfen flatterten, die Stimmen, die sich wie ein Summen um uns legten.

Wir hatten uns Panini von einem Stand gekauft und standen in der Menge. Die Begeisterung um uns herum schwoll an, Stimmen wurden lauter, Hände reckten sich in die Luft. Der Himmel schien zu vibrieren vor Erwartung.

Und dann, im dichten Gedränge, war ich plötzlich allein gewesen. Eine Hand hatte mich gepackt, an meinem Arm gezogen, fest und unerbittlich. Ich wollte etwas rufen, aber die Menge hatte meine Stimme verschlungen, und das Panini war mir entglitten, auf den Boden geplumpst, von einer aufgeregten Menge zertreten, die nichts anderes mitbekam als das, was auf dem Bildschirm vor sich ging. Sie bekamen nicht mit, dass man mich hochhob, mich schulterte. Mich davontrug. Mein Schreien ging in der Begeisterung der Menge unter.

Eben noch hatte ich mich sicher gefühlt. Ein Panini, Fußball, ein großes Abenteuer. Ich war Teil des Gewinnerteams auf dem Bildschirm. Doch von einem Moment auf den anderen war die Sicherheit fort gewesen. Da war nur noch nackte, kalte Angst, die mir den Boden unter den Füßen wegriss.

Die Erinnerungen kommen und gehen wie ein Flackern. Ich liege im Dunkeln, unfähig, meine Beine oder Arme zu strecken. Die Musik dudelt in Dauerschleife aus den Kopfhörern und untermalt die Szenen in meinem Kopf. Wie ein Film mit falscher Tonspur.

FRANCA

Ich versuchte, einen klaren Gedanken zu fassen, aber alles in mir wehrte sich gegen das, was mir gerade zugestoßen war. Eben hatte ich noch mit meinen Eltern zu Abend gegessen. Ich war doch nur auf der Straße vor dem Haus gewesen! Meine Mutter musste etwas mitbekommen haben, mein Vater, ein Nachbar, es war doch sonst immer irgendwer am Fenster, um einen zu beobachten! Botigalli hatte seine Augen überall. Sicher würde jemand Alarm schlagen!

Aber was, wenn nicht?

Ich wusste nicht, wie lange ich so dalag, eingepfercht. Die Zeit dehnte sich aus. Mein Körper wurde steif und fing an zu schmerzen. Irgendwann, es musste Stunden später sein, nickte ich vor Erschöpfung ein und wachte sofort wieder auf, mit einem Ruck, der mir in die Glieder fuhr. Danach schmerzte mein Körper noch mehr als vorher. Doch ich hatte mich auch an etwas erinnert, in dem kurzen Moment zwischen Schlaf und Wachheit. Ich konnte den Gedanken zunächst nicht ganz greifen, aber dann ordneten sich die Details der letzten Stunden. Die Hand auf meinem Mund, ihr Geruch. Etwas daran kam mir bekannt vor. War das Pasquale gewesen?

Ich versuchte, den Gedanken zu Ende zu denken, so absurd er mir auch schien. Was, wenn Teresa Pasquale von meinem Besuch bei ihr erzählt hatte? Von meinen Anschuldigungen? Wenn sie ihm erzählt hatte, dass ich sie vor ihm warnen wollte, und er wütend geworden war? Konnte er die anderen Jungs zusammengetrommelt haben, um sich an mir zu rächen?

Je länger ich den Gedanken in meinem Kopf wälzte, desto plausibler erschien er mir. Und er machte mich wütend. Es war eine Wut, die meinen ganzen Körper flutete. Sie übertönte alles. Sie war mein Treibstoff, mein Überlebensinstinkt. Das konnten sie nicht mit mir machen!

Die Kiste war eng, aber es gelang mir, meine Beine zu bewegen, also versuchte ich es zunächst mit Treten. Versuchte, die Wände der Kiste einzutreten, und als das nicht funktionierte, konzentrierte ich mich auf das Seil an meinen Handgelenken. Ich ignorierte den Schmerz, als ich mich bemühte, das Seil zu lockern. Die Hand schmal genug zu machen. Die Wut trieb mich an. Ich schwitzte. Der Sack klebte feucht an meinem Gesicht. Langsam, ganz langsam lockerte sich das Seil unter der Bewegung meiner Hände. Es war ein winziger Fortschritt, aber er gab mir Hoffnung. Ich machte meine Hände noch schmaler, das Seil drohte mir das Blut abzuschnüren. Doch ich biss die Zähne zusammen und machte weiter, nutzte jeden Millimeter Spielraum, bis ich spürte, wie es endgültig nachgab. Meine Hände waren frei. Ich riss mir den Sack vom Kopf, löste den Knoten des Knebels und sog tief die Luft ein.

Dunkelheit. Ich blinzelte, tastete umher. Die Wände aus Holz umgaben mich wie ein Gefängnis. Ich stemmte die Hände gegen den Deckel. Er bewegte sich nicht. Erst als ich mich auf den Rücken legte und mit den Füßen dagegen trat, spürte ich, wie er nachgab, sich wenige Zentimeter anhob. Es musste etwas Schweres auf der Kiste liegen. Ich winkelte die Beine an und trat noch einmal mit Kraft zu. Der Deckel sprang auf. Etwas knallte scheppernd auf den Boden.

Mein Herz schlug schneller, Adrenalin pumpte durch meine Adern. Ich richtete mich auf.

Es war noch immer finster um mich herum. Nicht ein winziger Streifen Licht von irgendwo. Ich zog mich aus der Kiste und landete mit einem dumpfen Aufprall auf dem steinigen Boden. Mein Körper schmerzte von der verkrümmten Haltung, aber ich zwang mich aufzustehen. Mit den Händen ertastete ich Holz, eine schmale Treppe, die nach oben führte.

Ich musste hier raus. Jetzt.

Die Stufen knarrten unter meinem Gewicht, mein Kopf knallte unerwartet gegen etwas über mir, und ich gab einen überraschten Schmerzensschrei von mir. Die Decke war niedriger, als ich erwartet hatte. Und da war eine Falltür. Ich stieß auch sie auf und kletterte hinaus. Nach der vollkommenen Schwärze unten schälten sich hier endlich Formen aus der Dunkelheit. Ich versuchte, mich zu orientieren, und blinzelte verwirrt, als ich erkannte, wo ich war.

Es war die Kirche. Mondlicht fiel durch die hohen Fenster auf den Altar, vor dem ich stand. Ich schaute auf das schwarze Loch hinunter, aus dem ich gekrochen war. Sie hatten mich in den Kellerraum unter der Kirche eingesperrt.

Ich taumelte von dem Loch und dem Altar fort, durch die Bankreihen Richtung Ausgang, wo ich kurz innehielt und mein Ohr an die Kirchentür legte, um zu lauschen. Stille. Ich drückte die Klinke und öffnete die Tür. Draußen empfing mich warme Nachtluft. Der Mond schien auf den leeren Platz vor der Kirche, und für einen Moment glaubte ich, es geschafft zu haben. Bis ich mich umdrehte und sie auf der Friedhofsmauer hocken sah. Die ganze Gruppe. Sie saßen ganz entspannt da und rauchten, als hätten sie eine Bar-Tour gemacht und würden sich über den lustigen Abend unterhalten. Doch dann bemerkten sie mich, und augenblicklich sah ich die Fassungslosigkeit in ihren Augen. Panik ergriff mich. Im gleichen Moment, wie sie von der Mauer sprangen, drehte ich mich um und rannte los. Doch sie schnitten mir den

Weg zur Treppe ab. Ich änderte die Richtung und rannte zur anderen Seite der Kirche, wo es keinen Weg gab, nur einen waldigen Abhang hinter einer Mauer. Ohne weiter nachzudenken, sprang ich darüber. Der Abhang war so steil, dass ich das erste Stück fiel. Ich schlug hart auf, rollte ein Stück weiter. Der Fall trieb mir die Tränen in die Augen, aber ich zwang mich zurück auf die Füße, bahnte mir einen Weg nach unten, bis die Steigung abnahm und ich wieder rennen konnte. Der Wald wurde dichter, die Bäume standen enger zusammen. Hier gab es keine Pfade mehr, und der Wald war dunkel und unheimlich. An den Geräuschen hinter mir konnte ich hören, dass ich verfolgt wurde, und zwang mich, schneller zu laufen. Doch Äste peitschten mir ins Gesicht, der Boden war uneben. Ich kam nicht schnell genug voran.

Ich sah mich im Laufen über die Schulter um. Eine Gestalt brach hinter mir durch die Bäume. Es war nicht Pasquale. Es war Tommaso. Sein Gesicht war verzerrt, hitzig, er sah gar nicht mehr aus wie er selbst.

«Franca, bleib stehen!», brüllte er, aber ich hörte nicht auf ihn. Nach der Sache mit Matteo war ich nicht sicher, ob ich ihm noch vertrauen konnte. Meine Füße bewegten sich, Äste rissen an meiner Kleidung. Tommaso holte auf. Plötzlich packte er mich von hinten, riss mich zurück. Ich schrie, versuchte, mich zu wehren, aber er war stärker. Ich schlug auf dem Boden auf. Und dann war er über mir, auf mir, sein Gewicht drückte mich in die feuchte Erde. Die Verfolgung hatte ihn aufgeheizt. Hier ging es nicht mehr nur darum, mich einzuholen. Mich aufzuhalten. Es ging auch nicht mehr darum, mir Angst einzujagen. Es ging um mich. Um all die heimlichen Blicke, die er mir zugeworfen hatte und die Andeutung darin, die ich nicht hatte sehen wollen.

«Lass mich los!», schrie ich, doch seine Hände waren überall. Ich kämpfte, trat um mich, Tränen der Wut stiegen mir in die Augen, ich weigerte mich aufzugeben. Aber Tommaso war stärker. Er drückte mich fester zu Boden, während er hektisch an meiner Hose riss. Er tat, was er immer tat, was er von klein auf von unseren Vätern gelernt hatte: Er nahm sich, was er wollte.

ENZO

Die Insel steht in Flammen. Ich spüre die Hitze durch die Autoscheiben, obwohl die Klimaanlage voll aufgedreht ist. Schon tagelang wurde im Radio vor Waldbränden gewarnt. Die ungewöhnlich hohen Temperaturen dieses Sommers, die Trockenheit, der Wind – es ist eine explosive Mischung, und es war nur eine Frage der Zeit, bis sie hochgehen würde.

Mein Magen ist verkrampft vor Angst. Wir sind auf dem Weg nach Nuoro und damit ins Zentrum der Brände. Dort, wo das Altenheim liegt. Ich war es, der meine Mutter in dieses Heim gesteckt hat. Und egal, was ich mir oder Silvio vormache – ich fühle mich sowieso schon schlecht deswegen. In einem Land, in dem der Familienzusammenhalt so groß geschrieben wird, schaffe ich es, einen nach dem anderen zu Grabe zu tragen. Erst meinen Bruder, dann meinen Vater ... Ich könnte es nicht ertragen, wenn es jetzt auch noch meine Mutter trifft. Und wieder durch meine Schuld. Ich drücke verzweifelt auf die Hupe. Doch die Straßen sind ein einziges Chaos. Autos, Menschen und Feuerwehrfahrzeuge blockieren sich gegenseitig. Die einen wollen die Flammen bekämpfen, die anderen panisch vor ihnen fliehen. Die Hitze ist unerträglich, die Luft stickig, der Himmel glüht orange. Das Radio dreht durch vor lauter Warnungen und Eilmeldungen.

Wir erreichen das Altenheim gerade rechtzeitig, um zu sehen, wie das Personal verzweifelt versucht, die Bewohner zu evakuieren. Als wir aus dem Auto springen, hauen mich die dichte Hitze und der Wind fast um. Ich hebe den Arm, um mein Gesicht zu schützen. Es fühlt sich an, als würde jeder Atemzug meine Lungen verbrennen. Zwischen den Helfern und Bewohnern suche ich meine Mutter, kann sie aber nirgends entdecken. Das Chaos ist zu groß.

«Enzo, es hat keinen Zweck!» Beas Stimme ist angespannt, die Panik kaum zu überhören. «Für deine Mutter wird gesorgt, alle werden hier evakuiert. Wir müssen zusehen, dass wir uns selber auch in Sicherheit bringen!»

Ich nicke zerstreut, doch meine Augen hängen noch immer an den Bewohnern, die aus dem Eingang strömen. Ich greife die nächstbeste Person an der Schulter, erkundige mich, wohin sie gebracht werden. Der Mann starrt mich nur ängstlich an. Und dann explodiert hinter uns plötzlich etwas. Ein kollektiver Aufschrei, ich fahre zusammen. Menschen beginnen zu rennen, versuchen schreiend, sich in Sicherheit zu bringen. Die Sirenen der Feuerwehr und Rettungsdienste sind ohrenbetäubend.

Ich greife nach Beas Hand und lasse sie nicht mehr los, bis wir am Auto sind.

«Es wird schon alles gut», versucht sie, mich wieder zu beruhigen, als wir die Türen aufreißen und in den Wagen springen. Ich drehe den Schlüssel. «Dass sie alle hier evakuieren, heißt, dass deine Mutter in Sicherheit ist!»

Doch ich werde das ungute Gefühl nicht los, dass dem nicht so ist, und meine Nerven liegen blank. Endlich springt der Motor an, und wir fahren los. Die Straßen sind überfüllt, und es dauert ewig, bis wir uns einen Weg durch das Getümmel gebahnt haben.

Rund um die Brandherde sind provisorische Notfallzentren errichtet, doch ich habe keine Ahnung, welches wir anfahren sollen. Wieder versuche ich, die Notfallnummer zu wählen, unter der man uns Auskunft geben könnte. Doch sie ist noch immer überlastet.

«Verdammt noch mal!» Ich knalle mein Handy ins Fach der Mittelkonsole. Bea legt mir beschwichtigend eine Hand auf den Arm. Doch auch ihre Finger sind schweißnass. Irgendwann stehen wir nur noch im Stau. Autos hupen, statt zu fahren. Und als ich die Absperrungen entdecke, die vor den Zufahrten zu den Bergstraßen errichtet werden, trifft mich eine andere Erkenntnis wie ein Schlag. Silvio! Kurzerhand schere ich aus der Blechkolonne aus und nehme die nächste Abzweigung.

«Enzo, was machst du?», ruft Bea besorgt.

«Wir müssen nach Botigalli. Silvio ist dort, und er wird nicht evakuiert werden!»

«Enzo, das ist Wahnsinn! Die Straßen sind nicht sicher, wir sollten in Richtung Meer!»

«Ich muss zu ihm. Er hat niemanden außer mir.»

«Er hat seine Pflegerin! Die wird wohl jemanden informieren können!»

«Wenn sie von den Bränden überhaupt etwas mitbekommt, ja.»

«Enzo, ich bitte dich! Dreh auf der Stelle um! Was ist denn in dich gefahren? Lass das die Rettungshelfer machen!»

«Silvio ist nicht bei der Gemeinde registriert, Bea. Ich glaube nicht, dass außer einer Handvoll Leuten überhaupt jemand weiß, dass er in Botigalli lebt. Welche Rettungshelfer sollen da bitte auftauchen?»

«Und diese Deutsche, von der du erzählt hast? Die sollte doch wohl registriert sein!»

Tilda. An sie habe ich in der Aufregung gar nicht gedacht. Doch ich komme nicht mehr dazu zu antworten, denn in diesem Moment tritt ein Mann in Uniform auf die Straße und hebt die Hände, um uns anzuhalten. Ich fluche erneut, stoppe den Wagen aber notgedrungen. Er beugt sich zu unserem Fenster herunter.

«Die Straße ist gesperrt. Haben Sie nichts von den Feuern mitbekommen?»

Ebenso gut hätte er fragen können, ob wir noch nichts von der Hitze mitbekommen haben.

«Wir haben Verwandte in der Richtung», sage ich mühsam beherrscht.

«Ich kann Sie hier leider nicht durchlassen. Wenn Ihre Verwandten in einem der gefährdeten Gebiete wohnen, wurden sie informiert und evakuiert.»

«Ich glaube nicht, dass sie informiert wurden. Sie haben keinen Telefonanschluss dort oben. Und kein Handynetz.» Der Mann runzelt die Stirn. Kurz wirkt er verunsichert. Doch ich ahne schon, dass er mir nicht weiterhelfen wird. Er ist nur jemand, der beauftragt wurde, hier eine Sperre zu errichten und Leute wie mich abzuweisen.

«Tut mir leid, aber ich kann Sie wirklich nicht durchlassen», sagt er auch prompt.

«Herrgott noch mal!» Ich schlage auf das Lenkrad. Bea wirft mir einen warnenden Blick zu. Aber die letzten Stunden waren für mich einfach zu viel. Alles, aber auch wirklich alles scheint gerade meiner Kontrolle zu entgleiten. «Bitte, Sie verstehen nicht. Dort oben gibt es Menschen, die wahrscheinlich keinen blassen Schimmer haben, welche Hölle hier gerade auf der Insel ausgebrochen ist. Jemand muss hochfahren und sie warnen!»

«Ich verstehe Ihre Sorge, aber wir können niemanden in Gefahr bringen. Es gibt eine Notfallhotline. Am besten versuchen Sie es dort und fragen nach den Namen Ihrer Verwandten. Dann wird man Ihnen sagen, ob und in welcher Notfallstation sie untergekommen sind.»

«Haben Sie mich nicht gehört?! Sie sind in keiner verdammten Notfallstation! Das ist so sicher wie das Amen in der Kirche!»

Wieder ist da Beas Hand auf meinem Arm, während ich vor Wut am liebsten aus dem heruntergelassenen Fenster springen will. Ich sehe die Rauchwolken in der Ferne, das orangerote Leuchten der Luft. Apokalyptisch sieht es aus, wie ein Fegefeuer, und ich kann nichts tun. Verzweiflung überkommt mich.

Als ich das Auto schließlich wende und zurückfahre, holt Bea plötzlich ihr Handy aus der Tasche: «Ich versuche es jetzt noch mal bei dieser Hotline und berichte ihnen von Silvio. Ich weiß, du willst ihn nicht an die Behörden verraten. Aber das hier ist ein Notfall.»

«Tu das nicht, Bea.»

«Ich sehe keine Alternative. Du weißt, in welchem Bereich ich arbeite. Und das hier ist auch mein Wissen und Gewissen.»

Sie hält das Handy bereits ans Ohr, und ich gebe klein bei. Was soll ich auch sagen? Wir könnten uns stattdessen nach Tilda erkundigen, aber ich kenne ja nicht mal ihren Nachnamen. Und das Schlimmste, was Silvio passieren kann, ist, dass er wegen Nichtbeachtung der Meldepflicht und Steuerhinterziehung verklagt wird. Die Alternative dagegen ...

«Die Hotline ist immer noch überlastet.» Bea sieht entnervt aufs Display. «Wäre ja auch zu viel verlangt, wenn mal etwas auf dieser Insel funktionieren würde!»

«Wir versuchen es einfach weiter.»

Und das tun wir. Wir wählen alle Notfall- und Info-Hotlines, die wir finden können. Nirgends kann man uns sagen, ob man Botigalli bei den Evakuierungen auf dem Schirm hatte. Und, was noch schlimmer ist, man weiß auch nichts über meine Mutter.

Bis zum späten Abend schieben wir uns durch die hupenden Staukolonnen zum Randbezirk des gesperrten Gebiets und verbringen die Nacht in einer Notunterkunft. Ich kann nicht schlafen. Die Stimmung ist erhitzt und voller Angst. Wir sind alle an unseren Handys. Versuchen, Verwandte zu erreichen, und scrollen uns durch Nachrichten, die Bilder von brennenden Campingplätzen zeigen und von Menschen, die per Schlauchboot evakuiert werden.

Es ist bereits kurz vor Mitternacht, als ich endlich jemanden vom Altenheim erreiche und erfahre, dass alle Bewohner in einem anderen Notfallzentrum in der Nähe untergekommen seien. Das erleichtert mich kurzfristig, bis mein Kopf sich die nächste Sorge sucht, an die er sich klammern kann. Mein Gehirn scheint so zu funktionieren. Es hangelt sich von einem Problem zum nächsten, und wo es keine gibt, da schaffe ich mir welche. Ich denke an Beas Vorschlag, Urlaub zu machen. Vielleicht ist es das Beste, was wir tun können. Einfach alles eine Zeit lang hinter uns lassen und von hier verschwinden.

Ich lege mich neben Bea, die sich bereits auf die Seite gerollt hat und in einen unruhigen Schlaf verfallen ist, und starre zur hohen Decke der Turnhalle hinauf. Wenn es nach mir ginge, könnten wir diese Insel auch für mehr als nur die Dauer eines Urlaubs verlassen. Es ist nicht das erste Mal, dass ich mir darüber Gedanken mache. So vieles hier hängt mir längst schon zum Hals raus. Aber nie zuvor ist dieser Gedanke ein Plan gewesen, der mich die ganze Nacht nicht schlafen lässt.

Der starke Wind wütet auch am nächsten Morgen noch. Er facht das Feuer immer wieder an, weitet es auf andere Gebiete aus, darunter Porto Corallo und Capoterra. Zudem ist die

Rede von ganz neuen Brandherden. Löschflugzeuge aus Olbia werden geschickt. Sogar aus Rom. Doch es ist nicht nur ein Kampf gegen die Naturgewalten, sondern auch gegen die Boshaftigkeit der Menschen. Ich bin lange genug in meinem Job, um das zu wissen.

Für die meisten von uns sind diese Feuer ein Albtraum. Doch einige sehen in ihnen auch eine Chance, Geld von der Versicherung abzukassieren oder einen lange gehegten Konflikt fortzuführen. Es sind gelegte Feuer, dort in den Bergen der Barbagia und in den Villenvierteln an der Küste. Auf dieser Insel nimmt sich jeder, was er bekommen kann, egal mit welchen Mitteln. Daran hat sich seit den Zeiten der Entführungsindustrie immer noch nichts geändert.

Bea und ich sprechen kaum, als wir uns auf den Weg zum Notfallzentrum machen, in dem meine Mutter untergebracht sein soll. Der Rauch hängt schwer in der Luft, und die Asche legt sich wie feiner Staub auf die Windschutzscheibe.

Die Fahrt dauert länger als erwartet. Die Straßen sind noch immer voll von Autos. Das Notfallzentrum ist überfüllt, chaotisch. Menschen drängen sich vor den Türen, alle suchen nach ihren Angehörigen. Ich spüre, wie meine Anspannung wieder steigt. Bea bleibt dicht bei mir, als wir uns durch die Menge kämpfen.

«Sie muss hier irgendwo sein», sage ich mehr zu mir selbst als zu Bea. «Sie haben gesagt, sie bringen alle Evakuierten hierher.»

Schließlich wende ich mich an einen der Helfer, die hier hektisch hin und herlaufen. Sein Gesicht ist verschwitzt, und er wirkt, als hätte er seit Tagen nicht geschlafen.

«Name?», fragt er und wirft einen irritierten Blick auf meine Hand, die ich an seine Schulter gelegt habe, um ihn aufzuhalten. Ich lasse sie sinken.

«Enzo Piras. Ich suche meine Mutter. Sie sollte gestern mit

den Bewohnern der Casa di Riposo Il Sole gebracht worden sein.»

Der Mann schickt mich zu einem weiteren Helfer mit einer Liste, doch nachdem dieser sie zweimal durchgeblättert hat, schüttelt er den Kopf. «Tut mir leid, ich finde sie nicht. Gibt es eine andere Unterkunft, wo sie sein könnte?»

Mein Herz schlägt schneller. «Nein, das muss ein Fehler sein. Sie wurde ja gemeinsam mit den Bewohnern der Einrichtung evakuiert. Es muss irgendwo ein Missverständnis vorliegen.»

Der Mann seufzt. «Es gibt so viele Leute hier. Vielleicht wurde sie in ein anderes Zentrum gebracht. Lassen Sie mich nachsehen.»

Wir warten. Es fühlt sich an wie eine Ewigkeit. Schließlich kehrt der Mitarbeiter zurück und schüttelt erneut den Kopf.

«Es tut mir leid, Signor Piras. Wir haben keine Informationen über Ihre Mutter. Es ist möglich, dass sie in ein anderes Zentrum gebracht wurde oder noch unterwegs ist. Die Lage ist nach wie vor sehr chaotisch.»

«Das ist nicht möglich», sage ich und merke, wie meine Stimme lauter wird. «Sie muss hier sein!»

Bea zieht mich sanft zurück. «Enzo, lass uns nachdenken. Vielleicht können wir sie woanders finden. Lass uns die anderen Notfallzentren abfragen.»

Aber ich weiß bereits, dass es noch eine andere Möglichkeit gibt. Dass meine Mutter den Moment der Evakuierung im Altenheim genutzt und sich aus dem Staub gemacht hat, als sich die Chance dazu bot.

Wir steigen wieder ins Auto. Bea beginnt sofort, die anderen Zentren anzurufen. Die Zeit scheint stillzustehen, während ich auf die Straße starre, ohne wirklich etwas zu sehen.

«Was, wenn sie alleine unterwegs ist?», spreche ich meinen Gedanken schließlich aus.

Bea zögert. «Alleine unterwegs? Was meinst du damit? Alleine wohin?» Aber dann begreift auch sie. «Enzo, das ist absurd!»

«Ist es das? Meine Mutter hat noch jede Möglichkeit genutzt, dem Altenheim zu entkommen.»

«Aber ein Feuer ...» Sie bricht ab, sieht mich entsetzt an. «Nein. Das glaube ich einfach nicht», sagt sie, mit weitaus weniger Überzeugung in der Stimme, als mir lieb wäre.

Diesmal lasse ich mich nicht anhalten, als ich den Weg zurück zur Stadt einschlage. Ich wähle absichtlich Schleichwege, weiche Straßensperrungen aus. Mein Kopf malt sich unterwegs die schlimmsten Szenarien aus. Ich sehe meine Mutter verwirrt und alleine umherirren, inmitten eines Infernos. Doch es gibt kein Feuer in Nuoro, so nah die Flammen der Stadt auch sind. Was es gibt, ist eine menschenleere Stadt. Häuser, Geschäfte und Kneipen, die in aller Eile verlassen worden sind. Eine ganze Palette an Möglichkeiten für meine Mutter, ihrer Lieblingsbeschäftigung nachzugehen.

Wir klappern wieder einmal alle Ecken ab, an denen wir sie vermuten, und gelangen schließlich zu einer Bar mit dem Namen *Il Gabbiano Blu*, die mir auffällt, weil die Tür sperrangelweit offen steht. Und da sehe ich sie. Meine Mutter liegt auf dem Boden. Um sich leere Flaschen. Einige davon zerbrochen. Sie hat sich betrunken. Und diesmal hat sie es gründlich getan.

Scherben schneiden mir in die Knie und Hände, als ich neben ihr zu Boden gehe. Ich drehe sie herum. Ihr Gesicht ist grau. Erbrochenes klebt an ihrem Mund. Ich schreie wie ein Kind und wehre mich gegen Bea, die mir helfen will. Mich beruhigen will. Ich schüttele meine Mutter, rufe ihren Namen. Es kommt mir alles nicht real vor. Meine leblose Mutter. Die Flaschen. Bea, die ich hinter mir mit dem Notruf sprechen höre. Noch als ich die Sirenen vernehme und das Blaulicht vor der Bar sehe, klammere ich mich an meine Mutter und versichere ihr, dass sie wieder in Ordnung kommt.

Es ist ein leeres Versprechen. Und eins, das sie nicht mehr mitbekommt. Ebenso wenig wie den Versuch, sie noch vor Ort wiederzubeleben. 4,5 Promille misst man später in ihrem Blut, schreibt es auf den Totenschein und in den Polizeibericht. Zu viel für ihren ausgemergelten Körper. Eine eindeutige Todesursache für alle, die ihre Geschichte nicht kennen. Die nicht wissen, dass Alkoholsucht nie die Ursache des Problems ist.

Als die Erkenntnis endlich zu mir durchsickert, kann ich nur noch dasitzen und vor mich hin starren. Ich will mich nicht bewegen. Nicht sprechen. Ich fühle mich schuldig an dem Tod meiner Mutter. Weil ich nicht da war. Weil ich die falsche Einrichtung gewählt habe. Eine nämlich, die nicht richtig auf sie aufgepasst hat. So wie ich mein ganzes Leben lang nicht richtig aufgepasst habe.

Diese Gedanken sind mir nicht neu. Es sind Vorwürfe, die ich aus meiner Kindheit mitgenommen habe und nie wirklich ablegen konnte. Bea weiß das auch. Sie kennt mich gut. Sie gibt mir den Raum zu trauern. Doch dass ich in Selbstvorwürfen ertrinke, duldet sie nicht. «Deine Mutter hat ihren Tod gewählt, Enzo. Die Art, auf die sie sterben wollte, meine ich. Sie hat es oft genug auf diese Weise versucht.»

Danach kann ich besser damit abschließen. Nicht vollständig. Aber besser. Ich habe getan, was ich konnte. Was auch immer das bedeutet.

«Ich will die Insel verlassen, Bea», höre ich mich sagen.

«Verlassen? Wie meinst du das, verlassen?»

«Ich will weg von hier. Mir geht hier schon lange alles auf die Nerven. Und jetzt, wo nicht mal mehr meine Mutter …»

«Enzo, sie ist gerade erst gestorben. Gib dir Zeit.»

«Nein, ich meine es ernst.» Sie versucht, beruhigend nach meiner Hand zu greifen, doch ich entziehe mich ihr. Da ist so viel Wut und Frust und Enttäuschung in mir, dass ich nicht mal ihren Versuch ertrage, mich beruhigen zu wollen.

«Wo würdest du denn überhaupt hinwollen?», fragt Bea. «Wir sind beide hier geboren. Wir haben hier Freunde. Wir haben unsere Jobs.»

«Scheiß auf unsere Jobs. Macht deiner dich glücklich?»

«Er bezahlt uns die Wohnung, oder?» Bea zuckt die Achseln. Ich wünschte, ich könnte nur einmal so viel Gleichgültigkeit empfinden wie sie. «Gib dir Zeit, Enzo», sagt sie noch einmal. «Ich weiß, du hast deine Mutter geliebt. Und es ist keine einfache Situation.»

«Es ist nicht nur das, Bea. Bist du das alles nicht auch leid? Die Massen an Touristen. Die steigenden Preise. Die immer heißer werdenden Sommer.» Ich hebe hilflos die Arme, um alles mit einzuschließen, was mich sonst noch von dieser Insel forttreibt.

«Es handelt sich um eine globale Erwärmung, Enzo. Das Phänomen heißt nicht umsonst so. Wohin bitte würdest du davor fliehen wollen?»

«Ich kann mir nicht vorstellen, dass die Leute in Frankreich, Belgien oder Deutschland die letzten Nächte in Turnhallen verbringen mussten, ohne zu wissen, ob ihre Häuser noch stehen, wenn sie zurückkehren.»

«Dahin willst du also? Nach Frankreich oder Belgien? Und Deutschland, Enzo! Wir sprechen nicht mal die Sprache!»

«Es war nur ein Beispiel.»

Sie sieht mich mitfühlend an. «Ich sage es noch mal, gib dir

Zeit», sagt sie sanft. «Das war alles ein bisschen viel die letzten Tage.»

Aber das hier ist keine Frage der Zeit. Ich will Bea an die Hand nehmen und all dem hier den Rücken zukehren. Meiner Vergangenheit. Meiner verkorksten, selbstzerstörerischen Familie. Bevor ich am Ende noch einer von ihnen werde.

TILDA

Es ist, als wüsste ich mit einem Mal nicht mehr, wie man ein Gespräch annimmt. Ich starre auf das lärmende, vibrierende, blinkende Handy und weiß nicht, was ich tun soll. Das Klingeln hört auf. Dann setzt es wieder ein. Zum dritten Mal. Unendlich langsam nehme ich das Handy in die Hand. Es wird nicht aufhören, wenn ich jetzt nicht drangehe. Ich kann das Gespräch nicht ewig aufschieben.

«Hallo?», hauche ich.

«Tilda?!»

Ich schließe die Augen. Bis vor wenigen Stunden war ich noch absolut sicher, mit meinen Gefühlen über den Berg zu sein. Jetzt genügt dieser eine Anruf, und ich fühle mich genauso schlecht wie vorher. Ich presse eine Hand auf den Bauch.

«Ich weiß, wir haben vereinbart, dass wir uns Zeit geben und ich mich nicht melden soll. Aber ich habe die Nachrichten im Fernsehen gesehen und wollte nur sichergehen, dass es dir gut geht.»

Pause.

«Tilda? Tilda, bitte sprich mit mir. Geht es dir gut? Sag einfach Ja, dann weiß ich Bescheid und lege direkt wieder auf.»

«Ja», sage ich.

Er legt nicht auf. Allein das Geräusch seines Atmens durch die Leitung bringt all die Erinnerungen zurück, die ich so dringend vergessen möchte.

Ohne die Schwangerschaft hätte der Einsturz des Theaters – und Nathans und meine Rolle dabei – niemals so große Wellen geschlagen. Dabei hatte ich eine Familiengründung immer für etwas sehr Privates gehalten. Etwas zwischen Nathan und mir. Aber tatsächlich gibt man als Frau nahezu alle Selbstbestimmung ab, sobald man ein Kind austrägt. Man wird gemaßregelt und bevormundet: *Iss dies nicht, tu das nicht, übernimm dich nicht. Zu viel Stress, zu viel Kaffee, zu wenig frisches Obst und Gemüse. Und nimm doch noch was von dem Kuchen, Tilda, du musst jetzt für zwei essen. Du willst für den Job wegfliegen? Fliegen ist aber gar nicht gut für das Baby! Und die Haare färben übrigens auch nicht. Bekommst du eigentlich genug Ruhe? Genug Schlaf?*

Aber es ging mir ja gut. Die ganze Schwangerschaft über konnte ich arbeiten. Ich hatte sogar mehr Energie als sonst! Mir war nicht danach, mich hinzulegen, auszuruhen. Ich war doch nicht todkrank, verdammt. Das sagte ich auch Nathan, als er mich an jenem verhängnisvollen Morgen daran erinnerte, dass er mich als Bauherr streng genommen nicht mehr auf die Baustelle lassen könne. In meinem Zustand.

«Ich bin in einem sehr guten Zustand», erinnerte ich ihn. «Und außerdem ist das *mein* Projekt. Ich werde das nicht aufgeben, bloß weil ich gerade zufällig schwanger bin!»

«Keiner redet davon, dass du irgendetwas aufgeben musst. Aber wir haben uns dieses Kind so lange gewünscht, Tilda. Ich bitte dich doch nur, vernünftig zu sein und dich nicht zu übernehmen.»

«Ich werde mit einem Helm auf dem Kopf in einem Theatergebäude stehen und Anweisungen geben. Wie bitte kann ich mich dabei übernehmen? Ich renne doch keinen Marathon!»

«Es gibt trotzdem Vorschriften. Ab dem vierten Monat ...»

«Nathan, ganz ehrlich, ich scheiß auf diese Vorschriften. Das Theater ist auch mein Baby, und für den Auftrag habe ich mindestens genauso hart gearbeitet. Ich gehe auf eigene Verantwortung, dann hast du nichts damit zu tun.»

Aber so einfach ist es mit den deutschen Gesetzen nicht. Dass Nathan sich nicht gegen mich durchsetzen konnte, nahm ihn nicht aus der Verantwortung. Er war der Bauherr. Und damit war er es auch, der vor Gericht für meine Handlung geradestehen musste, während sie mich in der Presse an den Pranger stellten:

Architektin im Rampenlicht: Geltungssüchtige Rabenmutter tut alles für ihren Ruhm!

Karriere um jeden Preis: Diese Frau opfert ihr ungeborenes Baby für den Applaus

Egotrip auf Kosten des Kindes: So tauschte Architektin Tilda Herman Mutterliebe gegen Scheinwerferlicht!

Das Internet nahm die Schlagzeilen auf. Ich wurde als ruhmgeil und herzlos beschimpft. Es ähnelte einem Bußgang, bei dem alle mich bespucken und mit ebenjenem Gemüse bewerfen konnten, das sie mir während der Schwangerschaft so erfolglos anzudrehen versuchten.

Als wäre es für uns nicht auch so schon schlimm genug, unsere Tochter verloren zu haben. Als hätten wir es nicht auch ohne diese öffentliche Hinrichtung geschafft, uns selbst zu zerfleischen.

Tatsächlich hatte ich den Eindruck, dass das zweite Opfer jenes Tages, ein junger Mann namens Marco Weber, bei der ganzen Diskussion völlig unterging. Dabei habe ich auch ihn auf dem Gewissen. Er hatte eine junge Familie, deren Frau mir auf meine Beileidsbekundung hin mit Briefen voller Hass und Drohungen antwortete, von denen ich jeden einzelnen las und mir zu Herzen nahm.

Nathans Schuld wurde weitaus sachlicher besprochen. Teils, weil sie vor Gericht geklärt wurde. Und teils, weil er ein Mann ist.

Ich will nicht sagen, dass es für ihn nicht mindestens ebenso hart war wie für mich. Er wünschte sich dieses Kind wirklich. Und auch er war entsetzt darüber, dass jemand bei dem Einsturz ums Leben kam. Der Gerichtsprozess war eine Tortur. Aber Nathan wurde letztendlich freigesprochen. Für mich dagegen gibt es keinen Freispruch. Ich werde immer die *geltungssüchtige Rabenmutter* bleiben, die ihre Karriere über das Leben ihres ungeborenen Kindes stellte. Das verzeihen einem die Leute nie.

Ich atme durch.

«Es geht mir gut», sage ich noch einmal in den Hörer, an dessen Ende Nathan weiter schweigt. «Besser als in Deutschland unter Beschuss der Presse.»

«Und hast du vor, irgendwann zurückzukommen?»

Die Frage trifft mich unvorbereitet.

«Irgendwann», sage ich kleinlaut, und Nathan schweigt wieder.

«Tilda», sagt er dann. «Ich habe angefangen, mich mit jemandem zu treffen.»

Meine Hand am Hörer wird augenblicklich schwitzig.

«Ach», sage ich.

«Ich meine, nur zum Kaffee. Und ein paarmal zum Businesslunch. Aber ich dachte, es wäre besser, du hörst es von mir, als wenn es irgendwie anders zu dir durchdringt.»

«Zum Businesslunch? Ist es jemand, den ich kenne?» Kaum ist die Frage mir rausgerutscht, kneife ich die Augen zusammen. Ich sollte mich einfach für seine Ehrlichkeit bedanken und auflegen.

«Ich glaube nicht», sagt Nathan. «Ihr Name ist Nathalie Lefèvre. Sie hat sich bei uns um eine Stelle beworben.»

«Um meine Stelle zufällig?»

Nathan schweigt zur Antwort. Den Hörer ans Ohr gepresst, lehne ich den Kopf zurück und blicke zum Autodach. Warum kann ich es nicht einfach gut sein lassen? Ich war es schließlich, die keine Zukunft mehr für uns gesehen hat. Die abgehauen ist. Die darauf bestanden hat, erst mal getrennte Wege zu gehen und offen dafür zu bleiben, ob diese Wege uns vielleicht irgendwann wieder zueinanderführen. Doch nun hat Nathans Weg ihn offensichtlich in die Arme irgendeiner französischen Architektin geführt. *Nathalie Lefèvre.* Allein dieser Name. Ich habe sofort ein Bild im Kopf, das sicherlich aus irgendeinem französischen Film gespeist ist. Völliges Klischee. Nathan und Nathalie. Ich könnte kotzen.

«Ist das ... okay?», fragt Nathan verunsichert.

Mit so viel Enthusiasmus, wie ich in meiner Situation aufbringen kann, sage ich: «Klar! Das war ja so abgemacht.»

«Okay», sagt Nathan. «Und ... sorry noch mal, dass ich angerufen habe. Ich habe mir wirklich Sorgen gemacht.»

«Klar», sage ich wieder. Ein «Danke, Nathan» bringe ich nicht mehr heraus. Auch nicht, dass ich mir ebenfalls Sorgen mache. Um meinen Bruder nämlich. Nathan hat ja nicht mal eine Ahnung davon, dass Nino derzeit bei mir wohnt – und würde auch nichts davon halten. In seinen Augen war Nino immer schon ein unzuverlässiger Schmarotzer, der auftaucht, wenn er Geld braucht oder sonst irgendwie in Schwierigkeiten steckt. Er hat meinen Bruder nie so kennengelernt, wie ich ihn in den letzten Wochen kennengelernt habe.

Den folgenden Tag verbringe ich damit, mich durch die Sachen in Ninos Zimmer zu arbeiten. Mir fällt auf, dass sein Ausweis und sein Handy nicht da sind, aber was er an Kleidung getragen haben mag und was sonst noch in dem Chaos in seinem Zimmer fehlt, kann ich beim besten Willen nicht sagen.

In einer seiner Taschen finde ich einen zusammengeknüllten Zettel mit hingekritzelten Ideen für seine Videodrehs. Das bringt mich zum ersten Mal auf den Gedanken, seinen YouTube-Kanal zu öffnen.

Ich fahre dafür in den Hafen und setze ich mich in ein Café, das auf der schwarzen Menütafel vor dem Eingang mit einer Klimaanlage wirbt. Ich weiß nicht genau, welche Hinweise ich mir von Ninos YouTube-Kanal erhoffe. Doch schon als ich das erste Video anklicke, sitze ich mit einem Mal kerzengerade auf meiner Stuhlkante. Es ist ein seltsames Gefühl, ihn plötzlich so nah und greifbar vor mir zu sehen. Fast wie bei einem Videoanruf. Er steht auf dem Friedhof von Botigalli.

«Leute, Leute, Leute. Ihr werdet's nicht glauben. Dieser Ort ist so abgefuckt, ey, schaut euch das mal an.» Die Handykamera schwankt von seinem Gesicht auf einen Grabstein hinter ihm. Das Video ist wackelig, amateurhaft. Ninos Hand kommt ins Bild, als er sich bückt und Gestrüpp beiseiteschiebt.

«Ich hab euch doch letztes Mal das Haus von dem Cringe-Opa gezeigt, der mich im Keller der Kirche eingesperrt hat», fährt Nino fort. «Ich hab gerade sein Familiengrab gefunden.» Sein Zeigefinger deutet auf den unteren der beiden Namen, während er mit der Kamera noch näher heranzoomt. So nah, dass die Inschrift auf dem Grabstein schon unscharf wird: Filomena Maria DiNardo 1946–1982. Franca DiNardo 1965–1982.

Ninos Gesicht erscheint nun wieder im Bild: «Als kleine Erinnerung für die, die es vergessen haben: 1982 fand das Massaker hier in Botigalli statt. Und sowohl die Frau des Alten als auch seine Tochter sind dabei gestorben. Creepy, oder? Kein Wunder, dass der Alte so mies gelaunt ist. Ich habe auch zum Thema Massaker eine eigene Folge gemacht, die ich euch unter diesem Video verlinke. Ebenso wie die Folge, in der ich mich bei dem Alten für den Aufenthalt in der Kirche bedanke.»

Eine böse Vorahnung beschleicht mich. Ich scrolle hastig nach unten und klicke den Link an. Ich stelle mir vor, wie Nino mit seiner Handykamera bei Silvio hereinschneit und ihn wegen der Sache in der Kirche zur Rede stellt. Doch es kommt noch schlimmer. Das Video zeigt meinen Bruder, der über den Balkon des Nachbarhauses zum Haus der DiNardos hochklettert und einen alten Fisch in der Regenrinne platziert, den er zuvor noch stolz in die Kamera gehalten hat. Ich vergrabe das Gesicht in der Hand.

Das Video hat über eine Million Aufrufe und gut zehntausend Likes. Und ganz offensichtlich angestachelt durch den Erfolg, hat Nino noch ein weiteres produziert. Dem Datum nach zufolge erst vor wenigen Tagen.

Mit mulmigem Gefühl im Bauch klicke ich es an und muss zusehen, wie Nino durch eine Hintertür in Silvios Haus schleicht. Es ist Nacht. Nur das weiße Handylicht beleuchtet Ninos Hand auf der Türklinke, dann seine Füße auf dem Boden, die Treppe. Das Video ist verschwommen und verwackelt und erinnert mich in seiner Ästhetik fast an *The Blair Witch Project*. Ich halte angespannt die Luft an, als Nino das obere Zimmer erreicht und auch dort die Tür aufdrückt. Ein dunkler Raum. Ninos Füße. Ein Bettpfosten. Dann Silvios altes, eingefallenes Gesicht auf dem Kopfkissen, der Mund halb geöffnet, schrecklich offengelegt im kalten Licht des Handys.

Als Nächstes dreht Nino die Kamera so weit, dass sein eigenes Gesicht neben dem des Alten zu sehen ist. Fast als würde er ein Selfie machen wollen. Er legt einen Finger an die Lippen, zieht etwas aus der Tasche und hält es ins Bild. Es ist ein altmodischer Wecker.

Ich schüttele den Kopf. *Bitte nicht, Nino.*

Ich kann nicht hinsehen, als er den Wecker behutsam neben dem Alten auf dem Kissen platziert. Direkt neben dessen Ohr. Dann schleicht Nino aus dem Zimmer.

Die nächste Kameraeinstellung zeigt das Haus von außen. «Wait for it ...», steht im Untertitel. Aber ich muss gar nicht mehr warten, so klar ist es, was als Nächstes passieren wird. Als der Wecker schrillt, ist es bis auf die Straße zu hören. Schrill, metallisch. Ein echtes Weckerscheppern, gefolgt von Gebrüll und hektischen Kamerabewegung, als mein Bruder wegrennt. Man sieht seine Füße. Den Boden. Hört ihn atmen. Dann reißt das Kamerabild ab.

Dieses Video hat sogar zwei Millionen Aufrufe und mehr als achtzehntausend Likes. Ich möchte Nino am liebsten ohrfeigen.

Ich sehe auch die anderen Videos durch, finde aber keins mehr, in dem er dem Alten einen Streich spielt. Es sind alles ältere Clips, in denen Nino in die verfallenen Häuser eindringt, nach Spuren der Bewohner sucht und Schauermärchen erzählt. Ich kann mir allerdings denken, dass dieses Stochern in der Vergangenheit und die Zurschaustellung alter Familiengeschichten möglicherweise nicht jedem gefällt. Und ich wünschte, Nino wäre dieser Gedanke auch gekommen.

Nachdem das letzte Video geendet hat, bleibe ich eine Zeit lang wie betäubt sitzen. Silvio mag alt, isoliert und hilflos wirken, aber spätestens seit der Sache mit der Kirche weiß ich, dass er zu deutlich mehr in der Lage ist, als er vorgibt. Ich zweifle inzwischen nicht mehr daran, dass er es war, der die Bilder in meiner Wohnung aufgehängt und mir die tote Ratte vors Haus gelegt hat. Aber würde er so weit gehen, meinen Bruder aus dem Weg zu räumen? Wie sehr haben wir ihn alle unterschätzt?

Mir fällt nur eine Person ein, die mir auf diese Frage eine Antwort geben könnte.

Enzo ist überrascht, als ich ihn anrufe. Wahrscheinlich weniger, weil eine Internetsuche und ein Anruf bei seiner Zeitung gereicht haben, um an seine Telefonnummer zu gelangen, sondern eher weil ich um seine Einschätzung zu Silvio DiNardo bitte.

Er verspricht zu kommen, und ich warte im Café auf ihn.

Er sieht schlecht aus. So schlecht, dass ich vorsichtig frage, ob etwas geschehen ist.

«Meine Mutter ist gestorben», sagt er. «Die Beerdigung ist in zwei Tagen.»

«Das tut mir leid! Wenn ich gewusst hätte ...»

Er winkt ab, wirkt dabei aber alles andere als gleichgültig. Als er sich setzt, wippt sein Bein unaufhörlich. Er steht völlig neben sich. «Nein, ist schon gut. Es ist besser, wenn ich mich mit etwas beschäftigen kann. Mich ablenke.»

«Es tut mir aufrichtig leid. Ich weiß, wie du dich fühlen musst. Mein Vater ist vor einem Jahr gestorben.»

Er sieht mich an, und ich glaube zum ersten Mal, eine Verbindung zwischen uns zu spüren. Mitgefühl. Interesse vielleicht? Möglicherweise war Enzo mir gegenüber aber auch immer schon offen, und ich habe es lediglich übersehen, weil ich zu sehr damit beschäftigt war, ihn und alle anderen aus meinem Leben auszuschließen.

«Möchtest du darüber reden?», fragt er. Sein Bein wippt nun nicht mehr.

Ich schüttele den Kopf. «Möchtest du?»

«Ist noch zu frisch», sagt er. Und daraufhin lassen wir das Thema fallen.

Ich schildere ihm, dass mein Bruder zu Besuch war, aber seit den Bränden verschwunden ist. Es ist mir fast peinlich, ihm die YouTube-Videos zu zeigen.

Enzo schaut sich beide an, und sein Gesicht zeigt berechtigterweise Entsetzen, als er sieht, wie Nino den Wecker im Zimmer des Alten platziert und dann in die Kamera grinst, als sei das alles ein großer Spaß. Vielleicht ist er sogar noch entsetzter als ich. Wahrscheinlich, weil ich Nino und seine Einfälle bereits von Kindesbeinen an kenne.

Als das Video endet, lehnt er sich fassungslos zurück. Sein Gesicht ist aschfahl. «Und das ist dein Bruder?»

Ich drehe beschämt meine Kaffeetasse in den Händen. «Silvio hat uns in der Kirche eingeschlossen. Das war wohl der Grund, warum Nino mit diesen bescheuerten Videos angefangen hat.»

«Silvio? Das kann nicht sein. Silvio verlässt sein Zimmer nicht. Er ist ein bettlägeriger Mann!»

«Weißt du das sicher?»

«Ich besuche ihn seit über einem halben Jahr! Und ich habe ihn nie außerhalb seines Zimmers gesehen.»

«Er hatte den Schlüssel zur Kirche jedenfalls unter seiner Matratze versteckt.»

«Und wer sagt, dass es nicht Signora Cossu war?»

«Die Pflegerin? Sie war ebenso fassungslos wie du jetzt.»

Enzo fährt sich durch die Haare. Er wirkt inzwischen noch mehr durch den Wind als bei seiner Ankunft im Café.

«Eigentlich will ich nur wissen, ob du es für möglich hältst, dass Silvio meinem Bruder irgendwas angetan haben könnte.

Oder … dass er jemanden beauftragt haben könnte, ihm etwas anzutun. Tut mir leid. Das klingt wie im Film.» Ich lache nervös auf und reibe mir die Stirn. «Du hast mir bei unserem letzten Treffen klipp und klar gesagt, dass du Silvio nicht als Augenzeugen, sondern als Täter befragst. Also erzähl mir bitte einfach, was du über ihn weißt. Über was für ein Verbrechen sprechen wir hier?»

Er sieht mich an. Zögert. Dann kommt seine Antwort so leise, dass ich mich über den Tisch beugen muss, um ihn überhaupt zu verstehen. Als er das Wort wiederholt, bleibt mir fast das Herz stehen: «Entführung», sagt Enzo. «Die gesamten Bewohner Botigallis lebten von dem Geld, das ihnen Entführungen und Lösegelderpressungen einbrachten.»

Ich höre Enzo zu, ohne ihn ein einziges Mal zu unterbrechen. Mit allem habe ich gerechnet. Aber nicht damit. Entführungen. Menschenraub. Mein Gott, Nino – mit wem hast du dich da eingelassen?

«Ich hatte ja keine Ahnung», stoße ich schließlich hervor, als er seinen Bericht beendet hat. Enzo sieht mich schuldbewusst an, und ich kann mir vorstellen, wieso. Es ist nicht die Art von Geschichte, die man jemandem erzählen will, der gerade auf der Suche nach dem eigenen Bruder ist.

«Die wenigsten, die herkommen, haben eine Ahnung davon», sagt er. «Über hundertfünfzig Entführungen in drei Jahrzehnten sind nicht gerade etwas, womit die Insel wirbt. Aber früher war es für uns an der Tagesordnung. Wir haben es als Kinder sogar auf den Straßen gespielt. Ich auch, mit meinem Bruder…»

«Was gespielt?»

«*Rapimento*. Entführungen. Die Praxis war so verbreitet,

dass irgendwann kaum noch eine Familie in Italien übrig war, die davon verschont geblieben wäre. Dazu musste man nicht mal reich sein! Es genügte schon, wenn man in eine Unternehmerfamilie hineingeboren wurde.»

Ich starre ihn fassungslos an.

«Hast du gerade *Unternehmerfamilie* gesagt?»

Er runzelt die Stirn.

«Ich ... habe ein paar Leuten bei meiner Ankunft erzählt, dass ich Unternehmerin sei», erkläre ich zögerlich. «Zuerst der Maklerin. Dann dem Fliesenleger. Und dann hat es sich irgendwie so rumgesprochen. Ich hatte keine Ahnung, dass ...»

«Ich glaube kaum, dass das eine Rolle spielt», unterbricht er mich. «Auf Sardinien hat es schon seit Jahren keine Lösegeldforderung mehr gegeben.» Er wirkt abwesend, als denke er darüber nach. Dann: «Wenn das hier tatsächlich eine Entführung ist, dann hat es damit zu tun.» Er nickt in Richtung Laptop.

«Du schließt also auch nicht mehr aus, dass es Silvio gewesen sein könnte.»

Enzo wiegt den Kopf. «Traue ich es ihm körperlich zu? Nein. Aber charakterlich? Ja. Silvio DiNardo ist ein Mann ohne jedes Ehr- und Mitgefühl. Er ist in gewisser Weise sogar noch ehrloser als alle anderen Entführer, die ich im Laufe meiner Journalistentätigkeit interviewt habe.»

«Inwiefern ehrloser?», frage ich, obwohl ich inzwischen gar nicht mehr sicher bin, ob ich die Antwort überhaupt hören möchte.

«Er hat mit einer Regel gebrochen, die bis dahin eine Art Ehrenkodex unter den Banditen war!», sagt er. «Ich weiß, es klingt verrückt, überhaupt von Ehre zu sprechen, wenn es um Entführungen geht. Aber in ganz Italien galt über viele Jahre hinweg das ungeschriebene Gesetz, dass keine Kinder entführt werden durften. Mit dieser Regel hat Botigalli gebrochen. 1982 verschwand ein zwölfjähriger Junge namens Matteo während der Liveübertragung der Fußball-WM. Von einem öffentlichen Platz! Ich nehme an, die Entführer gingen wie immer davon aus, dass sie von der Polizei nichts zu befürchten hatten. Die mischte sich normalerweise nicht ein. Empfahl nur, das Lösegeld zu zahlen, damit das Opfer nach Hause zurückkehren konnte. Aber die Summe, die für Matteo gefordert wurde, war absurd. Kaum eine Familie hätte sich das leisten können! Zudem schlug der Fall plötzlich auch international Wellen. Die Empörung war groß. In allen möglichen Ländern berichtete die Presse darüber. Die italienische Regierung hatte keine andere Wahl, als sich einzuschalten. Doch das machte die Sache aus heutiger Sicht nur schlimmer. Die Entführer gerieten unter Druck, die Verhandlungen zogen sich hin. Und als das Lösegeld endlich überwiesen wurde, kehrte Matteo trotzdem nicht nach Hause zurück.»

«Er kehrte nicht zurück?», wiederhole ich entsetzt. «Was ist mit ihm passiert?»

«Das weiß man nicht. Die Polizei hat das Versteck nie gefunden. Oder ... ihn.» Enzo hat sichtlich Mühe auszusprechen, was in der kleinen Pause deutlich zu hören ist: *Matteos Leiche. Sein Grab.* Ich schweige betroffen.

«Du kannst dir vielleicht vorstellen, was das mit einer Familie macht. Finanziell und emotional. Da war alles verloren. Lösegeld einkassieren und dann die Geisel nicht freigeben – das ist würdelos. Aber in Botigalli brach man auch mit diesem Ehrenkodex. Mit dem Wissen von heute glaube ich, dass es die große Aufmerksamkeit war, die die Entführung in einer Katastrophe enden ließ. Die ganze Sache glitt den Entführern aus der Hand. Wurde zu groß für sie. Wir waren hier in Sardinien weit von den professionellen Mafia-Strukturen entfernt, die sich später auf dem Festland entwickelten. Es waren

Schaf- und Ziegenhirten, die hier in der Barbagia Menschen entführten. Viele hatten nicht mal eine Ahnung von Finanzen. Von der Summe, die sie einfordern konnten. Matteos Fall war nicht der einzige, bei dem die Forderungen so absurd hoch waren. Bis man sich da auf einen Preis einigte, vergingen oft Monate.»

«Monate? Und wo waren die Entführten solange?»

«In Zelten. Höhlen. Erdlöchern. Niemand weiß es so richtig. Der wilde Teil der Barbagia ist groß. Es gibt dort so viele Verstecke, dass es unmöglich wäre, alle zu kennen. Und die Menschen drumherum haben geschwiegen. Ein Entführungsopfer hat mir erzählt, auf dem Weg zu der Höhle, in die man ihn sperrte, sei er an einem Schäfer mit seiner Herde vorbeigekommen. Der Mann hatte die Augen verbunden und war geknebelt. Aber er konnte den Schäfer hören. Er hörte sogar den Hund hecheln. Hörte Schafe blöken und ihre Glocken bimmeln, als sie so dicht an ihm vorbeikamen, dass sie seine Beine streiften. Die ganzen drei Monate, die er danach eingesperrt war, hat er seine Hoffnung an diesen einen Moment geklammert. Doch der Schäfer hat nie etwas gesagt. Niemanden informiert. Nichts getan, um zu helfen. Alle haben die Augen geschlossen. Man nennt das die *Omertà*, das berühmte Schweigegebot!» Enzo hat sich so sehr in Rage geredet, dass er beim Gestikulieren die Kaffeetasse von der Untertasse haut. Das Klirren lässt mich zusammenfahren, aber er scheint es kaum zu bemerken. «Viele der Opfer wurden gefesselt und geknebelt. Einige verstümmelt. Ohren, Nasen oder Finger zu den Verwandten geschickt, um die Forderung noch dringlicher zu machen. Als sei es nicht schon dringlich genug, wenn ein Familienmitglied entführt wurde und man in dem Versuch, den Lösegeldforderungen nachzukommen, sein ganzes Hab und Gut verkaufte. Kredite aufnahm. Sich hoch verschuldete. Viele der Opfer leben bis heute mit den Folgen ihrer Entführung. Nicht alle kehrten überhaupt lebend zurück. Wie im Fall von Matteo.»

«Und du glaubst, Silvio DiNardo ...» Ich lasse den Satz in der Luft hängen, damit er ihn beendet.

«Ich glaube, Silvio war in Matteos Fall der Strippenzieher. Zumindest war er involviert. Seine Unschuldsgeschichte ist völlig unglaubwürdig.»

«Das ist also der Grund, warum du ihn jeden Sonntag besuchst.»

«Besucht habe», korrigiert er mich und streicht sich durchs Gesicht. «Ich bin ich wohl der Einzige, der diesen Fall nie ganz aufgegeben hat.»

Ich verstehe ihn plötzlich. Seinen Drang, die Wahrheit aus Silvio herauszubekommen. Einen Fall aufzuklären, für den sich die Polizei schon seit Jahrzehnten nicht mehr interessiert. Vermutlich schon nicht mehr, seit die Medienaufmerksamkeit abgeebbt und endlich wieder ein erleichterter Frieden auf der Insel eingekehrt ist. Wenn sie sich denn überhaupt je ernsthaft dafür interessiert hat.

Ich checke mein Telefon. Noch immer kein eingegangener Anruf. Frustriert knalle ich das Handy auf den Tisch.

«Ich muss noch einmal zur Polizei. Und sie konkret auf diese Entführungsgeschichte ansprechen. Sie müssen doch sicher wissen, dass das auf Sardinien mal ein Thema war.»

Enzo lacht bitter auf, und ich sehe ihn erschrocken an. «Entschuldigung, das sollte nicht unhöflich sein. Aber natürlich weiß die Polizei davon. Nur wird die dir dasselbe sagen wie ich: Auf Sardinien gibt es schon seit über zwei Jahrzehnten keine Entführungen mehr.»

«Was soll ich denn dann machen?», frage ich hilflos.

«Hat die Polizei wenigstens gesagt, dass seine Mobilfunkdaten gecheckt werden? Um nachzuvollziehen, wo er zuletzt war?»

«Sie wollten erst mal gar nichts tun.» Ich schüttele den Kopf, und dann schweigen wir beide frustriert.

Schließlich sagt Enzo: «Nur damit wir uns nicht verrennen: Bist du sicher, dass er keinen Unfall hatte?»

«Dann hätte man mir doch irgendwie Bescheid gegeben!»

«Vorausgesetzt, man weiß, wer er ist.»

«Er hat seinen Ausweis dabei. Ich habe in seinem Zimmer nachgesehen.»

«Und fehlt sonst noch etwas?»

«Sein Handy und sein Ladekabel. Und seine Vespa ist weg. Darüber hinaus ...» Ich zucke hilflos die Schultern.

Enzo überlegt. Ich kann sehen, wie er mit sich ringt, bevor er anbietet: «Soll ich vielleicht noch mal mit Silvio reden? Ich hatte eigentlich nicht vor, wieder hinzufahren, und kann dir nicht versprechen, dass irgendetwas dabei herumkommt. Aber versuchen kann ich es.»

FRANCA

Ich lag noch lange auf dem Waldboden, nachdem Tommaso gegangen war. Mein Körper schmerzte bis ins Innerste. Ich fühlte mich gebrochen. Gedemütigt. Es brauchte all meine Kraft, um mich aufzurappeln. Meine Beine zitterten. Ich musste mich an einem Baumstamm abstützen, um nicht sofort wieder hinzufallen. Taumelnd bahnte ich mir einen Weg aus dem Wald hinaus.

Das Licht des Morgengrauens brach bereits durch die Baumkronen. Schweiß, Dreck und Blut klebten auf meiner Haut. Meine Kleider waren zerrissen und schmutzig. Ich wollte nur noch nach Hause.

Als ich schließlich die ersten vertrauten Konturen des Dorfes sah, drohten meine Knie nachzugeben. Es war noch so früh, dass niemand in den Gassen unterwegs war. Ich erreichte die Haustür meiner Eltern und klopfte dagegen. Es dauerte einen Moment, bis meine Mutter öffnete. Sie trug ihr Nachthemd. Ihre Augen weiteten sich vor Entsetzen. «Franca! Mein Gott, was ist passiert?»

Sie zog mich ins Haus. Ich konnte kaum sprechen. Meine Kehle war trocken. «Sie ... haben mich ...», stammelte ich, bevor die Tränen in mir hochstiegen und ich schluchzend zusammenbrach.

«Was ist los?», hörte ich die Stimme meines Vaters von oben. Er kam die Treppe nur halb hinunter, bevor er wie versteinert stehen blieb. Einen ungläubigen Ausdruck auf dem Gesicht.

«Tommaso», schluchzte ich unkontrolliert. «Er und die anderen ... Sie haben mich entführt. Und Tommaso ...» Ich fand die Worte nicht, um auszusprechen, was er mir angetan hatte.

Der ungläubige Ausdruck im Gesicht meines Vaters wich erst Irritation, dann Wut. Er krallte die Hand ans Treppengeländer und zischte: «Diese Bastarde!»

Ich ließ beide stehen, ging einfach an ihnen vorbei. Sie wirkten ebenso hilflos wie ich. Ich konnte die Erschütterung in Mammas Gesicht sehen.

Oben schloss ich die Tür hinter mir und kroch ins Bett. Ich wollte mich waschen, Tommasos Geruch von mir abwaschen, aber ich konnte mich nicht aufraffen, Wasser zu holen. Stattdessen lag ich starr da, den Blick zur Wand, unfähig zu begreifen, was passiert war.

Gedämpft bekam ich mit, wie mein Vater und meine Mutter aufgebracht miteinander redeten. Wie mein Vater das Haus verließ und die Tür mit einem lauten Knall hinter sich zuwarf, außer sich vor Wut. Wenn er Tommaso nicht umbrachte, dann würde ich es tun.

Irgendwann klopfte meine Mutter zaghaft an die Tür. Sie brachte mir Kekse und ein Stück von dem Mandelkuchen, den sie vor zwei Tagen gebacken hatte. Meine Mutter wusste ihre Zuneigung nur übers Essen auszudrücken, die einzige Sprache, die ihr in diesem Ort geblieben war, wo wir als Frauen ansonsten immer brav den Mund hielten und die Männer machen ließen. Das machte mich wütend. So vieles machte mich wütend.

Sie legte mir kurz eine Hand auf die Schulter, stand dann unbeholfen da und ging aus dem Zimmer. Den Teller mit dem Gebäck ließ sie zurück, und ich wusste, dass sie es gut meinte. Aber mir war zu schlecht, um auch nur einen Bissen herunterzubekommen.

Es lag an Tommasos Geruch. Er war überall. Klebte an mir. In mir. Ich stemmte mich hoch und schleppte mich doch noch nach unten, zum Brunnen, wo ich mich kalt abschrubbte, bis die Haut rot war und brannte.

Die nächsten Tage blieb ich in meinem Zimmer. Ich redete mit niemandem, denn die einzige Person, mit der ich normalerweise über so etwas gesprochen hätte, war Teresa.

Nur meine Mutter kam regelmäßig ins Zimmer, um sicherzugehen, dass ich nicht verhungerte. Ich war froh, dass sie nicht von mir erwartete, unten mit am Tisch zu sitzen. Sie bückte sich nach den Tellern, die ich nicht angerührt hatte, hob sie vom Boden auf und trug sie leise hinaus. An der Tür zögerte sie kurz.

«Müssen wir einen Termin beim Arzt machen, Franca?»

Ich starrte weiter an die Wand. «Ich will keinen Arzt.»

«Ich meine ja nur, falls ...» Sie brach den Satz ab. Wir hatten hier im Haus keine Worte für das, was vorgefallen war. Ich wandte mich ihr zu, und erst als ich den angespannten Ausdruck auf ihrem Gesicht sah, begriff ich, worauf sie anspielte.

«Ich will keinen Arzt», wiederholte ich noch einmal mit Nachdruck. Näher kamen wir dem, was in der Nacht passiert war, nie.

Zwei Tage später stand meine Mutter erneut im Zimmer. Es war später Nachmittag.

«Dein Vater möchte dich im Wohnzimmer sehen», sagte sie. Ich wollte mich erst weigern. Die Schmerzen mochten verblasst sein, aber das Gefühl der Demütigung war geblieben. Es lähmte mich.

«Und zieh dir bitte etwas an, Franca.»

Widerwillig stand ich auf und kramte ein T-Shirt und eine kurze Hose aus dem Schrank.

Mein Vater war nicht allein im Wohnzimmer. Signor und Signora Rossi saßen auf dem Sofa. Und, sehr schmal zwischen ihnen, Tommaso. Er hatte die Hände zwischen die Knie gesteckt und den Blick gesenkt. Alles an seiner Körperhaltung drückte Reue aus. Ich blieb wie erstarrt auf der Türschwelle stehen. «Was macht *er* hier?»

«Nun setz dich erst mal, Franca.» Mein Vater winkte mich auf einen Stuhl, den er bereitgestellt hatte. Zwischen ihm und Mutter. Ich achtete nicht darauf, sondern blieb an der Tür stehen, mein Blick fixiert auf Tommaso. Er hingegen traute sich nicht, mich anzusehen.

Vittorio Rossi räusperte sich mit einem ernsten, aber bestimmten Ausdruck im Gesicht. «Tommaso ist gekommen, um sich zu entschuldigen», sagte er. «Es war unverzeihlich, was da passiert ist. Und – er will dich um etwas bitten.»

Als Tommaso noch immer betreten schwieg, stieß sein Vater ihn an. Jetzt erst blickte er auf. Sein Blick kollidierte mit meinem, und eine Woge Hass durchströmte mich.

«Franca», sagte mein Vater behutsam, weil ich noch immer dastand wie ein wildes Tier. «Jetzt setz dich bitte zu uns.»

«Ich will mich nicht setzen», erwiderte ich scharf. «Wenn er hier ist, um mich um Verzeihung zu bitten, dann kann er gleich wieder gehen. Ich werde keine Entschuldigung von ihm annehmen.»

Tommaso blieb still, sein Gesicht eine Maske. Vittorio räusperte sich und lehnte sich vor. «Es geht hier nicht um eine Entschuldigung, Franca», sagte er ruhig. «Es geht darum, wie wir diese Angelegenheit aus der Welt schaffen.»

«Was?» Mein Herz begann schneller zu klopfen.

«Hör zu», sagte mein Vater. «Die Familie Rossi hat uns ein Angebot gemacht. Sie möchten, dass du und Tommaso heiratet.»

Ich starrte ihn an, meine Gedanken rasten. «Was?», keuchte ich noch einmal, als hätte mir jemand die Luft aus den Lungen geboxt.

«Er ist hier, um dich um deine Hand zu bitten, Franca.»

Das Wohnzimmer begann sich zu drehen. Das konnte nicht ihr Ernst sein. Ich blickte Tommaso an, der beschämt und ein wenig hoffnungsvoll zu mir aufsah. Konnte er wirklich meinen, dass ich nach dem, was er getan hatte, Ja sagte?

«Ihr wollt, dass ich Tommaso heirate?»

«Das ist die beste Lösung», sagte Vittorio, als sei dies ein einfacher Handel, und mein Vater ergänzte: «Du weißt, wie die Dinge hier laufen. Eine Schande wie diese kann nur durch eine Eheschließung wiedergutgemacht werden. *Un matrimonio riparatore.* Wir sollten froh sein, dass die Familie Rossi uns dieses Angebot macht. So eine Ehe wird dich schützen und Tommaso rehabilitieren.»

Matrimonio riparatore. Der Ausdruck schwebte im Raum wie ein hässliches, dickes Insekt. Ich wusste, was er bedeutete. Eine Ehe, die alles reparieren sollte. Eine Wiedergutmachungsehe. Allein die Bezeichnung war schon absurd. Als ob das, was Tommaso getan hatte, jemals wiedergutzumachen war. Es war ein italienisches Gesetz, das vordergründig darauf abzielte, die Ehre der Frau und ihrer Familie nach einer Vergewaltigung wiederherzustellen. Eine gängige Praxis in Italien. Aber ich wusste auch, was eigentlich dahintersteckte. Es erlaubte dem Mann, seinen Kopf aus der Schlinge zu ziehen und einer Anzeige zu entgehen. Denn in einer Ehe gab es schließlich keine Vergewaltigungen.

Ungläubig blickte ich von einem zum anderen. Wie angespannt sie aussahen. Und wie unsicher.

«Seid ihr alle verrückt geworden?»

Meine Mutter presste die Lippen zusammen und klemmte die Hände in den Schoß. Sie sah aus, als müsste sie sich mit Gewalt zurückhalten, etwas zu sagen.

«Die Leute reden jetzt schon», fuhr stattdessen mein Vater auf. «Wenn du und Tommaso heiratet, wird sich das legen. Du wirst ein normales Leben führen können.» Ein normales Leben? Ich konnte es kaum glauben. Ich warf einen Blick zu Tommaso, der noch einmal von seinem Vater in die Seite gestoßen werden musste, bevor er in seiner Tasche kramte. Er sah mich an und rutschte vom Sofa herunter direkt auf die Knie. Mir stand der Mund offen, als mir der silberne Ring zwischen seinen Fingern auffiel. Fassungslos schaute ich von Tommaso zu seinen Eltern hinüber. Sah ich da etwa Rührung im Gesicht seiner Mutter?

«Es ist das Beste für dich, Franca», sagte Vittorio. «Für deine Familie, für unsere. Und für das Dorf. Es wird keine weiteren Gerüchte geben, keine weiteren Probleme. Alles wird wieder in Ordnung sein.»

«In Ordnung? Was soll denn da bitte in Ordnung sein?!»

«Franca», sagte mein Vater, jetzt in schärferem Ton.

Ich fuhr zu ihm herum. Dass er sich nicht auf meine Seite stellte! Dass er das von mir verlangte! Meine Stimme bebte vor Zorn. «Ich werde mich nicht zwingen lassen! Ich werde Tommaso nicht heiraten!»

«Wir könnten eine Doppelhochzeit daraus machen», warf Signora Rossi ein, als hätte ich gar nichts gesagt. «Teresa und du, ihr seid doch die besten Freundinnen. Und du und Tommaso habt euch auch schon immer gut verstanden!»

Mir lag es auf der Zunge zu antworten, dass sich daran möglicherweise in dem Moment etwas geändert haben könnte, als Tommaso mich mit dem Gesicht voran in den Dreck gedrückt hatte. Aber Vittorio kam mir zuvor.

«Überleg es dir gut», sagte er. «Es gibt keinen Grund, es dir schwerer zu machen, als es sein muss.»

Meine Eltern schwiegen. Mein Vater starrte auf den Tisch, und ich verstand plötzlich, dass er und Vittorio schon längst entschieden hatten, was zu geschehen hatte. Die Wiedergutmachungsehe war eine Erfindung von Männern. Und es waren und blieben Männer, die darüber entschieden, wann sie anzuwenden war. Das Angebot, es mir zu überlegen, war nichts als Augenwischerei. Tommaso kniete inzwischen reichlich nervös auf dem Boden. Ich trat zu ihm und nahm mit spitzen Fingern den Ring entgegen. Signora Rossi besaß tatsächlich die Schamlosigkeit, in diesem Moment entzückt auszusehen. Sie alle sahen erleichtert aus, sogar meine Mutter. Ich warf einen letzten, verächtlichen Blick auf Tommaso, der sich erwartungsvoll erhob. Dann ging ich zum Tisch und versenkte den Ring in seinem Wasserglas, bevor ich mich umdrehte und den Raum verließ.

ENZO

Als ich Tilda mit meinem Auto die Serpentinen hinauf folge, frage ich mich zum ersten Mal, was zum Teufel ich da eigentlich tue. Ich sollte mich um die Beerdigung meiner Mutter kümmern. Ich sollte Vorbereitungen für Beas und meine Abreise treffen. Und hatte ich mir nicht eigentlich geschworen, mich ein für alle Mal von Botigalli und Silvio DiNardo zu verabschieden? Es ist wirklich wie ein Fluch, von dem ich nicht loskomme.

Das Heck von Tildas Wagen verschwindet um die nächste Kurve und taucht wieder auf, verschwindet und taucht wieder auf. Die Serpentinen haben etwas Hypnotisches, und ich gebe meinen inneren Widerstand auf. Lasse mich mitziehen und lege mir einen Plan zurecht, mit welcher Strategie ich Silvio begegnen will, nachdem ich wochenlang nicht bei ihm gewesen bin. Ich schwöre mir noch einmal, dass dies mein allerletzter Besuch bei ihm sein wird, bevor ich die Insel endgültig verlasse.

Tilda und ich sind uns einig, dass ihr Auftauchen bei Silvio alles andere als zielführend wäre. Daher trennen sich unsere Wege, nachdem wir die Autos auf dem staubigen Platz vor der Mauer abgestellt haben, und ich verspreche, später bei ihr vorbeizukommen. Auf mein Klopfen öffnet Signora Cossu die Haustür. Sie mustert mich von Kopf bis Fuß, als würde sie mich nicht erkennen, wenn ich nicht an einem Sonntag komme.

«Er will Sie nicht sehen», sagt sie dann barsch und macht Anstalten, mir die Tür vor der Nase zuschlagen. Ich schiebe hastig einen Fuß dazwischen.

«Signora Cossu, wenn Sie ihm bitte nur kurz mitteilen könnten, dass ich hier bin ...»

«Ich sagte, er will Sie nicht sehen.» Wieder versucht sie, die Tür zu schließen. Mein Fuß wird eingeklemmt.

«Entschuldigung, Sie sind mich bald los, aber ich habe noch ein paar letzte Fragen an Silvio, bevor ich das Buch fertig ...»

«Ach, hören Sie doch auf!», spuckt sie wütend. «Glauben Sie, ich wüsste nicht, was Sie die ganze Zeit schon vorhaben, Signor Piras? Sie interessieren sich nicht für Signor DiNardos Leben, und es wird auch kein Buch über ihn geben! Sie sind nur hier, weil Sie wissen wollen, was in der Nacht des Massakers geschehen ist! Damit Sie endlich nach Hause gehen und sich als Reporter des Jahres feiern lassen können. Und die Kollateralschäden, die das mit sich bringen würde, interessieren Sie nicht!»

«Und von was für Kollateralschäden sprechen wir hier?»

«Dass Sie das überhaupt fragen müssen! Wenn Sie einen Schleier lüften, Signor Piras, dann müssen Sie auch damit rechnen, dass das Gesicht darunter hässlich ist. Mit tieferen Narben, als Sie sich vorstellen können. Lassen Sie ihn einfach in Frieden. Lassen Sie ihn in Frieden sterben, damit wir es am Ende nicht alle bereuen.»

Die Tür geht endgültig zu, und ich bin einen Moment lang zu verdattert, um mich zu bewegen. War das eine Warnung? Eine Drohung?

Verwirrt wende ich mich ab, bevor mir aufgeht, dass ich

keine Garantie dafür habe, dass Signora Cossu überhaupt im Auftrag von Silvio gehandelt hat. Was, wenn vielmehr sie es ist, die mich nicht im Haus haben will? Ich drehe mich noch einmal um, dann betrete ich die schmale Seitengasse, zu der Silvios Zimmer hinausgeht. Ich blicke zu seinem Fenster hoch, um sein Gesicht im Gardinenspalt erkennen zu können. Doch als ich grüßend die Hand hebe, regt sich oben nichts.

«Silvio!», rufe ich, trotz der Gefahr, dass Signora Cossu mich hören könnte. Was soll sie schon machen? Mich knebeln? Wegzerren? Sie ist eine Pflegerin, kein Türsteher! Ich forme die Hände zum Trichter: «Silvio!»

Und dann regt sich oben tatsächlich was. Die Gardine. Das Fenster geht auf. Silvio steckt seinen missmutigen Kopf heraus.

«Was willst du, Journalist?», fragt er. Nach all der Zeit habe ich bei ihm noch immer keinen Namen. Er steht vornübergebeugt, aber nicht auf eine alte, gebrechliche Art, sondern um sich aus dem Fenster zu lehnen, die Fäuste rechts und links auf das Sims gestützt. Von hier unten sieht er fast breitschultrig aus. Bedrohlich.

Ich spüre, dass ich nur diesen einen Versuch habe. Meine Antwort auf seine Frage wird darüber entscheiden, ob er von mir gelangweilt ist und das Fenster wieder zugeht oder ob er mich zu sich heraufbittet. Es ist an der Zeit, die Karten auf den Tisch zu legen. Das Spiel ist ohnehin zu Ende. Signora Cossu hat recht. Es wird keine Biografie über das heldenhafte Leben des Silvio DiNardo geben.

«Du bist gar nicht der letzte Überlebende aus diesem Ort!», rufe ich.

Ohne seine Maskerade ist Silvio DiNardo tatsächlich ein anderer Mensch. Sobald sich die Zimmertür hinter der wütenden Signora Cossu geschlossen hat, lehnt er sich auf seinem Stuhl zurück, streckt die Beine aus und faltet die Hände vor dem Bauch. Er sieht mich aufmerksam an und wirkt überhaupt nicht mehr gebrechlich. Sogar seine Stimme ist fester als sonst. Beinahe amüsiert. «Und worüber reden wir nun, Enzo?»

Ich zwinge mich, nicht gleich mein ganzes Pulver zu verschießen. Dafür habe ich im letzten halben Jahr schon zu viel Zeit und Arbeit in diesen Dreckskerl gesteckt. Silvio hat mich reingelassen, weil er neugierig geworden ist. Er will wissen, was ich weiß. Aber inzwischen habe ich ja gelernt, wie man jemanden hinhält.

Ich ziehe meinen gewohnten Stuhl heran, täusche eine Gelassenheit vor, die weit von meinem wahren inneren Zustand entfernt ist, und beginne mit dem Thema, das mich hergeführt hat. «Tilda ist besorgt, dass du ihrem Bruder etwas angetan haben könntest.»

«Ach?», tut er überrascht. «Und was verschafft mir diese Ehre?»

«Lass uns nicht über Ehre sprechen, Silvio. Wir wissen beide, dass du davon nichts verstehst.»

Der harte Ton lässt seine selbstgerechte Miene ein bisschen verrutschen. Gut so. Das war meine Absicht. Ich bin über den Punkt hinaus, an dem ich mich mit freundlichem Interesse und Honig an ihn heranpirschen will. Um ehrlich zu sein, wäre ich dazu wohl auch gar nicht mehr in der Lage. Nicht nach den Tagen, die hinter mir liegen.

Er zieht die Augenbrauen hoch. «Du hältst mich für ehrlos?»

«Absolut.»

«Das ist ja interessant. Und glaubst du auch, dass ich dem Bruder deiner kleinen Freundin etwas angetan habe?»

Ich ignoriere die Provokation und betrachte ihn. Länger, als ich müsste.

«Nein, das glaube ich nicht», sage ich schließlich. «Aber das ändert nichts daran, dass ich dich für einen ehrlosen Scheißkerl halte, auf den jeder Sarde spucken würde, der deine Geschichte erführe. Sogar die Sarden, die selber Scheißkerle sind.»

Bislang war in diesem Zimmer immer ich der Unterlegene, der Spott und Beleidigungen einstecken musste. Jetzt drehe ich den Spieß um, und es gefällt Silvio gar nicht. Er springt aus dem Stuhl auf und baut sich vor mir auf.

«Raus», sagt er.

«Sieh mal an, du kannst ja stehen! Und auch laufen, wie ich gehört habe. Sogar die Stufen zur Kirche hoch.»

«Und bist du hier, um mich dafür zu tadeln? Das ist ja lächerlich!»

«Nein, Silvio. Wenn ich dich für etwas tadeln will, dann für die Entführung eines Kindes.»

Silvio steht der Mund unschön offen. Die alte, faltige Hand noch immer an der Lehne, lässt er sich auf den Stuhl zurücksinken.

«Ich weiß nicht, wovon du redest.»

«Ach komm schon, Silvio. Wir wissen *beide*, wovon ich rede!» Ich breite die Arme aus und deute um mich. «Wie kannst du dir eigentlich all diese Dinge hier leisten, wo du doch nicht einmal Rente beziehst? Oder die Pflegerin, die sicher draußen an der Tür steht und wieder einmal horcht – von was bezahlst du die?»

Silvio starrt mich fassungslos an.

«Warst du es, der sich damals das Lösegeld für den Jungen eingestrichen hat? Hast du alles genommen? Oder habt ihr es euch wenigstens geteilt? War ja eine ganz schöne Summe!»

«Ich ... habe nichts ...» Ein Beben geht durch seinen Körper.

«Aber natürlich hast du.»

«Ich weiß nicht einmal, von welchem verdammten Lösegeld du redest!»

«Das für den zwölfjährigen Matteo, den ihr entführt und festgehalten habt!» Diesmal springen wir beide von unseren Stühlen auf. Unsere Stimmen sind laut. Die Pflegerin muss nicht mal mehr horchen. Durchs ganze Haus kann man uns hören.

Silvio zittert. Er sieht aus, als stünde er vor Zorn kurz vor einem Herzinfarkt. «Ich ... habe ... versucht ... das ... zu ... verhindern!», stößt er hervor. «Die Jungen waren dumm. Dümmer, als sie in ihrem Alter hätten sein dürfen! Aber ich ...», er holt Luft, «ich hatte damit nichts zu tun!»

«Ach bitte! Wir wissen doch beide, wie das in Dreckslöchern wie Botigalli gelaufen ist, Silvio! Was eingenommen wurde, hat man unter allen Dorfbewohnern aufgeteilt. Was für ein Glück für dich, dass außer dir kaum noch jemand übrig war, mit dem du hättest teilen müssen! Man könnte das glatt für Zufall halten.»

«Meine ... Frau und meine Tochter sind in dieser Nacht gestorben!», bringt der Alte mühsam hervor. Inzwischen hat er immer mehr Probleme zu atmen. Seine Augen treten rot hervor. Aber gerade würde ich nicht mal dann Mitleid empfinden, wenn er hier und jetzt zusammenbräche. «Was denkst du denn? Dass ich es war, der sie alle umgebracht hat? Ich habe mich lediglich verteidigt!»

«Ah ja, jetzt kommt wieder die berüchtigte Gabel», sage ich höhnisch und gehe zum Regal, um das fragwürdige Erinnerungsstück aus der wattierten Schatulle zu reißen. Ich halte es ihm unter die Nase. «Hiermit willst du dich verteidigt haben? Hiermit? Während alle anderen um dich herum mit Schusswaffen herumgeballert haben? Und wenn du schon so ein Superheld bist, warum hast du dann nicht auch deine Frau und deine Tochter damit beschützen können?»

Er starrt mich an und wirkt plötzlich verwirrt. «Ich dachte, du hättest ...» Sein Blick flackert zur Tür, dann bricht er den Satz ab und sagt stattdessen: «Ich ... habe dir meine Geschichte erzählt.»

«Einen Scheiß hast du mir erzählt! Wie ist Matteo gestorben?»

Wir stehen noch immer dicht voreinander. Doch der Alte blickt mich nur wortlos an.

«Ich werde diese Insel verlassen, Silvio. Wenn du also noch irgendetwas zu sagen hast, sag es jetzt oder verreck dran.»

«Ich habe alles gesagt, was es zu sagen gibt.»

«Was ist schiefgelaufen? Warum ist Matteo nach der Lösegeldforderung nicht nach Hause zurückgekehrt?»

«Ich habe nichts von irgendwelchem Lösegeld gesehen. Nicht einen einzigen müden Schein!» Er sieht mir fest in die Augen, das Kinn erhoben, als wolle er beweisen, dass er doch noch einen Funken Stolz besitzt. Wenn ich nicht inzwischen wüsste, was für ein geschickter Lügner er ist – ich könnte ihm fast glauben. Doch dann treibt er mich endgültig zur Weißglut: «Und ich weiß von keinem Matteo.»

Ich wende mich ab und knalle die Gabel auf den Beistelltisch, um mich davon abzuhalten, sie ihm stattdessen in sein beschissenes Gesicht zu rammen. «Ich habe Graziano Mesina interviewt und gedacht, damit auf der untersten Stufe angekommen zu sein. Aber du bist erbärmlicher, Silvio.» Dann verlasse ich das Zimmer.

Ich nehme den Weg zu Tildas Haus, während ich das Gespräch bei Silvio wieder und wieder im Kopf durchspiele. Ich kann mir nicht helfen – zumindest in dem Punkt, in dem es um das Lösegeld geht, kam der Alte mir aufrichtig vor. Was bedeuten würde, dass ein anderer sich das Geld unter den Nagel gerissen haben muss – ohne Silvio etwas davon zu sagen.

Ich kaue noch immer auf diesem Gedanken herum, als Tilda mir die Haustür öffnet. Sie muss mir nur ins Gesicht sehen, um zu wissen, wie mein Besuch bei Silvio DiNardo war.

«Nichts?», fragt sie, und ich schüttele verbittert den Kopf. Sie bittet mich ins Wohnzimmer, und ich betrachte die weiße Couch, die frisch verputzten Wände, die ovalen Designerlampen über dem langen, glänzenden Tisch. Sogar die Fenster hat Tilda vergrößern lassen. Es erinnert tatsächlich nichts mehr an den Raum, den ich zu Beginn meiner Recherchen durchschritten habe, um mir das Blutbad hier vorzustellen. Den Ort, an dem die Toten quer auf dem Boden und über dem gedeckten Esstisch verteilt lagen, hat Tilda in etwas verwandelt, das in jedem Einrichtungsmagazin glänzen könnte.

«Willst du einen Kaffee?», fragt sie.

«Gern.»

Als ich mich auf die Couch setze, fällt mir ein aufgeschlagenes Notizbuch auf, das auf dem kleinen Couchtisch liegt. Ein altes, zerfleddertes Ding, dem man ansieht, dass es einmal feucht gelegen haben muss. Die Seiten wölben sich. Die Schrift ist verschwommen, nur ein Wort deutlich lesbar, weil die Bleistiftstriche fest mit schwarzem Filzstift nachgezogen worden sind: *Strega* – Hexe. Ich blicke mich nach Tilda um, doch sie ist noch in der Küche. Als ich das Buch zögerlich in die Hand nehme, fällt es mir fast in Einzelteilen entgegen. Ich bringe mein Gesicht näher an die Seiten, versuche erfolglos, die verwischte Schrift zu entziffern, und blättere dann um. Beim Anblick der Zeichnungen auf der nächsten Seite erschaudere ich. Tilda kommt mit dem Kaffee zurück.

«Das Buch habe ich vor einigen Wochen beim Ausmisten in einer Kommode entdeckt», sagt sie. «Es ist mir wieder in die Hände gefallen, als ich das Haus nach Ninos Verschwinden auf den Kopf gestellt habe.»

Sie stellt die Kaffeetassen ab, bückt sich und reicht mir ein gewaltsam zerstörtes Foto, das auf dem Boden lag, weil es aus den Seiten gerutscht sein muss. Ich zucke zurück. Es sieht brutal aus, wie das Gesicht des kleinen Mädchens durchstochen wurde. Ich drehe das Foto um, finde aber weder ein Datum noch einen Hinweis darauf, um wen es sich bei der Gesellschaft am Tisch handelt. Trotzdem meine ich, das Foto irgendwo schon mal gesehen zu haben. Ich bin so vertieft in die Betrachtung, dass ich nur an der Bewegung des weichen Polsters merke, wie Tilda sich neben mich sinken lässt.

«Hast du eine Idee, wer das Mädchen sein könnte?», fragt sie.

Ich schüttele den Kopf. «Aber es ist ein Gruppenfoto. Gut möglich, dass es davon mehr als einen Abzug gibt und wir in einem der anderen Häuser fündig werden würden. Früher, als die Filme noch analog waren, da hat man das Foto nachent...»

«Ich weiß noch, was analoge Fotografie ist, Enzo», unterbricht Tilda mich. «Für wie jung hältst du mich eigentlich?»

«Fünfunddreißig?»

Sie verzieht das Gesicht. «Knapp daneben», sagt sie und greift nach ihrem Kaffee. «Ich bin im Mai vierzig geworden.»

Ich höre ihre Antwort nur noch mit halbem Ohr, denn als ich die letzte Seite aufschlage, fällt mein Blick auf das verwaschene Datum: «27. September 1982». Ich erstarre.

«Kann ich das Tagebuch mitnehmen?», frage ich. «Ich würde gerne versuchen, es zu Hause in Ruhe zu entziffern.»

Sie winkt ab, es ist ihr egal. Der tiefen Sorgenfalte zwischen ihren Brauen nach zu urteilen, ist sie in Gedanken schon wieder bei ihrem Bruder.

Ich stecke das Notizbuch ein. Im Grunde wage ich kaum zu hoffen, dass es mir tatsächlich das liefern könnte, wonach ich all die Zeit gesucht habe. Kaum zu glauben, dass es die ganze Zeit hier im Haus war und ich nichts davon gewusst habe.

Innerlich zitternd, greife ich nach der Tasse und nehme einen Schluck Kaffee. Er ist so stark, dass er mir fast die Schuhe auszieht. Ich unterdrücke ein Husten und sehe mich auf dem Tisch erfolglos nach Zucker um.

«Ein paar Wochen nach meiner Ankunft hing ein ähnliches Bild in meinem Flur», sagt Tilda plötzlich. «Als Teil einer ganzen Fotowand.»

Mein Blick fliegt zur geöffneten Tür, durch den man den dunklen Flur sehen kann. Ich kann mich an keine Fotowand erinnern, als ich damals hergekommen bin und das verlassene Haus betreten habe. Alles, was ich an Fotografien in Botigalli finden konnte, habe ich mitgenommen und zusammen mit anderen Recherchefundstücken in einem Pappkarton archiviert.

«Ein paar Wochen *nach* deiner Ankunft?», frage ich verwirrt. «Was waren das für Bilder?»

«Familienfotos, Porträts, Schnappschüsse. Ich nehme an, dass Silvio sie dort aufgehängt hat. Um mir Angst einzujagen oder ... einfach um mir zu zeigen, dass er es kann.»

Die Rahmenabdrücke im Flur! Jetzt, wo Tilda die Fotos erwähnt, erinnere ich mich vage an die hellen Rechtecke, die ich an der Wand entdeckt habe, als ich hier war. Ich hatte dem nicht weiter Beachtung geschenkt, weil so vieles aus den Häusern geplündert worden war. Wieder blicke ich in Richtung der dunklen Türöffnung. Ich wäre nicht auf die Idee gekommen, dass Silvio sie an sich genommen haben könnte. Und wozu auch? Um die Erinnerung an die Familie Rossi auszulöschen? Oder hatte er am Ende Angst, dass jemand die Gesichter erkennt, weil sie Teil seines Geheimnisses sind? Ihn am Ende sogar belasten könnten? Mir fallen die Familienfotos in Silvios eigenem Flur ein. Ich bin nie dazu gekommen, sie näher zu betrachten. «Und du sagst, da gab es ein ähnliches Bild wie das aus dem Tagebuch?», frage ich. «War es dieselbe Frau?»

«Kann ich nicht sagen, ihr Gesicht war zerstört. Aber ich

nehme es an, ja. Es hing eingerahmt zwischen den anderen wie ein ganz normales Bild. Absurd, oder?»

«Unheimlich wäre meiner Ansicht nach das passendere Wort.»

Sie verzieht das Gesicht.

«Entschuldige», sage ich. «Ich habe schon bemerkt, dass du mit unheimlichen und übernatürlichen Dingen nichts anzufangen weißt.»

«Ah ja? Da schätzt du mich aber falsch ein. Bevor ich herkam, habe ich sogar schon angefangen, an Zeichen zu glauben.»

Ich hebe überrascht eine Augenbraue. «Was für Zeichen?»

«Ach, es hat damit zu tun, wie ich diesen Ort überhaupt gefunden habe. Ganz blöde Geschichte. Kurz nachdem mein Vater gestorben ist, ist mir ein Zeitungsartikel in die Hände gefallen, in dem es um den Verkauf der Häuser hier ging. Ich bin Architektin, und daher kam mir dieser Artikel wie ein, na ja, wie ein letzter Fingerzeig meines Vaters vor. An einem Tiefpunkt in meinem Leben, in dem ich mich nur noch nach Flucht sehne, finde ich beim Aufräumen seines Büros diese Zeitung. Total bescheuert, ich weiß. Aber wenn man verzweifelt ist, klammert man sich plötzlich an alles. Da denke ich an einem Tag noch, dieses Haus ist das Beste, was mir passieren konnte. Und dann das.» Sie leert ihre Kaffeetasse in einem Zug, so wie andere einen Schnaps hinunterkippen.

«Hast du die Fotos noch?», frage ich.

«Nein, ich habe alle entsorgt», sagt sie schroff, fast trotzig.

Ich versuche, mein Entsetzen zu verbergen. Im Gegensatz zu Tilda archiviere ich alles, was mit Botigalli zu tun hat, akribisch. Aber sie ist nicht hergekommen, um ein Geheimnis aufzudecken. Sie ist für einen radikalen Neuanfang hier. Ich nehme an, damit sind wir Silvio beide ein Dorn im Auge, jeder auf seine Art.

Ihr Blick liegt auf meinen Fingern, und jetzt erst bemerke ich, dass ich meine Nägel in die Handflächen gebohrt habe. Hastig lockere ich sie und wechsle das Thema: «Glaubst du, dein Vater hat die Zeitung aufbewahrt, weil er gerne selbst nach Italien zurückgekehrt wäre?»

«Nein, überhaupt nicht. Die Zeitung war erst ein paar Tage alt, als ich sie fand. Mein Vater war glücklich in Deutschland. Er hatte dort seine Pizzeria und seine Freunde. Hätte er zurück nach Italien gewollt, dann wäre er sicher schon nach der Trennung von meiner Mutter gegangen.»

«Ist er wegen ihr nach Deutschland gezogen?»

«Ja. Sie war eine Musikstudentin mit einem Stipendium am Conservatorio in Mailand, als sie sich kennenlernten.»

«Stimmt. Du hast erwähnt, dass er aus der Lombardei ist», erinnere ich mich. «Hast du dort noch Familie?»

«Keine, zu der ich Kontakt hätte», sagt sie zerknirscht. «Da sind nur noch Nino und ich.»

Ich nicke, ohne allzu überrascht zu sein. Wenn es um das Thema Familie geht, habe ich selbst niemanden mehr außer Bea und meiner Tochter Gaia vorzuweisen. Und Letztere war schlau genug, die Insel schon lange vor uns zu verlassen. «Willst du mir erzählen, woran dein Vater gestorben ist?»

«Lungenembolie. Er war ein starker Raucher. Wobei mir einfällt, dass ich eine Zigarette gebrauchen könnte.» Sie verzieht gequält das Gesicht und kramt eine zerdrückte Zigarettenpackung aus der hinteren Hosentasche, die sie auf den Tisch wirft. «Ironisch, oder? Ich habe erst kürzlich wieder damit angefangen, und plötzlich ist es so, als hätte ich nie aufgehört.»

«Meine Mutter ist am Trinken gestorben», höre ich mich sagen und bin selbst erstaunt über die plötzliche Ehrlichkeit. «Ich weiß also, wovon du sprichst.»

«Weil du selber trinkst?»

«Keinen Schluck.»

«Gut. Dann machst du es deutlich schlauer als ich.» Sie klopft mit den Fingern auf der Zigarettenpackung herum, fasst dann einen Entschluss und nimmt sich eine heraus. Es sieht aus wie eine Trotzreaktion. Ich halte Tilda für eine Frau, die sehr streng mit sich selbst ist. Selbstbeherrscht. Und wie fast alle Menschen dieser Art sucht sie sich ein Ventil gegen die ständige Disziplinierung. Meistens ein ungesundes.

Sie hält mir die Packung hin, und ich nehme mir ebenfalls eine Zigarette, obwohl ich kein Raucher bin. Aber ich will Tilda in den Garten begleiten und unser Gespräch fortführen. Jetzt, wo ich erkenne, dass wir so viele Gemeinsamkeiten haben.

FRANCA

Als Nächstes schickten sie Teresa an die Front. Ich kann es nicht anders sagen, denn genau so fühlte es sich an. Es klopfte an meiner Zimmertür, und dann stand sie plötzlich strahlend vor mir, als hätte es nie einen Streit zwischen uns gegeben.

Ich hatte gehofft, sie würde kommen. Sie war die Einzige, mit der ich über das Geschehene sprechen konnte. Aber wie sie jetzt dastand, in ihrem hellblauen, perfekt gebügelten Kleid, die Haare zu einem lockeren Zopf geflochten, ein überdrehtes Lächeln im Gesicht, wirkte sie ... glücklich. Und das spiegelte so wenig meine eigene innere Welt wider, dass es schmerzte.

«Franca!» Sie lachte, trat schnell über die Schwelle und umarmte mich fest.

Ich ließ die Umarmung zu und merkte, wie sich etwas in meiner Brust löste. Wie sich Erleichterung in mir ausbreitete. Ich hatte es gebraucht, einmal so in den Arm genommen zu werden, nach allem, was passiert war.

«Ich bin so froh, dich zu sehen!», sagte sie.

«Ich auch», flüsterte ich, während wir uns voneinander lösten.

«Und ich bin so aufgeregt!» Sie warf ihre Tasche auf meinen Schreibtischstuhl und ließ sich aufs Bett fallen. Ihre Augen leuchteten. «Die Sache mit der doppelten Hochzeit, ich meine, ist das nicht klasse? Ausgerechnet du und ich!»

Mein Lächeln gefror. Sie merkte es gar nicht.

«Pasquale und ich haben schon so viele Pläne gemacht! Es wird einfach wundervoll, Franca! Stell dir vor, wir beide, am selben Tag, in derselben Kirche, die ganze Gemeinde wird dabei sein ...»

«Teresa, ist das dein Ernst?»

«Was denn?»

«Ich werde Tommaso nicht heiraten.»

Sie sah mich überrascht an. «Aber ... Papà hat gesagt ...»

«Ja, das hat er mir auch gesagt, aber ich werde meine Zustimmung nicht geben!»

Ihr fiel alles aus dem Gesicht. «Aber ...», setzte sie noch einmal an. «Tommaso und du ... ihr seid jetzt ein Paar, oder nicht? Also, ich meine, nach dem, was man im Ort so gehört hat ...»

In meinen Ohren klingelte es.

«Tommaso freut sich schon so», sagte sie verwirrt.

«Tommaso?» Mein Herz raste jetzt. «Er freut sich?»

«Natürlich!», sagte sie, als sei das die selbstverständlichste Sache der Welt. «Er will dich heiraten. Das wollt ihr doch beide. Oder nicht?»

Bei dem Gedanken daran, welche Art von Freude Tommaso empfand, wenn er an eine Ehe mit mir dachte, wurde mir eiskalt.

Ich wollte Teresa erzählen, was passiert war. Ich musste es loswerden. So sehr, dass es in meiner Brust brannte.

«Teresa ...», begann ich. Ich schluckte hart und kämpfte gegen die Tränen, die in meinen Augen brannten. «Teresa, er ... er hat mich vergewaltigt.»

Ihr Lächeln gefror. Für einen Moment war es völlig still im Zimmer.

«Im Wald», sagte ich. «Sie haben mich erst in einer Kiste unter der Kirche eingesperrt. Ich bin entkommen. Aber dann ist Tommaso mir im Wald nachgejagt und ...» Ich brach ab. Meine Hände zitterten.

Teresas Augen verengten sich. «Das ist nicht lustig, Franca.»

«Ich versuche auch nicht, lustig zu sein.»

«Wen willst du denn mit dieser Geschichte beeindrucken? Kannst du nicht einfach zugeben, dass du was mit ihm hattest?»

«Aber das hatte ich nicht, Teresa! Warum sollte ich lügen? Warum sollte ich so etwas erfinden?»

«Weil du ...», begann sie, und dann wurde ihre Stimme schärfer, härter. «Weil du eben so bist! Weil du immer betonen musst, wie besonders und anders du bist. Du hast doch schon lange mit Tommaso geflirtet. Ihr habt Eis gegessen, habt euch heimlich getroffen. Wir haben es alle schon längst gewusst, dass da früher oder später was zwischen euch laufen würde!»

Ich starrte sie fassungslos an. «Was willst du damit sagen?»

«Ich will sagen, dass du ständig um ihn herumgeschwänzelt bist! Ich muss dir doch nicht wirklich erklären, was passiert, wenn du Männern gewisse Zeichen gibst, oder? Was erwartest du denn, wenn du dich so verhältst?»

Meine Kehle war wie zugeschnürt. Ich erzählte meiner besten Freundin, dass ich vergewaltigt worden war, und alles, was sie dazu zu sagen hatte, war, dass ich es offenbar selbst provoziert hatte?

«Verschwinde», flüsterte ich. «Geh einfach.»

Sie sah mich an, zögerte. Für einen Moment wirkte sie, als wisse sie nicht, ob ich das ernst meinte. Dann stand sie auf und strich ihr Kleid glatt. «Ich wünschte wirklich, du würdest nicht so ein Drama ...»

«Geh!»

Sie blickte mich verletzt an, streckte dann den Rücken durch und ging an mir vorbei. Die Tür fiel hinter ihr ins

Schloss. Ich hörte ihre Schritte auf der Treppe und stand nur da, zitternd. In mir war eine Wut, die ich nicht kontrollieren konnte.

In diesem Moment wollte ich einfach alles stehen und liegen lassen, abhauen, irgendwohin. Ich riss meinen Schrank auf, warf den Rucksack auf den Boden, eine weitere Tasche, stopfte Kleidung hinein. Um Geld und alles Weitere würde ich mir Gedanken machen, wenn ich hier weg war. Ich konnte arbeiten gehen. Irgendwas tun, um mir ein Studium zu finanzieren. Ich wollte sowieso schon immer weg von hier. Erst als ich die Schublade mit der Unterwäsche aufriss und gerade die zusammengerollten Socken in die Tasche pfefferte, hielt ich inne. Mein Blick fiel auf die Strümpfe in meiner Hand, und da war augenblicklich das Bild aus der dunklen Gasse, das sich in mein Gedächtnis eingebrannt hatte. Der Damenstrumpf, mit dem alles seinen Anfang genommen hatte.

Ich konnte jetzt noch nicht gehen. Nicht so. Nicht, ohne Matteo mitzunehmen.

ENZO

Der Tag, an dem sie meine Mutter begraben, riecht nach Erde und Tod. Die Luft drückt auf meine Schultern wie eine schwere Hand. Vielleicht ist das die Hand, von der der Pfarrer spricht. Jene, die uns leiten kann, wenn wir es zulassen. Offenbar lasse ich es nicht zu – mich drückt sie nämlich nur zu Boden.

«Sie ist nicht wegen dir gestorben», sage ich mir immer wieder, aber die Worte klingen ebenso hohl und bedeutungslos wie die des Pfarrers. Die ganze Beerdigung meiner Mutter ist eine leere Zeremonie. Das Gerede davon, was für ein guter Mensch sie war, welch liebende Mutter. Meine Mutter hat sich nicht mehr als Mutter gefühlt, nachdem mein Bruder gestorben war. Und nicht mehr als Ehefrau, nachdem mein Vater sich das Leben genommen hatte. Es gab nur noch sie selbst. Und den Alkohol natürlich. Was auch immer ich für sie war, es war anscheinend nicht Grund genug, um bei mir zu bleiben. Vielleicht hätte alles anders kommen können, wenn ich sie nur nicht ins Heim gegeben hätte. Wenn Bea und ich sie zu Hause gepflegt hätten, wie andere Familien es auch tun. Aber wo? Wir haben nicht einmal ein zusätzliches Zimmer in unserer kleinen Mietwohnung!

Meine Finger zittern. Ich umklammere die Blumen fester, doch in meinen Händen fühlen sie sich ebenso tot an wie die ganze Veranstaltung. Ich starre auf den Sarg, der langsam in das Loch gesenkt wird. Dreckklumpen fallen auf den Deckel.

Neben mir setzt eine Frau zu einem lauten Heulen an. So laut, dass ich mich frage, ob sie möglicherweise eine dieser Klagefrauen ist, die man früher für Beerdigungen engagiert hat. Ob das heute noch eine Dienstleistung ist? Und wer mag sie engagiert haben? Ich habe die Frau noch nie in meinem Leben gesehen. Ihr Heulen bringt mich noch weiter aus dem Konzept. Ich verstehe nicht mal mehr den Priester. Mit dem Daumen lockere ich meine Krawatte. Mir ist zu heiß. Die Frauen neben mir tragen schwarze Kleider und wedeln sich Luft mit ihren Fächern zu. Ich kann ihnen ansehen, dass auch sie den Moment herbeisehnen, in dem die Zeremonie endlich vorbei ist und sie irgendwohin fliehen können, wo es kühler ist.

Meine Gedanken driften zu dem Tagebuch auf meinem Schreibtisch. Ich habe die letzte Nacht damit verbracht, die Seiten unter dem Licht meiner Schreibtischlampe zu studieren, habe das Buch gedreht und geneigt, bis ich die Schatten der alten Bleistiftstriche halbwegs erkennen konnte, habe alles abgeschrieben und die Wörter zusammengesetzt. Es ist das Tagebuch der Tochter der Familie Rossi. Teresa. So viel habe ich inzwischen herausfinden können. Sie hat es im Dialekt geschrieben, darum hat Tilda nichts davon verstanden. Ein hartes, mitunter boshaftes Sardisch, aus dem der Hass trieft.

Der Junge ... Alle schweigen ... Franca. Wir wissen alle, dass sie schwanger ... Schlampe. Hexe. Flittchen ... Sie will mein Leben kaputt machen.

Ich schließe die Augen. Versuche, mich wieder auf die Worte des Priesters zu konzentrieren, immerhin ist das hier die Beerdigung meiner Mutter. Aber jetzt ist auch noch der Lärm eines Müllautos hinter der Friedhofsmauer zu dem Geheule der Frau gekommen, rumpelt und piept mit laufendem Motor.

«Alles okay?», fragt Bea neben mir. Ihre Hand auf meiner

Schulter lässt mich die Augen wieder öffnen. Ich nicke tapfer, aber es ist eine Lüge. Nichts ist in Ordnung. Gar nichts. So sollte die Beerdigung meiner Mutter nicht ablaufen, und ich habe Schuldgefühle. Ich werde fast *zerfressen* von Schuld. Erst jetzt merke ich, dass ich die Hand zur Faust geballt habe. Alles habe ich falsch gemacht.

Der Junge ist immer noch ... Pasquale ... Die Hexe, die Hure. Franca hat etwas vor ... wissen wir alle, dass sie ...

Ich werde aus meinen Gedanken gerissen, als der Sarg ein Stück abrutscht und auf dem Boden der Grube aufprallt. Entsetzt schließe ich die Augen. Die Klagefrau neben mir setzt noch einmal zum Höhepunkt ihres Geheuls an, und ich kann es nicht ertragen. Ich drehe mich um, gehe ein paar Schritte von der Gruppe der Trauernden weg und atme tief durch.

Pasquale hat es mir gesagt. ... aus dem Weg schaffen ... Geschenk ... heiraten. Unserer gemeinsamen Zukunft wird nichts im Weg stehen.

Der letzte Eintrag, datiert auf den 27. September 1982. Nur zwei Tage vor dem Massaker, das Teresas und Pasquales Hochzeitsfeier hätte werden sollen. Und der letzte Satz im Tagebuch ist einer der wenigen, die vollständig und deutlich lesbar sind. Als hätte Teresa ihn mit mehr Nachdruck geschrieben. Den Stift ein bisschen härter aufs Papier gedrückt, um ganz sicherzugehen, dass es auch wirklich so eintreffen würde. *Unserer gemeinsamen Zukunft wird nichts im Weg stehen.* Wie sehr sie sich getäuscht hatte.

Ich sehe hinüber zu Bea. Sie hat ihre Stirn in Falten gelegt und blickt mich an. Jetzt erst bemerke ich, dass ich die Blumen noch in der Hand halte. Dass ich sie ins Grab werfen sollte, bevor es geschlossen wird.

Aus dem Weg schaffen ... Was hat Teresa damit gemeint? Wer oder was sollte aus dem Weg geschafft werden? Franca selbst? Oder der Junge, von dem Teresa immer wieder sprach?

Der Junge …

Der Junge ist immer noch …

Ich habe die Seite mit meiner Schreibtischlampe durchröntgt, ich bin geradezu in sie hineingekrochen. Alles vergeblich. Vielleicht muss ich einen Experten zurate ziehen. Vielleicht gibt es noch andere Mittel und Wege, die verlorenen Wörter wieder sichtbar zu machen.

Der Junge … Unwillkürlich muss ich an einen zusammengekrümmten Körper denken. Verschnürt. Geknebelt. Meine Krawatte droht mir die Luft abzuschnüren. Ich löse sie, sodass sie mir wie ein Strick um den Hals hängt. Mir ist schwindelig vor Hitze.

«Enzo?» Ich muss mich zusammenreißen. Das hier ist die Beerdigung meiner Mutter. «Schaffst du es noch bis zum Ende?» Bea reibt mir über den Rücken. «Wir machen Urlaub, wenn das hier überstanden ist. Nur du und ich. Zwei Wochen. Was meinst du? Es war alles ein bisschen viel in letzter Zeit.»

Ich bin froh um Beas Hand, denn der Friedhof beginnt sich vor meinen Augen zu drehen.

«Ich glaube, ich habe zu wenig getrunken», sage ich entschuldigend, und Bea kramt eine kleine Wasserflasche aus der Handtasche und reicht sie mir. Zitternd nehme ich einen Schluck. Neben uns fährt der Müllwagen endlich weiter. Hinter uns erhebt der Pastor die Stimme. Die Totenglocke beginnt zu läuten. Die Klagefrau heult. Ich halte noch immer die Blumen in der Hand. Unglücklich blicke ich auf den Strauß.

Ich habe mich so sehr auf das konzentriert, was meine Mutter ins Grab gebracht hat, dass ich darüber verpasst habe, wie es geschlossen wurde.

TILDA

Ich liege im Bett, starre an die Decke und warte auf den Morgen. Jede Minute fühlt sich an wie eine Ewigkeit. Die Ungewissheit ist das Schlimmste. Nicht zu wissen, was passiert ist, wo Nino ist, ob er lebt. Das Zweitschlimmste ist meine Abgeschiedenheit. War es mir wirklich einmal wie ein Segen vorgekommen, dass ich hier weder Netz noch Telefon habe? Jetzt zerreißt es mich innerlich, dass mein Bruder mich nicht mal erreichen könnte, wenn er wollte.

Plötzlich kann ich Astrids Sorge um mich besser verstehen. Ich denke daran, wie weit entfernt das Wochenende mit ihr mir plötzlich erscheint, obwohl keine achtundvierzig Stunden vergangen sind, seit ich sie zum Flughafen gebracht habe. Ich denke daran, was Enzo über die Entführungen erzählt hat. Ich denke an den Anruf von Nathan. Ich denke an diese Nathalie. Nur an Schlaf ist nicht zu denken.

Ich schlage die Decke zurück und stehe auf. Die Einsamkeit ist plötzlich nicht mehr zu ertragen. Dieser Ort nicht. Das Haus nicht. Das Heulen des Windes nicht und dieses ewige Jammern. Zum Teufel damit.

Ich ziehe mich an, packe ein paar Sachen in meinen Koffer und stolpere durch die Dunkelheit zu meinem Auto. Ich habe keinen Plan, als ich losfahre. Weiß nur, dass ich irgendwohin will, wo es Menschen gibt und Leben. Für ein paar Tage könnte ich mich in das erstbeste Hotel einmieten, das noch ein Zimmer frei hat. Doch dann – vielleicht aus Gewohnheit oder vielleicht weil meine Planlosigkeit reiner Selbstbetrug ist – fahre ich doch an allem vorbei. An den Hotels und Gasthäusern. Ich fahre in den Hafen, zu Daniele. Klopfe einfach mitten in der Nacht an seine Tür. Er macht auf und ist völlig verdattert, als er mich sieht. Seine Haare stehen zu allen Seiten ab. Er hat geschlafen, so wie jeder normale Mensch um diese Uhrzeit. Besonders ein Mensch, der in drei Stunden schon wieder auf dem Meer sein muss.

«Tilda», sagt er und blickt verwirrt auf meinen Koffer. So ähnlich stand Nino vor einigen Wochen vor meiner Tür.

«Mein Bruder ist verschwunden», bringe ich hervor. Und obwohl das eigentlich gar nichts erklärt und am wenigsten, warum ich mitten in der Nacht mit einem Koffer vor seiner Wohnung stehe, als wollte ich gleich bei ihm einziehen, öffnet er die Tür für mich. Seine Wohnung kommt mir noch kleiner vor als bei meinen letzten Besuchen. Ich weiß nicht, wohin mit mir, bleibe ratlos im Raum stehen, bis er näher kommt und mich zögerlich umarmt. Mehr nicht. Ich lasse den Koffer fallen und drücke Daniele dankbar zurück. Keine Ahnung, wie er es wissen konnte, aber für genau diese Umarmung bin ich hergekommen. Für eine Umarmung, für ein bisschen Nähe, Ablenkung, Vergessen. Für einen Kuss, der sich weich anfühlt und genauso ruhig und unaufgeregt wie alles an Daniele. Ich mag die Langsamkeit, mit der er vorgeht, während ich immer nur von Ungeduld und innerer Unruhe getrieben bin. Und als er mich schließlich mit sich zum Bett zieht, weiß ich plötzlich doch, wohin mit mir. Es ist schön anzukommen. Und damit meine ich nicht Danieles Wohnung. Vielleicht komme ich zum ersten Mal seit Langem wieder wirklich bei mir selber an.

Die ganze Geschichte um Nino erzähle ich ihm erst später, als wir in seinem Bett liegen. Er hört sich alles mit seiner gewohnten Ruhe an, während er seine Finger in meine verschränkt. Nachdenklich und konzentriert. Danieles Finger sind lang und wirken knochenlos wie die Arme einer Krake.

Wie Enzo ist auch er der Meinung, dass die Zeiten der Entführungen auf der Insel vorbei sind. Vermisste können zu leicht per GPS oder Wärmebildkameras gefunden werden. Geldwäsche ist zunehmend schwierig geworden.

«Heute arbeiten die Leute mehr im Tourismus», sagt Daniele, als hätte es dafür lediglich eine Umschulung gebraucht. Vom ehemaligen Entführer zum Hotelrezeptionisten. Es ist absurd.

Daniele steht auf, ohne überhaupt geschlafen zu haben. Er steht nackt im Zimmer und sucht nach seiner Jeans, und ich habe plötzlich ein schlechtes Gewissen. Wegen Nathan. Aber auch wegen Daniele. Ich bin heute Nacht nur hergekommen, um für ein paar Stunden vergessen und meinen Kopf abschalten zu können. Daniele weiß nichts von Nathan. Er weiß nicht, dass mein Ex-Mann die ganze Zeit im Raum gesessen und zugesehen hat.

Er steigt in seine Hose. «Bist du später noch da, wenn ich zurückkomme?»

«Wenn ich darf?»

«Natürlich darfst du.» Er steht an der Tür und betrachtet mich, als wisse er nicht, ob er zu mir kommen und mir einen Kuss geben darf.

Bis zum Mittag schlafe ich unruhig, checke immer wieder mein Handy. In Danieles kleiner Bude wird es bald stickig und viel zu warm. Ich wünsche mir eine Klimaanlage und dusche stattdessen lange und kalt. Dann fahre ich noch einmal zur Polizeistation, um nicht in Vergessenheit zu geraten – eine überflüssige Sorge, wie sich herausstellt. Der Beamte erkennt mich von Weitem, verdreht die Augen und verschwindet sofort im Hinterzimmer, von wo aus er eine

Kollegin vorschickt. Die immerhin nimmt nun endlich Ninos Daten auf.

Als ich zurückfahre, ist Daniele nicht in seinem Geschäft, wo ich ihn um diese Zeit vermutet hätte. Ich gehe ums Haus herum zum Eingang und habe kaum geklopft, als er auch schon die Tür aufreißt und mich ins Haus zieht.

«Wo bist du gewesen? Du wolltest doch zu Hause sein, wenn ich komme!»

Ich bin perplex. Eigentlich habe ich Daniele nicht für jemanden gehalten, der erwartet, dass man zu Hause sitzt und Däumchen dreht, bis er zurückkommt.

«Ich war bei der Polizei und habe nach Nino gefragt», sage ich.

Daniele hält etwas hoch, das ich erst auf den zweiten Blick als einen Ausweis erkenne. Mir bleibt der Mund offen stehen.

«Ist das …?» Ich reiße ihn Daniele aus der Hand. «Woher hast du den?!»

«Ich habe mich im Hafen ein bisschen umgehört. Francesco, ein Freund von mir, hat einen Bootsverleih im Hafen. Er wollte schon zur Polizei gehen, weil dein Bruder Nino eine *gommone* gemietet und nie zurückgebracht hat. Und weil er unter der angegebenen Telefonnummer nicht zu erreichen ist.»

Ich bin fassungslos. «Wann hat er das Boot gemietet?»

«Vergangenen Donnerstag.»

«Und er ist nicht zurückgekommen?» Mein Magen verkrampft sich. Das ist fünf Tage her! Da denke ich mir die wildesten Theorien aus, durchstöbere Ninos YouTube-Kanal, verdächtige Silvio, verdächtige irgendeinen unbekannten Entführer. Sogar das Feuer habe ich als Erklärung für sein Verschwinden in Betracht gezogen. Aber Wasser?

Augenblicklich muss ich daran denken, wie ich vor einigen Wochen aufs Meer hinausgeschwommen bin und fast ertrunken wäre. Die Angst dort draußen. Die Wellen. Die Erschöpfung.

«Nein», flüstere ich und schlage mir eine Hand vor den Mund. «Ich muss zur Polizei zurück! Die Küstenwache muss ihn suchen!»

Daniele greift mich am Handgelenk. «Warte, Tilda!»

«Was?!», fahre ich ihn an.

«Francesco hat Sorge, er hätte das melden müssen. Gleich am Freitag, als dein Bruder immer noch nicht zurück war. Ich habe ihm versprochen, wir würden rausfahren und das Boot erst mal selbst suchen.»

Einen Moment lang kann ich nicht glauben, dass er das ernst meint. «Wegen einer verletzten Meldepflicht kann ich kaum das Leben meines Bruders aufs Spiel setzen, Daniele!»

«Er hat das Boot vor fünf Tagen gemietet.»

«Und?!»

Daniele schweigt.

«Was willst du mir damit sagen, Daniele? Dass ich sein Leben sowieso nicht mehr aufs Spiel setzen kann, weil er schon viel zu lange da draußen ist?» Meine Stimme ist jetzt laut. Ich bin wütend. Und plötzlich kommt mir das Telefongespräch in den Sinn, das ich einmal belauscht habe, als ich bei ihm war. Schon damals hatte ich das komische Gefühl, dass etwas nicht ganz stimmt. Jetzt ist dasselbe Gefühl wieder da – nur stärker als zuvor. Ich kneife die Augen zusammen. «Warum willst du mich so vehement davon abhalten, die Küstenwache einzuschalten? Das ist doch nicht normal!»

«Was weißt du denn schon davon, was auf dieser Insel normal ist! Du hast doch keine Ahnung, wie es hier läuft, Tilda. Sobald man die Behörden einschaltet, gibt es immer nur Ärger. Und ein Versprechen an einen Freund zählt mehr. Wir finden das Boot auch alleine, du und ich.»

Ich alarmiere trotzdem die Polizei. Daniele braucht nichts

davon zu wissen, ich bin ihm keine Erklärung schuldig. Ich tätige den Anruf von einer Toilette im Hafen aus, bevor ich zu Daniele ins Boot klettere und wir aufs Meer rausfahren. Anders als bei unserer ersten gemeinsamen Ausfahrt ist es heute stürmisch. Immer wieder werden wir von den Wellen hochgeworfen und klatschen zurück aufs Wasser. Ich klammere mich fest.

Wir halten uns so nah an der Küste, wie wir können. Daniele hat ein Fernglas an Bord, mit dem ich die Buchten, Felsen und Strände absuche. Wie viele solcher Buchten es hier gibt! Die meisten sind von Land aus völlig unzugänglich. Es ist eine wilde Küste – steinig, bewuchert, grau, grün, türkis. Und einsam. Jetzt, bei diesem Wellengang, sehen wir nicht viele andere Boote.

Es dauert Stunden, bis wir die Küste einmal in nördlicher Richtung abgefahren sind. In jene Richtung, die die meisten Leute einschlagen, wenn sie von hier aus ein Schlauchboot mieten. Mir fällt ein Helikopter auf, der über unseren Köpfen knattert, und ich frage mich, ob das die Küstenwache ist, die ebenfalls nach Nino sucht. Daniele muss einen ähnlichen Gedanken haben, denn er schaut zum Himmel, runzelt die Stirn und sieht dann skeptisch zu mir herüber.

Es ist bereits später Nachmittag, als er das Boot wendet. Ich habe keine Karte zur Hand, doch gefühlt müssen wir schon fast bei Olbia sein. An den berühmtesten Buchten und Schnorchelspots sind wir längst vorbei, und es ist wenig wahrscheinlich, dass Nino es mit seinem gemieteten Schlauchboot überhaupt bis hierhin geschafft hätte. Zudem könnte es immer noch sein, dass er nach Süden gefahren ist.

Ich hebe das Fernglas zurück an die Augen und suche verbissen weiter die Küste ab. Es fällt mir inzwischen schwer, mir ein Szenario auszudenken, in dem wir meinen Bruder noch lebend finden. Und das macht mich völlig fertig.

«Wir fahren noch mal genauso langsam an der Küste entlang», ruft Daniele mir über den Wind hinweg zu. «Vielleicht haben wir was übersehen.»

Ich nicke. Doch das haben wir nicht. Die Küste ist genauso wild und einsam wie auf unserer Hinfahrt. Und sie wird zunehmend dämmriger, weil die Sonne sich auf die andere Seite der Insel verabschiedet und tief hinter den Bergen steht. Im Hafen herrscht abendliche Urlaubsstimmung. Touristen sitzen hinter Scheiben auf windgeschützten Terrassen und bestaunen das rot gefärbte, aufgewühlte Meer. Wie Blut sieht es aus. Oder vielleicht ist das auch nur meine Assoziation, nachdem ich den ganzen Nachmittag ein verunglücktes Boot gesucht habe, in der Angst, durchs Fernglas irgendwo den toten Körper meines Bruders zu sehen.

Daniele besteht darauf, dass wir etwas essen müssen, und obwohl ich keinen Appetit habe, folge ich ihm in ein günstiges Lokal mit Plastikstühlen, das *La Friggitoria* heißt, die Fritteuse. Daniele kennt den Besitzer. Natürlich. Er scheint überhaupt jeden hier zu kennen, der nicht nur für zwei Wochen Sommerferien auf der Insel ist. Er bestellt zwei Portionen frittierter Tintenfischringe für uns, die salzig sind und mit großen, saftigen Zitronenschnitzen auf Plastiktellern kommen. Dazu gibt es Pommes. Es ist ein einfaches Essen. Eines, wie ich es mögen würde, wenn ich denn mehr als ein paar Bissen herunterbekommen würde.

Wir sitzen drinnen. An der Wand hängt ein Fernseher, in dem die lokalen Nachrichten laufen. Noch immer sind die Brände auf der Insel das Topthema. Doch dann geht es plötzlich um den Vermisstenfall, und ich blicke so überrascht auf, dass Daniele es merkt und sich ebenfalls zum Fernseher umdreht. Wir sehen Bilder der Küstenwache. Im Voiceover wird verkündet, ein deutscher Tourist werde an der Ostküste Sardiniens vermisst, nachdem er sich am vergangenen Donnerstag ein Boot gemietet habe und nicht zurückgekehrt sei. Auch an unserem Nachbartisch wird es jetzt still. Es ist ein so realer Schrecken. Einer, mit dem man sich gerade in diesem Hafen, in dem sicher jeder schon mal mit einem Boot aufs Meer raus ist, identifizieren kann.

Als der Bericht zu Ende ist, sieht Daniele mich stumm an. Ich bemerke, wie seine Kiefermuskeln sich anspannen. Vorwurf und Wut mischen sich in seinem Ausdruck. Er kann doch nicht wirklich angenommen haben, dass ich es nicht melden würde, wenn mein Bruder plötzlich auf See vermisst wird. Hat er eigentlich selbst Geschwister? Ich weiß so wenig über ihn. Wir wissen beide so wenig übereinander. Immerhin eine Eigenschaft an ihm lerne ich nun kennen: Daniele kann äußerst nachtragend sein. Er schmollt den Rest des Abends. Und das ist in der kleinen Wohnung mehr, als ich ertragen kann. Die Luft zwischen uns ist zum Schneiden dick, geladen mit unausgesprochenen Vorwürfen.

«Also gut», sage ich irgendwann genervt. «Ich packe meine Sachen.»

Ich stehe auf, hole meine Reisetasche aus der Ecke und werfe meine Kleidung hinein. Daniele schaut mir stumm zu. Erst als ich ins Bad gehe, um auch dort alles einzusammeln, höre ich hinter mir leise Schritte.

«Du musst nicht gehen», sagt er zögerlich.

Zur Antwort knalle ich die Zahnbürste in meine Tasche.

«Ich will nicht, dass du gehst», setzt er nach.

Ich drehe mich zu ihm um. Er steht im Türrahmen und sieht mich bittend an. Ich werfe die Hände in die Luft.

«Dann sprich mit mir, Daniele. Ich habe nach all dem Scheiß wirklich nicht noch die Nerven für ein Stummfilmdrama!»

«Es ist wegen Francesco.»

«Ja, das habe ich inzwischen verstanden. Hab ich aber kein Verständnis für.»

«Er kann gerade nicht mit der Polizei in Konflikt kommen», sagt Daniele zerknirscht. «Es gab in der Vergangenheit immer mal wieder Probleme mit seinen Booten.»

«Probleme?», wiederhole ich. Langsam. Ungläubig.

«Wegen der Wartung. Touristen haben behauptet, die Boote seien in schlechtem Zustand, ihm wurde gedroht, dass er seine Lizenz verliert, solche Sachen. Darum musste ich ihm versprechen, die Polizei rauszuhalten, bevor es noch mehr Probleme gibt.»

Ich starre ihn an. Das Abendessen droht mir hochzukommen.

«Ist das dein verdammter Ernst, Daniele? Mein Bruder ist verschwunden, und du deckst den Verleiher, damit es nicht noch mehr *Probleme* gibt? Weißt du, was ein echtes Problem ist? Dass schlecht gewartete Boote an Touristen vermietet werden!»

«Es ist nicht so einfach, Tilda! Francesco ist ein Freund. Ich dachte, ich könnte helfen, ohne dass es ...»

«Ohne dass es was?» Ich gehe einen Schritt auf ihn zu. «Ohne dass es auffliegt, dass er Boote rausgibt, die so kaputt sind, dass sie auf dem offenen Meer sinken?»

«Du weißt nicht, wie das ist, Tilda. Hier zu leben, ohne Geld. Wenn Francesco seine Lizenz verliert, verliert er auch sein Geschäft. Und was dann?»

«Und wenn Menschen auf dem Meer *ihr Leben* verlieren?», gebe ich scharf zurück, bevor mir auffällt, was Daniele noch gesagt hat. Ich wisse nicht, wie es ist, ohne Geld zu leben. Glaubt er vielleicht, ich sei reich? Und warum? Weil ich ein Haus für einen Euro erstanden und renoviert habe? Weil ich ihm für seine Bilder fünfzig Euro in die Hand drücke statt der lächerlichen fünf, die er will? Und plötzlich kommt mir wieder ein Gedanke in den Sinn, den ich auch schon in meinem letzten Gespräch mit Enzo hatte. Habe ich hier in der Barbagia die falschen Signale gesetzt, als ich ankam und sagte, ich sei Unternehmerin?

Ich begegne Danieles Blick, und ich merke, dass auch er erschöpft ist.

«Wir fahren morgen wieder raus», sagt er schließlich, seine Stimme fest, als hätte er eine Entscheidung getroffen. «Weitersuchen.»

«Und wenn wir das Boot finden und herauskommt, dass es nicht in Ordnung war?», frage ich. «Was machen wir dann?»

Daniele seufzt tief und reibt sich die Stirn. Entweder hat er darüber noch nicht nachgedacht, oder aber er weiß, dass mir seine Antwort nicht gefallen wird.

«Daniele, jetzt mal ehrlich. Steckst du irgendwie in dieser Sache mit Francesco und dem Bootsverleih mit drin?»

Er bleibt mir die Antwort schuldig. Noch eine Sache, die ich nicht über ihn weiß.

Als er später das Licht löscht, liege ich im Dunkeln und lausche auf seinen Atem, der langsamer und regelmäßiger wird, wie das Rauschen der Wellen. Es hat mich früher mal beruhigt, das Meer. Sein Anblick. Sein Geräusch. Jetzt nicht mehr.

Der Morgen kommt und mit ihm die nächste Etappe unserer Suche. Das Meer ist noch aufgewühlter als gestern, und der starke Wind drückt uns gegen die Insel. Wir können nicht mehr so dicht heranfahren wie gestern. Nicht, ohne Gefahr zu laufen, gegen die Küstenfelsen zu prallen. Daniele steuert das Boot weiter und weiter gegen die Strömung, und mir fällt es zunehmend schwer, eindeutig zu sagen, was ich durch das Fernglas sehe. Ist es ein Felsen? Ein gekentertes Boot? Es macht die Sache auch nicht einfacher, dass das Schlauchboot steingrau ist. Wie die Steilfelsen.

Immer wenn ich meine, etwas entdeckt zu haben, steuert Daniele das Boot steil in die entsprechende Bucht. Wir werden auf und ab geworfen, kommen den Felsen gefährlich nah. Jedes Mal ist es doch nur falscher Alarm. Und wenn das Boot nun ein Leck hatte? Wenn es mitsamt meinem Bruder gesunken ist und unsere Suche hier völlig umsonst?

«Können wir da bei den Höhlen reinfahren?», rufe ich Daniele zu, als wir am späten Nachmittag zum zweiten Mal an einer Stelle vorbeikommen, die mir schon auf dem Hinweg aufgefallen ist. Es ist eine von Höhlen umgebene, fast gänzlich eingeschlossene Bucht, in die ich sogar mit dem Fernglas kaum Einblick habe.

Daniele schaut skeptisch auf die Felsnase, an der wir vorbeimüssten, um in die Bucht zu fahren, und ich sehe selbst, was ich von ihm verlange. Die Wellen schlagen hoch gegen den Felsen.

«Bei dem Wellengang schwierig», ruft er mir über den Wind zu.

«Können wir es trotzdem versuchen?»

Er sieht sich um und gibt Gas. Steuert das Boot vom Felsen fort aufs Meer, wohl in der Hoffnung, sich der Bucht aus einem besseren Winkel zu nähern. Dann drosselt er den Motor und steuert uns konzentriert auf den Spalt zwischen den Felsen zu. Sein Kiefer ist angespannt. Es ist schwierig, aber nicht mehr unmöglich. Ich nehme wieder das Fernglas zur Hand. Die Bucht hat gelben Sandstrand und besteht eigentlich aus mehreren Buchten, umschlossen von einer zerklüfteten Steilküste. In den Wänden gähnen schwarze Höhlenlöcher.

«Daniele! Da ist etwas!» Wir werden von einer Welle erfasst, die uns hoch- und mich fast über Bord wirft. Erschrocken lasse ich das Fernglas los und klammere mich fest. Aber ich habe etwas gesehen. Ein Schlauchboot am Ufer. Ich bin mir sicher! Daniele schaut angestrengt aufs Wasser, korrigiert den Kurs, und ich stelle frustriert fest, dass wir uns vom Strand entfernen.

«Weiter kommen wir nicht», sagt er. «Nicht mit meinem Boot. Es ist zu flach hier, zu viele Steine und Felsen. Mit einem Schlauchboot würde es gerade eben gehen.»

Zerknirscht starre ich auf die Bucht. Sie ist jetzt direkt vor uns, keine hundert Meter mehr entfernt, und an der Felsnase sind wir vorbei. Man braucht nicht mal mehr ein Fernglas, um das Schlauchboot zu sehen, das halb in einer der Höhlen liegt.

«Kannst du hier ankern?»

«Was hast du vor?»

«Schwimmen.»

«Auf gar keinen Fall», sagt Daniele. Aber ich ziehe bereits mein T-Shirt über den Kopf und steige aus meinen Shorts.

«Die Bucht ist geschützt», sage ich. «Und die Wellen bringen mich eh in Richtung Strand.»

«Und wie willst du wieder zurückkommen?»

«Daniele, ich schwimme nicht zum ersten Mal im Meer! Und du hast doch selbst gesagt, hier ist es flach! Wahrscheinlich kann ich an den meisten Stellen sogar stehen.»

Daniele blickt sich um. «Dahinten kann ich versuchen anzulegen», sagt er. «Da können wir über die Felsen zum Strand klettern.»

«Mach das, ich nehme jetzt den kürzeren Weg», sage ich. Die Aussicht darauf, dass wir uns weiter entfernen könnten, nur damit Daniele am Ende möglicherweise feststellt, dass er sein Boot auch dort nicht anlegen kann, gefällt mir nicht. «Wir sehen uns dann am Strand!»

Ehe er weiter versuchen kann, mich aufzuhalten, springe ich ins Wasser. Wie erwartet ist das Meer hier nicht tief, das Problem ist eher, dass es so flach ist, dass ich bei jeder größeren Welle gegen die Felsen und Steine schlage. Meine Schienbeine sind wund, als ich endlich am Strand ankomme, und am Bauch habe ich eine lange Schramme. Ich spucke Meerwasser in den Sand und drehe mich um, halte nach Danieles Boot Ausschau, aber ich kann es nicht mehr sehen. Irritiert suche ich das Meer ab. Waren es gar nicht die Felsen dort drüben? Oder war die Stelle doch nicht geeignet, und er versucht es anderswo?

Ich wende mich ab und wieder dem zu, weswegen ich hier bin. Durchs knietiefe Wasser wate ich von einer Höhle zur anderen, bis ich die erreiche, in der das Boot angespült wurde. Mir entfährt ein leiser Schrei, als ich es direkt vor mir sehe. Ich stürme darauf zu, unsicher, welcher Anblick mich erwarten wird. Ob ich Nino finde, möglicherweise tot. Ich mache mich auf das Schlimmste gefasst, aber als ich das Boot erreiche, ist es vollkommen leer. Wellen lecken an seiner Seite, genau wie an meinen aufgeschrammten Füßen. Mir fällt auf, dass einer meiner Zehen blutet. Die Höhle ist ein dunkler Schlund, eine Zunge aus Sand führt in sie hinein. Ich blicke mich noch einmal vergeblich nach Daniele um, bevor ich sie betrete. Das Tageslicht verliert sich bald, und weil ich geschwommen bin, habe ich nicht mal das Handy bei mir, mit dem ich mir leuchten könnte. Schemenhaft kann ich spitze Stalaktiten ausmachen, die von der Decke hängen. Dazwischen flattern Fledermäuse. Es ist dunkel und trocken hier drin. Der Sand unter meinen Füßen kalt. Dann höre ich ein Geräusch hinter mir und drehe mich um.

«Danie...», beginne ich, bringe aber nicht mal mehr seinen Namen zustande, bevor mich ein Schlag auf den Kopf trifft, so heftig, dass ich glaube, meinen Schädel knacken zu hören. Ich taumele zur Seite, vor meinen Augen tanzen Lichter, dann erlöschen auch diese, und die Dunkelheit wird perfekt.

ENZO

Ich trete in die Wohnung und werfe die Schlüssel in die Keramikschale neben der Tür. Bea sitzt im Schneidersitz auf dem Wohnzimmerboden, umgeben von einem Durcheinander aus Reiseführern und ausgedruckten Karten. Noch am Abend nach der Beerdigung hat sie Ernst gemacht mit ihrem Versprechen, Urlaub einzulegen. Offenbar habe ich ihr wirklich Sorge bereitet, denn innerhalb von vierundzwanzig Stunden hatte sie die Flüge gebucht, die bereits übermorgen gehen. Irland, Island oder Schottland. Ganz genau habe ich es, ehrlich gesagt, nicht mitbekommen. Es ist, als hätte mein Gehirn, nach allem, was passiert ist, keine Kapazitäten mehr, etwas so Nebensächliches wie ein Reiseziel aufzunehmen. Auf jeden Fall ist es kühl und weit weg, und mehr brauche ich nicht zu wissen. Beas Finger tippen konzentriert auf die Tastatur ihres Laptops ein. Hinter ihr kämpft ein Ventilator erfolglos gegen die gestaute Hitze im Raum an.

«Ich habe mal durchgerechnet. Für zwei Wochen ist das Bed and Breakfast zu teuer», sagt sie, ohne von ihrem Bildschirm aufzusehen, und es klingt, als hätten wir bereits über ein Bed and Breakfast gesprochen. Ich kann mich auch daran nicht erinnern. «Aber es gibt diese kleine Pension in den Highlands, direkt an einem See. Ein bisschen rustikal, aber sehr charmant. Und gar nicht so teuer. Was hältst du davon?»

Ich nicke abwesend, obwohl ich den Bildschirm nicht sehen kann.

«Oder …», fährt Bea fort, «wir könnten auch direkt in Edinburgh bleiben. Da gibt es eine Ferienwohnung mitten in der Altstadt. Das wäre mit Selbstverpflegung, aber wir hätten natürlich eine größere Auswahl an Restaurants und könnten von dort aus Ausflüge machen?»

«Ja, gute Idee.»

Sie blickt mich an. «Hast du mir überhaupt zugehört?»

«Klar.»

Sie runzelt die Stirn. «Es wird dir guttun, ein wenig Abstand zu bekommen, jetzt, nach der Beerdigung. Du stehst komplett neben dir.»

«Ich weiß. Tut mir leid.»

«Also buche ich dann die Pension oder die Ferienwohnung?»

Ich zögere. «Bea, ich habe nachgedacht. Ich finde die Idee mit dem Urlaub ja wirklich gut. Aber als ich sagte, ich will die Insel verlassen, da meinte ich nicht nur für zwei Wochen. Was hält uns denn noch hier?»

Sie seufzt. «Unsere Jobs? Darüber haben wir doch schon gesprochen.»

Ich schüttele den Kopf. «Ich glaube, ich würde gerne länger in Irland bleiben. Und von dort aus arbeiten.»

Sie sieht mich perplex an. «Schottland.»

«Bitte?»

«Du hast Irland gesagt. Wir haben aber von Schottland geredet.»

«Natürlich.»

Sie verschränkt die Arme und lehnt sich auf dem Stuhl zurück. «Enzo, was ist los? Ich mache mir wirklich Sorgen um dich! Du weißt nicht mal, wohin es geht!»

Ich druckse herum. «Mir ist ein Tagebuch in die Hände gefallen. Von der besten Freundin von Franca DiNardo.»

«Sag nicht, es geht schon wieder um Botigalli.» Bea blickt

stöhnend Richtung Decke. «Bist du dort den Nachmittag über gewesen?»

Ich zucke schuldbewusst mit den Schultern.

«Enzo, du weißt, ich würde allem zustimmen, was dir endlich Seelenfrieden bringt. Und ich sehe ja, dass du nicht von diesem Buchprojekt ablassen kannst! Aber wie sollen wir das anstellen? Eine Wohnung in Schottland, eine hier. Wie sollen wir das bezahlen? Schon die zwei Wochen Urlaub sind ein Stretch für uns, nach den Kosten für die Beerdigung.»

«Die letzten Einträge sind auf September 1982 datiert.» Ich mache eine bedeutungsvolle Pause, doch sie blickt mich nur verständnislos an. Unsere Finanzprobleme nehmen allen Raum in ihrem Kopf ein. «Das Jahr, in dem das Massaker in Botigalli stattfand», setze ich nach. «Und in dem Matteo entführt wurde.»

Jetzt endlich sickert die Bedeutung der Entdeckung zu ihr durch. Sie lässt die Arme sinken. «*Der* Matteo?»

«Genau. Sie schreibt über die Entführung eines Jungen, und der Eintrag ist von 1982. Bea, ich glaube, dass die Entführung und das Massaker zusammenhängen!»

«Aber ... sie nennt seinen Namen nicht *explizit*?»

«Bea, Herrgott! 1982! Und es geht um einen Jungen! Wie viele kommen denn da wohl infrage?»

«Reg dich bitte nicht auf.»

Wie kann ich mich nicht aufregen? Wie kann Bea sich nicht aufregen? Ich atme durch. «Der Text ist unleserlich und verwaschen. Vielleicht, wenn ich mit einem Experten zusammenarbeite ...»

«Und was dann?», unterbricht Bea mich.

«Ich will das veröffentlichen! Bea, mit diesem Tagebuch habe ich vielleicht genug in der Hand, um die Entführung *und* das Massaker von Botigalli aufzuklären! Das muss bekannt werden!»

«Und warum musst du dafür in Schottland sein? Warum kannst du das Buch nicht hier schreiben?»

Ich beiße mir auf die Lippe. Dann sage ich: «Diese Insel erdrückt mich. Alles hier erdrückt mich. Die Hitze, die Touristen, die sämtliche Strände und Buchten belagern, die ganze Heuchelei ... Ich bin durch damit, Bea. Ich will weg. Irgendwo neu anfangen.»

Bea sieht mich mitfühlend an. Ich weiß, sie denkt, ich sei nur emotional wegen meiner verstorbenen Mutter und Matteo. Aber ich meine es ernst. Ich kann es gar nicht erwarten, von hier wegzukommen.

«Also gut, aber gib mir ein paar Wochen Zeit», seufzt Bea schließlich. «Wenn du es nach dem Urlaub immer noch genauso siehst, dann rede ich mit der Kanzlei. Vielleicht besteht die Möglichkeit, dass sie mich in den letzten Jahren bis zur Rente nach Parma versetzen. Dann würden wir auch näher bei Gaia wohnen. Sie und Patricio planen ja auch irgendwann Kinder. Klingt das nicht nach einem vernünftigen Kompromiss?»

Meine Frau ist bekannt für ihre vernünftigen Kompromisse. Aber ich will nicht mehr Monate, vielleicht Jahre darauf warten, bis Bea alles geklärt hat und möglicherweise versetzt wird. Noch dazu in eine Stadt, die mir nicht einmal gefällt. «Die Zeitung hat mir gekündigt», sage ich, um die Bombe endgültig platzen zu lassen.

Bea starrt mich fassungslos an. «Was?»

«Letzte Woche schon.» Ihre Hand geht zum Mund. Ich schlucke die Unsicherheit herunter, die in mir aufsteigt. «Es ist in Ordnung. War eine gemeinsame Entscheidung.»

«Eine gemeinsame Entscheidung?», echot sie. «Denkst du nicht, ich sollte in so eine *gemeinsame* Entscheidung involviert werden?»

«Ich war schon lange nicht mehr mit dem Herzen bei der Sache.»

«Enzo, das ist doch kein Hobby. Das ist Teil unseres Einkommens!»

«Ich finde etwas anderes.»

«Und wo? Willst du vielleicht in Schottland zur Zeitung gehen oder wie?»

«Ich habe dir gesagt, was ich in Schottland tun will», sage ich unbeherrscht. Ihre aufgebrachte Stimme steckt mich an. «Und danach sehen wir halt, wo wir landen.»

«Prima Idee, ich kann ja meinen Job auch noch hinwerfen, dann sind wir völlig frei», höhnt sie. «Wir leben einfach von Luft und Liebe und von dem, was uns vor die Füße fällt!»

Ich kann ihr nicht sagen, dass mir im Moment nichts lieber wäre als das. «Es ist nur eine Auszeit, Bea. Gib mir einfach die Chance. Du weißt, wie lange ich schon an diesem Thema dran bin. Ich will endlich dieses Buch schreiben!»

Sie betrachtet mich lange und schüttelt dann den Kopf. «Da ist doch noch was anderes, oder? Du fliehst doch vor dir selbst, Enzo.»

Ich würde sie gerne fragen, ob sie glaubt, dass man das wirklich kann. Vor sich selbst fliehen. Vor dem, was man zu werden droht, wenn man den Familienbann nicht endlich bricht. Stattdessen sage ich: «Ich brauche einfach ein bisschen Ruhe und Zeit fürs Schreiben. Und Abstand, um nachzudenken, wie es von hier an weitergeht.»

Damit wende ich mich ab, ohne ihre Antwort abzuwarten, und gehe in mein Büro.

Es ist fast Mitternacht, als ich mit dem groben Packen durch bin. Ich wollte mit leichtem Gepäck reisen. Aber für eine unbestimmte Zeit und mit den ganzen Materialien über Botigalli ist es dann doch mehr geworden als geplant. Der Boden ist übersät mit Dingen, die ich erst ein- und dann wieder ausgepackt habe. Die Kiste mit den Fotos, die ich zu Beginn meiner Recherchen in den verwahrlosten Häusern zusammengesucht habe, werde ich morgen abfotografieren, um nicht den ganzen unhandlichen Schuhkarton mitnehmen zu müssen. Bea klopft an. Sie fragt, ob ich nicht bald schlafen kommen wolle, und ich antworte: «Ja! Bin gleich da.» Aber dann öffne ich den Deckel der Kiste und fange doch noch mit dem Abfotografieren an. Ein Bild nach dem anderen wandert unter die Linse meines Smartphones. Dann halte ich plötzlich bei einem inne, das eine Gruppe von Freundinnen beim Eisessen am Strand zeigt. Es ist ein altes Foto aus den 80er-Jahren, muss also kurz vor dem Massaker aufgenommen worden sein, das alles verändert hat, und ich frage mich, ob eine der Jugendlichen Teresa ist – bis mir ein Gesicht in der Reihe auffällt und ich mich aufrichte, als habe man mir einen Stromschlag verpasst.

Ich eile zum Schreibtisch, knipse die Lampe an. Hole die Lupe, mit der ich in der letzten Nacht die Seiten im Tagebuch zu entziffern versucht habe. Ich gehe fest davon aus, dass die Ähnlichkeit nur eine Täuschung ist, hervorgerufen durch die Entfernung, die schlechte Qualität des alten Fotos und die Tatsache, dass mehr als dreißig Jahre Altersunterschied dazwischenliegen. Doch unter der Lupe betrachtet ist die Ähnlichkeit sogar noch verblüffender.

Ich springe auf und hole das Tagebuch, das ich bereits eingepackt habe. Zwischen den Seiten suche ich nach dem durchstochenen Foto und halte beide nebeneinander, gleiche die Personen darauf ab. Es ist dieselbe Mädchenclique. Nur dass das dunkelhaarige Mädchen, das ich auf dem einen Foto zu erkennen glaube, auf dem anderen nicht zu finden ist. Dort gibt es nur das Mädchen mit dem durchstochenen Gesicht. Ein Gesicht, das bis zur Unkenntlichkeit verstümmelt ist.

Ich lehne mich erschlagen zurück. In meinem Kopf wirbeln die Gedanken. Seit ich das Tagebuch in die Finger bekommen und die letzten Seiten darin halbwegs entziffert habe, war mir eigentlich fraglos klar gewesen, dass es sich bei der Person auf dem zerstochenen Foto um Franca handeln musste. Es war die einzige Erklärung, die zu Teresas Beschimpfungen passte. Das Foto lag in ihrem Tagebuch, und Franca hatte durch ihr Auflehnen gegen Matteos Entführung Teresas Hochzeit in Gefahr gebracht. Das ganze Dorf in Gefahr gebracht. Aber Franca ist tot. Ich habe das Grab auf dem Friedhof selbst gesehen. Die Inschrift auf dem Stein, die ganz klar 1982 sagt.

Ich betrachte noch einmal das Foto vom Strand. Die Mädchen sehen glücklich aus. Alle bis auf die Dunkelhaarige, die ernst in die Kamera blickt. Sie hat breite dunkle Brauen, einen entschiedenen Mund und etwas Syrisches oder Griechisches an sich. Es ist ein markantes Gesicht, in dem sich auch im Alter nicht mehr viel ändern würde – wäre Franca denn älter geworden ... Ich stehe auf und beginne, im Zimmer auf und ab zu gehen, wie immer, wenn ich nachdenken muss. Es ist kein sehr weiter Weg, in drei Schritten habe ich mein ganzes Büro durchmessen, aber das genügt schon. Ich mache auf dem Absatz kehrt und begreife plötzlich, dass ich die ganze Zeit zum Narren gehalten wurde. Mehr noch, als ich glaubte. Und wenn das stimmt, dann ist das Tagebuch nicht nur der Schlüssel zur Erklärung der Massakernacht oder Matteos Verschwinden. Sondern auch der zur Legende um die Madre Piangente.

TILDA

Als ich zu mir komme, weiß ich nicht, wo ich bin. Mein Kopf dröhnt. Mein Mund fühlt sich pappig an. Ich habe Durst. Und da ist Meeresrauschen. Ich liege auf kaltem Stein, in völliger Dunkelheit. Stöhnend versuche ich, mich aufzustützen, und bekomme Panik, als ich merke, dass ich meine Arme nicht bewegen kann. Es fühlt sich erst an, als wären sie eingeschlafen, genau wie meine Beine nachts. Doch dann begreife ich, was wirklich los ist: Meine Hände sind auf dem Rücken gefesselt. Und mein Kopf steckt in einem Sack! Die Erkenntnis trifft mich wie ein Schlag. Mein Herz beginnt zu rasen. Ich versuche, die Furcht zu unterdrücken, die in meinem Magen wühlt. Versuche, mich zu orientieren, meine Sinne zu schärfen. Da ist der Geruch nach Salz, nach fischigem Meer, der durch den groben, muffigen Stoff vor meinem Gesicht dringt. Allmählich kehrt die Erinnerung zurück – das Schlauchboot vor der Höhle, mit dem mein Bruder rausgefahren sein muss, der plötzliche Schmerz, als mich jemand von hinten niederschlug. Wie viel Zeit ist seitdem vergangen?

Ich zucke zusammen, als ich hinter mir etwas höre. Und spüren kann ich es jetzt auch: Ich bin nicht alleine hier. Mein Herz setzt einen Schlag aus. Die Vorstellung, dass mein Angreifer noch immer in der Höhle ist und mich beobachtet, lässt mich augenblicklich erstarren.

«Was willst du von mir?», rufe ich. Ich bekomme keine Antwort. Zitternd strecke ich meine gefesselten Hände in die Richtung aus, in der ich das Atmen höre, gerade so weit, wie meine Schultern es zulassen. Meine Fingerspitzen berühren etwas Weiches, Warmes, und ich zucke zurück. Er ist direkt hinter mir.

Panisch robbe ich in die entgegengesetzte Richtung.

«Was willst du von mir?», wiederhole ich, meine Stimme ist jetzt schrill. Ich schüttele den Kopf, beuge mich vornüber, um den Sack loszuwerden, doch er sitzt fest, und der Kerl antwortet noch immer nicht. Was für ein mieses Spiel ist das? Ich halte inne und lausche in die Dunkelheit. Mein Kopf pocht vor Schmerz. Jetzt höre ich gar nichts mehr. Kann ich mich getäuscht haben? Was, wenn das Echo der Wellen dieses leise Atmen erzeugt? Was, wenn das, was ich für eine Person gehalten habe, nur etwas ist, das das Meer hier angespült hat? Ich strecke meine Fingerspitzen noch einmal aus, sehr vorsichtig, und diesmal berühre ich Stoff, eine Schulter. Ich taste hektisch weiter. Ertaste Haare. Höre ein leises Stöhnen. Ich habe mich nicht getäuscht. Da liegt jemand! Und ich erkenne seine Stimme.

«Nino?», flüstere ich heiser, fassungslos, und Panik steigt in mir auf. In welchem Zustand ist er?

Ächzend richte ich mich in eine sitzende Position auf, um ihn besser mit den Händen zu erreichen. An der Seite seines Kopfes spüre ich Plastik unter meinen Fingern und ein Kabel, was mich verwirrt. Sind das Kopfhörer? Meine Finger tasten weiter. Zu seiner Nase, seinem Mund, doch auch dort ist alles glatt und plastikartig. Schlagartig begreife ich. Das ist Klebeband. Jemand hat ihm Mund und Ohren zugeklebt. Meine Finger zittern, als ich versuche, blind den Anfang des Klebebands zu finden. Ich reiße es ab. Ein lautes Stöhnen.

«Nino?», rufe ich. Wenn ich nur endlich diese verdammten

Fesseln loswerden könnte! Ich strecke meine Beine aus, taste mit den nackten Füßen umher. Finde eine raue, abgebrochene Steinkante und robbe hektisch darauf zu, um das Seil daran zu reiben. Durchtrennen kann ich die Fesseln damit nicht. Immerhin gelingt es mir, das Seil zu lockern – nur ein wenig, aber genug, um meine Handgelenke zu drehen und herauszuziehen. Die Erleichterung ist überwältigend. Japsend ziehe ich den Sack vom Kopf – und bin noch immer von Schwärze umgeben. Es muss Nacht sein. Mein Gott, wie lange war ich bewusstlos?

Nur nach und nach schälen sich Formen aus der Dunkelheit. Ich erkenne Steinkanten und ein diffuses Halbdunkel. Dort muss der Ausgang sein. Ich drehe mich um und robbe auf Knien zurück zu der Gestalt auf dem Boden. Nino! Es ist wirklich mein Bruder. Und er lebt!

«Nino!» Ich schüttele ihn. Seine Augen sind geschlossen, seine Schläfe liegt im Sand. Als ich versuche, die Kopfhörer von seinen Ohren zu ziehen, stelle ich fest, dass auch sie festgeklebt sind.

«Was zum ...?» Ich ziehe das Klebeband hastig von seiner Haut, spüre die klebrigen Rückstände. Am Ende des Kopfhörerkabels hängt etwas Leichtes, Kleines, wie ein USB-Stick. Ein MP3-Player. Irritiert halte ich ihn in der Hand, doch als Nino stöhnt, stecke ich den Player hastig in meine Hosentasche und rüttele wieder an Ninos Schulter.

«Nino, hörst du mich?» Sein Atem ist flach. Ich muss ihn hier rausbringen! Ich stehe auf und will Nino hochziehen, als ich plötzlich ein Geräusch von draußen höre. Einen Motor, der sich nähert. Ein Boot. Meine Augen wandern zum Höhleneingang. Kann das Daniele sein? Daniele, der mit einem kleineren Boot zurückkehrt, weil er mit seinem Fischerboot nicht weitergekommen ist? Kurz bin ich versucht, seinen Namen zu rufen, aber dann zögere ich. Was, wenn er es war, der mich niedergeschlagen hat? Und hat er auch Nino hierher verschleppt? Panik überschwemmt mich. Wir müssen von hier verschwinden.

Ich ziehe Nino auf die Beine, aber er ist schwach, taumelt unter meinem Griff. Er ist zu schwer für mich. Ich schlinge einen Arm um ihn, stütze ihn, so gut ich kann, schleife ihn Richtung Ausgang. Steine stechen mir in die Füße. Ich strauchle mehrmals und hoffe inständig, dass Ninos Gummiboot noch fahrtüchtig ist. Das Motorengeräusch kommt näher. Wir sind zu langsam. Ich blicke mich um und schleppe Nino dann hinter einen Felsen. Er stöhnt, als ich ihn zurück auf den Boden sinken lasse. Ich spähe hinter dem Felsen hervor. Von hier aus kann ich den Strand sehen. Der Mond steht über der Bucht und erleuchtet sie schwach. Der Wind peitscht noch immer die Wellen auf. Dann kommt das Boot in Sicht. Es ist ein weiteres Schlauchboot. Ich kneife die Augen zusammen und versuche, die Gestalt darin zu erkennen. Versuche auszumachen, ob es Daniele ist. Doch das Boot ist jetzt so nah, dass der Fahrer mich ebenfalls sehen könnte, und ich ziehe mich hastig hinter den Felsen zurück. Ich höre es platschen, als er ins Wasser springt. Erschrocken presse ich meinen Rücken gegen den Felsen. Die Höhle ist nicht breit, aber ihre Schatten sind tief, und ich hoffe, dass sie ausreichen, um unentdeckt zu bleiben. Meine Hände tasten nach einem Stein. Ich finde einen und umklammere ihn. Es ist ein großer Stein. Schwer genug, um jemanden niederzuschlagen, wenn es sein muss. Mein Herz klopft.

Ich werfe einen Blick zu Nino, dessen Blick benommen und verwirrt ist. Er nimmt kaum wahr, was passiert, aber seine Lippen bewegen sich stumm, als wollte er etwas sagen. Ich presse meine freie Hand auf seinen Mund, um ihn ruhig zu halten. Schritte nähern sich. Mein ganzer Körper spannt sich an. Ich hebe den Stein, umklammere ihn noch fester, bereit, aufzuspringen und uns beide zu verteidigen. Doch dann gibt Nino plötzlich ein Wimmern von sich. Die Schritte verstummen abrupt. Und neben unserem Felsen flammt das Licht einer Taschenlampe auf.

FRANCA

Der Lichtstrahl der Taschenlampe tanzte über die Felswände der Höhle und malte gespenstische Schatten auf den Boden. Der Geruch von feuchtem Gestein und altem Schimmel stieg mir in die Nase. Die Wände waren unregelmäßig und voller kleiner Löcher, in denen sich das Licht brach. Ein Schritt nach dem anderen, weiter in die Finsternis. Bei der Vorstellung, dass Matteo noch immer hier unten gefangen war, nach all den Wochen, zusammengeschnürt und verpackt wie ein Paket, wurde mir schlecht. Ich ließ die Taschenlampe dorthin gleiten, wo ich die Kiste vermutete. Aber da war nur Leere. Ich blieb stehen, sah mich um. War ich in die falsche Richtung gegangen? Ich erinnerte mich nicht daran, mich so weit vom Eingang entfernen zu müssen. Trotzdem ging ich weiter, bis die Höhle endete. Aber die Kiste mit Matteo darin war weg.

Hektisch schwenkte ich die Taschenlampe umher. Drehte mich im Kreis, leuchtete jeden Winkel aus. Kein Lebenszeichen. Bis auf das Seil am Eingang, über das man sich in die Höhle hinabließ, wirkte es, als wäre nie jemand hier gewesen. Sie hatten ganze Arbeit geleistet, um alle Spuren zu verwischen. Meine Gedanken rasten. Ich war zu spät gekommen. Sie hatten ihn bereits woanders hingebracht. Natürlich hatten sie das. Sie mussten vermutet haben, dass ich kommen würde, um ihn zu befreien. Entweder das oder die Männer waren nicht einverstanden gewesen mit dem Versteck, das Tommaso und die anderen gewählt hatten, und hatten ihn an einen noch sichereren Ort gebracht. Einen, den die Polizei nie finden würde. Und ich ebenfalls nicht.

Die Barbagia war voller Verstecke. In diesen Bergen gab es unzählige Höhlen, Schluchten, alte Hirtenhütten. Hinter jedem Felsen oder Stein konnte eine weitere Höhle liegen.

Ich spürte, wie meine Knie schwach wurden. Die Luft fühlte sich plötzlich dünn an, unzureichend, als wäre die Höhle ein lebendiges Wesen, das mir den Atem stahl.

Ich könnte zur Polizei gehen, könnte ihnen alles erzählen, die Wahrheit über Tommaso und die anderen, über Matteo. Aber was, wenn auch sie mir nicht glaubten? Was konnte ich ihnen schon zeigen außer einer leeren Höhle, in der es keine Spur des Jungen mehr gab?

Unschlüssig leuchtete ich auf mein Gepäck. Ich könnte immer noch weglaufen. Aber wenn ich ging, ließ ich Matteo zurück. Ließ ihn im Stich, und ich wusste, dass ich das nicht konnte. Was für eine Freiheit würde das für mich werden?

Ich schulterte den Rucksack und ging zurück zum Seil. In dieser schwarzen, undurchdringlichen Dunkelheit ließ sich nicht denken. Draußen war die Nachtluft klarer. Die Sterne blinkten durch die Bäume. Meine Beine führten mich zurück zum Dorf, zu unserem Haus. Ich trat leise ein, in Gedanken noch immer auf der Suche nach einem Plan, einer Lösung. Das Holz knarrte unter meinen Schritten. Ich bemerkte gar nicht, dass mein Vater im Sessel saß, im Dunkeln. Bis er plötzlich aufstand und das Licht anknipste. Ich zuckte zusammen.

«Wo warst du?», fragte er.

Ich ließ die Taschenlampe los, sie fiel auf den Boden, rollte zwischen unsere Füße.

«Wo ist Matteo?», fragte ich zurück.

Sein Gesicht verhärtete sich. «Du sollst endlich aufhören, dich einzumischen.»

«Du weißt, wo er ist!», rief ich. «Du weißt es, und du tust nichts! Du bist ein Feigling, Papà! Ein Feigling!»

Mit zwei Schritten war er bei mir, schlug mir mit der flachen Hand ins Gesicht, und ich stolperte fassungslos von ihm weg.

«So nennst du mich nicht noch mal!»

Ich hielt mir die Wange.

Er deutete mit einem Kopfnicken auf meinen Rucksack. «Was hast du vor? Willst du weggehen? Ohne Geld?» Er lachte freudlos. «Für dich ist es das Normalste der Welt, dass immer Geld da ist, oder? Dass etwas zu essen auf dem Tisch steht, dass du Kleidung hast, Geld für deine Freizeit. Aber jemand muss das Geld auch reinbringen! Meinst du, die Schafe finanzieren uns alle hier?»

Ich schaute ihn hasserfüllt an. Wir redeten in Botigalli nicht darüber, woher das Geld kam. Aber das hieß nicht, dass ich es nicht längst gewusst hätte.

«Die einen haben zu viel Geld, die anderen zu wenig! So ist das in der Welt. Wir sorgen lediglich dafür, dass es ein bisschen besser verteilt wird!»

«Indem ihr Kinder entführt?»

«Das war falsch, ein Riesenfehler. Die Jungs wissen das. Aber jetzt ist es nun mal passiert, und wir müssen irgendwie mit der Situation umgehen.»

«Was soll das heißen, mit der Situation umgehen? Warum könnt ihr ihn nicht einfach freilassen?»

Er lachte noch einmal auf, schüttelte den Kopf. «Daran sieht man, wie wenig du von der Sache verstehst.»

«Ich verstehe genug, um zu wissen, dass es falsch ist.»

«Es ist einfach, den Moralapostel zu geben, wenn man nicht in der schwierigen Situation ist, Entscheidungen treffen zu müssen. Was glaubst du wohl, was passieren wird, wenn wir ihn jetzt freilassen? Die Jungs haben es gleich in mehrfacher

Hinsicht vermasselt. Er hat Pasquale ohne Strumpfmaske gesehen. Und wir wissen nicht, wie viel er auch von dem Dorf gesehen hat, weil sie so dämlich waren, ihn erst hierherzuschleppen, bevor sie ein Versteck für ihn gefunden haben. Bis sie auf die Höhle im Wald gestoßen sind, haben sie ihn im Keller der Kirche eingesperrt.»

Ich erstarrte. Genau wie mich. Die Erinnerung daran und alles, was danach passiert war, überfiel mich so heftig, dass ich zitterte. «Und was heißt das jetzt?», brachte ich mühsam hervor. «Dass ihr ihn gar nicht freilassen wollt?»

«Das heißt, dass es nichts gibt, was wir tun können!», zischte er. «Lass das Capo regeln. Du machst nur noch mehr kaputt. Wenn du so weitermachst, verlieren wir hier alles. Alles!»

Wut und Verzweiflung kochten in mir hoch. «Dann sieh du halt weg! Ich kann es nicht!»

Diesmal packte er mich am Handgelenk, zog mich nah zu sich heran, seinen Blick fest auf mich gerichtet. «Du hast es immer noch nicht kapiert, oder? Hier geht es nicht um Feigheit! Ich mache das zum Schutz für uns alle. Für Mamma und dich. Es ist nicht einfach, ein Vater zu sein.»

«Und was ist mit Matteos Vater? Was würdest du denn tun, wenn jemand mich ent...» Ich brach den Satz ab.

Uns wurde im gleichen Moment klar, dass er die Antwort darauf bereits geliefert hatte. Mein Vater hatte zugestimmt, mich an meinen Entführer zu verheiraten. Wir sahen uns in die Augen, und er ließ mich los. Die Wut fiel von ihm ab. An ihre Stelle trat ein Ausdruck von Verzweiflung. «Ich wünschte auch, es wäre anders, Franca. Diese Entführung hat eine ganze Unglückslawine ausgelöst. Ich wünschte, ich könnte das rückgängig machen. Aber das kann ich nicht. Ich bin nur ein einfacher Mann, und du bist ...» Er deutete hilflos auf mich, als wüsste er auch nicht so genau, was ich war. Oder als wollte er sagen: «... noch weniger als das. Du bist nur eine Frau.»

Seine Verzweiflung war ansteckend. Die Jungs hatten eine riesige Dummheit begangen. Aber irgendwie hatte ich erwartet, dass immerhin unsere Väter wüssten, was zu tun war. Dass sie den Karren aus dem Dreck ziehen würden. Jetzt sah ich, dass auch sie nur hilflos improvisierten.

Er fuhr fort: «Ich weiß, du denkst, du hasst Tommaso. Aber du hast auch mal zu mir gesagt, du würdest mich hassen, erinnerst du dich? Gefühle verändern sich.»

«Diese nicht.»

«Deine Mutter und ich hatten eine arrangierte Ehe. Wir wussten am Anfang nichts miteinander anzufangen. Und sieh uns jetzt an! Ich habe großes Glück mit ihr. Mit euch beiden.»

«Du weißt schon, was er mir im Wald angetan hat, oder, Papà?»

Er sah weg. «Ihr hattet einen schlechten Start. Aber ich hätte dieser Hochzeit nicht zugestimmt, wenn ich nicht davon überzeugt wäre, dass ein guter Kern in Tommaso steckt. Dass er dich gut behandeln wird.»

«Ich werde ihn nicht heiraten.»

«Doch, das wirst du. Es ist das italienische Gesetz.»

«Das italienische Gesetz interessiert uns hier sonst recht wenig.»

«Das ist etwas anderes. Dies ist ein sinnvolles Gesetz.»

«Für Tommaso vielleicht.»

«Für euch beide», sagte er fest.

Ich wandte mich ab.

«Du hast genug Unruhe gestiftet, Franca. Hast du deine Lektion nicht langsam gelernt?» Da lag etwas in diesen Worten, das mich aufhorchen ließ. Die Formulierung, die er gewählt hatte. Es war eine Sache, dass er sich an ein uraltes, patriarchalisches Gesetz klammerte, laut dem ich durch diese Hochzeit angeblich geschützt werden sollte. Aber wie konnte er Tommasos Übergriff auf mich als Lektion bezeichnen? Als wäre es hier lediglich darum gegangen, mir etwas beizubringen.

Ich sah ihn an, doch in seinem Gesicht lagen nichts als Erschöpfung und diese Ratlosigkeit, die mir immer größere Angst machte. Worauf konnte ich eigentlich noch hoffen, wenn hier keiner richtig wusste, was zu tun war? Nicht einmal mein Vater?

«Du hast noch einen ganzen Monat Zeit, dich an den Gedanken zu gewöhnen», sagte er, und ich begriff, dass er von der Hochzeit sprach, die Ende September stattfinden sollte.

Als ob ein einzelner Monat abgrundtiefen Hass in Liebe verwandeln könnte. «Ein Monat ändert gar nichts», spuckte ich. Aber ich hätte nicht falscherliegen können. Ein Monat konnte alles verändern. Wenige Minuten konnten alles verändern. Ich hatte es selbst erlebt, als Tommaso mich im Wald niedergedrückt hatte. Und ich erahnte es zwei Wochen später, als meine Periode ausblieb.

TILDA

Eine Hand presse ich auf Ninos Mund, die andere hält noch immer den Stein umklammert. Ich bete, dass der Unbekannte einfach weitergeht. An uns vorbeigeht. Ich weiß nicht, ob ich es überhaupt könnte. Jemanden niederschlagen. Ihn womöglich umbringen. Ich habe bereits zwei Menschenleben auf dem Gewissen. Meine Muskeln zittern unkontrolliert, als ich an den toten Körper denke, der unter den Trümmern des Theaters begraben lag. An das Blaulicht des Krankenwagens. An den Moment, als man mir im Krankenhaus sagte, dass ich das Baby verloren hätte ... Ein erneutes Stöhnen von Nino bringt mich ins Hier und Jetzt zurück. Ich presse die Hand noch fester auf seinen Mund. Das fremde Taschenlampenlicht leuchtet den niedrigen Felsen über unserem Kopf ab. Dann bewegt es sich weiter. Weg von unserem Versteck.

Mein Bruder atmet schwer, seine Augen sind halb geschlossen. Erst jetzt merke ich, dass ich die ganze Zeit die Luft angehalten habe. Hastig schätze ich die Entfernung zu dem Boot ab, das draußen vor der Höhle im Wasser treibt. Dann lege ich Ninos Arm über meine Schulter und eile, so schnell ich kann, los. Keine Zeit zum Nachdenken. Es wird nicht lange dauern, bis der Kerl begreift, dass die Höhle leer ist. Ninos Beine schleifen über den Boden, während ich ihn zum Ausgang schleppe. Mein ganzer Körper droht vor Erschöpfung zusammenzubrechen. Auf dem Weg zum Schlauchboot stolpere ich zweimal und verliere Nino fast im Wasser.

«Komm schon, Nino, komm schon, hilf mir ein bisschen», flehe ich, als ich es nicht schaffe, ihn über den Rand zu hieven. Das Schlauchboot driftet immer wieder von uns weg. Ich schiebe Nino zu der Seite mit der kleinen Metallleiter, helfe ihm hoch, indem ich seine Füße setze. Er klettert halb bewusstlos hinein, und ich folge ihm, hole den Anker ein und klettere zum Motor. Er gibt laute hustende Geräusche von sich, als ich das Startkabel ziehe, wieder und wieder. Vergeblich. Ich werde panisch. Wir müssen bis in die Höhle zu hören sein. Als der Motor endlich anspringt, ertönt hinter uns ein empörter Schrei. Ich werfe nur einen hastigen Blick zurück, gerade lang genug, um zu sehen, wie eine Gestalt aus dem schattigen Eingang der Höhle gerannt kommt. Dann gebe ich Gas, und das Boot macht einen solchen Satz nach vorn, dass es uns fast über Bord wirft. Mit klopfendem Herzen halte ich auf die Meerenge zu und drossele den Motor erst, als wir außer Reichweite sind. Die Wellen sind noch immer hoch, und es ist schwierig, durch die dichten Felsen im Wasser zu steuern. Über dem Meer beginnt der Morgen zu dämmern. Und dann, kurz vor der schmalsten Stelle der Bucht, kommen wir plötzlich an einem Boot vorbei, das ich kenne. Ich kneife die Augen zusammen und beuge mich vor, um ganz sicherzugehen. Es ist das Fischerboot von Daniele. Plötzlich durchfährt mich ein Gedanke: Wie viel Zeit ist eigentlich zwischen dem Moment, in dem ich die Höhle betreten habe, und dem Angriff auf mich vergangen? Kann es überhaupt Daniele gewesen sein, der mich niedergeschlagen hat? Es muss einen zweiten Mann geben! Einen Komplizen von Daniele. Francesco? Die Erkenntnis durchfährt mich wie ein Schlag. Francesco, der Schlauchbootvermieter – sofern dieser Teil der Geschichte denn wenigstens stimmt. Francesco, der zufällig den Ausweis meines Bruders in der Schublade hatte. Und noch etwas wird mir mit einem Mal klar: Ich habe Daniele gegenüber nie meinen Nachnamen erwähnt. Wie hat er sich überhaupt nach meinem Bruder erkundigen können? Es muss alles eine Falle gewesen sein.

Plötzlich flammen die Lichter des Fischerboots auf. Einen kurzen erschrockenen Moment lang schaukeln Nino und ich in dem grellen Licht auf dem Wasser. Dann setzt sich das Fischerboot in Bewegung und hält direkt auf uns zu.

Fluchend gebe ich Gas, der Motor brüllt laut. Das Schlauchboot schießt vorwärts, die Wellen spritzen hoch. Ich halte das Steuer fest, meine Finger verkrampfen sich darum, während wir immer schneller werden. Wir springen über die Wellen. Bei jedem Aufprall sehe ich besorgt auf Nino, der auf dem Boden liegt und auf und ab geworfen wird. Er stöhnt. Ich muss Hilfe für ihn finden. Ich drehe den Motor auf volle Geschwindigkeit, aber als ich einen schnellen Blick nach hinten werfe, ist das Fischerboot dicht hinter uns. Danieles Silhouette hebt sich dunkel gegen die Dämmerung ab. Er ruft meinen Namen, aber über das Motorendröhnen und den Wind kann ich seine Stimme kaum hören. Unser Motor ist zu schwach. Wir sind zu langsam. Daniele holt auf.

«Komm schon, komm schon», fluche ich, als plötzlich, direkt vor uns, weitere Lichter auftauchen, blinkende Signalleuchten. Ich höre ein dröhnendes Horn. Eindeutig ein großes Boot. Eher ein Schiff. Und es ist zu nah. Viel zu nah. Mein Herz schlägt bis zum Hals, ich reiße das Steuer herum, versuche auszuweichen, aber das Schiff ist direkt vor uns.

«Oh Gott, oh Gott ...» Ich schreie auf, reiße das Steuer herum, und das Schlauchboot schießt zur Seite, Wasser schwappt zu uns herein, Nino zu meinen Füßen wird herumgeschleudert. Wieder das Horn, diesmal lauter, durchdringender. Der Scheinwerfer blendet mich, Männer an Deck rufen, und ein widerlich klatschendes Geräusch erfüllt die Luft, als wir mit voller Wucht gegen den Bug des Schiffes prallen.

FRANCA

Ich kniete auf den Steinstufen vor dem Altar. Das Kleid klebte mir an der Haut, Schweiß lief mir über den Rücken. Bis durch die dicken Mauern hatte sich die Hitze des Sommers gefressen. In der Kirche war es unerträglich stickig. Die Menschen lauschten dem Priester, der über alles sprach, außer über Matteo. Keiner würde heute über ihn sprechen. An Feiertagen mussten wir so tun, als gäbe es die Höhlen in den Bergen der Barbagia nicht. Und heute hatten wir einen ganz besonderen Grund zum Feiern. Gleich einen doppelten.

Ich schnaubte leise bei dem Gedanken. Tommaso sah mich verunsichert von der Seite an, doch er konnte mein Gesicht nicht sehen. Der einzige Vorteil, den dieser dämliche Schleier hatte.

Neben uns knieten Teresa und Pasquale. Sein dunkler Anzug war ihm an den Schultern zu groß. Er saß an ihm wie eine Verkleidung. Wir waren alle verkleidet. Das Ganze kam mir vor wie ein einziges tragisches Bühnenstück. Ich konnte noch immer nicht fassen, dass das hier passierte.

Ich hatte meinem Vater gesagt, ich würde Tommaso bei der ersten sich bietenden Gelegenheit umbringen. Er hatte mir nicht geglaubt. Tommaso dagegen war immerhin verunsichert gewesen, als ich es ihm verkündet hatte. Gut so. Sollte er nur ein einziges Mal versuchen, mich nach dieser Eheschließung anzufassen, dann waren wir beide vorbereitet. Niemand konnte sagen, ich hätte ihn nicht gewarnt.

Die Stimme des Priesters hallte durch die Kirche. Er sprach von den Freuden und Pflichten einer Ehe, und ich fragte mich, was er davon verstehen wollte, wo er doch selbst nicht einmal verheiratet war.

Ich kratzte mich durch den Schleier an der Nase. Ich war genervt. Wütend. Eine wütendere Braut als mich hatte die Kirche sicher noch nicht gesehen. Dass ich überhaupt hier kniete, machte mich rasend. Ich hätte zur Polizei gehen und alles erzählen sollen. Ich zupfte an meinem Kleid, versuchte unauffällig, Luft unter den Schleier zu wedeln, bevor ich noch umkippte. Wieder warf Tommaso mir einen verunsicherten Blick zu. Ich weiß nicht, wann und wie es passiert ist, dass meine Lähmung und meine unsägliche Angst vor diesem Tag in etwas anderes umgeschlagen waren. Dass ich mich nicht mehr vor Tommaso fürchtete. Ich verachtete ihn nur noch.

Die Zeremonie zog sich endlos hin, und als wir die Kirche endlich verließen und Teresa und ich draußen unsere Schleier lüfteten, riss der Wind sie uns aus den Händen. Teresa griff schreiend nach ihrem, ich ließ meinen wegwehen. Teresa lachte mich an, den Schleier vor die Brust gedrückt. Sie war ebenso verschwitzt wie ich, aber im Gegensatz zu mir strahlte sie übers ganze Gesicht, als wir mit Blumen und Reis beworfen wurden. Das war wohl auch der Grund, warum sich die Hochzeitsgäste später alle um Teresa scharten, um ihr zu gratulieren. Beim Anblick meines Gesichts dagegen schreckten sie lediglich zurück und murmelten ihre Glückwünsche in Richtung meiner Füße. Andere starrten auf meinen Bauch. Suchten nach den Anzeichen für das, was im Ort natürlich längst die Runde gemacht hatte.

Die Hitze klebte weiterhin an uns, aber ich spürte die Spannung des aufkommenden Gewitters bereits in der Luft. Als ich einen Blick auf die Berge warf, sah ich die dunklen Wolkentürme, die von dort auf uns zurollten. Über den Wald, in dem das ganze Unglück überhaupt erst angefangen hatte.

Wir hatten uns kaum an die festlich gedeckte Tafel auf dem Dorfplatz gesetzt, als die Wolken uns erreichten. Der Himmel verfinsterte sich noch mehr, es war so schwül, dass man kaum noch atmen konnte. Dann begann es zu donnern, und kurz darauf prasselten die ersten Tropfen schwer und hart vom Himmel. Sie trafen den Tisch, das Essen, die Gäste. Und dann brachen die Wolken völlig auf. Es schüttete wie aus Eimern.

Plötzlich schrien alle durcheinander. Die Hochzeitsgesellschaft begann, hektisch die Tische abzuräumen. Teller klirrten, Gläser fielen um. Ich sah, wie Tommaso und Teresa aufsprangen. Die Gäste packten Stühle, Schüsseln, Tische, versuchten, sich und die Hochzeitsdekoration vor dem Unwetter zu retten. Ich rührte mich nicht. Mir war inzwischen alles gleich. Erst als mir der Stuhl geradezu unterm Hintern weggezogen wurde, stand ich langsam auf und folgte der hektischen Gesellschaft ins Haus der Familie Rossi. Es war allen klar, dass die Feier nun dort weitergehen würde. Die Familie Rossi hatte nicht nur das größte Haus im Ort, sondern auch das große Glück, gleich zwei Kinder am selben Tag verheiraten zu können. Teresa und Tommaso, eine Braut und ein Bräutigam.

Der Saum meines Kleides schleifte über den aufgeweichten Boden und färbte sich schwarz. Auch Teresa war völlig durchnässt. Aber sie lachte und hielt Pasquales Hand, während sie vor mir durch den Regen eilte.

Ich erreichte das Haus als Letzte. Es war stickig und überfüllt. Die Tische und Stühle standen bereits, und die Gäste sprachen und lachten, als wäre nichts passiert. Teresa, Pasquale,

Tommaso und ich hatten einen Ehrenplatz an der Tafel bekommen. Als ich mich steif setzte und mein Gedeck anstarrte, fiel mir auf, dass ich kein Messer hatte. Absicht oder ein Versehen im Chaos des Gewitters?

Die Fenster waren geöffnet, draußen prasselte der Regen, und sie feierten einfach weiter, tranken Wein, stießen auf das Glück der beiden Ehepaare an, das es so nicht geben würde. Ich fühlte mich, als wäre ich in einem Albtraum gefangen. Tommasos Vater stand auf, um einen Toast auszusprechen und von seinen beiden Kindern zu schwärmen, von dieser glücklichen Fügung. Mein Vater schloss sich ihm an, fasste sich allerdings deutlich kürzer. Es wussten sowieso alle, unter welchen Umständen ich hier saß – und dass er lügen müsste, würde er ebenfalls von Glück und Fügung reden.

Zum Schluss erhob sich Capo. «Heute ist ein Tag der Freude. Keine Schatten, keine Sorgen – vielleicht abgesehen von diesem Wolkenbruch.» Fröhliches Gelächter. Ich wollte aus Verachtung bereits abschalten, als Capo weitersprach: «Das größte Geschenk an diesem Tag ist natürlich die Verbindung zwischen diesen vier jungen Leuten hier. Aber ihr sollt wissen, dass auch wir euch ein Geschenk gemacht haben. Ein Geschenk, das euch eine sorgenfreie Zukunft verspricht.» Die Art, wie er es sagte, deutete darauf hin, dass wir über dieses «Geschenk» bereits im Bilde sein sollten. Ich wusste nichts davon, war aber die Einzige, die verwirrt in die Runde blickte. Alle anderen hingen an Capos Lippen, der mit durchgestrecktem Rücken und erhobenem Glas da stand.

«Pasquale, Teresa, Tommaso, Franca», er nickte jedem von uns einmal zu, «ihr verdient nur das Beste – ein glückliches Leben ohne irgendwelche Schatten aus der Vergangenheit, die auf eure frisch geschlossenen Ehen fallen könnten.»

Plötzlich schien die Luft zu vibrieren. Etwas stimmte nicht.

Wie nachdrücklich alle klatschten und dabei meinen Blick mieden. Beunruhigt beugte ich mich zu Teresa hinüber.

«Wovon redet er?», fragte ich. Doch Teresa ignorierte mich, tat so, als hätte ich nichts gesagt. Und das alarmierte mich noch mehr.

«Für unsere Kinder gibt es nichts, was wir nicht tun würden. Und wir haben uns darum gekümmert, dass dieser Tag perfekt wird! Auf die Familie!», rief Capo und hob noch einmal sein Glas. Die Menge applaudierte.

«Teresa!» Ich stieß sie von der Seite an.

«Jetzt hör endlich auf, Franca!», zischte sie verärgert, während sie gleichzeitig Beifall klatschte. «Was glaubst du wohl, wovon er redet?»

Und da wurde es mir schlagartig klar. Capo und die anderen hatten sich um alles «gekümmert». Sie hatten dafür gesorgt, dass nichts diesem vermeintlich «perfekten Tag» im Wege stand. Diesen zwei vermeintlich perfekten Ehen. Und was konnte diesen Ehen mehr im Weg stehen, als ein Kind, das zu viel wusste? Das Pasquale und Tommaso zum Verhängnis hätte werden können? Applaus und Jubel rauschten an mir vorbei. Ein Geschenk hatte Capo es genannt. Ein Hochzeitsgeschenk an die glücklichen Paare. Ein Hochzeitsgeschenk, an dem Blut klebte.

Ich sah den Triumph in Capos Augen. Er ließ sich feiern. Wie konnten sie ihm alle so laut Beifall klatschen? Sie beklatschten den Tod eines Zwölfjährigen. Mir drehte sich der Magen um. Ich ballte die Fäuste unter dem Tisch, meine Nägel gruben sich in meine Handflächen. Ich bebte vor Wut, und etwas in mir entlud sich wie das Gewitter draußen. Ohne nachzudenken, griff ich nach meiner Gabel und rammte sie mit voller Wucht in den Tisch. Das Geräusch ließ die Gäste zusammenfahren. Die Gespräche verstummten. Alle Blicke richteten sich auf mich.

Ich erhob mich vom Stuhl, die Hand noch immer um die feststeckende Gabel geklammert. Der Stuhl kippte nach hinten und fiel mit einem lauten Knall auf den Boden.

«Was habt ihr mit Matteo angestellt?», rief ich Capo entgegen.

«Franca!», rief mein Vater mahnend, und Tommaso versuchte, mich zurück auf den Stuhl zu ziehen, aber ich schüttelte seine Hand ab.

«Er ist zwölf Jahre alt!», schrie ich Capo an, der aussah, als könnte er seinen Ohren nicht trauen. «Was habt ihr mit ihm gemacht?» Aufgeregtes Gemurmel breitete sich unter den Gästen aus.

«Franca», wiederholte mein Vater, «das ist nicht der richtige Moment!»

«Nicht der richtige Moment?» Ich lachte, ein schrilles, wütendes Lachen, das in der stickigen Luft hängen blieb. «Wann wollt ihr denn darüber sprechen?»

«Das ist nicht deine Angelegenheit, Franca», mischte sich nun auch Vittorio Rossi ein. Mein Schwiegervater hatte ein rotes Gesicht. Vom Wein, von der Hitze oder vor unterdrückter Wut. «Es war ein tragischer Unfall. Jetzt ist es vorbei, und wir werden feiern!»

«Ein Unfall? Ist das euer Ernst?», schrie ich. «Ihr habt ihn aus dem Weg geräumt, weil er euch unbequem war! Und jetzt sitzt ihr hier, esst und trinkt und applaudiert seinem Tod?»

Teresa schrie plötzlich auf, und erst da bemerkte ich, dass Capo eine Waffe gezogen hatte. Er richtete sie auf mich. Aus den Augenwinkeln sah ich, wie meine Eltern entsetzt aufsprangen.

Die Stimmung im Raum kippte. Capos Gesicht war dunkel vor Zorn. Wie zwei Rivalen standen wir uns gegenüber, zwischen uns die Festtafel. Das Lachen war verstummt, und der

Regen prasselte gegen die Fenster, während in der Ferne Donner grollte.

«Setz dich wieder», befahl mir Capo, doch ich dachte nicht daran.

Tommaso versuchte erneut, mich zurückzuziehen, aber ich konnte es nicht ertragen, dass er mich anfasste. Mit heißer Wut zog ich die Gabel aus dem Tisch und rammte sie in seine Hand. Tommaso schrie auf. Im gleichen Moment ertönte ein Schuss. Der ohrenbetäubende Knall zerriss die angespannte Stille. Ich wurde herumgerissen, und es dauerte einen Moment, bis ich begriff, was passiert war. Keuchend fasste ich an meine Schulter. Blut klebte an meiner Hand.

Ich sah, wie mein Vater seinerseits eine Pistole zog, sie auf Capo richtete. Und dann brach das Chaos los. Weitere Männer zückten ihre Waffen. Ungläubige, entsetzte Schreie wurden laut. Stühle fielen um. Noch mehr Schüsse erklangen, und ich ließ mich auf die Knie fallen, die Arme über den Kopf gelegt, um mich zu schützen. Neben mir stürzte jemand zu Boden, und ich erkannte mit Entsetzen, dass es Pasquale war. Teresa schrie laut auf, ihr Schrei gellte unerträglich in meinen Ohren.

Mein Vater stürmte auf mich zu und packte mich. Der Schmerz in meiner Schulter war beinahe nicht auszuhalten, als er mich auf die Beine zerrte. «Franca, komm!», brüllte er und schob mich durch die Menge.

Ich sah, wie Tommaso aufstand, plötzlich ebenfalls eine Waffe in der Hand, und wahllos in die Menge schoss, als hätte er den Verstand verloren. Ich konnte nicht fassen, was hier passierte. Verzweifelt sah ich mich nach Teresa um, nach meiner Mutter, aber das Durcheinander war zu groß.

Mein Vater zerrte mich in die Küche und versuchte, mich von dort aus in den Vorratsraum zu schieben.

«Nicht!», schrie ich, als ich begriff, was er vorhatte, doch er war stärker. Er stieß mich in die Kammer und verschloss hastig die Tür hinter mir.

«Nein!» Ich trommelte mit der Faust gegen das Holz. Trat dagegen. Draußen tobte das Massaker. Ich hörte weiter Schüsse, Schreie, jetzt auch in der Küche. Tränen stiegen mir in die Augen. Vor Wut und Machtlosigkeit und weil ich das alles nicht wollte. Mein verletzter Arm pochte und schmerzte. Er hing schlaff herab, während ich mit der anderen Faust immer wieder gegen die Tür hämmerte. Es dauerte eine gefühlte Ewigkeit, bis es draußen leiser wurde. Bis nichts mehr zu hören war als mein Schluchzen.

«Papà!» Ich weinte und sank auf die Knie. Die Minuten vergingen. Es war so still. Warum war es so still? In meinem Kopf malte ich mir aus, was draußen passiert sein musste. Der Gedanke verursachte mir Übelkeit. Ich schlug jetzt mit der flachen Hand gegen die Tür. Flehte. Doch es dauerte sicherlich eine weitere halbe Stunde, bis sie sich endlich öffnete. Ausgerechnet Tommaso stand in der Küche und blickte auf mich herab – das kauernde, verheulte Bündel am Boden, das er einige Stunden zuvor geheiratet hatte. Blut tropfte von seiner Hand. Er reichte sie mir nicht. Stumm drehte er sich um und ließ die Tür offen. Ich kam auf die Füße, als hinter ihm mein Vater in der Küche erschien.

«Franca», rief er, und kurz überkam mich Erleichterung. Bis ich seinen blutverschmierten Anzug sah. Und die Beine, die vom angrenzenden Zimmer in die Küche ragten.

«Nein», keuchte ich und stürmte ins Wohnzimmer. Blut, zerbrochene Möbel, die Leichen der Gäste, es war ein grauenhaftes Bild. Mir war schwindelig. Taumelnd bewegte ich mich durch den Raum. Meine Schulter blutete noch immer. Ich erkannte die Gesichter, die Kleidung. Ich kannte jeden hier. Dann entdeckte ich meine Mutter.

«Nein!» Diesmal schrie ich es. Ich stürzte zu ihr, fiel neben ihr auf die Knie. Ihr Kleid war rot vor Blut. Mein Herz brach. «Mamma!», wimmerte ich und presste mir die Hände auf den Mund. Vater trat stumm neben mich, dann zog er mich auf die Füße. Meine Beine zitterten, in meinem Kopf wirbelte es. Wie sollte mir das irgendjemand je verzeihen? Wie sollte *ich* mir das je verzeihen?

Und dann sah ich noch etwas. Aus den Augenwinkeln. Ein weißes Kleid am Boden. Teresa. Ich machte mich von meinem Vater los, die Hände noch immer auf den Mund gepresst, und stürzte zu ihr. Auch Teresa war tot. Wie fast alle hier. Tommaso stand am Rand, sein Gesicht starr vor Schock. Und nach und nach entdeckte ich sie alle. Carmela. Anna. Luca. Antonello. Mein Gott, dachte ich nur. *Mein Gott.* Mir wurde schwarz vor Augen.

TILDA

Über dem Meer schleicht sich die Sonne an und mit ihr die Hitze des Tages. Ich aber zittere vor Kälte. Ich schlinge die Rettungsfolie enger um mich und huste Wasser aufs Deck der Küstenwache. Auf der anderen Seite des Schiffs kämpfen die Helfer um Nino. Ich kann ihn hinter den Beinen, die ihn umstehen, nicht erkennen, aber um zu ihm zu gehen, fehlt mir die Kraft. Meine Lunge brennt wie Feuer. Bei jedem tieferen Atemzug muss ich husten.

Ich versuche noch immer zu begreifen, was geschehen ist. Wie ich mich so in Daniele habe täuschen können. Der Gedanke, dass er mir die ganze Zeit nur etwas vorgespielt hat und dass ich auf ihn reingefallen bin, lähmt mich. Ich komme mir dumm vor. Betrogen. Ausgenutzt. Ich habe mit diesem Mann geschlafen. Und, was mir noch viel weniger in den Kopf geht: *Warum* hat er all das getan? Was hat er gegen Nino und mich? Wieder muss ich an das Telefonat denken, das ich unfreiwillig belauscht habe. Dann werde ich aus meinen Grübeleien gerissen.

«Gibt es jemanden, den wir informieren sollen?», fragt jemand neben mir. Ich muss nur kurz überlegen, bevor ich mit kratziger Stimme Nathans Namen nenne.

Im Hafen steht ein Krankenwagen bereit. Auf der gesamten Fahrt ist mein Bruder noch immer bewusstlos. Ich sitze schaukelnd und erschöpft neben ihm und versuche mir einzureden, dass das Piepen der Geräte um ihn herum ein gutes

Zeichen sein muss. Ein Zeichen dafür, dass jetzt alles unter Kontrolle ist. Dabei sollten mir die letzten Wochen und Monate wohl gezeigt haben, dass es das nie ist.

Das Krankenhaus ist ein in die Jahre gekommener Plattenbau, an dessen Mauer eine Wandbemalung Gewalt gegen Frauen anprangert. Nino wird in die Notaufnahme gebracht, und ich werde in einen Rollstuhl gesetzt. Wahrscheinlich hätte ich auch selbstständig gehen können, aber ich bin so erschöpft, dass ich nicht protestiere. Die Ärztin, die mich untersucht, erklärt mir, dass es so etwas wie «sekundäres Ertrinken» gebe, bei dem auch Stunden oder sogar Tage nach dem Unfall noch Flüssigkeit in die Lunge eindringen könne. Sie wollen mich deshalb dabehalten. Es ist mir recht, solange man mir nur endlich ein Bett gibt.

Erst als die Ärztin bereits den Raum verlassen will und ich das Laken dankbar über mich ziehe, lässt mich ein Gedanke erschrocken auffahren. Der Kerl in der Höhle. In der Aufregung und Sorge um Nino habe ich ganz vergessen, jemandem Bescheid zu geben, dass wir ihn dort in der Bucht zurückgelassen haben.

Ich sage es der Ärztin, die verspricht, jemanden zu informieren. Dann verlässt sie den Raum, und ich lasse mich ins Kissen zurücksinken. Verfalle in einen unruhigen Schlaf und träume, wie mich alle möglichen Personen im Krankenhaus besuchen. Angefangen bei Silvio, der mir eine geköpfte Ratte aufs Bett wirft. Nino kommt und dann auch Daniele, den ich wütend anschreie. Doch im Verlauf unseres Streits verwandelt sich sein Gesicht in das von Nathan, und ich wache auf. Ich glaube, ich habe wirklich geschrien.

Statt Nathan stehen zwei Polizisten in meinem Zimmer, eine Frau und ein Mann, zusammen mit einem Pfleger. Vielleicht bin ich durch das Klopfen an der Tür wach geworden. Ich fühle mich verschwitzt und matschig, stehe ihnen aber, so gut ich kann, Rede und Antwort. Erst während ich berichte, merke ich, dass ich auf die eigentlichen Fragen gar keine Antworten habe. Ich weiß nicht, warum Daniele mich niedergeschlagen hat. Ob der Kerl in der Höhle wirklich Francesco war. Welches andere Motiv hinter Ninos Entführung stecken könnte, als der Unmut darüber, dass wir den vermeintlichen Frieden eines fast verlassenen Bergdorfes in der Barbagia gestört haben. Oder Geld. Denn dass es sowohl ihm als auch Francesco daran fehlte, das hat Daniele klar gesagt. Und Daniele hält mich für jemanden mit Geld. Nur wen hätten sie mit unserer Doppelentführung erpressen wollen?

«Machen Sie sich darüber keine Gedanken, Signora, wir brauchen nur Ihren Bericht der Ereignisse. So wie sie sich aus Ihrer Sicht zugetragen haben», sagt der Polizist mehrmals. «Um die Motive kümmern wir uns.» Aber so funktioniert mein Kopf nun mal nicht.

«Was ist mit meinem Bruder?», frage ich. «Geht es ihm gut? Haben Sie ihn schon befragen können?»

Die beiden Beamten wechseln einen Blick, bei dem mir das Herz sinkt. «Die Ärzte sagen, er brauche noch etwas Zeit», meint die Polizistin dann. «Darum sind wir zuerst zu Ihnen gekommen.»

Ich halte das für kein gutes Zeichen. «Und was ist mit der Person in der Höhle? Haben Sie die gefunden?»

«Wir haben die Höhle gefunden. Eine Person befand sich zu dem Zeitpunkt allerdings nicht mehr dort. Entweder sie hat den Weg über die Felsen aus der Bucht genommen, oder sie wurde von jemandem eingesammelt. Von Signor Manca zum Beispiel. Wir haben nämlich auch ihn noch nicht ausfindig gemacht.»

«Signor Manca?»

«Daniele Manca.» Der Polizist zieht fragend die Augenbrauen hoch. Ich denke: Mein Gott, ich kannte noch nicht einmal seinen Nachnamen. «Sie haben nicht zufällig eine Idee, wo wir Signor Manca suchen könnten?»

Ich überlege. Daniele war mir von Anfang an ein Rätsel. Ein Fischer, der Angst hat zu schwimmen. Ein Künstler, der sich nicht traut, etwas aus seinem Talent zu machen. Gerade das war es, was ich so faszinierend fand, bevor ich eine andere Seite an ihm kennengelernt habe.

Die Barbagia ist groß. Wenn man hier Menschen verschwinden lassen will, dann ist das einfach. Und ebenso einfach kann man selbst verschwinden, wenn man nicht gefunden werden will.

«Im Zweifel auf dem Meer», sage ich.

Nathan kommt noch am gleichen Tag. Er hat den ersten Flieger genommen, den er erwischen konnte. Als ich ihn bei mir im Krankenzimmer stehen sehe, habe ich ein Déjà-vu von dem Tag des Unfalls. Damals stand er genauso besorgt und verunsichert vor meinem Bett. Doch das Déjà-vu bleibt, was es ist: eine Erinnerung. Das vage Gefühl, etwas verloren zu haben. Da ist kein schwarzes Loch, in das ich stürze. Keine Panik, keine Selbstgeißelung. Nur Nathan, der jetzt etwas schief lächelt.

«Wie ist die Lage?»

«Ich weiß immer noch nicht, was mit Nino ist», krächze ich. «Und ich fühle mich schrecklich.»

«So siehst du auch aus.»

Ich bringe eine Grimasse zustande. Ich bin froh, dass er da ist. Umso mehr, weil er mit so einer Selbstverständlichkeit gekommen ist. Er hat nicht einmal gefragt, ob er muss oder kann oder sollte.

«Da ist übrigens jemand auf dem Flur, der dich sprechen will», sagt Nathan.

«Wer?»

«Keine Ahnung, irgend so ein Typ. Er meinte, er sei dein fester Freund.»

«Sehr witzig, Nathan.»

«Das hat er gesagt: ‹*her boyfriend*›», mit den Fingern malt er Anführungszeichen in die Luft. Ich richte mich alarmiert im Bett auf.

«Was?»

Wie auf ein Stichwort erhebt sich hinter der geschlossenen Tür ein Wortwechsel, der rasch lauter wird, und dann bricht ein regelrechter Tumult aus. Ich schlage die Decke zurück und schwinge die Beine über die Bettkante.

«Darfst du überhaupt aufstehen?», fragt Nathan besorgt, aber da bin ich schon an der Tür und reiße sie auf. Draußen ringt Daniele mit zwei Polizisten, die vermutlich vom Krankenhauspersonal gerufen wurden. Sie haben ihn rechts und links an den Armen gepackt, und alle rufen laut durcheinander. Als Daniele mich sieht, versucht er umso vehementer, sich loszumachen.

«Tilda! Tilda, sag ihnen, dass ich nichts damit zu tun hatte! Ich habe dir geholfen!» Die Handschellen klicken. Ich stehe da wie vom Donner gerührt. «Hast du ihnen gesagt, dass wir zusammen nach deinem Bruder gesucht haben? Ich habe nichts mit seinem Verschwinden zu tun!»

«Das kannst du uns alles bei der Vernehmung erzählen», sagt der Polizist, und dann drängen er und seine Kollegin Daniele den Flur hinunter. Ich bekomme noch immer keinen Ton heraus.

«Sag ihnen, dass ich dir geholfen habe, Tilda!», ruft Daniele. «Ich habe dich gesucht! Ich konnte nur in der Nacht nicht anlegen mit dem Boot wegen der Wellen! Aber ich habe gewartet und bin gleich am nächsten Morgen zurückgekommen! Ich ... habe es wirklich versucht. Aber das Meer ... Die werden mir was anhängen, Tilda! Ich bin hergekommen, um dir ...»

Der eine Polizist verpasst ihm einen mahnenden Stoß gegen die Schulter, damit er nach vorn blickt, Daniele stolpert und bricht mitten im Satz ab. «Nun komm, mach keine Faxen, du weißt doch, wie das läuft», knurrt der Beamte.

«Was sagt er?», fragt Nathan, der plötzlich hinter mir steht. Er versteht nicht mehr Italienisch, als für das Lesen einer Speisekarte nötig ist. Aber selbst wenn ich es Nathan übersetzen würde, erklären könnte ich es nicht. Danieles Worte ergeben für mich keinen Sinn – ebenso wenig wie sein ganzes Auftauchen hier.

Es ist geradezu absurd, dass er jetzt herkommt, um mir zu versichern, dass er mir die ganze Zeit nur habe helfen wollen. Warum setzt er sich überhaupt der Gefahr aus, sich zu mir ins Krankenhaus zu schleichen, nur um mir diese Lüge aufzutischen? Er muss doch gewusst haben, dass die Beamten ihn suchen!

Fassungslos sehe ich zu, wie die drei Personen im Flur kleiner und kleiner werden und dann hinter einer Ecke verschwinden.

Nun komm, du weißt doch, wie das läuft, hat der eine Beamte gesagt. Und das alarmiert mich am meisten. Denn was es bedeutet – was es bedeuten *muss* –, ist, dass Daniele vorher schon einmal von der Polizei abgeführt worden ist.

FRANCA

Die Hitze drückte schwer auf das Haus, als wollte sie es zum Bersten bringen. Mein Schlafzimmerfenster stand weit offen, aber draußen regte sich kein Wind. Nachtschweiß hatte sich wie ein Leichentuch auf meine Haut gelegt. Der ganze Ort war ein Leichentuch. Er erstickte mich. Ein langsamer, qualvoller Tod in einem Dorf, in dem alles andere bereits gestorben war. Sogar ich – zumindest offiziell.

Ich dachte an den Grabstein mit meinem Namen darauf, den mein Vater nach dem Massaker auf dem Friedhof aufgestellt hatte. Ein Grabstein, der meiner Sicherheit hatte dienen sollen. Inzwischen kam es mir immer häufiger so vor, als warte er dort auf mich.

Ich fragte mich ständig, wie es sein konnte, dass ich immer noch hier war. Ausgerechnet ich, die doch schon von klein auf davon geredet hatte, fortzugehen. Doch paradoxerweise hatte ich nur zugesehen, wie die anderen Überlebenden aus Botigalli verschwanden, einer nach dem anderen. Bis am Ende nur noch mein Vater und ich übrig geblieben waren. Und das Kind, das in meinem Bauch heranwuchs.

Ich hatte die Schwangerschaft verflucht. Hatte Tommaso verflucht. Nichts von alldem hatte ich gewollt. Aber dann war sie plötzlich da gewesen, meine Tochter – und mein Gott, ich habe nie im Leben wieder etwas so geliebt wie dieses schreiende, blutverschmierte Bündel Mensch in meinen Armen.

Ob Tommaso das gewusst hatte, als er kam, um sie mir

wegzunehmen? Ob er mir bewusst hatte wehtun wollen, indem er diesen Teil von mir mitnahm? Den wichtigsten Teil? Egal wie viele Jahre seitdem verstrichen waren – über diese eine Frage kam ich nie hinweg. Mir war völlig klar, dass Tommaso sich nicht von einem Grabstein hatte täuschen lassen. Schließlich war er es gewesen, der mich nach dem Massaker aus der Vorratskammer gelassen hatte. Aus einem Versteck, das mein Vater für mich ausgesucht hatte – ebenso wie alle Verstecke danach, in denen ich ausgeharrt hatte, bis wirklich ganz Botigalli zu der Geisterstadt geworden war, die Vater sich für uns gewünscht hatte. Aber warum hatte Tommaso sich nicht direkt an mir gerächt, wo ich doch immerhin seine ganze Familie auf dem Gewissen hatte? Warum hatte er sich Valeria geholt? Ich starrte an die Decke, wo irgendwo eine Mücke kreiste, als ich plötzlich ein Geräusch hörte, das mich aufhorchen ließ. Es kam von unten. Ich richtete mich augenblicklich im Bett auf. Das dünne Laken gegen die Brust gedrückt, lauschte ich in die Dunkelheit. War das mein Vater? Inzwischen traute ich ihm nicht mehr über den Weg. Und mir waren auch andere Kleinigkeiten aufgefallen, die ich vorher übersehen hatte. Essen, das in der Küche fehlte, obwohl mein Vater angeblich nicht mal die Treppe ins untere Stockwerk überwinden konnte. Werkzeug, das nicht an seinem Platz lag. Eine aufgestellte Rattenfalle hinter dem Haus, die ich nicht dort platziert hatte.

Ich knipste die Lampe neben meinem Bett an und schlug die Decke zurück. Der alte Holzfußboden knarrte unter meinen Füßen, als ich zur Zimmertür schlich und sie einen Spalt öffnete. Die Nachttischlampe hinter mir flackerte. Sie ließ meinen Schatten verzerrt und dunkel erscheinen, als ich auf den Flur trat und zur Schlafzimmertür meines Vaters schlich. Ich öffnete sie einen Spaltbreit. Im Zimmer war es stickig. Schwach fiel Mondlicht durch die geschlossene Gardine.

Ich erkannte einen Deckenberg. Mein Vater lag im Bett und schnarchte. Irritiert schloss ich die Tür wieder und blieb eine Weile lauschend stehen.

Da war es wieder. Ein leises, schabendes Geräusch von unten, als würde sich jemand an der Tür zu schaffen machen.

Ich hielt den Atem an. Meine Gedanken rasten. Das konnte kein gewöhnlicher Einbrecher sein. Niemand erwartete Gegenstände von Wert in einem abgelegenen Geisterort – noch dazu in unserem kleinen, heruntergekommenen Haus. Ich schlich zurück in mein Zimmer, holte das Messer aus dem Fach meiner Kommode, ohne das ich nicht mehr schlief, seit es nur noch meinen Vater und mich in Botigalli gab, und ging wieder zum Treppenabsatz. Unten war es jetzt ganz still.

Der Messergriff lag schwer in meiner schwitzigen Handfläche, als ich nach unten schlich. Ich hatte diesen Moment im Kopf durchgespielt. Viele Hundert Male. Den Blick fest auf die Klinke gerichtet, trat ich auf die Haustür zu. Ich hielt die Luft an und öffnete sie dann ruckartig, um den Überraschungsmoment für mich zu nutzen. Doch niemand war in der engen Gasse zu sehen. Der Ort war gespenstisch still und so menschenleer wie immer. Nur die Grillen zirpten. Ein Käuzchen rief. Kein Lufthauch regte sich. Der Mond zeichnete die Konturen der Häuser nach.

Ich ließ das Messer sinken, schloss die Tür wieder und stieg gerade die Treppe hoch, als ein leises Klicken mich zusammenfahren ließ. Taschenlampenlicht fiel in den Flur. Es war gar nicht die Haustür gewesen, die ich gehört hatte. Wer immer das war, er hatte den Weg durch die Hintertür genommen. Erschrocken presste ich mich gegen die Wand. Der Schein der Taschenlampe huschte über den Boden wie ein Flutlicht, das mich suchte. Dann kam eine Gestalt in Sicht. Ich versuchte, sie zu erkennen, doch von meinem Platz auf der Treppe sah ich nur einen dunklen Schemen. Er leuchtete die Wände ab, und ich fasste mein Messer fester. Jeder Gedanke an einen Überraschungsangriff war verschwunden. Ich hatte immer befürchtet, dass noch andere außer Tommaso ahnten, dass ich noch lebte. Aber egal, wie oft ich mir diesen Augenblick bereits vorgestellt hatte, jetzt war da nur nackte Angst.

Direkt unterhalb der Treppe hielt das Taschenlampenlicht plötzlich inne. Der Mann – ich erkannte nun, dass es tatsächlich ein Mann war – trat näher zur Wand. Ich stand nur einen Meter darüber und hielt die Luft an. Was machte er da unter der Treppe? Als sich nichts mehr rührte, wagte ich einen Schritt vor, um über das Geländer zu spähen. Er trug eine Jacke mit Kapuze und richtete das Licht starr gegen die Wand. Ich trat noch einen Schritt vor, begriff gerade noch, dass es die Fotos sein mussten, die er da anstarrte, als die Stufe unter meinem Fuß knarrte. Diese verdammte Treppenstufe. Sofort schnellte sein Kopf nach oben. Das Licht der Taschenlampe blendete mich.

«Signora Cossu.»

Mein Herz blieb stehen. Gegen das blendende Licht versuchte ich vergeblich, ihn zu erkennen. Aber die Stimme – seine Stimme erkannte ich sofort: Es war Enzo Piras, der Journalist.

«Was zum Teufel machen Sie hier, mitten in der Nacht?», brachte ich krächzend heraus.

Er sah mich eine Weile lang schweigend an, schien mein Gesicht zu studieren. Dann: «Ich weiß, wo Ihre Tochter ist.»

Mir stockte der Atem. Die Hitze um mich wurde schwerer, während seine Worte zu mir durchdrangen. Ich hörte nichts mehr als das Rauschen des Bluts in meinen Ohren. Was für ein grausamer Scherz war das?

«Was soll das heißen?», keuchte ich.

Er kam zum Treppenaufgang, das Licht noch immer auf mein Gesicht gerichtet. Zitternd fasste ich das Messer fester, als er die erste Stufe hinaufstieg. Doch er streckte nur die Hand aus, hielt mir etwas entgegen, das wie ein zusammengefalteter Zettel aussah. Ich starrte ihn entgeistert an. Als ich mich nicht rührte, legte er den Zettel auf eine der Stufen. Direkt vor meine Füße. Wie eine Katze, die einem eine Maus zum Geschenk machte.

Enzo Piras wandte sich ab und nahm den gleichen Weg hinaus, wie er hereingekommen war. Lange stand ich wie erschlagen da, bevor ich mich unendlich langsam bückte, den Zettel an mich nahm und ihn entfaltete.

Es war die Skizze einer Bucht am Meer. Der Journalist hatte grob den Weg eingezeichnet, der dorthin führte. Ein Kreuz, eine gestrichelte Verbindung, sonst nichts. Der markierte Ort war mir fremd.

Ich wusste nicht, ob ich lachen oder schreien sollte. Ich wollte das Papier zerknüllen, wegwerfen, aber meine Augen blieben auf der gestrichelten Linie haften. Mein Herz pochte in meiner Brust wie ein gefangenes Tier. Ich schaute wieder auf das Kreuz, und ich fühlte, wie etwas in mir zu brennen begann. Etwas Altes, Vergrabenes. Trauer, Wut, ein ganzes verpasstes Leben. Ich krallte die Finger in den Rand der Karte.

Und mit einem Mal war alles – die ganze Angst und Verzweiflung von damals – wieder da. Vier Jahrzehnte lang hatte ich mir geschworen, Valeria zu finden. Sie mir zurückzuholen. Tommaso umzubringen für das, was er mir genommen hatte. Vier Jahrzehnte lang hatte ich an nichts anderes denken können. Und jetzt ...

Ich weiß, wo Ihre Tochter ist.

Ich blickte auf den Zettel in meiner Hand. Keine Adresse, kein Haus. Stattdessen eine versteckte Höhle. Und plötzlich glaubte ich zu verstehen. All die Jahre, in denen ich meine Tochter in Gedanken hatte aufwachsen, zur Schule gehen sehen, sie mir während der Abschlussprüfung und auf Reisen vorgestellt, mir ausgemalt hatte, wie sie sein, wie sie aussehen, was sie machen könnte – es war alles nur ein Hirngespinst gewesen. Wie hatte ich nur auf den naiven Gedanken kommen können, dass Tommaso meine Tochter entführte, um sie großzuziehen?

Der Zettel in meiner Hand begann zu zittern. Das hier war keine Schatzkarte, die zu einem glücklichen Wiedersehen führte. Es war der Wegweiser zu einem Grab.

TILDA

Der Polizist vom Vortag klopft am nächsten Tag noch einmal an meine Zimmertür, diesmal zusammen mit einem anderen Kollegen. Francesco haben sie inzwischen aufgetrieben und zur Vernehmung mitgenommen. Aber Daniele ist nach wie vor verschwunden. Sie befragen mich nach unserer Beziehung zueinander. Ich wünschte, sie wären eine halbe Stunde früher gekommen, als Nathan noch im Hotel gewesen ist und nicht mit zwei Cornetti und einem Pappbecher Café aus der Cafeteria neben mir gesessen hat.

«Haben Sie bemerkt, dass Signor Manca ungewöhnlich oft unterwegs war? Vielleicht spät in der Nacht? Oder dass er gelegentlich größere Beträge Geld erhielt?» Ihre Fragen sind verwirrend, und ich werde vorsichtig.

«Nein ... Ich meine, er ist Fischer. Ich hatte nicht den Eindruck, dass er viel Geld hatte. Soweit ich weiß, ist er vor Sonnenaufgang aufs Meer raus und war ansonsten in seinem Laden. Ich kann nicht sagen, wo er nachts war, so nah standen wir uns nicht.» Der Polizist sieht mich aufmerksam an, den Stift in der Hand.

«Sie haben aber bei ihm übernachtet? Das haben Sie vorher so angegeben?»

«Ja», sage ich zerknirscht und blicke zu Nathan, der schweigend in der Ecke sitzt. Eines seiner Augenlider zuckt. Warum diese Fragen?

«Und haben Sie jemals etwas von seinem Interesse an Kunst

bemerkt? Hat er Ihnen vielleicht von bestimmten Gemälden oder Künstlern erzählt?»

«Kunst?», wiederhole ich irritiert. «Nein, im Gegenteil, ich war immer diejenige, die fand, dass ein Künstler an ihm verloren gegangen sei. Ich habe ihn einmal in eine Galerie geschleppt. Aber ... das ist absurd. Was soll das überhaupt? Warum fragen Sie mich das?»

Der Polizist schaut mich prüfend an, dann zu seinem Kollegen, der bisher nichts gesagt hat. «Wir dachten, Sie wüssten das. Daniele Manca war in der Vergangenheit in Kunstschmuggel verwickelt. Ein Mittelsmann. Er hat Bilder auf seinem Boot entgegengenommen, sie bei sich gelagert und sie dann zu einer verabredeten Zeit einem anderen Boot übergeben.»

Ich starre ihn fassungslos an. Kunstschmuggel? Daniele? «Ich ... ich hatte keine Ahnung. Ich dachte ehrlich, er hätte mit Kunst nichts am Hut.»

«Wir haben sein Haus gestern durchsucht und einige Gegenstände gefunden, die nun geprüft werden. Es könnte sein, dass er nicht nur in Kunstschmuggel verwickelt war, sondern auch in ... andere illegale Aktivitäten.»

«Andere illegale Aktivitäten?», frage ich geschockt. «Was meinen Sie damit?»

«Dazu können wir noch nichts sagen. Wie gesagt, das ist alles noch Ermittlungsarbeit.»

Ich erinnere mich daran, was Daniele mir über den Flur zugerufen hat. An seine Angst, man könne ihm etwas anhängen. «Was hat das alles mit Nino und mir zu tun?»

Die Polizisten tauschen einen Blick. «Wir können nicht ausschließen, dass er auch an Menschenschmuggel beteiligt ist», sagt der zweite Polizist schließlich. «So wie er früher als Bindeglied im Kunstschmuggel fungierte, könnte er jetzt als Bindeglied im Menschenschmuggel arbeiten. Die Routen sind oft recht ähnlich. Ihr Bruder, Nino, könnte in diesen Strudel geraten sein.»

Mein Kopf dreht sich. Kunstschmuggel? Menschenschmuggel? Daniele? Ich komme mir vor wie eine Idiotin, weil ich ihn so falsch eingeschätzt habe.

Der andere Polizist sagt: «Entweder das oder es gab einen Auftraggeber. Durch seine Vergangenheit hat Signor Manca ja Kontakte zu Menschen, die wissen, dass er immer Geld braucht. Vielleicht arbeitet er wieder für jemanden. Wissen Sie zufällig, ob Ihr Bruder Streit mit jemandem hatte?»

Ein Auftraggeber. Genau das, was ich auch schon vermutet habe. Natürlich schießt mir sofort ein Name in den Kopf, so klar und verstörend, dass ich fast zusammenzucke.

«Er hatte Streit mit unserem Nachbarn, Silvio DiNardo», sage ich wie betäubt.

Der Polizist nickt. «Den hat Ihr Bruder uns heute Morgen auch genannt, als wir ihn danach gefragt haben. Wir werden das untersuchen. Sonst noch jemand, der Ihnen einfällt?»

Es braucht einen Moment, bis ich begreife, was der Polizist gerade gesagt hat. «Mein Bruder ist wach?»

«Wir dachten, Sie wüssten das bereits. Wir haben gerade mit ihm gesprochen.»

Nein, denke ich verärgert. Nein, mir hat man nichts gesagt. Ich bin ja auch lediglich seine Schwester und nächste Verwandte. Warum sollte man mich schon informieren? Ich schlage die Decke zurück und steige aus dem Bett.

«Was hat er noch gesagt?», frage ich, während ich meine Schlappen unter dem Bett hervorkrame und mir ein Sweatshirt von Nathan überziehe, das zwar viel zu warm ist, aber immerhin den furchtbaren Krankenhauskittel kaschiert, den ich trage.

«Er konnte den Täter nicht sehen, aber er ist sich ziemlich sicher, dass es ein Mann war. Der Täter hat Ihren Bruder auf dem Meer überfallen. Von einem Boot aus.» Ein Mann mit einem Boot. Daniele. Oder Francesco?

«Ich würde dann jetzt zu meinem Bruder gehen. Wenn wir hier fertig sind.» Und obwohl niemand etwas davon gesagt hat, dass wir fertig sind, hält mich auch niemand auf, als ich auf den Flur stürme.

Das Krankenzimmer lässt meinen Bruder älter wirken, es entzieht ihm jede Farbe und Lebendigkeit. Seine Haut ist blass und seine Stimme genauso krächzend wie meine.

«Hallo, Schwesterherz», sagt er matt. Und dieses Mal geht mir bei der Begrüßung ein bisschen das Herz auf.

Ebenso wie die Polizisten hatte ich gehofft, dass Nino Licht ins Dunkel bringen könnte. Doch er ist tatsächlich ebenso ahnungslos wie ich.

Das, woran er sich erinnern kann, weiß ich ohnehin schon: dass er am Freitag vor einer Woche ein Boot gemietet hat und zum Schnorcheln rausgefahren ist. Dann habe ihn plötzlich jemand gepackt und unter Wasser gedrückt, bis er keine Luft mehr bekam.

«An die Situation mit mir auf dem Schlauchboot kann er sich gar nicht mehr erinnern. Er muss schon zu benommen gewesen sein, als ich ihn fand. Überhaupt hat er Gedächtnislücken, was die Tage in der Höhle betrifft. «Als ich aufgewacht bin, hatte ich einen Sack über dem Kopf und war gefesselt.»

Das muss der Sack gewesen sein, den ich später übergestülpt bekommen habe.

«Und du hast nichts von dem Mann gesehen? Seine Hände? Irgendetwas?»

Was ich eigentlich wissen will, ist, ob es Daniele gewesen sein kann.

Nino stöhnt. «Tillie, du stellst die gleichen Fragen wie die Polizei vorhin. Ich will das genauso dringend wissen wie du, aber mir tut alles weh.»

«Entschuldige», sage ich, kann mir dann aber doch nicht verkneifen weiterzuspekulieren. «Als du plötzlich verschwunden warst, war ich mir sicher, dass es etwas mit deinem Streit mit Silvio DiNardo zu tun haben musste. Kannst du dir vorstellen, dass er da irgendwie mit drinsteckt? Es muss zwei Leute gegeben haben. Einer, der in die Höhle kam, und Daniele auf dem Boot. War der zweite der Kerl, bei dem du das Schlauchboot gemietet hast? Kannst du dich erinnern?»

Nino kneift verzweifelt die Augen zusammen und schüttelt den Kopf.

«Ich habe ... Stimmen gehört», sagt er dann.

«Stimmen? Was für Stimmen?»

Doch die Erinnerung daran scheint Nino fast körperliche Schmerzen zu bereiten, darum lasse ich das Thema für den Moment fallen. Mein Bruder ist gerade erst aufgewacht. Ich muss geduldiger sein. Ihn nicht unnötig quälen. Wer weiß, was er alles durchgemacht hat.

«Ich habe deine YouTube-Videos gesehen. Was hast du dir bloß dabei gedacht?» Es ist eine leise Frage, auf die ich nicht wirklich eine Antwort erwarte, zumal ich merke, wie schwer Nino das Sprechen fällt.

Aber dann flüstert er doch etwas: «Ehrlich gesagt wollte ich dir einfach beweisen, dass ich auch Geld verdienen kann, Tillie. Das mit der Pizzeria war meine Schuld. Meine Schulden. Ich wollte dich nicht damit sitzen lassen.»

Ich greife nach seinem Arm und drücke ihn unbeholfen. Was für eine bescheuerte Art, Geld verdienen zu wollen. Doch mir steckt trotzdem ein Kloß im Hals, als ich zu meinem eigenen Zimmer zurückgehe.

Die Polizisten sind verschwunden. Nur noch Nathan sitzt

neben meinem leeren Bett. Als ich eintrete, blickt er auf. «Und? Wie geht's deinem Bruder?»

«Den Umständen entsprechend, würde ich sagen.» Ich lasse mich seufzend auf die Bettkante sinken. «Aber er kommt durch, das ist das Wichtigste.»

«Eben war kurz eine Ärztin hier. Ich glaube, sie wollte über deine mögliche Entlassung sprechen.»

«Gut, ich will auch nicht mehr hierbleiben. Meinetwegen können wir jetzt gleich nach Hause fahren.»

«Und wo ist das?», fragt Nathan. Er sieht mich erwartungsvoll an. Ein wenig verunsichert vielleicht, und er wirkt viel jünger in diesem Moment. Als wären er und ich wieder die Studienanfänger, die sich gerade erst kennengelernt haben und noch nicht wissen, ob der andere genauso empfindet wie man selbst.

«Bis es Nino besser geht, wohl erst mal hier auf Sardinien. Und solange die Polizei noch Fragen haben könnte, meine ich. Aber danach ...» Ich blicke ihn offen an und lasse den Satz in der Luft hängen. Er ist eine Möglichkeit. Und wie wir ihn beenden, können wir entscheiden, wenn es so weit ist.

Mir liegt es auf der Zunge zu fragen, was eigentlich aus dieser Nathalie geworden ist, aber ich verkneife es mir. Nathan war auch taktvoll genug, nicht weiter nachzubohren, wieso Daniele auf die Idee kam, er sei mein *«boyfriend»*. Oder vielleicht ist es auch weniger Taktgefühl als vielmehr Selbstschutz. In einer Beziehung ehrlich zu sein, heißt nicht, den anderen mit Dingen zu quälen, von denen er eigentlich lieber nichts wissen will.

Bevor die Spannung zwischen uns noch größer werden kann, wende ich mich ab und suche meine Sachen zusammen. Die Aussicht darauf, aus dem Krankenhaus zu kommen, erleichtert mich so sehr, dass ich entscheide, mich selbst zu entlassen, falls die Ärztin es nicht tun will.

Die Kleidung, die ich in der Höhle anhatte, hängt noch über der Stuhllehne in der Zimmerecke. Sie ist ungewaschen, schlecht getrocknet und fühlt sich in meinen Händen hart an. Als ich meine Hose zusammenlege, auf der kreisrunde Salzflecken prangen, fällt mir plötzlich die Schnur auf, die aus der Hosentasche hängt. Nein, keine Schnur, ein Kabel. Verwirrt halte ich inne und ziehe daran. Bis ich einen Kopfhörer in den Händen halte, an dem ein kleiner MP3-Player baumelt.

«Was hast du da?», fragt Nathan, der mein Zögern bemerkt. Er steht auf und kommt zu mir. Ich zeige ihm den MP3-Player. Er hat das Format eines kleinen USB-Sticks.

«Den habe ich aus der Höhle mitgenommen, als ich Nino gefunden habe», erinnere ich mich.

«Der war in der Höhle?»

«Ja, jemand hat Nino diese Kopfhörer in die Ohren geklebt. Wahrscheinlich, damit er möglichst wenig von seiner Umgebung mitbekommt.»

«Und den hast du nicht der Polizei gegeben?»

«Ich hab's vergessen», gebe ich zu. Ich drücke probeweise die On-Taste, ohne wirklich zu erwarten, dass der Player den Sturz ins Meer überlebt haben könnte. Doch zu meiner Überraschung leuchtet das Display auf. Wir blicken uns an. Dann stecken wir hastig jeder einen der Kopfhörer ins Ohr. Erst hören wir nur ein Knacken und Knistern. Doch kurz darauf erklingt tatsächlich etwas. Keine Musik, wie ich angenommen hatte. Sondern die leise Stimme eines Mannes. Sie ist ein wenig verzerrt, und da sind weitere knisternde Störgeräusche, die von der Beschädigung durch das Wasser kommen müssen. Aber die Furcht in der Stimme des Mannes ist dennoch deutlich herauszuhören:

«Sie haben mich in einem Erdloch festgehalten. Es war so dunkel, dass ich nicht einmal die eigenen Hände vor Augen sehen

konnte. Sie sagten mir, ich solle ruhig sein, sonst würden sie meine Familie holen. Ich wusste, dass sie das tun könnten.»

Es knistert wieder. Dann spricht eine andere Stimme. Ein anderer Mann.

«Sie haben mir vor dem Supermarkt aufgelauert, als ich gerade abschloss. Ich dachte erst, es wären nur ein paar Männer, die noch schnell etwas kaufen wollten und darum so schnell angerast kamen. Ich erinnere mich noch an das quietschende Geräusch der Reifen auf dem Kies. Aber dann haben sie mich von hinten gepackt, mir einen Sack über den Kopf gestülpt und mich in den Kofferraum geworfen. Ich war dreißig Tage lang in einem Wald versteckt. Irgendwann habe ich die Hoffnung verloren, dass noch jemand für mich zahlen würde.»

Ich blicke Nathan entsetzt an, begegne in seinen Augen aber lediglich purer Verwirrung. «Was zum Teufel ist das?», fragt er. Jetzt erst wird mir klar, dass er gar nichts verstehen kann, weil diese Männer Italienisch sprechen. Ich will gerade zu einer Erklärung ansetzen, da läuft die Aufnahme weiter. Diesmal ist die Stimme einer Frau zu hören.

«Es war Nacht, und sie kamen ins Haus. Sie haben die Tür aufgebrochen. Alle trugen Masken. Ich habe geschrien, aber sie haben mir eine Pistole an den Kopf gehalten und mir befohlen, still zu sein. Ich konnte nichts tun. Nichts. Ich musste zusehen, wie sie meinen Mann mitnahmen. Ein Jahr lang haben sie ihn festgehalten. Und als er zurückkam, war er nicht mehr derselbe.»

Mir läuft ein Schauer über den Rücken. Diese Stimmen, diese Berichte – sie sind schrecklich. Dieser MP3-Player ist ein Archiv des Grauens. Zeugenberichte von Menschen, die die Hölle auf Erden erlebt haben.

Und dann fällt mir wieder ein, dass Nino gesagt hat, er habe Stimmen gehört. Er meinte gar nicht die seiner Entführer. Er meinte diese hier.

«Ich habe auf dem Boden geschlafen», sagt eine andere Stim-

me, diesmal wieder ein Mann. *«Es war kalt, und der Geruch ... Ich werde den Geruch nie vergessen. Es roch nach Angst. Sie haben mir nie gesagt, warum ich dort war. Ich habe nur gewartet. Gewartet und gehofft, dass jemand kommt. Aber niemand kam.»*

Ich kann es nicht länger ertragen und ziehe den Kopfhörer aus dem Ohr. Ich habe genug gehört, um zu begreifen, dass diese Aufnahmen zu mehr gedient haben, als lediglich dazu, Nino taub für seine Außenwelt zu machen.

«Das sind Opfer von Entführungen. Zeugenberichte», erkläre ich Nathan.

Er starrt mich fassungslos an. «Aber ... warum?»

«Italien hat eine Geschichte mit Entführungen, die weit zurückreicht. Aber was das mit Nino zu tun haben soll ...» Ich schüttele den Kopf und nehme Nathan den MP3-Player aus der Hand. Die Aufschrift vorne zeigt, dass er fünf Gigabyte Speicherkapazität umfasst. Mir wird schlecht bei dem Gedanken, wie viele Zeugenberichte das sein mögen. Wenn Nino sich pausenlos diese Stimmen anhören musste, während er gefangen war, dann grenzt das an Gehirnwäsche. Ich zögere.

Und was, wenn genau das der Grund für seine Entführung ist?

Ich wiege den USB-Stick in meiner Hand. Er kommt mir plötzlich schwerer vor. Als würde er das Gewicht der Schicksale all dieser Menschen tragen, die auf dem kleinen Gerät gespeichert sind.

Ein Gedanke durchfährt mich, und mir wird heiß. Ich lasse den Arm sinken.

Nein, ich habe keine Ahnung, warum man das ausgerechnet Nino angetan hat. Aber ich kenne sehr wohl eine Person, von der diese Sammlung an Aufzeichnungen stammen könnte.

ENZO

Der Flughafen Cagliari ist voller Menschen. Rot verbrannte Touristen hasten zu den Gates, tragen lärmende Kinder in ihren Armen. Lautsprecherdurchsagen, das Geräusch von Rollkoffern und Stimmengewirr hallen von den Wänden der großen Wartehalle wider. Mir steht der Schweiß auf der Stirn. Bea dagegen sitzt zwischen alldem, als würde es sie nichts angehen, und liest in ihrem Reiseführer über Schottland. Würde ich ein Foto mit Langzeitbelichtung von ihr machen, wäre sie der Ruhepol, während um sie herum alles in Hektik verschwimmt. Ich werfe einen Blick auf die Anzeige am Gate.

Noch sechs Minuten bis zum Boarding.

Ich ziehe das Flugticket aus meiner Tasche, drehe es in den Fingern, um mich zu beruhigen. Um meinen Händen etwas zu tun zu geben. Ich beginne, mit den Knien zu wippen.

Bea sieht von ihrem Reiseführer auf, ist aber nicht weiter erstaunt über meine Nervosität. Nervös ist mein neuer Grundzustand, und sie weiß, dass ich Fliegen hasse. Nicht nur das Fliegen selbst, sondern die ganze Situation am Flughafen. Allein die Sicherheitskontrolle ähnelt einem Check-in ins Gefängnis.

Bea drückt sanft meinen Arm. «Es kommt alles wieder in Ordnung, Enzo. Schottland wird uns guttun.»

Sie glaubt wirklich, dass diese Reise mich heilen wird. Dass ein Urlaub die Antwort auf alles ist.

Ich blicke auf die Anzeige. Noch vier Minuten bis zum Boarding.

«Hättest du Lust auf eine Friedhofstour in Schottland? Oder ist uns das zu makaber? Hier gibt es eine Liste der zehn schönsten Friedhöfe, die man besuchen sollte.»

«Ja, warum nicht», sage ich, während ich zwei Polizisten in Uniform beobachte, die sich langsam durch die Menge bewegen. Ihre Augen sind auf mich gerichtet. Ich höre auf, mit den Knien zu wippen, mein ganzer Körper spannt sich an. Doch sie gehen an mir vorbei. Vielleicht habe ich mir den Blickkontakt nur eingebildet.

Noch drei Minuten bis zum Boarding.

Bea vertieft sich wieder in ihren Reiseführer, und ich gehe in Gedanken mein Gepäck durch. Falte meine Bordkarten und öffne sie wieder. Die ersten Leute stehen bereits in einer Reihe vor dem Schalter.

Ich zucke zusammen, als die Lautsprecherdurchsage über meinem Kopf losgeht. Ich springe auf und nehme mein Handgepäck, obwohl lediglich die Gäste der Businessclass aufgerufen wurden. Bea sieht mich erstaunt an. Ihr Flugticket steckt wie ein Lesezeichen im Reiseführer. Sie wirft einen Blick darauf. «Wir sind erst Boarding-Gruppe drei, Enzo.»

«Ich stelle mich nur schon mal an.»

Als wir endlich aufgerufen werden, packt auch Bea zusammen und stellt sich neben mich. Mein Blick ist auf die Anzeige gerichtet.

Noch drei Personen vor uns. Ich merke, dass ich ruhiger werde. Der Flug hat keine Verspätung. Wir werden den Anschlussflieger in London bekommen. Noch zwei Personen. Vielleicht läuft doch alles nach Plan. Die Person vor uns muss erst noch nach ihrem Flugticket kramen. Als hätte sie in der letzten halben Stunde nicht genügend Zeit dafür gehabt. Ich lege mein Ticket auf den Scanner, doch statt eines grünen

Lichts leuchtet die Anzeige rot. Ich versuche es erneut. Die Dame am Schalter bittet mich, ihr das Ticket zu reichen, damit sie es manuell prüfen kann. Sie fragt mich nach meinem Pass, tippt etwas in den Computer ein und bittet mich, zur Seite zu treten. Dann greift sie nach einem Hörer und telefoniert. Ich bin nervös. Bea ist bereits durch das Gate durch und dreht sich fragend zu mir um.

«Was?», formen ihre Lippen. Ich zucke die Schultern. Und dann verändert sich etwas in ihrem Blick. Ich bemerke das Stirnrunzeln, die Irritation. Mit ungutem Gefühl drehe ich mich um. Die zwei Männer in Uniform stehen direkt hinter mir.

«Signor Enzo Piras? Würden Sie bitte mit uns kommen?»

Meine Hände beginnen zu zittern, aber ich versuche, sie still zu halten. Nicke knapp. Es ist nicht so, als hätte ich nicht damit gerechnet. Ich drehe mich noch einmal zu Bea um. Sie starrt mich entgeistert an, dann drängt sie sich zurück durch den Schalter. Am Bodenpersonal vorbei, das sie aufhalten will.

«Lassen Sie mich!», fährt Bea auf und wendet sich an die zwei Uniformierten: «Was soll das? Was wollen Sie von meinem Mann?»

«Wir haben nur einige Fragen, Signora.»

«Und wir haben einen Flug nach Schottland!»

Sie sieht mich an, als erwarte sie, dass ich in ihren Protest einstimme, aber das tue ich nicht.

«Es ist in Ordnung, Bea. Geh du schon mal vor. Ich komme nach.»

«Nachkommen?», sagt sie schrill. «Das ist ein verdammter Flieger, der wartet doch nicht!»

«Es ist in Ordnung», wiederhole ich mit Nachdruck. «Geh einfach.»

Sie blickt hilflos zwischen mir und den Polizisten hin und her. «Was soll das, Enzo?»

Ihre Stimme hat sich verändert. Ist nicht mehr aufgebracht, sondern alarmiert.

Der eine Polizist greift mich am Arm. Sie nehmen mich in die Mitte, und ich lasse mich ohne Widerstand von ihnen abführen, den Rollkoffer im Schlepptau. Er ist seltsam unpassend in dieser Situation. Die Leute starren mich an. Ich bin jetzt die Hauptattraktion in dieser Wartehalle. Sogar ein paar Smartphones werden auf mich gerichtet. Doch ironischerweise stört mich nichts mehr als dieser Rollkoffer. Vielleicht weil er ein Detail ist, an das ich vorher nicht gedacht habe. An alles andere, die Polizisten, die Verhaftung, das Gaffen der Leute, habe ich gedacht. Vielleicht habe ich es sogar ein bisschen herbeigesehnt.

Ich werde seltsam ruhig, obwohl alles um uns herum noch immer in Bewegung ist. Ich höre die Schritte, den Koffer, die Stimmen nur noch gedämpft. Als wäre ich in einer Blase gefangen. Bea folgt uns protestierend, natürlich ist sie nicht eingestiegen. Was sollte sie alleine in einem Urlaub, der hauptsächlich für mich bestimmt war? Aber auch ihre Worte erreichen mich nicht. Es fühlt sich an, als hätte ich bereits alles hinter mir gelassen.

Mein ganzes Leben lang habe ich eine Schuld mit mir herumgetragen. Von dem Moment an, als eine Gruppe betrunkener, feiernder junger Fußballfans meinen kleinen Bruder entführte.

FRANCA

Es war noch immer stockdunkel draußen, als ich das alte, klapprige Moped hinter dem Haus hervorholte. Im Grunde rechnete ich jedes Mal damit, dass es seinen Geist aufgegeben haben würde, wenn ich den Zündschlüssel betätigte. Doch auch heute sprang der Motor laut röhrend an. Wahrscheinlich würde dieses Moped sowohl meinen Vater als auch mich überleben. Der tatsächlich letzte Überlebende von Botigalli.

Ich knatterte die Straße entlang, die sich wie ein schwarzes Band die Serpentinen hinunterwand. Mein Magen fühlte sich an wie ein Klumpen. Ich hatte mir immer Gewissheit gewünscht. Jetzt fürchtete ich mich davor. Wäre es nicht besser gewesen, weiterhin anzunehmen, dass Valeria noch lebte? Mir vorzustellen, dass sie irgendwo glücklich hätte werden können? Ich gab Gas. Ich kannte jede Kurve der Serpentinen im Schlaf. Jede Unebenheit. Jede Drehung des Lenkers brachte mich näher an den Ort, der auf dieser Karte eingezeichnet war. Ein Grab in einer Höhle am Meer. Luftlinie nur ein paar Kilometer von Botigalli entfernt – und ich hatte all die Jahre keine Ahnung gehabt. Bei der Vorstellung kniff ich die Lippen zusammen und verfluchte Tommaso zum wahrscheinlich tausendsten Mal in meinem Leben.

Als ich den Hafen erreichte, war noch alles still. Nur ein paar Fischer schleppten leere Kisten auf ihre Boote. Am anderen Ende des Kais legte gerade eins von ihnen ab. Die Schlauchboote dagegen lagen friedlich im Wasser, wie riesige schlafende Fische. Natürlich waren die Bootsverleihe um diese Zeit noch geschlossen. Es war mir egal. Ich lehnte das Moped gegen die Kaimauer, setzte meine Kapuze auf und zog sie tief ins Gesicht.

Mein Blick wanderte über die Reihe von Booten, bis ich eins entdeckte, das noch einen Außenbordmotor hatte. Das Schlauchboot war alt und mehrfach geflickt. Aber es war auch das einzige, für das ich keinen Schlüssel brauchte. Ich sprang hinein und löste das Seil, mit dem es an der Hafenmauer festgemacht war. Ich zog ein paarmal kräftig an dem Seilzugstarter, und es sprang tuckernd an. Das kleine Boot zitterte unter mir, als ich aufs dunkle Meer hinausfuhr.

Ich hatte kein Licht. Keine Rettungsweste an Bord. Und keine richtige Strategie. Nur diese Karte, die ich umklammert hielt, als hinge mein Leben davon ab. Das Wasser rings um mich war schwarz, und das einzige Geräusch war das stetige Schlagen der Wellen. Weit vor mir erkannte ich, dass das Fischerboot in die gleiche Richtung unterwegs war, und folgte seinem Licht. Doch mein Motor war lahm, und ich verlor es bald aus den Augen. Es fühlte sich wie eine Ewigkeit an, bis ich endlich an einer halb geschlossenen Bucht ankam, die ich für jene auf der Karte hielt. Im fahlen Mondlicht versuchte ich, die Zeichnung zu deuten. Felsige Klippen, die steil ins Meer abfielen. Mein Herz schlug wie wild. Das musste der Ort sein.

Ich steuerte das Boot auf die Meerenge zu. Als ich durch die steilen Klippen hindurchfuhr, bemerkte ich wieder das Fischerboot, dem ich vorhin gefolgt war. Doch anders als ich mit dem wendigeren Schlauchboot hatte es sichtlich Mühe, die Felsen zu umschiffen. Was machte ein Fischerboot hier? Ich wandte mich um, konnte aber niemanden an Bord entdecken, bevor ich auch schon vorbeigefahren war. Ich steuerte das Boot bis ganz ans Ende der Bucht, wo mir im Schatten der

Klippen eine schwarze Höhle entgegengähnte. Ein schmaler, dunkler Eingang, fast unsichtbar. Ich musste die Karte kein zweites Mal kontrollieren. Ich wusste, dass ich richtig war. Ich spürte es.

Ein paar Meter vom Strand entfernt schaltete ich den Motor aus, sprang von Bord und watete durch das knietiefe Wasser an Land. Der Himmel hatte inzwischen eine hellgraue Farbe angenommen. Bald würde die Sonne aufgehen. Aber in der Höhle war es stockfinster. Ich zog die kleine Taschenlampe aus meiner Jackentasche und schaltete sie ein. Der Lichtstrahl zitterte, ebenso wie meine Hand. Der Boden unter meinen Füßen war uneben, voller scharfer Steine. Ich lauschte, und als ich nichts hörte, ging ich tiefer in die Höhle, Schritt für Schritt, bis mein Fuß gegen etwas stieß.

Ein Seil. Ich ging in die Hocke. Neben dem Seil lag ein Sack, alt und abgenutzt. Mein Magen zog sich schmerzhaft zusammen. Es schien fast so, als ob jemand den Ort einer Entführung nachgestellt hätte. Matteos Entführung – oder die meiner Tochter? Meine Gedanken wirbelten, meine Kehle schnürte sich zu. Was für ein schlechter Scherz war das? Es fühlte sich an, als würde mir der Boden unter den Füßen weggezogen. Wer auch immer das hier für mich drapiert hatte, er hatte genau gewusst, was er tat. Es musste eine Falle sein.

Dann hörte ich plötzlich das Knattern und Rattern des Motors. Ich sprang auf und fuhr herum. Panik erfasste mich. Mein erster Gedanke war, dass jemand wegen mir herkam. Doch als ich nach draußen rannte, erkannte ich, dass sich jemand an meinem Boot zu schaffen machte. Ich erblickte zwei Gestalten, die sich vor dem Grau des Himmels abzeichneten.

«Hey!», schrie ich und rannte über den Strand ins Wasser, doch meine Stimme ging im Geknatter des Motors unter. Und dann erkannte ich sie. Die Frau am Motor, aber auch den Mann neben ihr. Ich erkannte ihn so deutlich, dass ich stocksteif stehen blieb. Tommaso. Der nächste empörte Schrei blieb mir im Hals stecken. Wasser benetzte meine Beine bis zu den Knien. Schwappte an mir hoch. Ich bemerkte es kaum. Stumm sah ich zu, wie das Boot sich von mir entfernte. An Bord Tilda, die Unternehmerin, die das Haus gekauft hatte, und ein Mann, der aussah wie Tommaso. Das musste der Bruder sein, von dem sie gesprochen hatte. Die Erkenntnis ließ mich schwanken.

Ich weiß, wo deine Tochter ist.

«Du», flüsterte ich und konnte nicht begreifen, dass ich es nicht selbst erkannt hatte. Nicht einmal, als ich vor ihr stand.

ENZO

Matteo war zwölf, als ich ihn zum Fußballschauen mitnahm. Als großer Bruder hatte ich den Auftrag, auf ihn aufzupassen. Es war die Bedingung, unter der wir überhaupt zusammen hingehen durften. Und doch habe ich ihn aus den Augen gelassen. Nur ein paar Sekunden. Das war alles, was es brauchte. Ein paar Sekunden der Unaufmerksamkeit, alle Konzentration auf den Spielern und dem Ball, und als ich mich umdrehte, war Matteo umringt von Jugendlichen. Sie warfen ihn über die Schulter, sein Schreien ging in dem Gebrüll der begeistert feiernden Fußballfans unter. Einer der jungen Männer drehte sich um, unsere Blicke trafen sich. Dann waren sie verschwunden. Es ging alles so schnell, dass ich gar nicht reagieren konnte. Als ich endlich losstürmte, um ihnen zu folgen, waren überall Körper im Weg. Die Zuschauer legten die Arme umeinander, sprangen auf und ab. Alle waren betrunken. Ich versuchte, mich durch die Menge hindurchzuquetschen. Doch es war zu spät. Ich hatte die Gruppe aus den Augen verloren. Mein kleiner Bruder war fort. Und ich war schuld.

Spätestens als mein Vater sich das Leben nahm, war diese Schuld bewiesen. Meine Mutter hat nie einen Hehl daraus gemacht, dass das die Wahrheit ist. Wenn sie jetzt vom Himmel blickt und mich in dem fensterlosen Zimmer sieht, in das die beiden Beamten mich geführt haben – ich kann mir vorstellen, dass ihr das endlich den lange ersehnten Frieden bringt. Vielleicht hebt sie feierlich ein Glas auf die Situation.

Der missratene Sohn, der sowohl den kleinen Bruder als auch den Vater auf dem Gewissen hat, geht endlich hinter Schloss und Riegel.

Natürlich wird Bea versuchen, das zu verhindern. Sie wird ihre Kontakte nutzen, um einen Anwalt zu finden. Sie wird es nicht verstehen. Sie ist zu rational, als dass ich ihr je werde begreiflich machen können, warum ich vor etwas mehr als einer Woche ernsthaft angenommen hatte, den Täter von damals im Schlauchboot auf dem Meer zu sehen. Es war der junge Mann, der sich zu mir umgedreht hatte, als er und seine Freunde Matteo mitnahmen. Dasselbe Gesicht, dieselbe Statur, derselbe Blick. Er war kaum gealtert. In mehr als vierzig Jahren nicht. Ob Bea einen Anwalt findet, der das vor Gericht erklären kann? Und ob dieser Anwalt mich überhaupt noch vertreten wird, wenn ich ihm sage, wie gut es sich angefühlt hat, meine Hände um den Nacken des jungen Mannes zu legen und ihn unter Wasser zu drücken? Dass ich ihn wirklich umbringen wollte, dort auf dem Meer? Dass ich mich zu viele Jahre nach Rache gesehnt hatte, um mir die Absurdität meines Handelns bewusst zu machen? Denn natürlich wusste ich es, tief im Inneren. An niemandem gehen einundvierzig Jahren spurlos vorbei. Ich hatte den falschen Mann. Ich wollte es mir nur nicht eingestehen.

Ich hatte diesen Moment zu sehr herbeigesehnt. Tausendmal hatte ich mir ausgemalt, wie ich Matteos Entführer aufspüren und ihm genau das Gleiche antun würde, was er Matteo angetan hatte. So wie ich mir Matteos Martyrium ausmalte zumindest. Denn letztendlich ist mein Bruder nie zurückgekehrt, um erzählen zu können, was ihm widerfahren ist. Aber ich habe genügend Recherchen angestellt, habe mit genügend Entführten gesprochen, um zu wissen, wie das ablief. Hunderte Berichte habe ich über die Jahrzehnte gesammelt. Bea hat mir zu Recht einmal vorgeworfen, ich würde mich nur damit quälen. Was sie nicht verstanden hatte, war, dass ich genau das wollte.

Ich habe all diese Menschen interviewt, habe mit ihnen gelitten, weil ich glaubte, es verdient zu haben. Ich wollte Matteos Schmerz fühlen. Das war meine Strafe. Mein Versuch der Reue.

Die meisten Entführer, mit denen ich sprach, sahen ihre Schuld nie ein. Sie schoben ihre Tat auf das System, den Staat, die Umstände, in denen sie aufwuchsen. Sie fühlten sich ungerecht behandelt. Nur einer von ihnen meinte, er habe sich irgendwann geradezu danach gesehnt, dass die Polizei bei ihm vor der Tür stünde. Er wollte dafür büßen, was er getan hatte. Ich verstand diesen Mann. Ich wollte das Gleiche wie er. Buße tun für den Tod des eigenen Bruders. Des eigenen Vaters. Funktioniert hat es nie.

Ich blicke auf meine Hände auf dem Tisch. Hände, mit denen ich noch vor wenigen Tagen einen Mann unter Wasser gedrückt habe. Ich habe zugesehen, wie er strampelte. Wie dicke Luftblasen aus seinem Schnorchel stiegen und das Wasser unter seinem Gestrampel geradezu schäumte. Als er sich nicht mehr rührte, drehte ich ihn um und nahm ihm die Maske vom Gesicht. Ich war mir sicher, ich hatte ihn umgebracht. Doch er lebte. Und da änderte ich meinen Plan. Oder besser gesagt, ich kehrte zurück zu dem Plan, den ich mir seit vielen Jahren zurechtgelegt hatte.

Ich zog ihn an Bord, fesselte ihn und brachte ihn in eine Höhle am Ende einer wenig besuchten Bucht, die ich von früheren Ausflügen mit Bea kenne. Dann fuhr ich zurück, um alles Weitere zu holen, was ich für die Nachstellung dieser Entführung brauchte. Klebeband, einen Sack. Einfache Dinge. Nichts davon meine Erfindung. Ich stellte lediglich nach, was ich von Entführungen wusste. In den 1990ern wurden manchen Opfern Kopfhörer auf die Ohren geklebt, aus denen

Tag und Nacht Musik lief. Nachdem ich das einmal erfahren hatte, konnte ich es nie wieder vergessen. Der MP3-Player mit den Opferberichten war meine Abwandlung davon. Ich wollte, dass der Kerl sich anhörte, was die Opfer hatten durchmachen müssen.

Ich dachte, dass mich all das irgendwie heilen würde. Dass es die Wut besänftigen würde, die all die Jahre in mir gebrodelt hat. Aber das tat es nicht. Es war nur ein weiterer Schritt in die Dunkelheit. Rache statt Gerechtigkeit.

Natürlich ist mir irgendwann der Gedanke gekommen, dass es sich um einen nahen Verwandten, möglicherweise einen Sohn von Matteos Entführer handeln könnte. Die Ähnlichkeit war zu groß. Aber ich schwöre bei allem, was mir lieb und teuer ist, ich hatte keine Ahnung, dass es sich um den Bruder von Tilda handelte, bis sie mich um Hilfe rief und mir die Videos zeigte. Mein Gott, ich hätte nicht geschockter sein können, als ich sein Gesicht auf dem Bildschirm erkannte.

Über vierzig Jahre habe ich mit der Schuld an der Entführung meines Bruders gelebt. Ich habe versucht, sie zu ersticken, zu ignorieren, zu vergessen. Aber so eine Art von Schuld verschwindet nie. Sie verändert dich. Mich hat sie zu dem Mann gemacht, der ich heute bin. Ein Mann, der sich an einem Unschuldigen rächt, an einem Fremden, um endlich ein Ventil zu finden für mein Bedürfnis nach Rache.

Tommaso Rossi. Wie ich von Tilda erfuhr, hatte er nach der Hochzeit mit einer deutschen Musikstudentin den Nachnamen Herman angenommen.

Plötzlich hatte ich einen Namen zu dem Täter von damals. Ich hatte eine Adresse. Es ist bittere Ironie, dass Tommaso nur ein Jahr vor Tildas, Ninos und meinem Zusammentreffen gestorben ist. Ein Jahr früher nur, und ich hätte dem richtigen Täter gegenübertreten können. Stattdessen hatte ich mich nun an seinem Sohn gerächt, der keine Ahnung hatte.

So wenig Ahnung sogar, dass er und Tilda all die Jahre davon ausgingen, ihr Vater stamme aus der Toskana, und sie hätten dieselbe deutsche Mutter.

Aber Nino und Tilda sind Halbgeschwister. Ich fand es heraus, weil die Daten nicht zusammenpassten. Es fiel mir bereits auf, als Tilda sagte, sie sei vierzig Jahre alt. Zu Hause checkte ich es im XING-Netzwerk. Sie ist im Mai 1983 geboren. Zu einem Zeitpunkt also, zu dem der Tommaso, den ich suchte, noch nicht in Mailand hatte sein können, um eine Studentin kennenzulernen und mit ihr ein Kind zu zeugen. Ein Anruf unter journalistischem Vorwand beim Giuseppe Verdi Conservatorio di Milano genügte, um meiner Vermutung recht zu geben. Als man mir von dort eine Liste der Auslandsstudenten zwischen 1981 und 1985 zusandte, befand sich unter ihnen eine gewisse Christie Herman, die dort aber erst ab 1984 studiert hatte. Daraus schloss ich fälschlicherweise, dass Christie die damals zweijährige Tilda mit in die Ehe gebracht haben musste und sie und Tommaso sich gegenüber den Kindern einfach auf eine andere Geschichte geeinigt hatten.

Was wirklich geschehen sein musste, begriff ich erst, nachdem ich in Teresas Tagebuch von Francas Schwangerschaft las und mir das Foto in die Hände fiel. Ein Foto, das eindeutig Franca zwischen ihren Freundinnen zeigte, aber ebenso eindeutig eine Frau, die ich durchaus kannte. Silvios vermeintliche Pflegekraft. Sie ist in Wahrheit seine Tochter. Und sie lebt.

Von da an ergab plötzlich alles einen Sinn. Die ganze Legende der Madre Piangente, deren Kind gestohlen wurde. Es ist die Geschichte von Franca. Franca, Signora Cossu und die Madre Piangente sind ein und dieselbe Person. Wie hätte ich mit diesem Wissen nicht noch einmal nach Botigalli fahren und Franca sagen sollen, wo ihre Tochter ist? Noch dazu nach dem, was ich über sie und Matteo erfahren hatte und wie sehr sie sich für ihn eingesetzt hatte, als Einzige in einem Dorf von Barbaren.

Es war nicht geplant, ihr den Zettel persönlich zu geben. Ich hatte ihn unter der Tür durchschieben und wieder verschwinden wollen. Aber dann hat mich die Neugier gepackt. Ich wollte sehen, ob ein Abzug des Fotos aus Teresas Tagebuch tatsächlich unter Silvio DiNardos Treppe hing, wo ich es aus den Augenwinkeln ein paarmal gesehen haben mag, ohne wirklich hinzuschauen. Und vielleicht wollte ich mich noch einmal versichern, dass die Ähnlichkeit auch auf anderen Fotos so deutlich war wie auf dem aus meinem Archiv. Und das war sie. Sie war sogar noch deutlicher.

Als ich ihr den Zettel reichte, war mir klar, dass sie mich trotz Jacke und Kapuze erkennen musste. Aber was sollte ich schon tun? Auch sie angreifen? Die Dinge sind längst vorher außer Kontrolle geraten. Spätestens nachdem ich Tilda den Stein über den Kopf gezogen hatte, als sie mich in der Höhle überraschte, war mir das klar.

Es hätte mein letzter Besuch bei Nino vor meiner Abreise werden sollen. Ich wollte ihm Wasser und Essen bringen und sehen, wie es ihm ging. Und ob man mir vor Gericht glauben wird oder nicht, ich hatte auch vor, einen anonymen Anruf bei der Küstenwache zu tätigen, wenn ich erst einmal außer Landes war. Stattdessen betrat plötzlich jemand die Höhle, und ich geriet in Panik.

Es ist eine weitere Ironie des Schicksals, dass mir dadurch die Dinge vermutlich ähnlich entglitten, wie es seinerzeit bei den Entführern von Matteo der Fall gewesen war. Es war kein zwölfjähriger Junge, den ich aus reinem Übermut verschleppte, nein. Aber abgesehen davon bin ich auch nicht besser als diese Männer, die ich mein ganzes Leben lang verachtet habe.

Vielleicht habe ich deshalb meine Spuren so schlecht verwischt. Vielleicht wollte ich, dass sie mich finden. Dass es endlich vorbei ist. Nur für Bea tut es mir leid.

Sie hätte einen Mann verdient, der mit ihr in den Urlaub fliegt und alte Gräber und Loch Ness besucht. Der sich für ein kleines, charmantes Bed and Breakfast in Schottland begeistern kann. Keinen Mann, der Vater, Mutter und Bruder ins Grab gebracht und zwei Unschuldige entführt hat.

In gewisser Weise, und das ist wohl die größte Ironie, bin ich damit letztendlich doch noch dem Vorbild meiner Eltern gefolgt. Wir mögen uns alle verschiedene Mittel gesucht haben. Aber letztendlich haben wir es alle geschafft, uns kaputtzumachen. Nicht nur uns, sondern auch unser Umfeld, unsere Familie. Mein Gott, was wird meine Tochter von mir halten?

Ich erinnere mich an Beas fassungsloses Gesicht, als sich die Tür des Sicherheitsraums hinter mir schloss. Wie sie den Koffer und das Flugticket umklammert hielt, als gäbe es noch immer die Chance darauf, mit mir loszufliegen.

Aber es gibt keinen Neuanfang. Nicht für jemanden wie mich.

FRANCA

Ich bin gerade dabei, die Bettwäsche zum Lüften aus dem Schlafzimmerfenster zu hängen, als sie zurückkommen. Tilda und ein Fremder, den ich nicht kenne – und Tildas Bruder, den sie in die Mitte genommen haben, den sie rechts und links stützen. Mein Magen zieht sich zusammen. Ich sehe nicht den geschwächten Mann vor mir, der fast sein Leben verloren hätte. Nein, ich sehe jemand anders. Tommaso. Er ist ihm wirklich wie aus dem Gesicht geschnitten. Als hätten sie ihn aus einem anderen Jahrzehnt geholt und würden ihn nun geradewegs zurück ins Dorf schleppen.

Die Erinnerung, wie ich damals am selben Fenster stand und auf Tommaso und die anderen hinunterblickte, trifft mich wie ein Schlag. Die Mopeds. Tommaso im Fußballtrikot. Das sich windende Bündel, das ich für Alessia hielt. Der Damenstrumpf. Ich hatte all das vergessen wollen. Es war der Anfang vom Untergang gewesen. Doch hier stehe ich nun, mehr als vierzig Jahre später. Und er ist wieder da. Bitterkeit schnürt mir die Kehle zu.

Ich sehe den drei Personen nach, bis sie aus meinem Blickfeld verschwunden sind. Dann gehe ich nach unten und suche das Foto aus der Schublade in der Stube. Ein Foto, das ich dort wohl aus dem gleichen Grund aufbewahre, aus dem mein Vater sich noch immer an der krummen Gabel festhält, die ich in jener Nacht in den Tisch gerammt habe: Wir halten den Schmerz damit wach.

Es ist, als hätte ich keine andere Wahl, als diesen Dorn immer wieder in die alte Wunde zu drücken, um sicherzugehen, dass sie sich nie ganz schließt. Es ist eine Mahnung. Und gleichzeitig eine Erinnerung daran, dass wir überlebt haben.

Ich gehe der Gruppe nach, bleibe aber immer ein paar Schritte zurück, unfähig, mich zu ihnen zu gesellen. Wie sage ich einer Frau, die mich als Fremde betrachtet, nach einundvierzig Jahren: *Ich bin deine Mutter*?

Sie verschwinden im Haus, und je näher ich komme, desto langsamer werden meine Schritte. Das Haus – *dieses* Haus. Dunkle Erinnerungen klammern sich daran fest. Die Vergangenheit hockt wie ein schweres, hässliches Biest auf dem Dach und starrt zu mir hinunter, als ich vor der Tür stehe. Es braucht all meine Kraft, den Arm zu heben und zu klopfen. Meine Hand zittert.

Von drinnen höre ich Stimmen. Schritte. Die Tür öffnet sich, und Tilda steht vor mir. Sie sieht überrascht aus. Dann verfinstert sich ihr Blick, und ich erkenne, dass ich nicht nur eine Fremde für sie bin, sondern eine Bedrohung. Sie mustert mich skeptisch. *Was willst du hier?*, fragen ihre Augen. Dieser finstere Blick. Warum ist mir vorher nie aufgefallen, dass sie genauso finster dreinschauen kann wie ich? Ich schlucke. Mit beiden Händen umklammere ich das zerdrückte alte Foto.

«Ich ... ich wollte mit dir sprechen», sage ich. Wir haben uns nie das Du angeboten, aber es fühlt sich falsch an, meine eigene Tochter zu siezen. Mein Blick fällt auf den dunklen Flur hinter ihr, das Haus, in dem das Massaker geschehen ist, und mein Herz pocht schmerzhaft. Tilda bemerkt die Veränderung. Sie mustert mich, folgt dann meinem entsetzten Blick, als würde sie die Wahrheit in den Wänden suchen. Sie kann sie nicht finden.

Als sie mich hereinbittet, tut sie es widerwillig und mit hartem Blick. Sie lässt niemanden leichtfertig in ihr Leben. Auch das muss sie wohl von mir haben. Ich schüttele den Kopf. Ich will dieses Haus nicht noch einmal betreten.

«Ich will dir etwas zeigen», sage ich stattdessen leise. Ich halte ihr das Bild von Tommaso hin, und als sie es ansieht, wirkt sie völlig verwirrt. «Das ist ... mein Mann gewesen. Vor ... sehr langer Zeit», sage ich, weil es schwierig wäre, alles andere auszusprechen, das Tommaso für mich war. Tilda runzelt die dichten Brauen.

«Wir haben im Herbst 1982 geheiratet.» Meine Stimme zittert leicht. «Ich war damals schwanger. Ungewollt.» *Ungewollt.* Ein schönes Wort für das, was wirklich passiert ist. Aber wie soll ich es Tilda gegenüber aussprechen? Tommaso ist ihr Vater. Vielleicht liebt sie ihn. Der Gedanke versetzt mir einen Stich und bringt mich dazu weitersprechen: «Am 15. Mai 1983 habe ich ein Mädchen geboren. Valeria. Das war ... das war damals dein Name.»

TILDA

Ich bin schlecht mit Abschieden. Das ist der Grund, warum Nathan und ich noch fast einen Monat in Botigalli bleiben, nachdem Nino bereits längst wieder abgereist ist. Aufs italienische Festland, nicht nach Deutschland. Das Thema mit den Geisterstädten lässt ihn nicht mehr los. Als ich das letzte Mal eine Nachricht von ihm erhalten habe, war er gerade in der Basilikata, um ein Video über eine mittelalterliche Ruinenstadt namens Craco zu drehen. Das Foto, das er dazu gesendet hat, war wirklich beeindruckend. Nino reist über eine Couchsurfing-Plattform und scheint sehr glücklich damit zu sein. Er ist der Typ, der überall schnell Kontakte knüpft. Ich nehme an, ich werde seine weitere Route durch Italien auf YouTube verfolgen können, wenn ich erst einmal wieder zurück in Deutschland bin und verlässliches Internet habe.

Zweimal hatten wir bereits ein Datum für unsere Abreise festgelegt und dann wieder über den Haufen geworfen. Aber gestern Abend haben wir ernst gemacht. Haben alles gepackt und ins Auto geladen, um heute Morgen nicht wieder einen Rückzieher zu machen.

In der Nacht habe ich tief geschlafen, ohne dass meine Beine das Sterben hätten üben wollen. Danach habe ich lange und kalt geduscht. In meiner schmalen Badewanne, in der sich der Plastikvorhang sofort wie Tentakel am Körper festsaugt, sobald man es wagt, sich zu bewegen. Heute hat mich nicht mal das gestört. Ich mag das kleine Fenster über der Badewanne, das ich beim Duschen öffnen kann. Mit Blick über die Berge und die aufgehende Sonne. Und ich mag das Gefühl, dass ich einfach nur ein paar Straßen weitergehen müsste, um jederzeit meine Mutter zu besuchen.

Es klingt immer noch seltsam in meinem Kopf, das Wort Mutter. Ich habe nie eine gehabt, und Franca und ich sehen uns nicht einmal besonders ähnlich. Nicht auf die Art, wie Nino und mein Vater sich ähnlich sahen – einer die identische Kopie des anderen. Als sie vor meiner Haustür in Botigalli stand und mir das Foto in die Hand drückte, hat mein Kopf sich lange gegen die Vorstellung gewehrt. Immerhin hat mein Vater uns jahrelang in dem Glauben aufwachsen lassen, dass Nino und ich dieselbe Mutter hätten. Wieso hätte ich das hinterfragen sollen?

Aber seit ich es weiß, hat sich etwas in mir gelöst. Als hätte ich endlich ein fehlendes Puzzlestück gefunden, das ich mein ganzes Leben lang gesucht habe. Es fühlt sich falsch an, nach Deutschland zurückzukehren, jetzt, da wir uns endlich gefunden haben. Aber Nathan muss ins Büro zurück – und auch mich erwarten sie wieder im Job. Es geht mir gut. Gut genug, um einen weiteren Neuanfang zu machen.

«Ich habe eine Überraschung für dich», sage ich, nachdem ich an Francas und Silvios Tür geklopft habe und Franca mich hereingebeten hat. Wir setzen uns auf einen letzten Kaffee an den Küchentisch. Silvio erhebt sich schwerfällig von seinem Stuhl und schlurft aus dem Raum. Ob er uns Privatsphäre geben will oder ihn meine plötzliche Anwesenheit stört, kann ich nicht sagen. Obwohl er mein Großvater ist, bin ich nicht recht mit ihm warm geworden. Geschweige denn Nino. Die beiden haben kein Wort miteinander gewechselt, bevor Nino abgereist ist.

Franca runzelt die Stirn. Ich sehe die Verwirrung in ihren Augen. «Eine Überraschung?»

Ich lehne mich vor und lege eine Mappe zwischen uns. Auf die Klarsichthülle ist ein Schlüssel geklebt.

«Ich möchte, dass du das Haus bekommst.»

Sie sieht mich an, als hätte ich den Verstand verloren, dann blickt sie auf die Papiere vor sich. «Das Haus? Warum?»

«Weil es deins sein sollte», sage ich.

«Tilda, das kann ich nicht annehmen.»

«Doch, kannst du. Du hast dein ganzes Leben lang hier verbracht, und du solltest bleiben können, ohne auf jemanden angewiesen zu sein. Du solltest nicht von Silvio abhängig sein, nicht mehr. Dieses Haus gehört dir. Es ist dein Zuhause. Wenn ich wieder mit dem Arbeiten anfange, haben Nathan und ich unsere Wohnung in Deutschland. Ich könnte das Haus hier ohnehin nur als Ferienwohnung nutzen. Warum sollte es die ganze Zeit leer stehen?»

Franca blinzelt. «Ich will es nicht», sagt sie und schiebt die Mappe zurück. «Ich weiß, es ist nur gut gemeint. Aber es ist zu viel mit diesem Haus verbunden, an das ich mich nicht erinnern will. Meine Mutter ...» Sie bricht ab, und ich komme mir dumm vor, nicht selbst daran gedacht zu haben.

«Tut mir leid», sage ich rasch.

«Nein! Das muss es nicht. Mir tut es leid. Das ist ein wirklich großzügiges Angebot. Aber ich werde wohl hierbleiben, solange mein Vater ... dein Großvater mich braucht. Und dann werde ich anderswo etwas finden. Ich wollte immer schon raus aus Botigalli.»

Ich nicke, stecke die Mappe wieder ein.

«Ich werde in meinen Ferien zurückkommen», verspreche ich.

«Wirst du das?»

«Natürlich! Jetzt, wo ich dich gefunden habe.»

Sie lächelt und scheint etwas erwidern zu wollen. Vielleicht, dass eigentlich sie es ist, die mich gefunden hat. Aber dann sagt sie doch nichts. Mit sentimentalen Worten ist sie ähnlich schlecht wie ich.

Wie sie glaube auch ich, dass alles, was passiert ist – all der Schmerz, all die Verwirrung –, uns hierhergeführt hat. Dass es vielleicht wirklich ein Zeichen war, als ich den Artikel über Botigalli im Arbeitszimmer meines Vaters gefunden habe. Aber nicht wegen der Häuser, sondern wegen der Menschen, die hier zurückgelassen wurden.

Vielleicht war es die Art meines verstorbenen Vaters, sich bestmöglich für das zu entschuldigen, was er getan hat. Nicht, dass das jemals zu entschuldigen wäre. Vergewaltigung. Kindesentführung. Und dann gleich eine doppelte – erst Matteo und dann mich. Ich hatte noch keine Zeit, irgendetwas davon zu verarbeiten. Es passt nicht in das Bild des liebevollen Vaters, das ich von ihm habe. Und es schmerzt umso mehr, dass ich ihn nicht mehr werde zur Rede stellen können.

Franca greift nach meiner Hand und drückt sie fest. Wir sitzen eine Weile schweigend da, bis es von draußen klopft.

«Das ist Nathan», sage ich. «Wir müssen jetzt wirklich los. Unsere Fähre fährt sonst ohne uns. Tut mir leid.»

Auch Nathan verabschiedet sich herzlich von Franca. Meine Augen suchen nach Silvio, aber er scheint sich nach oben verzogen zu haben, also bitte ich Franca einfach, ihm einen Gruß auszurichten.

«Und wenn du je nach Deutschland kommen willst …», sage ich noch.

Doch Franca winkt ab. «Nun macht schon, dass ihr endlich loskommt!» Und es ist dieses barsche Abwinken, diese verlegene kleine Geste, in der ich mich am Ende am meisten wiedererkenne.

EPILOG

Die Sonne steht schon tief hinter den Bergen, als ich nach draußen vor die Tür trete. Vater sitzt auf einem Stuhl vor dem Haus. Er hat ihn ins letzte Fleckchen Sonnenlicht gerückt, das sich um diese Zeit noch erhaschen lässt. Es ist ein warmes, fast orangefarbenes Licht. Nicht jene grelle Hitze, vor der wir im Sommer fliehen. Der Herbst ist über die Insel hereingebrochen. Ein weiterer Herbst.

Ich hocke mich auf die Steinstufen. Mein Vater hat ein Buch neben sich abgelegt. Es ist eins der beiden Vorabexemplare, die Enzo uns zugesandt hat. Er hat es in der Untersuchungshaft geschrieben. So steht es jedenfalls im Vorwort. Mehr als ein Jahr ist vergangen, seit ich meine Tochter wiedergefunden habe und man Enzo festgenommen hat. Und in einer Woche wird das Buch überall erhältlich sein.

Der dunkle Sommer. Was für ein ironischer Titel, wenn man bedenkt, dass mein Vater ursprünglich versucht hat, sich in einem möglichst schmeichelhaften Licht zu zeigen. Stattdessen enthüllt sich in Enzos Buch eine Dunkelheit, die weit über das hinausgeht, was ich für möglich gehalten hätte.

Nicht, dass ich naiv wäre. Ich habe einiges gewusst und vieles andere geahnt. Allem voran, dass mein Vater in meine Entführung verwickelt war. Er ist es gewesen, der die Jungs gebeten hat, mir eine Lektion zu erteilen, indem sie mich in die Krypta sperrten. Sie sollten mir ein wenig Angst einjagen. Eine kontrollierte Entführung. Vierundzwanzig Stunden im

Keller unter der Kirche. Dann sollten sie mich wieder freilassen. Mein Vater hatte Druck aus dem Dorf bekommen, mir die Leviten zu lesen. Das hier war seine Art gewesen, sich den Stimmen zu beugen. Es sollte lediglich ein Denkzettel sein, der mich einschüchtert, ohne dass mein Vater selbst aktiv werden musste. Er hatte mich schon einmal bestraft, weil andere es von ihm erwarteten, und diesmal hätte er mich vielleicht verloren. Davor hatte er Angst.

Doch dann hatte ich es geschafft, mich vor Ablauf der vierundzwanzig Stunden zu befreien. Und einmal vom Plan abgekommen, lag nichts mehr in Vaters Kontrolle. Tommaso hatte den Kopf verloren. Wäre es irgendein Fremder gewesen, der mich überfiel und vergewaltigte, hätten die Männer aus Botigalli ihm für seine Tat wahrscheinlich die Eier abgeschnitten. Allen voran mein Vater. Aber es war nun mal einer aus dem eigenen Nest. Tommaso war zu groß, um von seinem Vater noch übers Knie gelegt und versohlt zu werden – und meinem Vater waren gewissermaßen die Hände gebunden. Hätte er zu viel Wind um die Sache gemacht, wäre auch sein Part in dem ganzen Theater aufgeflogen. Also haben Vittorio und er sich zusammengesetzt und es unter Männern ausdiskutiert. So, wie die Dinge eben immer geregelt wurden bei uns in Botigalli.

Aus Vaters Sicht muss Vittorios Idee, Tommaso und mich zu verheiraten, eine konsequente und große Geste gewesen sein. Vittorios Familie war deutlich reicher als unsere, Tommaso war sein einziger Sohn und ich nicht gerade die beste Partie im Ort. Zudem konnte die Hochzeit zusammen mit der von Teresa stattfinden, und Vittorio wollte die Kosten für die gesamte Feier übernehmen. Auf seine sehr verquere Weise war es ein großzügiges Angebot, das zeigte, wie ernst Vittorio den Vorfall nahm. Und dass er nicht vorhatte, Tommaso mit seinem Verhalten durchkommen zu lassen.

All das schwarz auf weiß zu lesen, hat die Dinge zu einer entsetzlichen Klarheit verdichtet. Vor allem aber der Teil, von dem ich nichts geahnt habe. Den ich mir in meinen schlimmsten Albträumen nicht hätte ausmalen können.

Ich blicke auf das Buch, das schwer wie ein Backstein zwischen uns liegt. Wie der Grundstein einer Mauer.

Wenn es stimmt, was Enzo schreibt, dann ist Tommaso nicht aus eigenem Antrieb zurückgekehrt, um seine Tochter zu entführen. Es war mein Vater, der ihn dazu aufgefordert hat. Mein Vater hat Valeria weggegeben. Ich kann es noch immer nicht glauben.

Mein Vater sitzt nach wie vor von mir abgewandt mit dem Gesicht im letzten Sonnenstrahl, aber ich sehe, wie er sich anspannt, als würde er sich vorbereiten, die Schläge abzufangen, die er verdient.

«Warum?» Meine Frage kommt leise, brüchig, und ich merke, dass ich mehr will als eine Ausrede, mehr als das übliche «Ich wollte das Beste für dich». Ich will die Wahrheit, so brutal sie auch sein mag.

Endlich wendet er sich von der Sonne ab und mir zu. «Ich habe dir ein anderes Leben gewünscht», sagt er schließlich, kaum hörbar. «Ich dachte, ohne das Kind hättest du die Chance auf einen Neuanfang, auf eine Zukunft, in der du frei bist. Frei von ihm. Von Tommaso. Von allem, was du wegen ihm durchgemacht hast.»

Ich schüttele den Kopf. «Das war nicht deine Entscheidung. Du hast nicht das Recht gehabt, mir mein eigenes Kind zu nehmen. Ich hätte mit Valeria ... Tilda einen Neuanfang haben können! Tommaso war schon längst nicht mehr da!»

«Er war da», erwidert mein Vater bitter. «Jeden Tag war er da. Verkörpert in diesem Kind.»

Ich starre ihn an. Das war es also?

«Da war nichts von dir in ihr», sagt mein Vater. «Dieses Mädchen war aus dem alleinigen Grund auf die Welt gekommen, mir meine Schuld vor Augen zu führen. Ich glaube, ich war nur deshalb in der Lage, Tommaso zu verzeihen, weil ich halbwegs verdrängen konnte, was er mit dir angestellt hat. Aber jetzt gab es da nichts mehr zu verdrängen. Das Kind war so sichtbar, so hörbar. Es hat ständig geschrien! Ständig! Und als du mich einmal ganz unglücklich gefragt hast, ob sie wohl deshalb nicht aufhören könne zu schreien, weil sie wisse, wie sie gezeugt wurde, da wusste ich, dass ich handeln musste.»

Ich schlucke. Versuche, meine eigene Bitterkeit nicht zu zeigen, doch es ist schwer. Seit ich dieses Buch gelesen habe, verfliegt der Zorn nicht mehr. Ehe ich etwas sagen kann, fährt er fort: «Ich war hilflos. Deine Mutter tot, du ohne Mann. Es gab nur mich, der überhaupt noch von deiner Existenz wusste. Was für eine Familie sollten wir sein? Und dann auch noch mit einem Kind, das weder du noch ich wollten? Ich wollte meinen Fehler wiedergutmachen, Franca. Dir eine zweite Chance ermöglichen. Nur darum habe ich sie weggegeben. Darum habe ich Tommaso gesagt, er solle sein gottverdammtes Balg selbst aufziehen, weil das das Mindeste war, was er dir schuldig war. Ich habe das in einem Moment der Wut gesagt, aber er ist wirklich gekommen und hat sie sich geholt. Und ich lag still und mit angehaltenem Atem im Bett und redete mir ein, dass nicht nur ich mich, sondern auch du dich danach freier fühlen würdest. Unbeschwerter. Einmal lüften und die Erinnerung an dieses Kind und wie es entstanden ist, würde verfliegen. Du warst doch selbst noch so jung und hattest ein erfülltes Leben verdient. Einen Neuanfang und irgendwann ein anderes Kind. Ein Kind, das aus Liebe entstehen sollte – und nicht durch Gewalt.»

Die Erklärung sickert nur langsam zu mir durch. Meine eigene Tochter, von mir genommen, weil Silvio es nicht hatte ertragen können, dass sie eine lebendige Erinnerung an all das war, was er falsch gemacht hatte. Ich will ihn hassen, in diesem Moment, will ihn als den Mann sehen, der mir das Wertvollste genommen hat. Aber ich sehe nur meinen Vater vor mir. Und ich sehe, wie klein er geworden ist.

Er senkt den Blick. Jetzt, da ich die volle Wahrheit kenne, spüre ich eine seltsame Leere.

«Wie hat Enzo es herausgefunden?», frage ich.

«Ich habe ihm nach seiner Verhaftung einen Brief geschrieben.»

Überrascht sehe ich ihn an. «Wieso?»

«Weil er kein dahergelaufener Journalist ist, sondern Matteos Bruder.»

«Aber – du musst gewusst haben, dass ich dieses Buch lesen würde», sage ich. Es ist keine Frage, sondern eine Feststellung. Und ich begreife noch im selben Moment: Das Buch war gewissermaßen Vaters Beichte auf dem Sterbebett. Er hätte es nicht übers Herz gebracht, es mir direkt zu sagen. Aber Enzo gegenüber hat er sich schließlich doch noch geöffnet. Weil Enzo ebenso ein Leidtragender in dieser ganzen Tragödie ist, wie ich es bin. Wir alle eigentlich.

«Ich habe immer versucht, das Beste für dich zu tun, Franca. Ich wollte dich beschützen. Glaub mir, hätte ich geahnt, was passiert, ich hätte anders gehandelt.»

«Das weiß ich, Papà», sage ich und sehe, wie er in sich zusammensackt. Keiner wollte das, was passiert ist. Und trotzdem sitzen wir jetzt hier wie vor einem Trümmerhaufen. Ich blicke wieder auf das Buch zwischen uns.

Ursprünglich hatte sich Vater damit durch Enzo ein Denkmal setzen wollen. Stattdessen hat das Buch uns die Wahrheit gebracht. Aber warum stehen dann weiter so viele Missverständnisse, so viel Schuld zwischen uns?

Ich erhebe mich, lege ihm meine Hand auf die Schulter, und er zuckt zusammen. Er hat nach wie vor Angst, dass ich ihn verlasse, jetzt, wo ich alles weiß. Das war immer schon seine Angst. Und seine Motivation. Eine Zeit lang stehen wir unbewegt da, als hätten wir uns für ein Porträt aufgestellt. Ich bin weit davon entfernt, ihm alles zu verzeihen. Aber das ändert nichts daran, dass ich ihn liebe.

Schließlich kriecht seine Hand vorsichtig zu meiner. Seine Finger sind alt und faltig, als sie sich über meine legen. Und in diesem Moment erkenne ich noch etwas. Mein Vater hat mir in meinem Leben die Kontrolle über so ziemlich jede wichtige Entscheidung genommen. Jetzt liegt die Entscheidungsgewalt zum ersten Mal wieder bei mir. Es ist alles gesagt. Alles aufgeschrieben. Es gibt keine vorgetäuschte Gebrechlichkeit mehr, die mich an ihn bindet. Keine Lüge, die mich davon abhalten kann, ihn zu verlassen. Es ist an mir, zu gehen oder zu bleiben. Ich drücke sanft seine Schulter. Dann wende ich mich ab und gehe ins Haus zurück.

NACHWORT

Die Inspiration für Franca DiNardo entspringt der Geschichte einer jungen Frau, deren Mut und Schicksal mich tief berührt haben. Ihr Name war Franca Viola, und sie lebte nicht auf Sardinien, sondern in einer kleinen ländlichen Gemeinde auf Sizilien. In den 1960er-Jahren erlebte sie eine Form von Gewalt und Unterdrückung, die damals tief in Italiens Kultur und Gesetz verankert war.

Franca Viola wurde Opfer einer Heiratsentführung – einer Tradition, die darauf beruhte, Frauen durch Entführung und Vergewaltigung zur Ehe mit ihren Peinigern zu zwingen. *Il matrimonio riparatore*, übersetzt die «wiedergutmachende» oder «reparierende» Ehe, war bis in die 1980er-Jahre Teil des italienischen Strafrechts. Artikel 544 des alten Strafgesetzbuchs erlaubte einem Mann, der eine Frau sexuell missbraucht hatte, strafrechtliche Konsequenzen zu vermeiden, wenn er sein Opfer heiratete. Dieser gesetzliche Freibrief basierte auf der Vorstellung, dass eine Frau nach einer solchen Tat «entehrt» war und keine andere Möglichkeit hatte, als in die Ehe einzuwilligen, um die gesellschaftliche Schande zu lindern.

Doch Franca Viola leistete Widerstand. Sie stellte sich gegen ihren Entführer und die Erwartungen ihrer Gemeinde – und gegen ein patriarchales System, das Frauen die Schuld für Verbrechen zuschrieb, die an ihnen verübt wurden. Ihr Fall erregte landesweit Aufsehen, als sie den Mut fand, ihren

Peiniger vor Gericht zu bringen – etwas, das in ihrer damaligen Situation nahezu undenkbar war.

Francas Entscheidung war ein wichtiger Schritt in Richtung Gleichberechtigung und Schutz von Frauenrechten in Italien. Doch sie zahlte dafür einen hohen persönlichen Preis. Franca und ihre Eltern wurden bedroht, ausgegrenzt und verfolgt, ihr Land und Hof in Brand gesteckt. Der gesellschaftliche Druck, der sie als *donna svergognata* (schamlose Frau) stigmatisierte, war zu tief in der Kultur verankert, um von einem Urteil oder einer Gesetzesänderung von heute auf morgen überwunden zu werden.

Das ist der Grund, warum die Franca in meiner Geschichte schließlich der Ehe mit Tommaso zustimmt – ein Schritt, den ich als Autorin ebenso widerwillig zugelassen habe, wie meine Protagonistin ihn ertragen musste. Botigalli, ein fiktives Dorf in einer ländlichen Region Sardiniens, folgt ebenfalls den patriarchalischen Traditionen, in denen die Ehre der Familie eng mit der Keuschheit der Frauen verbunden war. Sich gegen die Ehe zu wehren, hätte nicht nur Franca selbst, sondern auch ihre Familie in Gefahr gebracht. Hätten die Frauen in Italien diesbezüglich eine ehrliche Wahl gehabt, hätte wohl keine von ihnen in die Ehe mit ihrem Peiniger eingewilligt.

Für diesen Roman habe ich Franca Violas Erfahrungen in die 1980er-Jahre und den Kontext der Entführungsindustrie auf Sardinien versetzt – ein Thema, das schon seit einigen Jahren in meiner Autorenschublade darauf wartete, erzählt zu werden.

2019 stieß ich zufällig auf Antonella Bertas Dokumentarfilm *Ins Land der geraubten Menschen – Italiens Entführungsindustrie*. Die Beschreibung der Entführungsmethoden ließ mich nicht mehr los. Während meiner Recherchen wies mich eine italienische Freundin auf das sogenannte «Verbrecherdorf Orgosolo» hin. Wer mein Buch *Wolfskinder* kennt, weiß, warum ich bei dieser Bezeichnung sofort aufmerksam wurde.

In der Geschichte von Orgosolo und seiner Umgebung spiegeln sich die Ursprünge der Entführungsindustrie auf fast archaische Weise wider – eine Welt, in der Clanstrukturen, Armut und Misstrauen gegenüber staatlicher Autorität eine düstere Dynamik geschaffen haben. Gerade die frühen Entwicklungen dieser Praxis waren eng mit dem Lebensgefühl einer abgeschotteten Inselgesellschaft verbunden.

Das raue Bergland im Herzen Sardiniens hat seit der Antike allen Eroberern widerstanden. Die Sarden hielten unbeirrt an ihren Bräuchen, Regeln und Gesetzen fest, unabhängig davon, wer kam, um ihnen eine andere Kultur aufzuzwingen.

Die frühen Entführungen auf Sardinien waren noch nicht so organisiert wie später, als diese Praxis aufs Festland überschwappte und zu einer regelrechten «Industrie» wurde, in der man sich um eine «Stelle» bewerben musste. Der Menschenraub auf Sardinien entwickelte sich ursprünglich aus dem Raub von Schafen. Eine organisierte Verbrecherstruktur, wie man sie bei der Mafia kennt, gab es hier nie. Auch das war ein Grund für mich, mich als Autorin auf Sardinien zu konzentrieren und eine Geschichte zu schreiben, die frei von den Klischees typischer «Mafia-Krimis» ist.

Die Verbrecher in meinem Roman sind keine Anzugträger mit Sonnenbrille und Pistole. Sie sind einfache sardische Bauern, die versuchen, mit Entführungen über die Runden zu kommen – und die daran scheitern und zerbrechen.

Die Geschichten von Franca Viola und der Entführungsindustrie in Italien zeigen auf erschreckende Weise, wie Armut, Isolation und Machtstreben ein System aus Gewalt und Unterdrückung schaffen können. In meiner Geschichte spiegelt sich dieser Kampf gegen solche Mechanismen wider – ein Kampf, der damals wie heute geführt werden muss.